헝거게임

THE HUNGER GAMES

수잔 콜린스 지음 | 이원열 옮김

헝거게임

북폴리오

헝거 게임

초판 1쇄 발행 2009년 10월 31일 | 초판 43쇄 발행 2024년 10월 25일

지은이 수잔 콜린스 | 옮긴이 이원열

펴낸이 신광수
CS본부장 강윤구 | 출판개발실장 위귀영 | 디자인실장 손현지
단행본팀 김혜연, 조기준, 조문채, 정혜리
출판디자인팀 최진아, 당승근 | 저작권 김마이, 이아람
출판사업팀 이용복, 민현기, 우광일, 김선영, 이강원, 신지애, 허성배, 정유, 정슬기, 박세화, 정재욱,
    김종민, 정영묵, 전지현
CS지원팀 강승훈, 봉대중, 이주연, 이형배, 이우성, 전효정, 장현우, 정보길
영업관리파트 홍주희, 이은비, 정은정

펴낸곳 (주)미래엔 | 등록 1950년 11월 1일(제16-67호)
주소 06532 서울시 서초구 신반포로 321
미래엔 고객센터 1800-8890
팩스 (02)541-8249 | 이메일 bookfolio@mirae-n.com
홈페이지 www.mirae-n.com

ISBN 979-11-6841-675-8 03840

PART 1

조공인(朝貢人)

일러두기

그동안 유전자를 조작해 만든 가상의 새인 Jabberjay와 그 후속인 Mockingjay를 재잘어치, 흉내어치라고 써 왔습니다. 이후 헝거게임 시리즈 3권의 제목이 '모킹제이'로 결정된 후 본문의 흉내어치를 모킹제이로 수정하였습니다.

/

아침에 눈을 떠보니 침대 옆자리가 싸늘하다. 프림의 체온을 찾아 손을 뻗어보지만, 내 손가락에 와 닿는 것은 거친 무명 침대보뿐이다. 프림은 악몽을 꾸고 엄마 옆으로 기어든 모양이다. 그럴 수밖에, 오늘은 '추첨' 하는 날이니까.

몸을 일으켜 한쪽 팔꿈치를 침대에 대고 기댄다. 불을 켜지 않아도 두 사람의 모습을 볼 수 있다. 내 꼬마 여동생 프림은 엄마 품 안에서 번데기처럼 몸을 웅크리고, 엄마와 뺨을 맞댄 채 자고 있다. 잠들어 있을 때 엄마는 조금 젊어 보인다. 지쳐 보이긴 하지만 평소처럼 아주 녹초가 된 모습은 아니다. 프림의 얼굴은 빗방울처럼 생기 있고 앵초꽃처럼 사랑스럽다. 앵초, 즉 프림로즈에서 딴 이름이 잘 어울린다. 엄마도 한때는 대단한 미인이셨다. 적어도 들은 바에 의하면 그렇다.

프림 무릎 옆에서 프림을 지키고 선 것은 세상에서 가장 못생긴 고양이다. 심하게 다쳐서 움푹 들어간 코, 반밖에 남지 않은 한쪽 귀, 썩어 들어가는 호박 같은 색의 눈. 프림은 그 녀석의 우중충한 노란 털이 미나리아재비 꽃의 밝은 색과 비슷하다고 우기며 고양이에게 버터컵, 즉 미나리아재비라는 이름을 붙였다. 그 녀석은 나를 싫어한다. 적어도 불신하는 건 확실하다. 여러 해 전의 일이지만 프림이 그 녀석을 처음 집에 데려왔을 때, 내가 양동이에 물을 받아 자기를 빠트려 죽이려 했던 것을 아직도 기억하는 것 같다. 기생충 때문에 배가 부풀고 벼룩이 들끓는 뼈만 남은 고양이. 난 먹여야 할 입이 하나 더 늘어나는 건 절대 사절이었다. 하지만 프림이 너무나 간절히 빌며 울기까지 했기 때문에 살려둘 수밖에 없었다. 결과적으로는 나쁘지 않았다. 그 녀석에게 붙은 벌레들은 엄마가 다 없애주셨고, 알고 보니 쥐 잡는 솜씨가 대단했다. 심지어 덩치 큰 들쥐를 잡는 일도 가끔 있다. 나는 잡아온 사냥감을 손질할 때 가끔 버터컵에게 내장을 던져준다. 녀석은 더 이상 내게 위협하는 소리를 내지 않는다.

나는 내장을 주고, 녀석은 으르렁대지 않는다. 우리 사이의 사랑은 이 정도일 것이다.

다리를 침대 아래로 내려 사냥용 장화에 발을 밀어 넣는다. 부드러운 가죽 장화는 내 발 모양에 길들여진 지 오래다. 바지와 셔츠를 입고, 하나로 땋아 내린 짙은 색의 긴 머리채를 모자 밑에 쑤셔 넣은 뒤 식량 가방을 움켜쥔다. 테이블 위에는 바질 잎에 싼 작지만 완벽한 염소 치즈 조각 하나가 놓여 있다. 굶주린 들쥐들과 고양이들이 먹지 못하도록 나무 사발을 치즈 위에 덮어 놓았다. 프림이 추첨 날 나에게 주는 선물이다. 나는 밖으로 나가면서 치즈를 조심스레 주머니에 넣는다.

12번 구역에서 우리가 사는 지역은 '경계'라는 별명으로 불린다. 보통 이 시간에 '경계'는 아침 교대를 하러 가는 광부들로 붐빈다. 어깨가 구부정하고 손마디가 부어오른 남녀들. 깨진 손톱과 홀쭉한 얼굴의 주름에 낀 석탄가루를 씻어 내려는 노력조차 오래 전에 그만두어 버린 사람들이다. 하지만 오늘은 검은 석탄가루로 뒤덮인 거리가 텅 비어 있다. 사람들이 사는 회색빛 간이 건물들에는 차양이 내려져 있었다. 추첨은 오후 2시니까 집에서 자두는 것도 좋다. 잘 수 있다면 말이다.

우리 집은 경계의 외곽에 있다. 검문소 몇 개만 지나면 '초원'이라고들 부르는 너저분한 들에 갈 수 있다. 초원과 숲을 나누는, 사실은 12번 구역 전체를 둘러싸고 있는 높은 철사 울타리 꼭대기에는 철조망이 설치되어 있다. 원칙적으로는 우리 지역의 길거리까지 들어오던 숲에 사는 육식동물들(들개 무리, 쿠거, 곰 등)을 막기 위해 울타리에 하루 24시간 내내 전기가 흐르도록 되어 있다. 하지만 전력 공급이 불안정해서, 저녁에 두세 시간 정도 전기가 공급되면 운이 좋은 편이라고 할 수 있다. 그러니 보통은 울타리를 만져도 안전하다.

하지만 나는 울타리에 전기가 들어와 있음을 알려 주는 웅, 하는 소리가 나지 않는지 꼭 한 번 조심스레 귀를 기울여 본다. 지금 울타리는 돌덩이마냥 조용하다. 나는 땅에 배를 대고 납작 엎드린다. 그리고 덤불 속에 숨겨져 있는, 여러 해 전부터 있었던 60센티미터 정도의 개구멍으로 기어들어갔다. 다른 곳에도 몇 군데 개구멍이 있지만, 여기가 집에서 워낙 가까워서 나는 거의 언제나 이 곳을 통해 숲에 들어간다.

나무숲으로 들어간 나는, 제일 먼저 텅 빈 통나무 속에 숨겨 둔 활과 화살 통을 꺼낸다. 전기가 흐르든 아니든 상관없이 이 울타리는 육식동물들로부터 12번 구역을 효과적으로 지켜냈다. 숲 안에서는 짐승들이 자유로이 돌아다니고, 그 외에도 독사라든가 광견병에 걸린 동물, 길이라 할 만한 것이 없다는 점 등 다양한 골칫거리가 있다. 하지만 동시에 이 곳에는, 식량도 있다. 찾는 방법만 안다면 말이다. 아빠는 그 방법을 알고 있었고, 나에게도 조금 알려 주었다. 탄광에서 폭발 사고로 산산조각이 나 돌아가시기 전의 이야기다. 묻을 시체조차 없었다. 그 때 난 열한 살이었다. 5년이 지난 지금도 나는, 아빠에게 도망가라고 소리소리 지르다 잠에서 깨곤 한다.

숲에 들어가는 것은 불법이고 밀렵은 법정 최고형에 해당하는 죄지만, 무기만 있다면 아마 지금보다 더 많은 사람들이 밀렵을 할 것이다. 하지만 칼 한 자루만 지닌 채 숲에 들어갈 용기가 있는 사람은 별로 없다. 그리고 활을 가지는 건 드문 경우에 속한다. 내 활은 아빠가 직접 만드신 것이다. 나는 그런 활 몇 장(張)을 방수 천에 곱게 싸서 숲 속에 잘 숨겨 두었다. 아빠가 만약 직접 만든 활들을 팔았다면 수입이 짭짤했겠지만, 관리들이 알게 되자마자 폭동을 선동했다는 이유로 공개처형 당하고 말았을 것이다. 평화유지군은 몇 안 되는 사냥꾼들을 못 본 체한다. 신선한 고기를 탐내는 것은 그들이나 우리나 마찬가지이기 때문이다. 사실 우리 최고의 단골들 중 하나가 평화유지군들이다. 하지만 그들은 누군가 경계 주민들을 무장시키고 있다는 생각이 들 만한 일은 절대 허락하지 않을 것이다.

가을이 되면 일부 용감한 사람들은 사과를 따러 숲으로 들어간다. 하지만 초원이 보이지 않을 만큼 깊이 들어가는 법은 없다. 문제가 생기면 안전한 12번 구역으로 도망칠 수 있을 정도의 거리만큼만 가는 것이다.

"12번 구역. 안전하게 굶어 죽을 수 있는 곳."

나는 그렇게 중얼거리다 급히 뒤를 돌아보았다. 여기에서도, 이런 한적한 곳에서조차 누군가가 내 말을 엿듣지 않을까 걱정을 하게 된다.

지금보다 더 어렸을 때 나는 우리 구역에 대한, 그리고 멀리 떨어진 캐피톨이라는 도시에 거주하며 이 나라 판엠을 다스리는 사람들에 대한 이야기들을 불쑥불쑥 내뱉었다. 그럴 때 엄마는 죽도록 겁을 내곤 했다. 그래봤자 우리만 더 힘들어진다는 것을 결국 나도 알게 되었다. 그래서 나는 말을 아끼고 남들이 내 생각을 읽을 수 없도록 가면처럼 냉담한 표정을 유지하는 법을 터득했다. 학교에서는 조용히, 해야 할 일을 한다. 시장에서는 공손하게 꼭 필요한 말만 한다. 내 주된 수입원인 암시장 '호브'에서는 거래 이외의 주제는 피한다. 집조차 내게는 이 곳보다는 불편하다. 집에서는 추첨, 부족한 식량, 그리고 '헝거 게임' 같은 민감한 주제는 언급하지 않는다. 프림이 내 말을 다른 곳에서 옮기기라도 했다가는 우리가 어떻게 될지 누가 알겠는가?

함께 있을 때 내가 나 자신일 수 있는 유일한 사람, 게일이 숲에서 나를 기다리고 있다. 우리는 늘 골짜기를 내려다보는 위치에 있는 평평한 바위 절벽에서 만난다. 그곳으로 올라가는 동안 얼굴 근육의 긴장이 풀리고 발걸음이 빨라지는 것이 느껴진다. 거기엔 두터운 산딸기 덤불이 있어서 원치 않는 시선을 가려준다. 나를 기다리고 있는 그를 보자 미소가 비어져 나온다. 게일은 내가 단 한 곳, 숲에서만 미소를 짓는다고 했다.

"안녕, 캣닙."

게일이 인사한다. 내 진짜 이름은 캣니스지만 처음 그에게 이름을 알려줬을 때 나는 속삭이듯 아주 작게 말했었다. 그래서 게일은 내 이름이 캣닙, 즉 고양이가 좋아하는 개박하라는 식물 이름이라고 생각했다. 얼빠진 스라소니 하나가 내가 던져주는 먹이를 받아먹으러 숲에서 나를 졸졸 따라다니기 시작했을 때, 캣닙은 게일이 나를 부르는 별명으로 굳어졌다. 스라소니 때문에 사냥감들이 도망갔으므로 결국 그 녀석을 죽여야 했다. 사냥할 때 동행으로 나쁘지 않은 놈이었기 때문에 죽이고 나서 후회에 가까운 감정이 들긴 했지만, 녀석의 털가죽을 팔아서 괜찮은 값을 받을 수 있었다.

"내가 잡은 것 좀 봐라."

게일이 그렇게 말하며 화살이 꽂힌 빵 한 덩어리를 들어 보여서, 나는 웃음을 터뜨린다. 배급 받은 곡식으로 만드는 납작하고 뻑뻑한 빵이 아니라 빵집에서 만든 진짜 빵이다. 빵을 받아 들고 화살을 뽑은 뒤 화살 구멍에 코를 대고 향기를 들이마시자, 입에 침이 잔뜩 고인다. 이런 좋은 빵은 특별한 때만 먹는 음식이다. 게일이 새벽에 빵집에 가서 물물교환해 온 모양이다.

"으음, 아직 따뜻하네. 뭐랑 바꿨어?"

"달랑 다람쥐 한 마리. 오늘 아침에 빵집 아저씨 기분이 좀 감상적이었던 모양이야. 나한테 행운을 빌어주기까지 하던걸."

"오늘은 평소보다 서로 좀 더 친밀해지는 날이잖아, 안 그래?"

나는 시선조차 돌리지 않은 채 대답하고서 치즈를 꺼낸다.

"프림이 치즈를 줬어."

치즈를 보자 그의 표정이 밝아진다.

"고마워, 프림. 진수성찬이 되겠군."

그는 갑자기 에피 트링켓을 흉내 내며 캐피톨 억양으로 말한다. 에피 트링켓은 매년 추첨일마다 12번 구역을 찾아와 뽑힌 사람의 이름을 발표하는, 머리가 이상한 게 아닐까 싶을 정도로 방정을 떠는 여자다.

"참, 잊어버릴 뻔했군! 즐거운 헝거 게임이 되길!"

게일은 그렇게 말하며 주변의 덤불에서 블랙베리를 몇 개 딴다.

"그리고 확률의 신이……."

게일이 덧붙여 말하며 내 쪽으로 블랙베리 하나를 높이 던졌다. 나는 블랙베리를 입으로 받아 열매를 감싼 부드러운 껍질을 깨물어 터뜨린다. 톡 쏘는 단맛이 혀 위에서 폭발한다.

"……언제나 당신 편이기를!"

나 역시 게일처럼 기운차게 문장을 마무리한다. 이 주제에 대해서는 농담을 하는 수밖에 없다. 그러지 않는다면 우리가 할 수 있는 일은 정신이 나갈 정도로 두려움에 떠는 것뿐이기 때문이다. 게다가 캐피톨 억양은 너무나도 가식적이어서, 무슨 말이든(거의 무엇이든) 그 억양으로 말하면 우습게 들린다.

게일이 칼을 꺼내 빵을 자르는 모습을 바라본다. 내 오빠라 해도 될 모습이다. 검은 직모, 올리브빛 피부, 심지어 눈 색깔도 똑같은 회색이다. 하지만 피가 섞인 사이는 아니다. 적어도 가까운 친척은 아니다. 탄광에서 일하는 가족들은 대부분 이런 식으로 서로 닮았다.

머리 색이 밝고 눈은 파란 엄마와 프림의 외모가 이 곳에 어울리지 않는 이유가 그것이다. 두 사람은 실제로 이 곳과 어울리지 않는 사람들이다. 외할아버지와 외할머니는 주로 관리들과 평화유지군들을 고객으로 하는 (경계의 주민들은 어쩌다 한 번씩 찾을 뿐이다.) 소수의 상인 계급 출신이다. 두 분은 12번 구역치곤 그나마 괜찮은 동네에서 작은 약재상을 운영하셨다. 의사에게 지불할 돈이 있는 사람이 거의 없으므로 이 곳에선 약제사가 의료를 전담하다시피 한다. 아빠는 사냥을 다니다 가끔 약초를 모아, 약재상에 약 재료로 가져가 팔곤 하셨다. 그러다 엄마와 알게 되었다.

집을 떠나 경계로 오다니, 엄마는 아빠를 정말로 사랑했던 모양이다. 자기 아이들이 뼈와 가죽만 남아 배를 곯는데도 우리가 모르는 먼 세상에 가 있는 표정으로 멍하니 앉아 있던 여자가 바로 내 엄마라는 생각이 들 때면, 난 언제나 그 사실을 기억하려 노력한다. 아빠를 생각해서라도 엄마를 용서하려 노력한다. 하지만 솔직히 말하자면, 난 사람을 쉽게 용서하는 편이 아니다.

내가 덤불에서 딸기를 따는 동안 게일은 얇게 잘라서 부드러운 염소 치즈를 얹은 빵을 늘어놓고, 그 위에 하나하나 조심스레 바질 잎을 얹는다. 우리는 바위 틈의 구석에 기대앉는다. 이 곳에 앉으면 밖에서는 우릴 볼 수 없지만 우리는 계곡 전체를 훤히 볼 수 있다. 여름의 생명으로 충만한 계곡에는 채집할 채소, 캐낼 덩이뿌리, 햇빛을 받으면 몸 색깔이 달라 보이는 물고기가 가득하다. 치즈가 배어 든 따뜻한 빵과 입에서 터지는 블랙베리는 환상적인 맛이다. 오늘이 정말로 휴일이었다면, 오늘 학교에 가지 않아도 되는 것이 게일과 함께 산을 누비며 저녁거리를 사냥할 수 있다는 뜻이었다면 정말로 모든 게 완벽했을 것이다. 하지만 2시가 되면 우리는 광장에 모여 서서 호명을 기다려야 한다.

"우린 할 수 있어. 너도 알지?"

게일이 조용히 말한다.

"뭘?"

"이 구역을 떠나는 것. 도망가서 숲 속에 사는 거지. 너하고 나, 우린 할 수 있어."

뭐라고 대답해야 할지 모르겠다. 그건 너무나 허무맹랑한 생각이다.

"딸린 애들이 이렇게 많지만 않았다면 말이지."

그가 재빨리 덧붙인다.

물론 우리가 낳은 애들은 아니지만, 결국 우리 애인 거나 마찬가지다. 게일의 어린 남동생 둘과 여동생, 프림, 그리고 우리 둘의 어머니까지 포함시켜도 될 것이다. 우리가 없으면 살 수 없을 사람들이니까. 언제나 더 달라고 보채는 그 입들을 누가 채워 줄까? 우리 둘 다 매일 사냥을 하는데도, 라드(돼지비계를 정제한 기름 덩어리: 옮긴이)나 신발끈이나 양모(羊毛)를 구하기 위해 사냥감을 물물 교환해야 하는 날에는 꼬르륵거리는 배를 안고 잠자리에 들어야 한다.

"난 애는 절대 갖기 싫어."

내가 말한다.

"나는 가질지도 몰라. 여기 살지만 않았다면."

"하지만 넌 여기 살잖아."

게일의 말에 나는 짜증스럽게 대답한다.

"됐어, 그만해."

그가 받아친다. 잘못되어도 단단히 잘못된 대화 같다. 떠난다고? 내가 사랑하는, 사랑한다고 확신할 수 있는 유일한 사람인 프림을 두고 내가 어떻게 떠나? 그리고 게일도 자기 가족에게 최선을 다해 헌신하고 있다. 우리는 떠날 수 없다. 그런데 이야기는 해서 뭐하나? 설령 우리가 떠난다고 하더라도……, 떠난다 해도…… 아이를 갖는다는 얘기는 어쩌다 나온 거지? 게일과 나 사이에 로맨틱한 일이라고는 있어 본 적이 없다. 우리가 처음 만났을 때 나는 삐쩍 마른 열두 살짜리였고, 게일은 나보다 겨우 2살 더 많지만 이미 어른 같은 모습이었다. 처음에는 거래할 때마다 한참이나 실랑이를 벌였다. 겨우 서로 돕는 사이, 친구가 되는 데만도 오랜 시간이 걸렸다.

게다가 게일이 아이를 원한다면 아내를 구하는 것은 조금도 어렵지 않을 것이다. 잘생겼고, 탄광 일을 해낼 만큼 힘이 세고, 사냥도 할 수 있으니까. 학교에서 게일이 지나갈 때 자기들끼리 속삭이는 모양을 보면 그를 원하는 여자애가 많다는 것을 알 수 있다. 질투가 나긴 하지만 흔히들 생각할 그런 이유 때문은 아니다. 좋은 사냥 파트너는 만나기 힘들다.

"뭐하고 싶어?"

나는 게일에게 묻는다. 우리는 사냥, 낚시, 또는 채집을 할 수 있다.

"호수에서 낚시하자. 낚싯대를 설치해 놓고 숲에서 채집을 하는 거야. 오늘 밤 먹을 근사한 걸 찾아보자고."

오늘 밤. 추첨이 끝나면 모두들 축하를 하는 것으로 되어 있다. 그리고 자기 집 아이들이 또 한 해 무사히 넘겼다는 안도감으로 실제로 축하하는 사람도 많다. 하지만 최소한 두 가족만큼은 차양을 내리고 문을 잠근 채, 앞으로 다가올 고통스러운 몇 주일 간 어떻게 살아남아야 하나 고민한다.

성과가 꽤 괜찮다. 잡기 쉽고 맛도 좋은 사냥감들은 흔한 반면, 육식동물들은 우리를 본체만체한다. 오전 느지막이 되자 물고기를 열 마리 넘게 잡았고 채소류를 가방 하나 가득 채집했다. 최고의 수확은 딸기를 4리터 정도 딴 것이다. 딸기 덤불은 몇 년 전에 내가 찾아냈지만, 동물들이 따먹지 못하도록 그물을 쳐 두자는 아이디어는 게일이 냈다.

집에 돌아가는 길에 호브에 들른다. 호브는 예전에 석탄을 저장하는 데 쓰던 버려진 창고에서 열리는 암시장이다. 탄광에서 캐낸 석탄을 곧바로 기차에 싣는 더 효율적인 시스템이 생기자 창고는 쓸모가 없어졌고, 암시장 호브가 되었다. 추첨을 하는 날에는 이 시간쯤이면 가게들이 대부분 문을 닫지만, 암시장은 아직도 꽤나 붐빈다. 생선 여섯 마리를 손쉽게 질 좋은 빵과 물물교환하고, 두 마리를 소금과 바꾼다. 커다란 솥에 뜨거운 수프를 담아놓고 파는 그리지(greasy), 즉 '기름진' 세이 아줌마는 우리가 가져온 채소의 절반을 받고 파라핀을 몇 덩어리 주신다. 다른 곳에 가면 조금 더 후하게 받을 수 있을지도 모르지만 우리는 그리지 세이 아줌마와 잘 지내려고 노력한다. 언제든 들개를 사줄 사람은 그리지 세이 아줌마뿐이다. 들개를 일부러 사냥하지는 않지만, 우리를 공격하려는 들개를 한두 마리 죽이게 되었을 경우도 있는 것이다. 어쨌든 고기는 고기 아닌가.

"수프에 들어가면 쇠고기라고 할 거야."

'기름진' 세이 아줌마는 윙크를 하며 그렇게 말하곤 한다. 경계에 사는 사람 중 큼직한 들개 다리를 외면할 사람은 아무도 없지만, 호브에 오는 평화유지군들은 조금 까탈을 부릴 정도의 여유는 있다.

시장에서 일을 끝내고는 시장(市長) 집의 뒷문으로 가서 따온 딸기의 절반을 판다. 시장은 딸기를 특히 좋아하고, 우리가 요구하는 값을 치를 재력이 있다는 것을 알기 때문이다. 시장의 딸 매지가 문을 열고 우리를 맞는다. 매지는 나와 같은 학년이다. 시장의 딸이니 분명 재수 없는 성격일 거라고 생각하기 쉽지만, 실은 괜찮은 아이다. 혼자 다닐 뿐이다. 나처럼. 매지나 나나 친하게 지내는 무리가 없기 때문에 학교에서 둘이 같이 어울리게 되는 일이 많다. 같이 점심을 먹는다든가, 모임에서 옆자리에 앉게 된다든가, 체육시간에 파트너가 된다든가 하는 식이다. 대화는 거의 나누지 않는데 우리 둘 다 그게 더 편하다.

오늘 매지는 칙칙한 교복 대신 비싼 흰 드레스를 입고 있고, 금발 머리를 땋아서 핑크색 리본을 달고 있다. 추첨일을 위한 의상이다.

"드레스 예쁘네."

게일이 말한다. 매지는 그를 흘끗 바라보며 진심에서 우러난 칭찬인지 빈정대는 것인지 파악하려 한다. 드레스는 정말로 예쁘지만 평소라면 매지가 절대 입지 않을 옷이다. 매지는 입술을 앙다물더니 미소를 짓는다.

"음, 내가 만약 캐피톨에 가게 된다면, 예쁘게 보이고 싶지 않겠어?"

이제 게일이 헷갈릴 차례다. 진심일까? 아니면 놀리는 걸까? 난 후자라고 추측한다.

"넌 캐피톨에 안 갈 거야."

게일은 차가운 목소리로 대답한다. 게일의 눈길이 매지의 드레스에 장식으로 달려 있는 작고 동그란 핀에 가 닿는다. 아름답게 세공된 황금 핀이다. 저 핀을 살 돈이면 한 가족이 몇 달 동안 먹을 빵을 살 수 있다.

"네 이름은 몇 개나 들어가 있지? 다섯 개? 난 겨우 열두 살밖에 안 됐을 때 이미 이름이 여섯 개 들어 있었어."

"매지 잘못은 아니잖아."

내가 말한다.

"응, 아니야. 누구의 잘못도 아니지. 그냥 그렇다는 것뿐이야."

게일이 대답한다. 매지는 얼굴에 떠올랐던 표정을 거두고 내 손에 딸기 값을 쥐어주었다.

"행운을 빌어, 캣니스."

"너도."

내가 대답하고 나자 문은 닫힌다.

우린 묵묵히 경계 쪽으로 걸어간다. 게일이 매지에게 빈정거린 것이 마음에 들지는 않지만, 게일이 한 말은 물론 옳다. 추첨 시스템은 불공평하고, 가장 손해를 보는 것은 가난한 사람들이다. 우리는 만 열두 살이 되면 추첨 대상이 된다. 추첨 대상이 된 첫 해에는 유리공 안에 이름이 적힌 쪽지가 한 장 들어가고, 만 열세 살이 되면 두 장 들어간다. 그런 식으로 매년 한 장씩 늘어나서, 마지막 해인 만 열여덟 살 때는 일곱 개의 쪽지가 들어가게 된다. 이런 시스템은, 판엠의 열두 개 구역 주민 모두에게 동일한 방식으로 적용된다.

하지만 반전이 하나 있다. 가난해서 배를 곯는 우리 같은 사람들 말이다. 이름을 더 집어넣으면 배급표를 받을 수 있다. 배급표 한 장은 한 사람이 1년 동안 겨우 먹고 살 수 있는 만큼의 곡식과 기름에 해당한다. 또 가족들을 위해 이런 식의 거래를 여러 번 하는 것도 허용된다.

그래서 나는 열두 살이 되었을 때 내 이름이 적힌 쪽지를 네 장 집어넣었다. 한 번은 의무적으로 들어간 것이고, 세 번은 나와 프림과 엄마가 먹을 곡식과 기름을 위해 더 집어넣은 것이다. 사실 나는 이후로도 매년 그짓을 할 수밖에 없는 상황이었다.

적어 넣은 이름은 모두 누적된다. 그렇게 해서, 올해 열여섯 살인 내 이름은 스무 장 들어가 있다. 열여덟 살이고 7년째 혼자서 다섯 가족을 먹여 살리고 있는 게일의 이름은 도합 마흔두 장이 들어가 있다.

매지처럼 배급표가 필요할 일이 절대 없는 사람을 보면 게일이 왜 화가 나는지 이해할 수 있을 것이다. 매지의 이름이 뽑힐 확률은 경계에 사는 우리들에 비하면 굉장히 희박하다. 불가능은 아니지만 희박한 것이다. 그리고 룰을 정한 것은 각 구역이 아닌, 그리고 매지의 가족도 아닌 캐피톨이지만, 배급표를 받기 위해 이름을 넣을 필요가 없는 사람을 보며 분노하지 않기란 어려운 일이다.

매지에게 화를 낸 게 엉뚱한 화풀이라는 것을 게일도 알고 있다. 나는 깊은 숲 속에 있을 때 게일이 배급표 역시 우리 구역을 더욱 비참하게 만드는 도구일 뿐이라고 고함치는 것을 여러 번 들었다. 경계에 사는 굶주린 노동자들과 어지간해선 저녁을 굶지 않는 사람들이 서로 미워하게 만들어서, 절대 믿지 못하도록 만든다는 것이다. 주위에 내 귀 말고 다른 귀가 없을 때면 게일은 이런 말을 하곤 한다.

"우리들끼리 분열되어 있는 것이 캐피톨에게는 이득이 되는 거야."

오늘이 추첨일만 아니었다면, 배급표를 받아 본 적이 없는 금 핀을 단 여자아이가 그런 말(나쁜 뜻으로 한 말은 절대로 아니었다고 나는 확신한다.)을 하지만 않았더라면.

함께 걸으며 돌처럼 냉담한 표정 밑에 숨은, 아직 성이 가시지 않은 게일의 얼굴을 힐끗거린다. 게일에게 말하지는 않지만, 나는 그의 분노가 무의미하지 않나 생각한다. 내 의견이 그와 다르다는 뜻은 아니다. 하지만 숲 속에서 캐피톨을 향해 소리 질러 봤댔자 나아지는 것이 있나? 그래 봤자 바뀌는 것은 아무 것도 없다. 시스템이 공평해지지도 않는다. 배가 불러지지도 않는다. 기껏해야 근처에 있는 사냥감이 놀라서 도망가게 만들 뿐. 하지만 게일이 소리 지를 때면 나는 그냥 놔둔다. 구역 내에서 하는 것보다야 숲에서 하는 것이 나으니까.

오늘의 전리품을 게일과 나누자 한 사람 앞에 생선 두 마리, 질 좋은 빵 두 덩이, 채소, 딸기 1리터, 소금, 파라핀, 현금 조금씩이 돌아왔다.

"광장에서 봐."

"예쁘게 하고 와."

게일은 무뚝뚝하게 대답한다.

집에 와 보니 엄마와 동생은 갈 준비를 이미 마쳤다. 엄마는 약제사 시절에 샀던 좋은 드레스를 입고 있었다. 프림은 내가 처음으로 추첨에 갈 때 입었던 스커트와 주름 장식이 달린 블라우스를 입었다. 프림에겐 옷이 조금 크지만 엄마가 핀으로 고정시켜 주셨다. 그런데도 블라우스 뒷자락이 스커트 밖으로 자꾸 삐져나온다.

두 사람은 나를 위해 욕조에 더운 물을 받아 놓았다. 숲에서 묻혀 온 흙과 땀을 씻고 오랜만에 머리도 감는다. 엄마가 자신이 입던 예쁜 드레스를 꺼내 놓은 것을 보고 나는 놀란다. 부드러운 파란색 드레스인데, 같은 색깔의 구두까지 있다.

"정말 이거 입어도 돼요?"

엄마가 주는 도움을 거절하고 싶은 마음을 억누르려 애쓰며 묻는다. 한동안은 엄마에게 너무 화가 나서, 나에게 아무 것도 해 주지 못하게 한 적이 있었다. 그래도 이건 특별한 일이다. 지난날의 옷은 엄마에게 있어 굉장히 소중한 물건이다.

"그럼, 입어도 되지. 머리도 틀어 올리자."

엄마는 수건으로 내 머리의 물기를 닦고 나서 땋아 올렸다. 벽에 기대놓은 깨진 거울에 비친 내 모습은 스스로도 알아보기 힘들다.

"언니 예쁘다."

프림이 숨을 죽이고 말한다.

"나 안 같지."

나는 대답하며 프림을 꼭 안아준다. 앞으로 몇 시간 동안 프림이 얼마나 힘들지 알기 때문이다. 프림에겐 처음으로 참가하는 추첨이다. 프림의 이름은 한 장만 들어가 있으니 뽑힐 확률은 가장 낮다. 프림 앞으로 배급표를 받는 일은 절대 없도록 했다. 하지만 프림은 나를 걱정하고 있다. 생각조차 할 수 없는 일이 일어나지 않을까 두려워하면서.

나는 프림을 지켜주기 위해 할 수 있는 일은 다 했지만, 추첨만은 나로서도 어쩔 수 없다. 프림이 괴로워할 때면 언제나 느끼게 되는 격한 감정이 내 가슴 속에 차올라, 얼굴에 드러나려 한다. 프림의 블라우스 뒷자락이 스커트 밖으로 또 삐져나온 것을 보며 애써 평정을 지킨다. 블라우스 자락을 넣어주며 나는 말한다.

"꼬리 집어넣어, 꼬마 오리야."

프림은 키득대며 작은 소리로 "꽥꽥" 한다.

"그래, 이 꽥꽥이."

가볍게 웃으며 대답한다. 나를 이렇게 웃게 할 수 있는 사람은 오직 프림뿐이다. 나는 "자, 먹자." 라고 말하며 정수리에 짧게 키스를 한다.

생선과 채소를 넣은 스튜가 벌써 다 되어 가고 있지만 그건 저녁 때 먹을 것이다. 딸기와 빵집에서 산 빵도 특별한 음식으로 하기 위해 저녁에 먹기로 결정했다. 대신에 우리는 프림이 키우는 염소 '레이디'의 젖을 마시고, 배급 받은 곡식으로 만든 거친 빵을 먹는다. 하지만 어차피 식욕을 느끼는 사람은 없다.

1시에 광장으로 향한다. 죽음을 기다리며 침대에 누워있는 사람이 아니라면 누구나 참석해야 한다. 저녁에는 관리들이 순찰을 돌면서 다들 참석했는지 확인한다. 참석하지 않았다가 발각되는 사람은 잡혀가 투옥된다.

추첨이 열리는 장소가 하필이면 광장이라는 사실은 정말 너무하다. 광장은 12번 구역에서 몇 안 되는 기분 좋은 곳 중 하나인데. 광장 주위에는 상점들이 죽 늘어서 있고 장이 서는 날, 특히 날씨가 좋은 날이면 축제 같은 분위기가 난다. 하지만 오늘은 건물들에 밝은 색깔 현수막들이 잔뜩 걸려 있는데도 으스스한 분위기가 감돈다. 건물 옥상에 말똥가리들처럼 자리 잡은 카메라 스태프들이 그런 느낌을 더한다.

사람들이 조용히 몰려와 서명을 한 후 입장한다. 추첨 행사는 캐피톨이 인구 조사를 하는 좋은 수단이기도 하다. 열두 살부터 열여덟 살까지의 아이들은 로프로 분리된 별도 구역에 들어가 나이 순서대로 선다. 나이가 많을수록 앞에 서고, 프림 같은 어린 아이들은 뒤쪽에 선다. 가족들은 서로

20

꼭 손을 잡고서 로프를 따라 늘어선다. 하지만 다른 사람들도 있다. 추첨 대상 중에 자신들이 사랑하는 사람이 없는 사람들, 더 이상 신경조차 쓰지 않는 사람들, 군중 속에 숨어들어 누구누구가 뽑힐지 내기를 하는 사람들이 있다.

내기에 끼는 방법은 다양하다. 몇 살짜리가 뽑힐지, 경계에 사는 아이일지 상인의 아이일지, 울음을 터뜨릴지 아닐지에 따라 돈을 걸 수 있다. 그런 야바위꾼들과 거래하지 않는 사람들이 대부분이지만, 일부 조심스레 내기에 참가하는 사람들도 없지 않다. 그런 사람들은 나중에 밀고를 하는 경우가 많다. 이 곳에서 법을 어기지 않은 사람이 어디 있는가? 나만 해도 금지된 사냥을 한 죄로 매일매일 총살 당해도 이상하지 않지만, 힘 있는 사람들의 식성 덕분에 안전할 수 있다. 모두가 나와 같은 처지는 아니다.

어차피 게일과 나는 아사(餓死)와 총살 중에서 하나를 선택하라면 총살이 훨씬 덜 고통스러우리라는 데 의견을 모은 사람들이다.

사람들이 점점 모여들면서 공간이 좁아져 밀실공포증 비슷한 분위기가 된다. 광장은 제법 널찍하지만 8천 명 정도 되는 12번 구역의 인구가 전부 들어갈 만큼은 아니다. 늦게 온 사람들은 광장 옆의 골목에 자리를 잡는다. 이들은 생중계 화면을 통해 행사를 시청할 것이다.

주위를 둘러보니 나는 경계에 사는 열여섯 살짜리들의 무리 틈에 끼어 있다. 우리는 서로 무뚝뚝하게 고개를 끄덕여 인사를 하고는 법원 건물 앞에 임시로 들어선 무대에 관심을 집중한다. 무대 위에는 의자 셋, 연단, 커다란 유리 공 두 개가 있다. 공 하나에는 남자들, 다른 하나에는 여자들의 이름이 들어있다. 여자용 공에 든 종이쪽지들을 노려본다. 저 중 스무 장에는 손으로 조심스레 적은 캣니스 에버딘이라는 이름이 있다.

매지의 아버지인, 키가 크고 머리가 벗어진 언더시 시장과 12번 구역 담당 수행원 에피 트링켓이 의자를 하나씩 차지하고 앉는다. 캐피톨에서

막 도착한 그녀는 하얀 얼굴에 무시무시한 웃음을 띤 채 핑크색 머리, 봄 새싹 같은 빛깔의 정장 차림으로 앉아 있다. 두 사람은 서로 뭐라고 중얼거리더니 빈 의자를 걱정스러운 듯 바라본다.

시계가 두 시를 울리자 시장이 연단으로 나가 원고를 읽기 시작한다. 매년 똑같은 이야기다. 그는 북미(北美)라는 대륙이 잿더미가 된 뒤에 그 땅에 들어선 나라, 판엠의 역사에 대해 이야기한다. 가뭄, 폭풍, 바다가 침식해 들어와 땅의 상당 부분이 침수된 이야기, 얼마 남지 않은 자원을 놓고 벌어졌던 잔혹한 전쟁을 언급한다. 그 결과가 바로 판엠이다. 빛나는 캐피톨이 한 가운데를 차지하고, 열세 개 구역이 그 주위를 둘러싼 나라.

판엠은 국민들에게 평화와 번영을 가져다주는 나라였지만, '암흑기'가 찾아왔다. 암흑기란 열세 개 구역이 판엠에 맞서 반란을 일으켰던 시기를 말한다. 열두 개 구역은 캐피톨에게 패배했고, 열세 번째 구역은 아예 사라져 버렸다. 반역 협정문에는 평화를 보장하기 위한 새로운 법 조항이 포함되었고, 암흑기가 다시 찾아와서는 안 된다는 것을 매년 일깨우기 위해 헝거 게임이 생겨났다.

헝거 게임의 규칙은 간단하다. 반란을 일으킨 대가로 열두 구역들은 매년 소년 소녀 한 명('조공인'이라고 부른다)씩을 참가시켜야 한다. 총 스물네 명의 조공인들은 드넓은 야외 경기장에 갇히게 된다. 타는 듯한 사막부터 영하의 불모지까지 그 어느 곳이든 경기장이 될 수 있다. 조공인들은 몇 주 간에 걸쳐, 서로 죽을 때까지 싸워야 한다. 마지막까지 살아남는 단 한 명의 조공인이 승리자가 된다.

각 구역에서 아이들을 데려가 서로 죽고 죽이게 하고, 우리에게 그 모습을 보여주는 것. 그것이 우리가 그들에 비해 얼마나 무력한지, 다시 한 번 반란을 일으켰을 때 우리가 살아남을 확률이 그 얼마나 희박한지 일깨워주는 캐피톨의 방식이다. 그들이 어떤 식으로 표현하든 간에 진짜 메시지가 무엇인지는 명확하다.

"똑똑히 봐둬. 우리가 너희 아이들을 데려다 희생시켜도, 너희들이 할 수 있는 일은 아무 것도 없다는 것을. 손가락 하나라도 까딱하면 너희들을 마지막 한 명까지 박살내버릴 거야. 13번 구역에서 했던 것처럼 말이야."

고통뿐 아니라 굴욕도 주기 위해, 캐피톨은 헝거 게임을 모든 구역 선수들이 서로 경쟁하는 스포츠 이벤트같이 포장하고, 우리에게도 축제로 받아들이라고 강요한다. 끝까지 살아남는 조공인은 고향으로 돌아갈 수 있고 안락한 여생을 보장받는다. 또 우승자를 낸 구역은 상품(주로 식량)을 잔뜩 받게 된다. 한 해 내내 다른 구역 주민들이 기아로 신음하는 동안 우승자를 낸 구역은 곡식과 기름, 심지어 설탕 같은 고급 식량까지 선물 받는다.

"반성하는 시간, 또한 감사하는 시간입니다."

시장이 그렇게 읊고 나서, 그간 12번 구역에서 배출한 우승자 이름을 읽는다. 지난 74년 동안 우리 구역은 우승자를 단 두 명 배출했고, 아직 살아있는 사람은 한 명뿐이다. 헤이미치 애버내시라는 배 나온 중년 남자인데, 마침 그가 뭔가 말이 안 되는 소리를 외처대면서 비틀비틀 무대에 올라와 의자에 털썩 앉는다. 잔뜩 취해 있다. 관객들은 예의상 박수를 보내지만 그는 상황 파악이 안 되는 모양으로, 에피 트링켓을 와락 껴안으려 한다. 그녀는 간신히 헤이미치 애버내시의 포옹을 피한다.

시장은 고민스러운 표정이다. 이 행사는 TV로 생중계되므로, 지금 이 순간 12번 구역이 판엠 전체의 웃음거리가 되었으리란 걸 알기 때문이다. 추첨 행사로 관심을 돌리기 위해 그는 재빨리 에피 트링켓을 소개한다.

언제나처럼 밝고 명랑한 에피 트링켓은 총총걸음으로 연단 앞에 나가 그녀의 트레이드마크인 대사를 한다.

"행복한 헝거 게임 시즌이 되시기를! 그리고 확률의 신이 언제나 당신 편이기를!"

헤이미치의 포옹을 피한 뒤로 핑크색 머리가 약간 비뚤어진 걸 보니 가발을 쓰고 있었던 모양이다. 에피는 이 자리에 서게 되어 무척 영광이라고 언급하지만, 그녀가 더 나은 구역 담당으로 옮겨가기를 애타게 바라고 있다는 것을 모르는 사람은 없다. 온 국민이 지켜보는 앞에서 자기를 희롱하려 드는 주정뱅이가 아니라, 더 승리자다운 승리자가 있는 구역 말이다.

관중들 틈으로, 게일이 희미한 미소를 지은 채 내 쪽을 돌아보는 것이 보인다. 추첨 행사 중에서 이 순간만이 그나마 엔터테인먼트 같은 요소가 있는 부분이라고 할 수 있다. 하지만 갑자기 게일과, 저 큰 유리공 속에 든 게일의 이름이 적힌 마흔 두 개의 쪽지와, 확률의 신이 그의 편이 절대 아니라는 사실이 내 머릿속을 꽉 채운다. 다른 남자아이들 대다수와 비교해 게일은 굉장히 불리하다. 게일이 어두워진 표정으로 얼굴을 돌리는 것을 보니 그 역시 나에 대해 같은 생각을 하고 있을지도 모른다.

"하지만 그래도 다른 쪽지들이 수천 장 있잖아."

그에게 이렇게 속삭여줄 수 있다면 좋을 텐데.

추첨 시간이다. 에피 트링켓은 매년 그렇듯이 "레이디 퍼스트!"라고 외치고는 여자아이들 이름이 든 공 쪽으로 간다. 그녀가 공 속에 팔을 집어넣고 종이쪽지 한 장을 집어 꺼낸다. 관중은 동시에 숨을 훅 들이마시고, 광장은 핀 하나 떨어지는 소리까지 들릴 만큼 조용해진다. 토할 것 같은 느낌이다. 나는 너무도 절박하게 빌고 또 빈다. 제발 내가 아니길, 내가 아니길, 내가 아니길.

에피 트링켓은 연단으로 돌아와 종이쪽지를 펴고, 또렷한 목소리로 이름을 읽는다. 내가 아니었다.

프림로즈 에버딘이다.

2

예전에 나무 위에 엄폐물을 설치한 후 거기 앉아 꼼짝도 하지 않고 사냥 감이 지나가길 기다린 일이 있었다. 그러다 깜빡 조는 바람에 나는 3미터 아래의 땅으로 추락했다. 등부터 떨어졌는데, 그 충격 때문에 내 폐 안에 있던 공기가 모두 없어져 버린 듯했다. 나는 그대로 누워서 숨을 들이마시는 것, 내쉬는 것, 그 어떤 움직임도 힘겹게 힘겹게 해야만 했었다.

지금 내 느낌이 딱 그렇다. 뇌 속에서 맴도는 그 이름에 너무 큰 충격을 받은 탓에, 호흡을 어떻게 하는지조차 기억나지 않는다. 아무 말도 할 수가 없었다. 누군가 내 팔을 움켜잡는다. 경계에 사는 남자아이다. 내가 쓰러지려 해서 잡아주었나 보다.

뭔가 착오가 있었던 게 틀림없어. 불가능한 일이라고. 프림의 이름이 적힌 종이는 쪽지 수천 장 중 단 한 장뿐이었는데! 프림이 뽑힐 확률은 너무나 희박해서 걱정조차 하지 않고 있었단 말이야. 내가 할 수 있는 일은 다 했잖아? 배급표는 늘 내 이름으로 받고, 프림은 절대 그러지 못하게 했잖아? 한 장. 수천 장 중 딱 한 장. 확률의 신은 프림의 편이었다고. 하지만 그조차도 소용없었다.

먼 곳에서 관중들이 마음에 안 든다는 듯 나지막하게 중얼거리는 소리가 들린다. 열두 살짜리가 뽑히면 관중은 늘 이렇게 반응한다. 너무 불공평하다고 생각하기 때문이다. 그 순간, 바로 그 아이가 보인다. 핏기라곤 없는 질린 얼굴, 주먹을 꽉 쥔 채 옆구리에 붙인 두 손. 딱딱하게 굳은 다리로 무대를 향해 아장아장 걸어가는 프림이 내 옆을 지나친다. 블라우스 뒷자락이 스커트 밖으로 삐져나와 있다. 그 모습, 오리 꼬리처럼 튀어나온 블라우스 자락을 보는 순간 나는 제정신을 차렸다.

"프림!"

나는 소리 질렀지만 목이 메어 말이 똑바로 나오지 않았다. 목이 정상으로 돌아오자마자 다시 외친다.

"프림!"

다른 아이들이 즉시 몸을 비켜주어서 무대까지 바로 이어지는 길이 생긴 덕에, 군중을 헤치고 나갈 필요는 없었다. 프림이 계단에 오르려는 순간 나도 무대 앞에 도착했다. 나는 팔을 뻗어 프림을 낚아채고, 내 뒤로 밀친다.

"내가 자원할게요! 내가 조공인으로 자원할게요!"

나는 숨을 헐떡이며 외친다. 무대 위가 조금 어수선해졌다. 12번 구역에서는 수십 년 간 자원자가 없었던 터라 그 절차가 분명하지 않다. 규칙은 이렇다. 남자라면 추첨 대상 연령의 다른 남자가, 여자인 경우에는 추첨 대상 연령의 다른 여자가 뽑힌 조공인 대신 자원할 수 있도록 되어 있다. 추첨 직후 이름이 호명되었을 때, 앞으로 나와서 자신이 대신 가겠다고 말하면 되는 것이다. 어떤 구역에서는 추첨에 뽑히는 것이 대단한 영예라서 사람들이 앞 다투어 목숨을 내건다. 그래서 자원의 절차가 복잡하다. 하지만 이곳 12번 구역에서 '조공인'은 '시체'의 동의어나 다름없다. 때문에 자원자들도 이미 사라진 지 오래였다.

"멋지군요! 하지만 절차상으로, 먼저 당첨자를 소개한 다음 자원자가 없는지 묻고, 만약 자원자가 나서면 그 다음에, 음……."

에피 트링켓은 그렇게 말하지만, 그녀 스스로도 절차를 잘 모르는 탓에 결국 말꼬리를 흐린다.

"무슨 상관입니까?"

시장이 말한다. 그는 고통스러운 표정으로 나를 바라보고 있다. 시장이 나를 안다고 단언할 수는 없지만, 어렴풋이 알아보는 것 같다. 그에게 나는 딸기를 가져오는 여자애다. 자기 딸이 이야기한 적이 있는 아이일지도 모른다. 5년 전에 엄마와 여동생과 함께 와서, 고인의 장녀로서 그에게 훈장 메달을 받은 아이다. 탄광에서 아버지가 증발해 버렸기 때문이었다. 그걸 기억하고 있는 걸까?

"무슨 상관입니까?"

시장은 퉁명스러운 목소리로 다시 한 번 묻고 나서 이렇게 말한다.

"올라오라고 하지요."

내 뒤의 프림이 완전히 이성을 잃고, 가느다란 팔로 나를 옥죄며 소리를 지른다.

"안 돼, 캣니스! 안 돼! 가면 안 돼!"

"프림, 이거 놔."

나는 일부러 거친 말투로 말한다. 마음이 약해질 것 같은데, 울고 싶지는 않기 때문이다. 오늘 밤 TV에서 각 구역의 추첨 행사를 재방송할 때 내가 우는 모습이 나오면 만만한 상대, 나약한 아이로 찍힐 것이기 때문이다. 나는 그 누구에게도 그런 만족감을 느끼게 하지는 않을 것이다.

"이거 놔!"

누군가가 프림을 끌어당기는 것이 느껴진다. 돌아보니 게일이 프림을 안아 들고 있다. 프림은 게일의 품 안에서 마구 몸부림 치고 있다.

"올라가, 캣닙."

게일이 애써 침착한 목소리로 말하고서 프림을 엄마 쪽으로 데리고 간다. 나는 마음을 굳게 먹고 계단을 올라간다.

"브라보! 이런 게 바로 헝거 게임의 정신이죠!"

에피 트링켓의 목소리가 튀어 오른다. 자기가 맡은 구역에서 드디어 재미있는 일이 일어난 것이 기쁜 모양이다.

"이름이 뭔가요?"

나는 힘겹게 침을 꿀꺽 삼키고 대답한다.

"캣니스 에버딘입니다."

"뽑힌 사람이 동생이었나 보군요. 동생에게 영광을 빼앗기기 싫었던 거죠? 자, 여러분! 새로운 조공인에게 크게 박수 한 번 쳐 줍시다!"

에피 트링켓이 쩍쩍거린다.

단 한 명도 박수를 치지 않는다. 12번 구역의 주민들에게 영원한 명예로 남을 일이다. 내기에 돈을 건 사람들, 이제는 헝거 게임에 더 이상 신경조차 쓰지 않는 사람들마저도 박수 치지 않는다. 아마 그들 모두가 호브에서 나를 만났거나, 아빠를 알던 사람들이거나, 프림……, 누구든 사랑하지 않을 수 없는 내 동생 프림을 만난 적이 있는 이들이기 때문일 것이다. 처벌 받지 않는 범위 내에서 가장 과감한 이의(異意) 표현, 즉 침묵으로 모두가 항의하고 있는 동안 나는 무대 위에 선 채 움직이지 않는다. 우리는 동의할 수 없다고 외치는 침묵. 우리는 용서할 수 없다고 외치는 침묵. 이 모든 것은 잘못된 일이라고 외치는 침묵.

그러다 예상치 못한 일이 일어난다. 적어도 나는 예상하지 못했던 일이. 12번 구역이 나를 보살펴 주는 곳이라고 생각해 본 적이 없기 때문이다. 하지만 내가 프림을 대신하고 나선 이후 분위기가 바뀌어, 지금은 내가 소중한 사람이 된 것 같다. 한 사람, 그리고 또 한 사람, 마침내는 관중 모두가 왼손 둘째와 셋째, 넷째 손가락에 입을 맞춘 뒤 나를 향해 들어 보인다. 우리 구역의 오래된 관습으로, 이제는 거의 사용하지 않는 제스처이다. 가끔 장례식장에서 볼 수 있는 동작인데, 그 의미는 고맙다, 너에게 감탄했다는 뜻이다. 사랑하는 사람을 떠나보낼 때 하는 동작이다.

정말로 눈물이 터져 나오기 직전이 되어 버렸지만, 운 좋게도 때마침 헤이미치가 내게 축사를 해 주러 무대 저편에서 비틀대며 걸어왔다.

"이 여자애 좀 보게. 얘 좀 봐!"

그는 고함을 지르며 내 어깨에 팔을 두른다. 꼬락서니에 비해 놀랄 정도

28

로 힘이 세다.

"마음에 들어!"

그의 입에서는 술 냄새가 심하게 나고 목욕한지도 꽤 된 것 같다.

"아주…… 용감해!"

헤이미치는 단어를 떠올리느라 잠시 말을 멈췄다가, 곧 기쁜 듯이 말을 잇는다.

"너보다 훨씬!"

다시 나를 놔두고 무대 앞으로 걸어 나간 헤이미치가 카메라에 삿대질을 하며 고래고래 외친다.

"너보다 훨씬!"

관객들에게 하는 말일까, 아니면 너무 취해서 대놓고 캐피톨을 비난하는 것일까? 그가 다음 말을 하려고 입을 여는 순간 무대 아래로 떨어져 의식을 잃어버렸기 때문에, 진실은 알 수 없게 되어 버렸다.

구역질나는 인간이지만 그래도 나로선 고맙다고 해야 할 것 같다. 모든 카메라가 기뻐하며 그를 향하는 틈을 타, 목에 걸린 작은 한숨을 토해 내고 마음을 가다듬을 수 있었다. 손을 등 뒤로 모으고 정면을 똑바로 응시한다. 오늘 아침에 게일과 함께 올라갔던 언덕이 보인다. 잠시 동안 열망한다. 무엇을? ……우리 둘이서 이 곳을 떠난다는 생각……. 숲에서 길을 찾으며……. 하지만 도망가지 않길 잘했다는 것을 나는 알고 있다. 내가 없었다면 누가 프림 대신에 자원했을 것인가?

헤이미치는 들것에 실려 나가고 에피 트링켓은 어떻게든 분위기를 살려 보려 한다. 오른쪽으로 돌아간 가발을 바로잡으려 애쓰며 그녀는 "신나는 날이군요!" 하고 재잘거린다.

"하지만 신나는 일이 아직 남았죠! 남자 조공인을 뽑을 시간이에요!"

한 손을 머리에 댄 채 유리공으로 가는 그녀의 모습에서 형편없는 머리

꼴을 가려보겠다는 속셈이 뻔히 들여다보인다. 남자들의 이름이 든 유리 공 안에 손을 넣은 그녀는, 제일 먼저 손에 잡힌 쪽지를 집어 들고 연단으로 쪼르르 달려온다. 그러고는 내가 속으로 게일의 안전을 빌어줄 시간도 없이 바로 호명해 버린다.

"피타 멜라크."

피타 멜라크!

'안 돼, 그 애만은 안 돼.' 하고 생각한다. 내가 아는 이름이기 때문이다. 비록 직접 그 아이와 말해 본 적은 한 번도 없지만. 피타 멜라크.

오늘, 확률의 신은 나의 편이 아니다.

그가 무대로 걸어오는 모습을 지켜본다. 중간 정도 키에 다부진 체격, 이마에 드리워진 회색이 도는 곱슬거리는 금발머리. 호명된 순간의 충격을 억누르려는 노력이 얼굴에 드러나 있다. 하지만 그의 푸른 눈에는 내가 사냥할 때 동물들의 눈에서 숱하게 보았던 공포가 어려 있다. 그래도 그는 똑바른 걸음으로 무대에 올라와 자리를 잡고 선다.

에피 트링켓은 자원자가 없느냐고 물어 보지만 아무도 나서지 않는다. 그에게 형이 두 명 있다는 것을 나는 빵집에서 보아서 알고 있다. 그러나 한 명은 나이가 많아서 자원할 수 없고, 다른 한 명은 자원할 수 있지만 안 하는 것이리라. 그게 보통이다. 추첨 날 가족들이 보여주는 헌신은 대부분 그 정도 선에서 그친다. 동생 대신 자원한 내 행동이 유별난 것이다.

시장은 매년 이 차례가 되면 그렇듯 길고 지루한 반역 협정문을 읽지만 (반드시 읽도록 되어 있다), 내 귀에는 단 한 단어도 들어오지 않는다.

'왜 하필 저 애인거지?' 그러면서도 나는 상관없다고 생각하려 애쓴다. 피타 멜라크와 나는 친구가 아니야. 이웃조차 아니야. 서로 말해본 적도 없 잖아. 우리 사이에 딱 한 번 있었던 그 일은 벌써 여러 해 전이야. 그는 아마 잊어 버렸을 거야. 하지만 나는 잊지 않았고, 앞으로도 잊지 못하겠지······.

우리는 그 때 최악의 상황에 놓여 있었다. 그 해 1월은 그 누구의 기억에 있는 겨울보다도 더 혹독하게 추웠다. 그 해 1월, 아빠가 탄광에서 사고로 돌아가셨다. 그로부터 3개월이 지난 때였다. 아빠를 잃었다는 멍한 기분은 사라진 뒤였고, 가끔씩 갑자기 문득 찾아오는 고통에 몸을 웅크리고 엉엉 울며 괴로워하곤 했다. 울면서 나는 속으로 외쳤다. '어디 계세요? 어디로 가신 거예요?' 물론 대답 따위는 없었다.

구역 정부에서는 아빠의 죽음에 대한 보상금을 약간 지급했다. 한 달의 애도기간 동안 먹고 살 정도의 돈이었다. 한 달 내에 엄마가 직업을 구해서 생계를 유지하라는 뜻이었다. 엄마는 직업을 구하지 않았다. 그저 의자에 앉아 있거나, 침대에서 이불을 덮어쓰고 먼 곳 어딘가를 바라볼 뿐 아무 것도 하지 않았다. 어쩌다 한 번씩 정신을 차린 듯이, 무언가 급히 할 일이 생겼다는 듯이 일어났다가는 다시 쓰러져 누워 꼼짝도 하지 않곤 했다. 프림이 아무리 빌어도 엄마는 들은 척도 하지 않았다.

나는 겁에 질렸다. 지금은 엄마가 그 때 잠시 슬픔의 어두운 세상에 갇혀 있었던가 보다 생각하지만, 그 당시에는 아빠만이 아니라 엄마까지 잃어버렸다는 생각뿐이었다. 프림은 고작 일곱 살이었다. 나는 열한 살에 우리 가족의 가장이 되었다. 선택의 여지가 없었다. 시장에서 장을 봐와서 내가 할 수 있는 한 최선을 다해 요리를 하고, 프림과 내가 최대한 덜 꾀죄죄하게 하고 다니도록 신경을 썼다. 엄마가 우리를 돌봐줄 수 없게 되었다는 것이 티가 나게 되면, 구역 정부에서 우리를 데려가 보육원에 넣을 것이기 때문이다. 나는 학교에서 보육원에 사는 아이들을 보며 자랐다. 그 아이들이 간직한 슬픔, 누군가가 화나서 손찌검한 흔적이 있는 얼굴들, 절망감으로 굽은 어깨들. 프림이 그렇게 되게 할 수는 없었다. 자그맣고 다정한 프림, 내가 울면 이유도 모른 채 따라서 우는 프림, 학교 가기 전에 엄마 머리를 빗기고 땋아 드리는 프림, 경계에 있는 모든 것 위에 내려앉는 석탄 가루를 싫어하셨던 아빠를 생각하며 아직도 매일 밤 아빠가 면도하실 때 쓰시던 거울을 닦는 프림. 보육원은 벌레를 짜부라트리듯 프림을 부숴버릴 것이다. 그래서 나는 곤경에 처한 우리 사정을 비밀로 해야만 했다.

하지만 돈이 떨어져 우리는 서서히 굶어 죽어가고 있었다. 다른 말로 표현할 방법이 없다. 나는 5월까지만, 5월 8일까지만 버티면 된다고 되뇌었다. 5월 8일이면 내가 열두 살이 되니까, 내 이름을 더 집어넣는 대가로 배급표를 받아서 소중한 곡식과 기름을 얻어 먹고 살 수 있다고. 하지만 5월 8일이 되려면 아직 몇 주가 남아있었다. 그 전에 우리 모두 죽어버릴 가능성이 더 컸다.

아사는 12번 구역에서는 드문 일이 아니다. 이 곳에서, 굶어 죽은 사람을 본 적이 없는 사람도 있을까? 일할 수 없는 노인들, 아이가 너무 많은 집의 아이들. 탄광에서 일하다 다쳐서 거리에 나앉은 숱한 사람들. 어느 날 그런 사람들 중 하나의 옆을 지날 때, 그 사람이 벽에 기대어, 또는 초원에 누워 이상할 정도로 꼼짝도 않고 있음을 눈치 채게 된다. 어느 집 앞을 지나다 보면 통곡 소리가 들리고, 평화유지군이 와서 시체를 수거해 간다. 공식적으로 발표되는 사인(死因)은 아사가 아니다. 언제나 독감, 동사(凍死), 폐렴 같은 것들이 원인으로 발표된다. 하지만 그 말을 곧이곧대로 믿는 사람은 없다.

피타 멜라크를 마주쳤던 그 날 오후에는 얼음처럼 차디찬 비가 냉혹하게 퍼붓고 있었다. 프림이 입었던 너덜너덜한 아기 옷을 시내에 가지고 나가 시장에서 식량과 교환하려 해 봤지만, 아무도 그 옷을 원하는 사람이 없었다. 아빠를 따라 호브에 몇 번 가 보긴 했었지만, 워낙 거칠고 험한 곳이라 나 혼자 들어갈 엄두가 나지 않았다. 내가 입고 있던 아빠의 사냥용 재킷에 빗물이 배어들어 뼛속까지 시리고 추웠다. 사흘 내내 우리가 먹은 것이라곤 찬장 구석에 있던 말린 민트 이파리를 넣고 끓인 물뿐이었다. 온몸이 부들부들 떨리는 바람에 들고 있던 아기 옷 뭉치를 진흙탕에 떨어트리고 말았다. 힘이 없어서 쓰러지면 다시는 일어나지 못할 것 같아 줍지 않았다. 게다가 어차피 아무도 원하지 않는 옷 아닌가.

집에 갈 수는 없었다. 죽은 사람 같은 눈을 하고 있는 엄마와 내 어린 동생, 볼이 옴폭 들어가고 입술이 갈라진 내 동생이 있는 집으로 돌아갈 수는 없었다. 석탄이 떨어져 숲 가장자리에서 내가 몰래 가져온, 채 마르지 않은 나무를 태우는 바람에 방안에 연기가 가득한 그 집으로, 아무 희망도 없는 텅 빈 손으로 돌아갈 수는 없었다.

정신을 차려 보니 나는 마을에서 가장 잘 사는 사람들이 가는 가게들의 뒷골목에 있는 진창길을 걷고 있었다. 건물 1층에서 장사하는 상인들은 같은 건물의 2층, 3층에 살기 때문에 나는 가게 주인들의 집 뒤뜰에 있는 거나 마찬가지였다. 아직 봄이 오기 전이라 비어 있던 화단의 윤곽, 우리 안의 염소 한두 마리, 기둥에 묶여 흠뻑 젖어 있던, 진창을 덮어쓰고 기죽은 듯 몸을 구부리고 있던 개 한 마리를 본 기억이 난다.

12번 구역에서는 모든 형태의 절도가 금지되어 있고 절도범은 사형에 처해진다. 하지만 쓰레기통 속에 뭔가 있을지도 모른다는 생각이 번쩍 들었다. 쓰레기통 속의 물건은 가져가도 괜찮다. 정육점에서 버린 뼈다귀, 식료품점에서 버린 썩은 채소, 우리 가족만큼 굶주린 사람이 아니라면 아무도 먹지 않을 그런 음식이 있을지도 모른다. 불행하게도 쓰레기통은 비운 지 얼마 되지 않아 깨끗했다.

빵집을 지나가자 풍겨오는 갓 구운 빵 냄새에 압도당해 어지러울 지경이었다. 화덕이 빵집 뒤쪽에 있었기 때문에, 열린 부엌문을 통해 황금빛 불빛이 흘러나왔다. 따스한 온기와 달콤한 향기에 넋을 잃고 나는 그 자리에 홀린 듯 멈춰 서 있었다. 그러나 비가 나를 방해했다. 차가운 손가락처럼 내 등을 타고 흐르는 빗방울 때문에 나는 정신을 차렸다. 나는 빵집 쓰레기통 뚜껑을 열어 보았으나, 그 안은 얼룩 하나 없이 무정할 정도로 깨끗했다.

갑자기 고함 지르는 소리가 들려 고개를 들어 보니, 빵집 아줌마가 어서 사라지지 않으면 평화유지군을 불러서 허구한 날 자기 집 쓰레기통을 뒤져대는 경계 꼬맹이들을 다 잡아가게 할 거라고 내게 을러대고 있었다. 험악한 말에 뭐라 대꾸할 수가 없었다. 조심스레 뚜껑을 다시 덮고 물러서는데 그 아이를 보았다. 금발머리 남자아이가 엄마 등 뒤에서 빤히 나를 바라보고 있었다. 학교에서 본 적이 있는 아이였다. 같은 학년이었지만 이름은 몰랐다. 시내에 사는 아이들끼리만 어울리는 아이인데 내가 어떻게 이름을 알겠는가? 그 아이의 엄마는 투덜거리며 빵집 안으로 들어갔지만, 아이는 내가 돼지우리 뒤쪽으로 가서 늙은 사과나무의 굵은 둥치에 기대는 것을 지켜보고 있었음이 분명하다. 집에 가져갈 것이 아무 것도 없다는 사실이 마침내 현실로 느껴졌다. 무릎이 저절로 힘없이 구부러져 나는 나무뿌리에 털썩 주저앉았다. 너무해. 나는 너무나 병들고 약하고 지쳤어, 아, 너무 지쳤어. '평화유지군을 불러서 보육원으로 데려가라고 해.' 나는 그렇게 생각했다. '아니면, 지금 당장 여기서, 빗속에서 죽게 해줘. 그게 낫겠어.'

빵집에서 덜그럭거리는 소리가 나더니 아까 그 아줌마가 다시 뭔가 고함 지르는 소리가 들렸다. 철썩, 때리는 소리가 나기에 무슨 일일까 하고 어렴풋이 생각했다. 이어 누군가 진흙을 튀기며 내 쪽으로 달려오는 소리가 들려왔다. '아줌마가 막대기를 들고 나를 쫓아버리러 오는구나.' 하고 생각했다. 하지만 아줌마가 아니었다. 그 아이였다. 품에 커다란 빵을 두 덩어리 안고 있었다. 빵 껍질이 검게 그을린 것을 보니 불에 떨어뜨린 모양이었다.

34

아이의 엄마가 외치는 소리가 들렸다.

"돼지한테나 먹여, 이 바보 같은 것아! 그게 낫지. 교양 있는 손님들이 불에 탄 빵을 사겠니!"

아이는 빵에서 탄 부분을 뜯어내 여물통에 버렸다. 빵집 앞문에서 벨소리가 들려와 아이 엄마는 손님을 맞으러 빵집으로 들어갔다.

아이는 내 쪽을 보지 않았지만 나는 계속 그를 지켜보았다. 빵 때문이기도 했고, 아이의 광대뼈에 난 붉게 부르튼 자국 때문이기도 했다. 뭘로 때린 걸까? 우리 부모님은 절대 우리를 때리지 않으셨다. 나로선 상상조차 할 수 없는 일이었다. 아이는 엄마가 보고 있지 않나 확인하듯 빵집 쪽을 한 번 흘끗 돌아보더니, 다시 돼지우리 쪽으로 몸을 돌리고서 내 쪽으로 빵 하나를 던졌다. 이어 두 번째 빵도 마저 던진 아이는 뛰어서 빵집으로 돌아가 부엌문을 꼭 닫고 들어가 버렸다.

나는 빵 두 덩어리를 바라보았지만 믿을 수가 없었다. 탄 부분만 제외하면 훌륭한, 아니 완벽한 빵이었다. 나더러 가지라는 뜻일까? 그럴 거야. 내 바로 앞에 떨어졌는걸. 나는 누가 보기 전에 빵을 셔츠 안에 집어넣고 사냥용 재킷으로 몸을 단단히 여민 다음 빠른 걸음으로 그 곳을 떴다. 방금 화덕에서 꺼낸 터라 뜨거웠지만 나는 생명 그 자체인 빵을 품에 꼭 껴안았다.

집에 도착했을 때는 빵이 조금 식어 있었지만 속은 아직도 따뜻했다. 빵을 식탁에 놓자 프림이 한 조각 뜯으려 손을 뻗었지만, 나는 프림을 일단 의자에 앉히고는 엄마를 억지로 끌어와 식탁 앞에 앉혔다. 따뜻한 차를 따른 다음 검게 탄 부분을 긁어 내고 칼로 빵을 잘랐다. 조금씩 조금씩 잘라서 빵 한 덩어리를 다 먹었다. 건포도와 견과류가 든, 영양이 풍부하고 좋은 빵이었다.

나는 옷을 벗어 불가에 널어두고 침대에 기어들어가 꿈도 꾸지 않고 푹 잤다. 그 아이가 일부러 빵을 태웠을지도 모른다는 생각은 다음 날 아침에서야 할 수 있었다. 혼날 것을 알면서도 일부러 빵을 불 속에 떨어트려서 내게 갖다 주었을지도 모른다는 생각. 하지만 그 생각은 곧 잊어버렸다. 우연일 것이다. 뭐하러 그런 일을 했겠어? 나를 알지도 못하는 아인데. 그래도 내게 빵을 던져 준 것만으로도 엄청난 친절이었고, 들켰다면 얻어맞았을 것이 분명하다. 나는 그 아이가 왜 그런 행동을 했는지 설명할 수가 없었다.

우리는 다음 날 아침 빵을 조금 잘라 먹고 학교에 갔다. 하룻밤 사이에 봄이 찾아온 것 같았다. 따뜻하고 달콤한 공기와 솜털 같은 구름. 학교 강당에서 그 아이 옆을 지나쳤는데, 광대뼈 언저리가 부어 있고 눈에는 멍이 들어 있었다. 그 아이는 자기 친구들과 어울리느라 나를 전혀 알아보지 못했다. 하지만 프림을 데리고 집으로 가려는데 그 아이가 운동장 건너편에서 나를 바라보는 것을 발견했다. 아주 잠깐 나와 눈이 마주쳤지만 그 애는 곧 고개를 돌려 버렸다. 나는 부끄러워서 고개를 떨어뜨렸다가 그것을 발견했다. 올해 처음으로 핀 민들레였다. 머릿속에서 종소리가 들리는 듯했다. 아빠와 함께 숲에서 보냈던 시간들을 떠올리고는 앞으로 어떻게 살아남을지를 깨달았다.

지금 이 순간까지도 나는 그 아이, 즉 피타 멜라크, 내게 희망을 주었던 그 빵, 그리고 내가 아직 끝장난 게 아니라는 사실을 깨우쳐 준 그 민들레 사이의 연관을 잊을 수가 없다. 그 뒤로도 학교 복도에서 그 애가 내 쪽을 바라보다 나와 눈이 마주치면 시선을 돌린 것이 한두 번이 아니다. 그에게 빚을 진 기분이다. 나는 빚지는 것이 싫다. 그날 이후 고맙다고 인사할 기회가 있었다면 지금 이렇게까지 갈등을 느끼지는 않았을 것이다. 몇 번 생각은 해 봤지만 그럴 기회가 좀체 없었다. 앞으로는 기회가 영영 없을 것이다. 우리는 이제 경기장에서 서로 죽을 때까지 싸워야 할 테니까. 거기에 '고마워'란 인사를 끼워 넣을 틈이 어디 있겠는가? 자기 목을 베어버리려는 사람이 고맙다고 해 봤자, 진심으로 느껴지지 않을 것이다.

지루한 반역 협정문을 다 읽은 시장은 피타와 나에게 악수하라는 몸짓을 해 보인다. 피타의 손은 단단하고 그 때의 빵처럼 따뜻하다. 피타는 내 눈을 똑바로 바라보며 안심하라는 듯 내 손을 한 번 꼭 쥐어준다. 아니면 그냥 긴장해서 그런 걸 수도 있다.

판엠 국가가 흘러나오자 우리는 다시 몸을 돌려 관중을 향해 선다.

'뭐 어때, 24명이나 있으니 내가 죽이기 전에 다른 사람 손에 죽을 확률이 크잖아.'

나는 애써 그렇게 생각한다.

요즘 들어 확률의 신이 내 편이 아니긴 했지만 말이다.

3

국가가 끝나자마자 우리에게 감시가 붙는다. 수갑을 채운다거나 하는 것은 아니지만, 평화유지군 한 무리가 우리를 데리고 법원 건물 정문으로 들어간다. TV에서 본 적은 없지만 조공인이 탈출을 시도했던 전례가 있는지도 모르겠다.

건물 안으로 들어가자 그들은 날 어느 방으로 안내하더니, 나만 남겨 두고 사라졌다. 이렇게 호화로운 곳에는 처음 와본다. 털이 긴 두꺼운 카펫이 깔려있고, 소파와 의자는 벨벳으로 되어 있다. 엄마 드레스 중에 벨벳 컬러가 달린 옷이 있어서 벨벳이 뭔지는 알고 있다. 소파에 앉자 천을 계속해서 손으로 쓸어 보지 않을 수가 없다. 벨벳을 쓰다듬노라니 마음이 좀 차분해지는 것이, 다가올 시간에 대비하는 데 도움이 된다. 이제 곧 조공인들이 사랑하는 사람들에게 작별 인사를 하는 순서가 된다. 지금 나에게 슬픔은 사치다. 부은 눈에 빨간 코를 하고 이 방을 나설 수는 없다. 기차역에 카메라들이 진을 치고 있을 테니, 절대 눈물을 흘려서는 안 된다.

동생과 엄마가 제일 먼저 방으로 들어온다. 프림을 향해 팔을 뻗치자 프림은 내 무릎에 올라와 앉으며 팔로 내 목을 감고 어깨에 머리를 기댄다. 프림이 걸음마를 하던 무렵에도 꼭 이렇게 안겼었다. 엄마가 내 옆에 앉아 양 팔로 우리 둘을 감싼다. 몇 분 동안을 우리는 말없이 그렇게 안고 있다. 그리고 나서 나는 이제 내가 없으니까, 내가 해줄 수 없으니까 두 사람이 잊지 않고 알아서 해야 하는 것들을 하나하나 말하기 시작한다.

프림은 절대 배급표를 받아서는 안 된다. 살림을 알뜰하게 하면, 프림이 키우는 염소의 젖과 젖으로 만든 치즈를 판 돈, 그리고 엄마가 경계 사람들 대상으로 하기 시작한 소규모 약제사 일만으로 둘이서 먹고 살 수 있다. 엄마가 직접 키우지 못하는 약초는 게일이 가져다 주겠지만, 게일은 약초에 대해서 나만큼은 모르기 때문에 어떤 풀을 캐야 할지 자세하게 알려 줘야 한다. 게일은 사냥해서 잡은 동물들도 가져다 줄 것이다. 이런 일이 생길 것에 대비해 게일과 나는 1년쯤 전에, 서로 그렇게 약속했었다. 아마 대가를 달라고 하지는 않겠지만, 염소젖이나 약 같은 다른 물건을 보답으로 주어야 한다.

프림에게 사냥을 배워 보라는 말은 아예 꺼내지도 않는다. 몇 번 가르쳐 보려 했지만 결과가 참담했기 때문이다. 프림은 숲을 아주 무서워 했고, 내가 활로 뭔가를 잡을 때마다 눈물이 고여서, 집에 데려가서 치료해 주면 살릴 수 있을지도 모른다는 얘기만 계속했다. 하지만 염소는 잘 돌보니까 거기에 중점을 두고 이야기했다.

연료, 물물교환, 학교 다니는 이야기를 마치고 나서 엄마를 마주보고 앉아 팔을 꽉 쥔다.

"잘 들어요. 내 얘기 듣고 있어?"

내가 워낙 강하게 이야기해서 엄마는 놀란 듯한 표정으로 고개를 끄덕인다. 내가 무슨 말을 할지 알고 있는 것이 분명하다.

"예전처럼 그러면 안 돼요."

내가 그렇게 덧붙이자 엄마는 시선을 바닥으로 떨어뜨린다.

"알아. 안 그럴 거야. 그 때는 내가 어쩔 수가 없……."

"이번엔 어쩔 수 '있어야' 돼요. 프림 혼자 내버려두고 도망가버리면 안 돼요. 이젠 두 사람 목숨을 구할 사람이 없단 말이야. 무슨 일이 일어나도 신경 쓰지 말아요. TV에서 뭘 보게 되더라도 이겨낼 거라고, 나한테 약속해요!"

언성을 점점 높이다보니 나는 거의 소리 지르듯 말하고 있었다. 내 목소리에는 엄마가 우리를 버렸을 때 느꼈던 분노와 공포가 고스란히 들어있다.

이제 엄마도 화가 났다. 엄마는 내 손에서 팔을 빼고 말한다.

"난 아팠던 거야. 지금 가진 약이 그 때 있었으면 먹고 나을 수 있었어."

엄마가 아팠던 거라는 말은 사실일지도 모른다. 그 뒤로 슬픔 때문에 움직이지도 못하는 사람들을 엄마가 낫게 하는 것을 본 적이 있다. 정말로 그냥 병이었을지도 모르지만, 이제 우리에겐 병에나 걸리고 앉았을 여유가 없다.

"그럼 약 먹어요. 프림을 챙겨!"

"캣니스 언니, 내 걱정은 안 해도 돼. 하지만 언니도 스스로를 잘 챙겨야지. 언니는 정말 날쌔고 용감하니까, 이길지도 몰라."

프림이 두 손으로 내 얼굴을 꼭 감싸며 말한다.

나는 이길 수 없다. 프림도 마음속으로는 알 것이다. 그 곳에서 벌어지는 경쟁은 내 능력 밖의 일이다. 헝거 게임에서 우승하는 것을 엄청난 영예로 여기는 잘 사는 구역에는 평생 이 경기를 위해 단련해 온 아이들이 있다. 나보다 몸집이 두세 배 큰 남자아이들, 칼로 사람을 죽이는 방법을 스무 가지는 알고 있는 여자아이들이다. 아, 나 같은 사람들도 있을 것이다. 진짜 재미있는 부분이 시작하기 전에 숨어 나가는 사람들.

"응, 어쩌면. 그러면 우리도 헤이미치처럼 부자가 될 거야."

벌써 스스로 희망을 버렸다면 엄마에게 힘내라고 말할 체면이 서지 않으니, 나는 이렇게 대답한다. 게다가 극복할 수 없는 것 같은 상황이라 할지라도, 맞서 싸워보지도 않고 포기하는 것을 나는 천성적으로 용납하지 못한다.

"부자는 되건 말건 상관없어. 언니가 집에 오기만 하면 돼. 노력할 거지? 정말…… 정말 노력할 거지?"

프림이 묻는다.

"정말로, 진짜로 노력할게. 맹세해."

프림 때문에 노력할 수밖에 없을 거라고 생각하면서, 나는 대답한다.

평화유지군이 문을 열더니 시간이 다 되었다고 알린다. 우리는 한 번 더, 아플 정도로 서로 꼭 껴안는다. 내 입에서는 "사랑해. 두 사람 다 사랑해." 라는 말만 계속 흘러나온다. 우리가 서로에게 사랑한다고 말하고 나자 평화유지군이 두 사람을 내보내고 문을 닫는다. 벨벳 쿠션을 하나 집어 들고 얼굴을 묻는다. 마치 그렇게 하면 모든 일이 가려질 것처럼.

다른 사람이 방에 들어오기에 고개를 들었다가 빵집 아저씨, 그러니까 피타 멜라크의 아빠인 것을 보고 깜짝 놀랐다. 그가 나를 만나러 왔다는 걸 믿을 수가 없다. 어찌 됐건 나는 곧 자기 아들을 죽이려 들 사람 아닌가. 하지만 우리가 서로 아는 사이인 것은 사실이고, 아저씨는 나보다는 프림을 더 잘 아신다. 프림은 호브로 염소 치즈를 팔러 갈 때면 아저씨에게 드릴 치즈 두 덩어리를 따로 보관해 두고, 아저씨는 치즈를 받는 대가로 빵을 듬뿍 주신다. 아저씨는 마녀 같은 그 집 아줌마에 비해 훨씬 성격이 좋아서, 우리는 아줌마가 주위에 없을 때를 노려 거래하곤 한다. 피타가 빵을 태웠을 때 아줌마가 때렸던 것처럼 아들에게 손찌검을 할 분이 아니라는 확신이 든다. 하지만 왜 나를 보러 오셨을까?

아저씨는 호화로운 의자 하나의 끄트머리에 어색하게 걸터앉는다. 덩치가 크고 어깨가 넓고, 몸에는 화덕 앞에서 여러 해 동안 일한 탓에 불에 덴 자국이 많다. 방금 아들에게 작별 인사를 하고 왔으리라.

아저씨는 재킷 주머니에서 흰 종이봉투를 꺼내 내게 건네준다. 열어 보니 쿠키가 들어있다. 우리가 절대 사 먹을 수 없는 사치품이다.

"고맙습니다. 오늘 아침에 아저씨네 빵을 좀 먹었어요. 제 친구 게일이 다람쥐 한 마리랑 바꿨다고 하던데요."

빵집 아저씨는 기분이 좋을 때도 말수가 많은 편은 아닌데, 오늘은 한마디도 하지 않는다. 그저 다람쥐가 기억난다는 듯 고개를 끄덕일 뿐.

"너무 밑지신 거 아니에요?"

그런 내 질문에도 그는 상관없다는 듯 어깨를 으쓱할 뿐이었다. 이 이야기가 끝나자 더 이상 할 말이 생각나지 않아서, 평화유지군이 시간이 다 되었다고 할 때까지 우리는 말없이 앉아 있기만 한다. 아저씨가 일어나더니 목을 가다듬으려 헛기침을 했다.

"너희 집 꼬마를 지켜보마. 배곯지 않도록 할게."

그 말에 내 가슴 속의 답답함이 조금 가시는 것을 느낀다. 사람들은 나와는 거래를 하지만, 다들 진심으로 프림을 좋아한다. 사람들이 프림에게 품은 호감을 다 합치면 프림이 살아남을 수 있을 정도가 될지도 모르겠다.

다음 손님 역시 뜻밖의 인물이다. 매지가 들어오더니 나를 향해 똑바로 걸어온다. 눈물을 흘리거나 내 눈길을 피하는 대신, 굉장히 중요한 일이라는 듯한 목소리로 말을 시작해 나를 놀라게 한다.

"경기장에 들어갈 때 출신 구역에서 가져온 물건, 집을 추억할 물건을 하나 지니고 갈 수 있게 해 주잖아. 이걸 달고 가 줄래?"

매지는 아까 자기 드레스에 달고 있던 동그란 금 핀을 내민다. 자세히 보지 않았는데, 지금 보니 날고 있는 작은 새의 모양이다.

"네 핀을?"

내 구역의 상징을 지니는 것에 대해선 생각조차 하지 않고 있었다.

"여기. 네 드레스에 달아 줄게. 괜찮지?"

매지는 내 대답을 기다리지 않고, 몸을 기울여 그 새를 내 드레스에 단다.

"이걸 달고 경기장에 들어간다고 약속해, 캣니스! 약속할 수 있어?"

"응."

쿠키. 핀. 오늘은 선물이 많다. 매지는 내게 줄 선물이 하나 더 있었다. 내 뺨에 입을 맞춘 것이다. 키스를 한 후 매지는 나갔고, 나는 혼자 남아 매지가 이제까지 나의 진정한 친구였을지도 모르겠다고 생각한다.

마침내 게일이 찾아온다. 우리 사이에 로맨틱한 감정은 전혀 없었을지 몰라도, 게일이 팔을 벌리자 나는 주저 않고 가서 안긴다. 게일의 몸은 친숙하다. 움직이는 모습, 나무 태우는 연기 냄새가 밴 체취, 심지어 사냥하면서 숨을 죽이는 순간에 들렸던 그의 심장이 뛰는 소리마저도 내게는 익숙하다. 하지만 그의 몸을 정말로 느껴 보는 것은 이번이 처음이다. 근육이 단단한 그의 늘씬한 몸이 내 온몸으로 느껴졌다.

"잘 들어. 칼은 쉽게 손에 넣을 수 있겠지만, 넌 반드시 활을 구해야 해. 그게 너한테 최선이야."

"활이 없을 때도 있잖아."

무기라곤 삐죽삐죽한 스파이크가 달린 무시무시한 철퇴밖에 없어서 조공인들끼리 죽을 때까지 서로 철퇴를 휘둘러 대야 했던 해를 떠올리며 대답한다.

"없으면 만들어. 약한 활이라도 없는 것보단 훨씬 낫지."

아빠가 만든 활을 본떠서 만들어 보려고 했지만 신통치 않았었다. 활 만들기는 만만한 일이 아니다. 아빠마저도 만들다 망쳐서 나무만 버린 적이 가끔 있었다.

"나무가 있기나 할지 모르겠어."

어떤 해에는, 있는 거라곤 자갈과 모래와 볼품없는 덤불뿐인 곳에 24명 전부를 몰아넣은 적이 있었다. 나는 그 해를 특히 싫어했다. 참가자 중 다수가 독사에 물리거나 갈증으로 미쳐 갔었다.

"나무는 거의 언제나 조금이라도 있잖아. 절반이 얼어 죽은 그 해 이후로는. 얼어 죽는 건 엔터테인먼트라고 하기 힘들지."

맞는 말이다. 예전에 한 헝거 게임 때는 참가자들이 밤에 얼어 죽는 것을 지켜 봐야 했었다. 불을 지피거나 횃불을 만들 나무가 없는 상태에서 몸을 웅크리고 죽었기 때문에 잘 보이지도 않았다. 당시 캐피톨에서는 '그렇게 조용하고 피가 흐르지 않는 죽음은 너무 재미없다, 용두사미다.' 하는 여론이 일었다. 그 이후로는 불을 지필 나무가 있는 것이 보통이다.

"응, 보통 나무는 있지."

"캣니스, 이건 그냥 사냥이야. 너는 내가 아는 최고의 사냥꾼이고."

"그냥 사냥은 아니지. 상대한텐 무기가 있고, 생각도 한다고."

"너도 마찬가지지. 그리고 너는 경험이 많잖아. 실전 경험. 죽이는 방법을 알잖아."

"사람은 안 죽여 봤어."

"달라 봤자 얼마나 다르겠어?"

게일이 으스스한 말투로 대답한다.

끔찍한 것은, 상대가 사람이라는 사실을 잊을 수 있다면 조금도 다르지 않을 거라는 사실이다.

시간이 얼마 지나지 않은 것 같은데 평화유지군이 들어온다. 게일은 시간을 더 달라고 요구하지만 그들은 게일을 끌어낸다. 덜컥 겁이 난 나는 게일의 손에 매달리며 외친다.

"두 사람이 굶지 않게 해 줘!"

"그럼! 내가 돌봐줄 거란 걸 너도 알잖아! 캣니스, 기억해, 나는……!"

그들이 우리를 떼놓고 문을 닫아버린다. 내가 기억해 줬으면 하고 게일이 바랐던 것이 무엇일지, 나는 영영 알지 못할 것이다.

법원 건물에서 기차역까지 차를 타고 가니 금방이다. 승용차를 타 본 것은 난생 처음이다. 짐차를 타 본 적도 손에 꼽을 정도다. 경계에서는 다들 걸어 다닌다.

울지 않은 건 잘한 일이었다. 역에는 벌레같이 생긴 카메라를 내 얼굴에 들이대는 기자들이 우글거린다. 하지만 나는 감정을 지우고 무표정한 얼굴을 지어본 경험이 많기 때문에 역에서도 표정을 드러내지 않을 수 있었다. 벽에 걸린 TV 화면을 흘끗 보니 내가 역에 도착하는 모습이 생중계되고 있다. 내 얼굴이 지루해 하는 표정에 가까운 것을 보고 만족한다.

반면 피타 멜라크는 눈물을 흘렸던 흔적이 역력하고, 흥미롭게도 그 사실을 감추려고 하는 것 같지도 않았다. '그것도 전략의 하나일까.' 라는 생각이 곧바로 들었다. 나약하고 겁먹은 척해서 다른 조공인들에게 유력한 경쟁상대가 아니라는 인상을 주려는 계획이 아닐까. 몇 년 전에 7번 구역에서 뽑혔던 조한나 메이슨이라는 여자아이가 이 전략을 써서 성공했었다. 만날 훌쩍거리기만 하는 바보 겁쟁이인 척해서, 생존자가 몇 명 남지 않을 때까지 아무도 그 아이에게 신경도 쓰지 않았다. 알고 보니 굉장히 잔인하게 사람을 죽일 수 있는 아이였다. 꽤나 영리한 전략이었다. 하지만 빵집 아들인 피타 멜라크가 그 전략을 쓴다는 건 좀 이상하다. 평생 배불리 먹으며 빵을 날랐던 그는 어깨가 떡 벌어지고 힘이 세다. 남들이 그를 얕보게 만들려면 어지간히 우는 걸로는 부족할 텐데.

우리는 기차 탑승구 앞에 몇 분 정도 서서, 우리의 모습을 게걸스레 촬영하는 카메라들에 포즈를 취해 주고는 안으로 들어간다. 우리 뒤에서 닫히는 문이 자비로운 존재로 느껴진다. 열차는 즉시 출발한다.

그 속도에 나는 깜짝 놀란다. 공식적으로 허가 받은 출장 외에는 구역과 구역간을 이동하는 일이 금지되어 있기 때문에, 내가 기차를 타 보는 것은 당연히 이번이 처음이다. 우리 구역 사람들이 가는 출장은 거의가 석탄 운반을 위해서다. 하지만 이 기차는 석탄이나 나르는 평범한 기차가 아니다. 평균 속력이 시속 400킬로미터인 캐피톨에서 만든 고속열차다. 캐피톨까지 가는 데 채 하루도 안 걸릴 것이다.

학교에서는 캐피톨이 있는 자리에 예전에는 로키산맥이 있었다고 배웠다. 12번 구역은 옛날에 애팔래치아라고 불렸던 곳으로, 수백 년 전부터 석탄을 캐던 지방이다. 그래서 우리 구역의 광부들이 그렇게 깊이까지 파 들어가야 하는 것이다.

학교에서 배우는 것은 결국 다 석탄으로 귀결된다. 기본적인 읽기와 산수 말고는 우리의 교과 과정은 거의가 석탄과 관련된 내용이다. 일주일에 한 번씩 있는 판엠 역사 시간을 제외하면. 학교에서 배우는 내용이 전부가 아닐 거라는 것, 반란기에 실제로는 더 많은 일이 있었으리라는 것은 알고 있다. 하지만 그런 생각을 오래 하고 있지는 않는다. 진실이 무엇이든 간에, 내가 식량을 구하는데 큰 도움이 되지는 않을 것 같아서다.

조공인을 실어나르는 열차는 법원의 방보다 더 호화스럽다. 침실, 옷 입는 공간, 온수와 냉수가 나오는 개인 화장실이 딸린 방을 나 혼자 쓸 수 있다. 우리 집에서는 온수가 필요하면 물을 끓여야 했다.

좋은 옷이 가득 든 옷장도 있어서, 에피 트링켓은 내가 원하는 것은 무엇이든 입어도 좋으니 한 시간 후 저녁식사에 참석하는 것만 잊지 말라고 했다. 엄마의 파란 드레스를 벗고 온수로 샤워를 한다. 샤워라는 걸 해 보기는 처음이다. 여름에 비를 맞는 것과 비슷한데, 차이점은 물이 따뜻하다는 것뿐이다. 씻고 난 뒤에는 짙은 녹색 셔츠와 바지를 입는다.

마지막 순간에 매지의 작은 금 핀이 떠올라 처음으로 자세히 그것을 들여다본다. 금으로 만든 작은 새의 둘레에 고리를 붙인 것 같은 모양이다. 새의 양 날개 끝만이 고리에 연결되어 있다. 문득 그 새의 이름이 떠올랐다. 모킹제이.

모킹제이는 재미있는 새인데, 캐피톨의 망신거리 비슷한 존재들이다. 반란이 일어났던 시기에 캐피톨에서는 유전자 변형 동물들을 많이 만들어 내 무기로 활용했다. 그런 동물들은 머테이션(돌연변이를 말함. 보통 뮤테이션/뮤턴트 mutation/mutant라고 하지만 원작자가 muttation이라 표기한 것을 살렸다: 옮긴이), 또는 줄여서 머트라고 부른다. 그 중에서 재잘어치라는 이름의 특이한 새가 있었다. 그 새는 사람들이 나누는 대화를 듣고 외워서 그대로 말할 수 있었다. 또 귀소 본능이 있으며, 암컷은 없고 수컷뿐이었다. 캐피톨은 적들이 숨어 있는 곳에 그 새들을 풀어놓았다. 새들이 적들의 대화를 듣고 외운 다음 연구소로 돌아오면, 캐피톨 측은 새가 옮기는 대화를 녹음하곤 했다. 조금 시간이 지나자 각 구역의 사람들은 어떤 일이 벌어지고 있는지, 은밀한 대화가 어떻게 도청당하는지를 깨닫게 되었다. 그러자 반란자들은 당연히 캐피톨에게 거짓말을 끝도 없이 공급하기 시작했고, 캐피톨은 웃음거리가 되었다. 그래서 그 연구소는 문을 닫았고 새들은 야생에서 살다가 죽도록 방치되었다.

그러나 새들은 죽지 않았다. 대신에 재잘어치들은 흉내지빠귀(실존하는 새: 옮긴이) 암컷들과 교미했고, 새의 울음소리와 사람이 만드는 멜로디를 모두 흉내 낼 수 있는 새로운 종류의 새가 탄생했다. 재잘어치와 흉내지빠귀의 자손들은 언어 능력은 물려받지 못했지만, 아이가 높은 소리로 재잘

46

대는 것부터 남자의 깊은 음색에 이르기까지 사람 목소리의 음역대를 흉내 낼 줄 안다. 그리고 노래도 따라 부를 수 있다. 음 몇 개만 부르고 마는 것이 아니고, 다양한 멜로디가 들어간 노래 한 곡 전체를 따라 부를 수 있다. 새들에게 노래를 불러 줄 만큼 참을성이 있고, 새들 마음에 드는 목소리를 가졌을 경우라면 가능하다.

아빠는 모킹제이들을 특히 좋아하셨다. 사냥을 갈 때면 아빠는 복잡한 멜로디를 휘파람으로 불거나 노래를 부르셨고, 노래가 끝나면 새들은 예의 바르게 잠시 기다렸다가 그 노래를 따라 하곤 했다. 따라 하지 않은 적이 없었다. 아무나 그런 대접을 받지는 못한다. 하지만 아빠가 노래를 부르면 근방의 새들이 전부 숨을 죽이고 노래를 들었다. 아빠의 목소리는 그 정도로 아름다웠다. 높고 맑으면서 생명력이 가득해서, 듣고 있노라면 웃고 싶은 감정과 울고 싶은 감정이 동시에 들었다. 아빠가 돌아가시고 나 혼자 숲에 드나들게 된 이후로는 차마 아빠가 한 것처럼 숲에서 노래를 할 수가 없었다. 그렇지만 이 작은 황금 새에게는 무언가 마음을 평안히 해 주는 점이 있다. 아빠의 일부를 지닌 것 같은, 나를 지켜주는 것 같은 느낌이다. 짙은 녹색 셔츠에 핀을 달자, 나무 사이를 날아다니는 모킹제이의 모습을 생생히 그려볼 수 있을 듯한 기분이다.

나를 저녁식사에 데려가려고 찾아온 에피 트링켓을 따라 좁고 흔들리는 복도를 지나, 벽에 매끈한 패널이 붙은 식당으로 들어간다. 테이블 위에 있는 접시들은 전부 깨지기 쉬운 재질로 된 것들이다. 피타 멜라크가 앉아서 우리를 기다리고 있고, 그의 옆자리는 비어 있다.

"헤이미치는 어디 있니?"

에피 트링켓이 밝은 목소리로 묻는다.

"마지막으로 봤을 때는 낮잠 자러 간다고 하던데요."

피타가 대답한다.

"음, 꽤나 힘든 날이었지."

에피 트링켓이 대답한다. 헤이미치가 없어서 안도한 모양이다. 그럴 만도 하지.

저녁식사는 코스로 나온다. 짙은 당근 수프, 샐러드, 큼직하게 잘라 볶은 양고기, 으깬 감자, 치즈, 과일, 초콜릿 케이크. 식사 내내 에피 트링켓은 우리에게 음식이 더 나오니까 배를 비워 두라고 한다. 하지만 나는 이런 음식, 이렇게 훌륭한 음식을 이렇게 많이 먹어 본 적이 없기 때문에 배가 터져라 먹어 댄다. 게다가, 헝거 게임이 시작하기 전에 해 둘 수 있는 가장 좋은 일은 아마 살을 좀 찌워 두는 것이리라.

"적어도 너희 둘은 식사 예절이 바르구나. 작년의 두 명은 야만인들처럼 손으로 음식을 먹어 대더라고. 내가 소화가 안 됐을 정도였지 뭐니."

우리가 메인 코스를 다 먹어갈 무렵 에피가 한 말이다.

작년에 뽑혔던 두 명은 경계 출신으로, 평생 단 하루도 음식이 넉넉해 본 적이 없는 아이들이었다. 그 아이들의 눈앞에 음식이 있는데, 식사 예절 따위 생각할 겨를이 있었을 리 없다. 피타는 빵집 아들이다. 엄마가 프림과 나에게 식사 예절을 가르쳐 주셨기 때문에 나는 포크와 나이프를 다룰 줄 안다. 하지만 에피 트링켓의 말이 너무나 미워서 그 말을 듣고 난 후로는 일부러 손으로 음식을 먹었다. 그러고는 식탁보에 손을 닦았다. 그러자 그녀는 입술을 단단히 모은다.

식사가 끝나고 나니 약간 토하고 싶은 기분이 든다. 피타 역시 안색이 좋지 않아 보인다. 우리 둘 다 이런 호화로운 음식에 익숙하지 않기 때문이다. 하지만 그리지 세이 아줌마가 쥐 고기, 돼지 내장, 나무껍질(겨울철에만 먹는다)로 만든 수프를 먹고도 토하지 않은 나니까, 이 음식 역시 토하지 않겠다고 결심한다.

다른 칸으로 옮겨 판엠 전역에서의 추첨 실황 재방송을 본다. 각 구역의 추첨 시간은 제각각 다르다. 열두 개 구역 전체의 추첨 모습을 모두 생방송으로 시청할 수 있도록 하기 위해서인데, 실제로 시청할 수 있는 사람은 추첨에 참석할 필요가 없는 캐피톨 사람들뿐이다.

한 명 한 명씩 뽑힌 이름을 호명하는 모습, 자원자들이 앞으로 나서는 모습(그렇지 않은 경우가 더 많지만)을 시청한다. 우리는 우리와 경쟁하게 될 아이들의 얼굴을 자세히 관찰한다. 기억에 남는 아이들이 몇 있다. 2번 구역에서 자원한 괴물 같은 남자아이. 얼굴이 여우같이 생기고 매끈한 빨강머리를 한 5번 구역의 여자아이. 다리를 저는 10번 구역의 남자아이. 그리고 가장 잊어버려지지 않는, 11번 구역의 열두 살짜리 여자아이. 피부와 눈이 짙은 갈색인 것만 빼고는, 몸집이며 행동거지가 프림과 굉장히 비슷하다. 프림과 다른 점도 있다. 그 아이가 무대에 오르고 나서 자원자가 없느냐고 묻자, 들리는 소리라고는 그 아이 주위의 낡은 건물들 틈으로 부는 바람 소리뿐이다. 그 아이를 대신하겠다고 나서는 사람은 아무도 없었다.

마지막으로 12번 구역이 나왔다. 프림을 호명하는 모습, 내가 뛰쳐나와 자원하는 모습. 내가 프림을 내 뒤로 밀치며 외치는 목소리에 절박함이 묻어 있음을 누구나 느낄 수 있을 것이다. 마치 아무도 내 목소리를 듣지 못해서 프림을 데려가버리지 않을까 하는 절박함. 하지만 물론 그들은 내 목소리를 들었다. 게일이 프림을 내게서 떼어 내고 내가 무대에 오르는 것을 본다. 해설자들은 관중이 박수 치기를 거부한 행동과 조용히 손짓으로 경의를 표한 것에 대해 뭐라 말해야 할지 난감해 했다. 그 중 한 명은 12번 구역이 언제나 좀 구식인 면이 있지만, 이 지역의 관습들은 나름대로 매력적이라고 한다. 그 말이 끝나기가 무섭게 헤이미치가 무대에서 떨어지고, 그들은 우스꽝스러운 신음소리를 낸다. 피타의 이름이 뽑히자 그가 조용히 무대에 오른다. 우리가 악수를 하고, 국가가 나오고, 프로그램이 끝난다.

에피 트링켓은 자기 가발 모양 때문에 뿌루퉁해진다.

"너희 멘터(mentor, 조언자, 후견인 등을 뜻함: 편집자)는 남들에게 보여 주는 방법을 좀 배울 필요가 있어. 방송에 나와서 처신하는 법을 한참 더 배워야 해."

예상치 못하게도 피타가 웃음을 터트린다.

"취해 있었어요. 매년 취해 있는걸요."

"매일이지."

내가 덧붙인다. 짓궂은 웃음이 배어 나오는 것을 참을 수가 없다. 에피 트링켓은 마치 헤이미치가 매너가 약간 부족할 뿐이라서, 자기 충고 몇 마디만 들으면 교정될 수준인 양 말하고 있다.

"그래, 너희 둘이 저걸 보고 재미있어 하다니 별일이구나. 헝거 게임에서는 멘터가 곧 세상으로 돌아오게 해 줄 생명줄이라는 걸 알면서! 너희에게 충고를 해 주고, 스폰서들을 확보하고, 어떤 선물을 언제 줄지 결정하는 사람이 멘터인데 말이야. 너희가 죽느냐 사느냐가 헤이미치에게 달렸단 얘기야!"

에피 트링켓이 기분 나쁜 듯 응수했다. 바로 그 때 헤이미치가 식당칸으로 들어온다.

"내가 저녁 식사를 놓쳤나?"

혀가 꼬여 있다. 다음 순간 그는 비싼 카펫 위에 온통 구토를 하고는 그위에 쓰러져 버린다.

"계속 그런 식으로 웃고나 있어!"

에피는 그렇게 말하곤 뾰족구두를 신은 발로 토사물을 피해 걸어, 자기 방으로 가버린다.

잠시 동안 피타와 나는, 우리의 멘터가 자신이 토해낸 미끄럽고 더러운 웅덩이에서 일어나려고 버둥거리는 모습을 감상한다. 토사물의 악취와 술 냄새 때문에 나까지 토할 것 같다. 우리는 시선을 교환한다. 헤이미치가 별 볼일 없는 사람임은 명백하지만, 에피 트링켓의 말이 옳다는 것도 사실이다. 일단 경기장에 들어가고 나면 우리가 믿을 구석은 헤이미치뿐이다. 말없이 약속이라도 한 듯 피타와 나는 헤이미치의 양쪽에서 팔을 하나씩 잡고 일으켜 준다.

"내가 넘어졌나? 냄새 더럽네."

헤이미치가 손으로 자기 코를 문지르는 바람에 자기 얼굴에 토사물을 묻힌 꼴이 되었다.

"방에 데려다 드릴게요. 좀 씻어드려야 겠네요."

피타가 말한다.

우리는 헤이미치를 반쯤 들다시피 이끌고 그의 방으로 데려간다. 수놓은 침대보에 그대로 눕힐 수는 없는 노릇이라 욕조에 밀어 넣고 샤워기를 켰다. 헤이미치는 물이 쏟아지는 것도 느끼지 못하는 것 같다.

"됐어, 이제부턴 나 혼자 할게."

피타가 나에게 말한다.

헤이미치의 옷을 벗겨서 가슴 털에 묻은 토사물을 씻어내고 침대에 눕히는 일은 정말 하고 싶지 않았기 때문에, 어쩔 수 없이 조금 고마운 마음이 든다. 피타가 그에게 잘 보여서 헝거 게임에서 유리한 입장이 되려고 하는 속셈일 가능성도 있다. 하지만 헤이미치의 지금 상태를 봤을 때 내일 이 일을 기억할 것 같지는 않다.

"그래. 캐피톨 사람을 불러서 도와 달라고 할 수도 있는데."

내가 그렇게 대꾸했다. 기차 안에는 캐피톨 출신 직원들이 많다. 우리를 위해 요리하고, 경호하는 사람들. 우리를 돌보는 것이 그들의 직업이다.

"아냐. 난 그 사람들 보기 싫어."

피타가 대답한다.

나는 고개를 끄덕이고 내 방으로 돌아온다. 피타의 기분을 이해한다. 나 역시 캐피톨 사람들을 보는 것이 견디기 힘들다. 하지만 그들 손에 헤이미치를 맡기는 건 작은 복수가 될 텐데. 그래서 나는 피타가 왜 헤이미치의 뒤치다꺼리를 해주겠다고 하는지 그 이유를 궁금해 하다가 갑자기 이런 생각을 한다. '피타는 착하기 때문이야. 착한 사람이라, 나에게 빵을 주었던 것처럼.'

그런 생각에 나는 갑자기 걸음을 멈춘다. 착한 피타 멜라크는 나에게는 못된 피타 멜라크보다 훨씬 위험한 존재다. 착한 사람들은 내 마음속으로 들어와 뿌리를 내리는 성향이 있다. 피타가 내게 그런 사람이어서는 안 된다. 우리가 가는 곳에서는, 그래서는 안 돼. 그래서 나는 지금 이 순간부터 빵집 아들과 엮이는 일을 최소화해야겠다고 결심한다.

방으로 돌아오자 기차가 연료를 채우려 정차한다. 나는 재빨리 창문을 열고 피타의 아빠가 내게 준 쿠키를 버린 다음 창문을 쾅 닫았다. 더 이상은 안 돼. 아빠도 아들도, 더 이상은 안 돼.

재수 없게도 땅에 떨어진 쿠키 봉투가 열리며 철길 가의 민들레 위로 쏟아진다. 기차가 금방 출발한 덕분에 그 모습이 내 눈에 들어온 것은 짧은 순간이지만, 그것만으로도 충분하다. 몇 해 전에 학교 운동장에서 보았던 다른 민들레를 떠올리게 하기에 충분하다……

피타 멜라크의 멍든 얼굴에서 고개를 돌리자마자 내 눈에 민들레가 들어왔고, 그 순간 희망이 있음을 깨달았다. 나는 조심스레 민들레를 뽑아 들고 서둘러 집에 돌아갔다. 한 손에는 양동이를 들고, 다른 손으론 프림의 손을 쥐고 초원을 향했고, 역시나 초원에는 황금빛 민들레꽃이 여기저기 피어나 있었다. 초원의 민들레를 모은 다음에는 울타리 안으로 1, 2킬로미터 정도까지 들어가 양동이가 가득 찰 때까지 민들레 잎, 줄기, 꽃을 모았다. 그 날 밤 우리는 피타가 준 빵 남은 것과 민들레 샐러드로 배를 그득 채웠다.

"언니, 또 뭐 있어? 우리가 찾을 수 있는 다른 음식이 또 뭐가 있어?"

"뭐든지 다. 내가 기억만 살려 내면 돼."

나는 프림에게 약속했다.

엄마가 약재상에서 가져온 책이 있었다. 오래된 양피지로 된 그 책에는 온갖 식물들의 잉크 드로잉이 가득했다. 페이지마다 손으로 깔끔하게 정자(正字)로 각 식물의 이름, 구할 수 있는 장소, 꽃 피는 시기, 어디가 아플 때 사용하는지가 적혀있었다. 거기에다 아빠가 추가로 적어두신 것도 있었다. 약용이 아닌 식용 식물들. 민들레, 자리공, 야생 양파, 소나무. 그 날 밤 나와 프림은 밤새 그 책을 들여다보았다.

다음 날 우리는 학교를 빼먹었다. 한동안은 초원 가장자리를 돌아다녔지만, 마침내 용기를 내서 울타리 밑으로 기어들어갔다. 나를 보호해 줄 무기를 든 아빠 없이 혼자 숲에 들어간 것은 처음이었다. 하지만 들어가자마자 속이 빈 통나무에 숨겨 둔, 아빠가 만들어주셨던 작은 활과 화살을 손에 넣었다. 그 날은 숲 속으로 채 20미터 정도도 들어가지 않았던 것 같다. 거의 내내 늙은 떡갈나무 가지 위에 앉은 채 사냥감이 지나가기만을 기다리며 시간을 보냈다. 몇 시간 뒤에 운 좋게 토끼 한 마리를 잡을 수 있었다. 그전에도 아빠의 도움을 받아서 토끼를 잡은 적이 몇 번 있었지만, 이번에는 혼자 힘으로 잡았다.

우리는 몇 달 동안 고기란 것을 먹지 못했었다. 토끼를 보자 엄마의 마음속에서 무언가가 흔들렸던 것 같다. 엄마는 자리를 털고 일어나 토끼 가

죽을 벗기고, 프림이 모아온 채소를 넣어 스튜를 불에 올리셨다. 그리고는 당황한 표정을 짓고는 다시 침대에 누웠다. 하지만 스튜가 다 되었을 때 우리는 엄마에게 한 그릇을 다 먹였다.

숲은 우리의 구세주가 되었고, 나는 매일 매일 조금씩 더 깊은 곳까지 들어갔다. 처음에는 진전이 느렸지만, 가족을 먹여 살리려는 내 의지는 확고했다. 나는 새둥지에서 알을 훔치고, 그물로 물고기를 잡고, 가끔은 활로 스튜를 끓일 다람쥐나 토끼를 잡고, 땅에서 자라나는 다양한 식물을 채취했다. 식물은 까다롭다. 먹을 수 있는 것도 많지만, 자칫하면 한 입 삼키는 것만으로 죽어버리는 독성이 있는 식물도 있다. 채취해 온 식물은 아빠의 책을 보며 확인하고 또 확인했다. 나는 그렇게 우리 가족을 먹여 살릴 수 있었다.

처음에는 위험할 것 같은 조짐만 보여도, 멀리서 짐승이 울부짖는 소리가 들리거나 이해할 수 없는 나뭇가지 부러지는 소리만 나도 울타리로 정신없이 도망갔다. 차츰 들개 떼가 지나갈 때면 나무 위로 올라가는 위험을 감수하기 시작했다. 들개들은 금세 흥미를 잃고 다른 곳으로 가버리기 때문이다. 곰과 고양잇과(科) 육식동물들은 더 깊숙한 곳에 산다. 어쩌면 우리 구역에서 나는 연탄 냄새가 싫어서일지도 모른다.

5월 8일에 나는 법원 건물로 가서 서명을 하고 배급표를 받아, 프림의 장난감 손수레에다 곡식과 기름을 싣고 집으로 돌아왔다. 그후로 매달 8일이 되면 나는 서명을 하고 배급표를 받을 수 있었다. 물론 사냥과 채집을 그만 둘 수는 없었다. 곡식만 먹고 살 수는 없는 데다, 비누니 우유니 실이니 하는 것들도 사야 했기 때문이다. 우리가 꼭 먹지 않아도 되는 여분의 식량은 호브에서 물물교환하기 시작했다. 아빠 없이 호브에 들어가는 건 무서웠지만, 아빠를 높이 샀던 그 곳 사람들은 나를 받아들여 주었다. 어차피, 화살을 쏜 게 누구든 간에 고기는 고기 아닌가. 아빠가 하시던 말씀을 애써 떠올려, 잘 사는 사람들 집 뒷문을 찾아가 물건을 팔며 스스로도 새로운 요령을 터득했다. 정육점 아저씨는 토끼는 사지만 다람쥐는 사지 않는다. 빵집 아저씨는 다람쥐를 좋아하지만 아내가 없을 때만 거래를 한다. 평화유지군 대장은 야생 칠면조를 몹시 좋아한다. 시장은 딸기라면 사족을 못 쓴다.

늦여름에 연못에서 몸을 씻다가 주위에 자라난 식물이 문득 눈에 들어왔다. 키가 크고 잎사귀가 화살촉 같은 모양에, 꽃잎이 세 장 있는 흰 꽃. 나는 물 속에서 무릎을 꿇고 부드러운 진흙 바닥에 손가락을 쑤셔 넣어 뿌리를 한 움큼 캐냈다. 이 작고 푸르스름한 구근은 신통치 않아 보이지만, 삶거나 구워 놓으면 감자가 부럽지 않다. 나는 "캣니스."라고 소리 내어 말했다. 내 이름은 이 식물의 이름을 따서 지은 것이다. 아빠가 농담하시는 목소리가 들리는 것 같았다.

"네가 너를 찾을 수만 있다면 배곯을 일은 없을 게다."

난 몇 시간 동안 발가락과 막대기로 연못 바닥을 휘저으며 물 위로 떠오르는 구근들을 모았다. 그 날 밤 우리는 물고기와 개박하(영어로는 catnip, 즉 주인공 캣니스의 별명과 같다: 옮긴이) 뿌리를 포식했다. 배가 불러서 더 이상 못 먹을 때까지 먹은 것은 우리 셋 모두 몇 달 만에 처음이었다.

엄마는 천천히 우리에게 돌아왔다. 청소와 요리를 하기 시작했고, 내가 가져온 음식 중 일부를 겨울을 위해 저장해 두기도 했다. 사람들은 엄마에게 치료를 받은 답례로 물건이나 돈을 주었다. 하루는 엄마가 노래를 부르는 소리를 듣기도 했다.

프림은 엄마가 돌아와서 무척 기뻐했지만, 나는 경계를 풀지 않고 엄마가 다시 사라져 버리지 않나 지켜보았다. 나는 엄마를 믿지 않았다. 그리고 내 안의 뒤틀린 작은 부분은 엄마의 나약함, 엄마로서의 직무유기, 몇 달 동안 우리를 버렸다는 사실 때문에 엄마를 미워했다. 프림은 엄마를 용서했지만 나는 엄마에게서 한 발 물러섰다. 엄마를 필요로 하게 되지 않도록, 내 자신을 보호하기 위해 벽을 쌓았다. 그 뒤로 나와 엄마 사이는 예전 같아지지 못했다.

이제 그걸 바로잡지도 못하고 죽겠구나. 오늘 법원 건물에서 엄마에게 소리 질렀던 일을 생각해 본다. 하지만 사랑한다는 말도 했었지. 그걸로 균형이 맞았을지도 모른다.

차창 밖을 바라보며 잠시 그냥 서 있는다. 창문을 다시 열고 싶지만 이렇게 빨리 달리고 있는데 열어도 될지 모르겠다. 먼 곳에서는 다른 구역의 불빛이 보인다. 7번? 10번? 잘 모르겠다. 사람들이 집에서 잘 준비를 하는 모습을 생각해 본다. 차양을 단단히 내린 우리 집의 모습을 상상한다. 엄마와 프림은 지금 무얼 하고 있을까? 저녁은 먹을 수 있었을까? 메뉴는 생선 스튜와 딸기였었지. 손도 대지 않은 채 그냥 고스란히 접시 위에 놔두고 있나? 테이블 위의 낡은 TV로 오늘 행사의 재방송을 보았을까? 둘 다 더 울었을 게 분명하다. 엄마가 프림을 위해서 강하게 버티고 있을까? 아니면 벌써 정신을 놓고, 내 동생의 연약한 어깨 위에 짐을 다 올려놓고 있는 걸까?

프림은 엄마와 함께 자겠지. 거기엔 의심의 여지가 없다. 못생긴 버터컵이 침대에서 프림을 지켜보고 있을 생각을 하니 마음이 조금 편해진다. 프림이 울음을 터트리면 프림의 품안으로 파고들어가서, 프림이 진정하고 잠들 때까지 가만히 웅크리고 있겠지. 물에 빠트려 죽이지 않아서 정말 다행이야.

집 생각을 하자 외로움이 아프게 사무쳐 온다. 오늘은 정말 끝도 없이 긴 하루군. 게일과 함께 블랙베리를 따먹은 것이 겨우 오늘 아침 일이라고? 마치 전생(前生)에 있었던 일 같은데. 점점 길어지다가 악몽으로 변해버린 꿈같다. 어쩌면, 잠들었다가 일어나 보면 12번 구역에서 눈을 뜨게 될지도 몰라. 내가 있을 곳 말이야.

옷장 속에 잠옷이 잔뜩 들어있을지도 모르지만 그냥 셔츠와 바지를 벗고 속옷 바람으로 침대에 기어든다. 침대보는 비단 같은 부드러운 천으로 되어 있다. 두툼하고 폭신한 이불을 덮자 금세 따스함이 느껴진다.

내가 울고 싶다면 지금이 가장 좋은 기회다. 아침이 되면 눈물을 흘렸던 흔적을 지울 수 있을 테니 말이다. 하지만 눈물이 나오질 않는다. 너무 지쳤거나, 멍해서 눈물조차 나오지 않는 모양이다. 내가 느끼는 감정이라고는 어딘가 다른 곳에 있고 싶다는 욕망뿐이다. 그래서 기차의 흔들림에 몸을 맡긴 채 의식을 잃고 잠에 빠져 든다.

문 두드리는 소리에 정신을 차려 보니 커튼을 뚫고 회색빛이 새어 들어오고 있다. 일어나라고 외치는 에피 트링켓의 목소리가 들린다.

"일어나, 어서! 오늘은 정말, 정말 대단한 날이 될 거야!"

나는 잠시 동안 저 여자 머릿속은 대체 어떻게 생겨 먹은 걸까 상상해 본다. 저 여자는 깨어 있는 동안 무슨 생각을 하는 거지? 밤에는 어떤 꿈을 꿀까? 난 도저히 모르겠다.

어젯밤에 벗어서 바닥에 던져 놓았던 녹색 옷은 조금 구겨진 것 외에는 더럽지 않아서 다시 그 옷을 입는다. 조그만 황금 모킹제이를 둘러싸고 있는 링을 손가락으로 한 바퀴 쓸어 보고는 숲과 아빠를 생각하고, 아침에 일어나 나 없이 살림을 꾸려가야 할 엄마와 프림을 생각한다. 엄마가 추첨 행사를 위해 공들여 땋아 준 머리를 한 채 잠들었는데, 별로 흐트러지지 않아서 그냥 그대로 둔다. 어차피 무슨 상관이람. 이제 캐피톨에 거의 다 왔을 텐데. 도착하자마자 스타일리스트가 붙어서 오늘 밤 개회식에 선보일 내 모습을 자기 마음대로 꾸밀 것이다. 나로선 그저 알몸이 최신 유행이라고 생각하는 사람이 아니기만 바랄 뿐이다.

식당차에 들어가는데 블랙커피 잔을 손에 든 에피 트링켓이 내 옆을 스쳐 지나간다. 그녀는 숨을 몰아쉬며 중얼중얼 욕설을 뱉어 내고 있다. 어제 과음한 탓에 얼굴이 붉게 부어 있는 헤이미치가 킬킬거리며 웃고 있다. 롤빵을 손에 든 피타는 약간 부끄러워하는 표정이다.

"앉아! 앉아!"

헤이미치가 내게 손짓하며 말한다. 의자에 앉자마자 음식이 잔뜩 얹힌 접시가 내 앞에 놓인다. 계란, 햄, 감자튀김 한 무더기, 뚜껑 달린 큰 그릇에 얼음을 깔고 과일을 얹은 것 등. 바구니에 담긴 롤빵은 우리 가족이 일주일은 연명할 수 있는 분량이다. 우아한 유리잔에 오렌지 주스가 따라진다. 오렌지 주스라는 것은 사실 나의 추측이다. 오렌지를 먹어본 것이 딱 한 번밖에 없기 때문이다. 언젠가 아빠가 새해 특별 선물로 사 주셨다. 그리고 커피 한 잔. 엄마는 커피를 아주 좋아하시지만 우리는 커피를 사 마실 여유가 있었던 적이 거의 없다. 하지만 이 멀건 커피는 쓴 맛밖에 안 난다. 그리고 처음 보는 뻑뻑한 갈색 액체가 한 컵 있다.

"이거 이름이 핫 초콜릿이래. 맛있어."

피타가 말한다. 뜨겁고 달고 크림 같은 액체를 한 모금 마시자 온몸에 전율이 번진다. 다른 음식들의 유혹에도 불구하고 한 컵 다 마실 때까지 다른 음식들은 일체 무시한다. 그러고 나서는 모든 음식을 다 한 입씩 맛보는데, 그 양이 상당해서 배부른 음식은 두 입 먹는 일이 없도록 주의한다. 한 번은 엄마가, 나는 마치 다시는 음식 구경을 못 할 사람처럼 먹는다고 하신 적이 있다.

"내가 가져오지 않으면 음식은 구경도 못 하겠죠."

나는 그렇게 대답해서 엄마 입을 봉해버릴 수 있었다.

위장이 찢어질 것 같은 정도가 되어서야 뒤로 기대앉아 다른 사람들을 살펴본다. 피타는 아직 식사 중이다. 롤빵을 조금씩 떼어서 핫 초콜릿에 담았다가 먹고 있다. 헤이미치는 음식은 별로 손대지 않았지만 병에 담긴 투명한 액체를 빨간 주스에 조금씩 부어 가며 마시고 있다. 독한 냄새로 봐서 독주인 것 같다. 나는 헤이미치를 알지는 못하지만, 호브에서 흰색 독주를 파는 아주머니에게 돈을 한 움큼씩 건네는 모습을 여러 번 보았다. 캐피톨에 도착할 때쯤이면 아마 제정신이 아닐 것이다.

나는 내가 헤이미치를 아주 미워한다는 것을 깨닫는다. 12번 구역의 조공인들이 우승하지 못할 만도 하다. 우리가 영양 상태가 안 좋고 훈련을 받지 못했기 때문만이 아니다. 우리 조공인들 중에도 우승에 도전해 볼 만큼 힘이 센 사람들이 있었다. 하지만 우리에겐 스폰서가 붙는 일이 거의 없는데, 그 이유 중 큰 부분이 헤이미치다. 조공인을 지원하는 돈 많은 사람들(그들은 돈을 걸었거나, 아니면 그저 자기가 우승자를 미리 알아보았다고 자랑하고 싶기 때문에 조공인을 지원한다)은 헤이미치보다는 좀더 교양 있는 사람과 손잡고 싶어 한다.

"음, 아저씨는 우리한테 충고를 해 주는 역할인 거죠."

헤이미치에게 말한다.

"그래, 충고해 줄까. 살아남아라."

헤이미치는 이렇게 말하더니 마구 웃어 댄다. 나는 피타와 시선을 교환하고 나서, 피타와 엮이는 일이 없도록 하려고 했던 결심을 뒤늦게 떠올린다. 피타의 눈빛이 무서운 것을 보고 놀란다. 보통 피타는 아주 온순해 보이는데.

"아주 재밌네요."

피타가 갑자기 헤이미치의 손에 있는 잔을 후려친다. 바닥에 떨어진 잔은 깨지고, 핏빛 액체가 기차 뒤편으로 흘러내렸다.

"우리한테는 재미없지만요."

곧 이어 피타가 그렇게 말한다. 헤이미치는 잠시 생각하다가 피타의 턱에 주먹을 날린다. 얻어맞은 피타는 의자에서 굴러 떨어진다. 헤이미치가 술병을 잡으려 손을 뻗는 순간, 나는 그의 손과 술병 사이에 나이프를 내리 꽂는다. 거의 그의 손가락을 잘라버릴 뻔 했다. 나는 주먹을 피하려 몸을 잔뜩 긴장시켰지만, 헤이미치는 주먹을 날리는 대신 의자에 기대더니 우리를 바라본다.

"흠, 이게 다 뭐냐? 올해에는 싸움꾼 두 놈이 온 건가?"

헤이미치가 입을 연다. 피타는 바닥에서 일어나 과일 접시에서 얼음을 한 움큼 집어 들고 턱에 난 붉은 상처에 대려 한다.

"아니, 상처가 보이게 해. 사람들이 보면 네가 경기장에 들어가기도 전에 다른 조공인이랑 한 판 붙었다고 생각할 거다."

헤이미치가 그를 만류했다.

"그건 규칙 위반이잖아요."

피타가 말한다.

"걸렸을 때나 위반이지. 상처는 네가 싸웠다는 사실, 그리고 그보다 더 중요한 싸우고도 걸리지 않았다는 사실을 보여 주는 증거야."

헤이미치는 내 쪽으로 몸을 돌리더니 묻는다.

"그 칼로 식탁 말고 다른 것도 맞출 수 있냐?"

내 주무기는 활과 화살이다. 하지만 칼 던지기도 제법 연습했다. 가끔, 만약 화살로 동물에게 상처를 낸 다음이라면, 가까이 가기 전에 칼도 던져 두는 편이 좋다. 내가 헤이미치의 관심을 얻고 싶다면 바로 지금이 강한 인상을 줄 기회라는 것을 깨닫는다. 식탁에 박힌 칼을 홱 뽑아 날을 잡은 다음 방 저편의 벽을 향해 던진다. 사실은 그냥 세게 박히게만 할 생각이었지만, 칼은 두 판넬 사이의 틈에 정확히 박혀서 내 실제 실력보다 더 잘 던지는 것처럼 보이게 되었다.

"여기 와서 서 봐, 둘 다."

헤이미치가 방 한가운데를 향해 고개를 까닥여 보이며 말한다. 우리가 그 말대로 하자 헤이미치는 우리 주위를 돌며, 가끔 가축을 찔러 보듯 찌르기도 하고, 근육을 살펴보고, 얼굴을 관찰한다.

"흠, 가망이 없진 않겠다. 자질이 보여. 스타일리스트들 손을 거치면 외모도 제법 괜찮겠어."

피타와 나는 그 말이 무슨 뜻이냐고 묻지 않는다. 헝거 게임이 미남 미녀 선발대회는 아니지만, 외모가 매력적인 조공인에게는 언제나 스폰서가 더 많이 붙는다.

"좋아, 나와 약속을 하자. 내가 술 마시는 것에 참견하지 마라. 난 너희들을 도와 줄 정도의 정신은 늘 차리고 있도록 할 테니까. 하지만 너희들은 내가 시키는 말에 무조건 따라야 한다."

"좋아요."

피타가 말한다. 이어 내가 묻는다.

"그럼 도와줘요. 경기장에 들어갔을 때, 코뉴코피아(그리스 신화에 등장하는 풍요의 뿔: 옮긴이)에서 우리 같은 사람들은 어떻게 하는 게 가장……."

"한 번에 하나씩. 몇 분 안에 역에 도착한다. 너희들은 스타일리스트들 손에 넘어가게 될 거다. 그 사람들 하는 짓이 마음에 들지 않겠지만, 뭘 시키든 군말 없이 따르도록 해."

"하지만……!"

내가 말을 이으려 하자 헤이미치가 말을 끊는다.

"'하지만'은 없다. 군말 없이 따르도록."

헤이미치는 테이블에 있던 술병을 들고 식당차를 나가버린다. 그의 등 뒤로 문이 닫히자마자 차 안이 어두워진다. 차 안에는 불빛이 좀 있지만 밖은 마치 한밤중이 된 것 같다. 우리가 탄 캐피톨 행 열차가 산에 뚫린 터널에 들어왔기 때문임을 깨닫는다. 이 산맥은 캐피톨과 동부 구역들 사이에서 천연의 장벽 구실을 한다. 이 터널을 통하지 않고 동부에서 캐피톨로 들어오기란 불가능에 가깝다. 캐피톨의 이러한 지리적 이점이 전쟁에서 주변 구역들이 패배하게 된 중요 요인이었고, 결과적으로 내가 오늘날 조공인이 되어 있는 이유이기도 하다. 반란군은 산을 기어오르는 수밖에 없었기 때문에, 캐피톨 공군의 손쉬운 표적이 되었다.

기차가 속력을 내며 달려가는 동안 피타 멜라크와 나는 그저 조용히 서 있는다. 터널은 끝도 없이 이어지고, 하늘과 나를 갈라놓고 있는 수천 톤의 바위덩어리를 생각하자 가슴이 답답해져 온다. 나는 이렇게 돌 속에 갇혀 있는 것을 싫어한다. 광산을 연상하게 하는 탓이다. 태양빛이 들어오지 않는 곳에 갇힌, 영원히 어둠 속에 묻혀버린 아빠가 떠오르기 때문이다.

마침내 기차는 속도를 줄이고, 갑자기 밝은 빛이 차 안으로 밀려든다. 피타와 나는 참지 못하고 창문으로 달려간다. 오직 TV에서만 보았던 곳, 판엠을 다스리는 도시 캐피톨을 실제로 보기 위해서다. TV에서 보던 장대한 모습은 거짓말이 아니었다. 오히려 TV카메라가 무지개 같은 빛을 띠고 하늘로 솟아오르며 반짝거리는 빌딩들의 웅장함, 넓은 포장도로를 달리는 빛나는 자동차들, 괴상한 옷차림에 희한한 머리를 하고 얼굴을 색칠한, 한 끼도 걸러 본 적이 없는 사람들의 모습을 제대로 다 담아 내지 못했던 것 같았다. 색이란 색은 다 인공적으로 느껴졌다. 핑크색은 너무 진하고, 녹색은 너무 밝고, 노란색은 보고 있으면 눈이 아픈 것이 12번 구역의 조그만 사탕 가게에서 파는(물론 우리는 절대 사 먹을 수 없었다) 동글납작한 옥수수엿 색깔 같았다.

도시 안으로 조공인 열차가 들어온 것을 알아 본 사람들이 우리 쪽을 향해 열심히 손가락질을 하기 시작한다. 나는 우리가 죽는 모습을 얼른 보고 싶어 안달이 난 사람들이 신나 하는 모습이 역겨워 창문에서 멀어진다. 하지만 피타는 자리를 지키고 서서, 우리를 멍청히 바라보는 구경꾼들에게 손을 흔들며 미소를 지어 보인다. 기차가 역으로 진입해 그들이 시야에서 사라지고 난 다음에야 피타는 창문에서 떨어진다.

내가 자기를 빤히 바라보고 있는 것을 눈치 챈 피타는 어깨를 으쓱해 보인다.

"누가 알아? 저 중에 부자가 있을지."

그간 내가 피타를 잘못 보고 있었다. 추첨 때부터 지금까지 그의 행동을 생각해 본다. 친근하게 내 손을 꼭 쥐어 주던 것. 그 애 아빠가 나한테 쿠키를 들고 와서 프림에게 음식을 주겠다고 약속한 것……. 피타가 그렇게 하라고 시켰던 걸까? 역에서 눈물을 보인 것, 헤이미치를 씻어 주겠다고 나섰다가, 오늘 아침에 잘해 주는 방법은 소용이 없다고 생각되자 결국 덤볐던 것. 그리고 방금 창문에서 손을 흔들며, 벌써부터 관객들을 자기편으로 만들려고 하는 것.

이 퍼즐 조각들이 아직 완전히 맞춰지지는 않았지만, 피타가 뭔가 계획을 세우는 중이라는 느낌이 온다. 피타 역시 얌전히 죽을 생각은 아닌 것이다. 살아남으려고 벌써 열심히 싸우고 있는 거다. 그것은 곧 착한 피타 멜라크가, 내게 빵을 주었던 아이가, 나를 죽이려고 열심히 싸우고 있다는 뜻도 된다.

5

부드드득! 옥색 머리를 하고 눈썹 위에 금색 문신을 한 베니아라는 여자가, 내 다리에 붙였던 천을 뜯어내며 제모를 한다. 나는 아파서 이를 부드득 간다. 베니아가 바보 같은 캐피톨 억양의 높은 목소리로 답했다.

"미안! 네가 털이 너무 많아서!"

이 사람들은 왜 이렇게도 높은 목소리로 말하는 걸까? 왜 말할 때는 턱도 거의 벌리지 않고, 모든 문장을 의문문처럼 끝을 높여서 말하지? 모음 발음도 이상하고, 단어 끝부분 음은 거의 생략하고, 시옷을 발음할 땐 새는 소리를 내는 등…… 아무튼 흉내 내지 않을 수 없는 억양이다.

베니아는 내 마음을 다 안다는 듯한 표정을 지어 보이며 말한다.

"그래도 좋은 소식이 있어. 이번이 마지막이야. 준비됐니?"

나는 걸터앉아 있는 테이블 가장자리를 단단히 잡고서 고개를 끄덕인다. 내 다리에 감긴 마지막 천에 붙어 다리털이 뜯겨나가는데 아파 죽겠다.

개조 센터에 들어온 지 3시간이 넘었는데 아직 스타일리스트를 만나 보지도 못했다. 베니아를 비롯한 준비 팀 멤버들이 눈에 띄게 두드러지는 결점들을 손보기 전에는 나를 볼 생각조차 없는 모양이다. 이제까지 이들은 내 몸에 까끌까끌한 크림을 발라서 때를 벗겨내고(피부 껍질도 최소한 세 겹 정도 같이 벗겨진 것 같다), 손톱 발톱을 모두 똑같은 모양으로 다듬고, 내 몸의 털을 제거했다. 다리, 팔, 상체, 겨드랑이, 그리고 눈썹도 일부 제모 당해서, 마치 석쇠에 올라갈 준비를 마친 털 뽑힌 새가 된 기분이다. 마음에 들지 않는다. 피부가 쓰라리고 욱신거리고 굉장히 민감해졌다. 하지만 헤이미치와의 약속을 지키느라 싫다는 말은 한 번도 하지 않았다.

"너 아주 잘하고 있어. 우리는 징징거리는 애들은 정말 못 참아 주거든. 얘 기름 좀 발라줘!"

플라비우스라는 남자는 그렇게 말하고서, 오렌지색 립스틱 통을 꺼내 돌린 후 자기 입술에 보라색 립스틱을 새로 칠한다.

베니아와 옥타비아가 로션을 발라준다. 첫 느낌은 좀 따갑지만 조금 지나니 속살을 진정시켜주는 효과가 있다. 옥타비아는 몸이 통통한 여자로, 피부 전체를 옅은 황록색으로 물들였다. 로션을 바른 후 두 사람은 나를 테이블에서 끌어내리고는, 내가 계속 입었다 벗었다 했던 얇은 가운을 벗긴다. 세 사람은 알몸으로 서 있는 내 주위를 뱅뱅 돌면서, 남아 있는 털이란 털은 족집게로 모조리 뽑는다. 실은 부끄러워야 정상이겠지만 이 사람들은 너무나 괴상한 사람들이라, 이상한 색깔의 새 세 마리가 내 발치를 돌아다니며 쪼아 대고 있다는 정도의 기분밖에 들지 않는다.

이윽고 셋은 한 걸음 물러서서 자신들의 작품을 감상한다.

"훌륭해! 이제 거의 사람 같은걸!"

플라비우스가 이렇게 말하자 모두들 웃는다.

나는 감사를 표하기 위해 억지로 미소를 짓고 다정한 말투로 말한다.

"고마워요. 12번 구역에서는 외모에 신경 쓸 일이 많지 않거든요."

이 한 마디에 그들은 감격한 것 같다.

"당연히 그럴 일이 없겠지, 이 불쌍한 것 같으니!"

옥타비아가 자기 양손을 꽉 맞잡고 나를 동정한다.

"하지만 걱정 마. 시나가 스타일링을 마치고 나면 넌 엄청나게 예뻐질 테니까!"

베니아가 말한다.

"약속할게! 있잖아, 털이랑 때를 다 없애고 나니까 너 전혀 보기 싫지 않아!"

플라비우스가 나를 격려하고 나서 곧이어 말한다.

"시나를 부르자!"

그들은 쪼르르 방 밖으로 달려 나간다. 준비 팀 사람들을 싫어하기란 쉽지 않다. 그냥 백치 같은 사람들이기 때문이다. 그리고, 좀 이상한 방식이기는 하지만, 그들이 진심으로 나를 도와 주려고 노력하고 있다는 것을 나도 안다.

차가운 흰 벽과 바닥을 바라보며 가운을 다시 입고 싶은 충동을 억누른다. 분명 내 스타일리스트라는 시나라는 사람이 다시 벗게 만들 테니까.

대신에 손을 올려 내 머리, 내 몸에서 유일하게 준비 팀이 손 대지 말라고 지시받았던 부분을 만져 본다. 엄마가 공들여 땋아 주셨던 매끈한 머리를 나는 손가락으로 쓰다듬는다. 우리 엄마. 엄마의 파란 드레스와 구두를 챙길 생각도 못하고 기차에 두고 와 버렸다. 엄마의 물건, 집을 생각나게 해 줄 물건을 지키려는 시도조차 하지 않은 것이다. 이제야 엄마 옷을 가져올 걸 하는 생각이 든다.

문이 열리더니 젊은 남자가 들어온다. 분명 시나겠지. 나는 그의 평범한 외모를 보고 당황했다. 텔레비전 인터넷에 나오는 스타일리스트들은 거의 다 몸과 머리를 염색하고, 몸에 무늬를 그려 넣고, 성형수술을 많이 해서 그로테스크하게 보이는 사람들이다. 하지만 시나의 짧은 갈색 머리는 원래의 색깔인 것 같고 심플한 검은 색 셔츠와 바지를 입고 있다. 그가 스스로에게 허락한 유일한 치장은 가볍게 바른 금속 느낌의 금빛 아이라이너뿐인 것 같다. 금빛 아이라이너는 그의 녹색 눈에 숨은 금색 기운을 두드러지게 한다. 그리고, 캐피톨과 캐피톨의 흉측한 패션에 대한 혐오감에도 불구하고 나는 아이라인이 정말 매력적이라는 생각을 하고 만다.

"안녕, 캣니스. 난 네 스타일리스트인 시나라고 해."

그가 캐피톨 특유의 가식이 잘 느껴지지 않는 조용한 목소리로 말한다.

"안녕하세요."

나는 경계를 풀지 않고 조심스럽게 대답한다.

"잠깐만 시간을 내 줘, 괜찮겠지?"

이렇게 묻고 시나는 알몸으로 서 있는 내 주위를 돌기 시작한다. 몸에 손을 대지는 않지만 눈으로 내 몸을 샅샅이 훑는다. 팔로 가슴을 가리고 싶은 충동을 나는 억지로 참는다.

"머리는 누가 한 거니?"

"엄마요."

"가히 고전적이라 할 만큼 아름다운 머리야. 네 옆얼굴과 거의 완벽하게 어울리고. 어머니 손끝이 아주 섬세하시구나."

나는 아주 화려한 사람, 젊어 보이려고 처절하게 노력하는 나이 든 사람, 접시에 올릴 고기를 보는 듯한 눈으로 나를 바라보는 사람이 올 거라고 생각하고 있었다. 하지만 시나는 내 기대와는 전혀 달랐다.

"새로 오신 분 맞으시죠? 전에 텔레비전에서 본 기억이 없어요."

매년 조공인들은 바뀌어도, 스타일리스트들은 거의 언제나 같은 사람들이다. 심지어 내가 태어날 때부터 헝거 게임의 스타일리스트를 담당하고 있는 사람도 있다.

"응, 올해가 내가 헝거 게임에 참여하는 첫 해야."

시나가 말한다.

"그래서 12번 구역을 맡으셨군요."

신참들은 보통 제일 인기가 없는 우리 구역을 맡는다.

"내가 자원한 거야."

그리고 더 이상의 자세한 설명은 없이, 시나는 곧바로 덧붙인다.

"가운부터 걸치고, 우리 얘기 좀 나눠 볼까."

가운을 입으며 그를 따라 별실로 들어간다. 낮은 테이블 양쪽으로 붉은 소파 두 개가 놓여 있는 방이다. 3면은 아무 것도 없는 벽이고, 나머지 벽 하나는 통유리로 되어 있어 도시의 전경을 볼 수 있다. 맑았던 하늘에는 어느새 구름이 끼어 있지만, 햇빛을 보니 정오쯤 되었다는 것을 알겠다. 시나는 소파 하나에 앉으라고 권한 뒤 자신은 맞은편 소파에 앉는다. 그가 테이블 옆에 있는 버튼을 누르자 테이블이 갈라지더니 밑에서 점심식사가 놓여 있는 다른 테이블이 올라온다. 진주처럼 흰 곡식 위에 닭고기와 오렌지 썬 것을 크림소스에 넣어 익힌 요리를 얹은 것과 작은 완두콩, 양파, 꽃 모양의 롤빵이 있고, 디저트는 꿀 색의 푸딩이다.

집에서 내가 직접 이 요리를 준비하는 상상을 해본다. 닭고기는 너무 비싸지만, 야생 칠면조로 대체할 수 있겠지. 칠면조를 한 마리 더 잡아서 오렌지와 교환해야겠구나. 크림 대신으로 염소젖을 써야 할 테고. 콩은 정원에서 키울 수 있어. 숲에서 야생 양파를 구해야겠네. 저 곡식은 무슨 곡식인지 모르겠다. 배급표와 바꾸는 곡식은 요리하면 맛없어 보이는 걸쭉한 갈색 죽 같은 모양이 되는데. 저런 좋은 롤빵은 빵집 아저씨와 물물교환을 해야 얻을 수 있겠지. 다람쥐 두세 마리면 되려나. 푸딩은 뭐로 만든 건지 짐작조차 못하겠다. 이런 식사 한 끼를 위해서는 며칠 동안이나 사냥과 채집을 해야 하는데, 그래봤자 캐피톨 음식의 초라한 모조품밖에는 안 될 것이다.

버튼만 누르면 음식이 나타나는 세상에서 산다는 건 대체 어떤 느낌일까? 나는 그런 생각을 해본다. 음식이 이렇게 흔하다면, 내가 먹고 살겠답시고 숲을 뒤지고 다니는 그 시간을 대체 어디에 쓸까? 캐피톨에 사는 이 사람들은 몸을 꾸미고, 새로운 조공인들이 불려와 자기들의 오락을 위해 죽어가기를 기다리는 것 외에, 매일매일 하루 종일 뭘 하고 사는 걸까?

고개를 들자 내 눈을 좇던 시나와 시선이 마주친다.

"네 눈에 우리가 얼마나 잔악해 보일까."

내 얼굴에서 그런 표정을 봤거나, 어떤 방법으로 내 생각을 읽은 걸까? 하지만 맞는 말이긴 하다. 그 나쁜 놈들은 전부 잔악한 인간들이다.

"어쨌든, 자아, 캣니스! 개회식 의상에 대한 얘긴데. 내 파트너 포샤가 너랑 같이 온 아이 피타의 담당 스타일리스트야. 우리가 지금 하고 있는 생각은 너희 둘에게 서로 어울리는 옷을 입히면 어떨까 하는 거야. 너도 알다시피, 출신 구역의 특색을 살리는 게 개회식의 전통이지."

개회식에는 출신 구역의 주력 산업을 반영한 옷을 입도록 되어 있다. 11번 구역은 농업, 4번 구역은 어업, 3번 구역은 제조업, 이런 식이다. 즉, 12

번 구역에서 온 피타와 나는 광부의 작업복 비슷한 것을 입어야 한다는 뜻이 된다. 상하의가 하나로 된 헐렁한 광부 옷은 개회식의 성격에 잘 맞는다고 보기 좀 곤란하기 때문에, 우리 구역에서 뽑힌 조공인들은 보통 타이트한 옷을 입고 전등이 달린 모자를 쓰게 되는 경우가 많다. 어떤 해에는 알몸에다, 석탄 가루를 의미하는 검은 가루만 바르고 나온 적도 있었다. 매해 우리 구역 조공인의 의상은 진부했고 관중들이 좋아할 만한 요소라곤 없었다. 나는 최악의 상황을 마주할 각오를 한다.

"그러면, 광부 옷을 입는 건가요?"

노출이 심하지 않기만 바라며 내가 묻는다.

"그건 아니야. 그러니까, 나와 포샤는 광부 옷은 우려먹을 만큼 우려먹었다고 생각하거든. 네가 그 옷을 입으면 아무도 널 기억하지 못할 거야. 우리 둘은 12번 구역 조공인을 잊을 수 없는 참가자로 만들어 주는 게 우리의 임무라고 생각하거든."

'발가벗게 될 게 확실하군.' 나는 생각한다.

"그래서 탄광업 자체에 집중하기보다, 석탄에 초점을 맞춰볼까 해."

'발가벗고 검댕을 칠하겠군.'

"석탄을 가지고 하는 일이 뭐지? 불타게 하는 거잖아."

그렇게 말하고 내 표정을 본 시나는 씩 웃더니 나에게 묻는다.

"불을 무서워하지는 않겠지, 캣니스?"

몇 시간 뒤, 나는 개회식 역사상 가장 센세이셔널한 의상이 될지, 가장 위험한 의상이 될지 알 수 없는 옷을 입고 있었다. 옷 자체는 발목부터 목까지 오는, 상하의가 하나로 된 심플한 검은 색 레오타드와 무릎까지 올라오는 반짝이는 끈 달린 가죽 부츠지만, 이 옷의 핵심은 망토와 머리 장식이다. 시나는 우리가 탄 마차가 거리로 나서기 직전에 오렌지색, 노란색, 붉은 색으로 된 펄럭이는 망토와 그에 맞춘 머리 장식에다 불을 붙일 계획이다.

"물론 진짜 불은 아니야. 내가 포샤와 같이 만들어 낸 모조 불꽃이지. 완벽하게 안전할 거야."

시나의 말은 그렇지만, 시내에 도착할 때쯤에 완벽한 바비큐가 되어 있지 않을 거라는 확신이 영 들지 않는다.

내 얼굴에는 화장을 많이 하지 않고, 그저 군데군데 돋보이게 해 주는 정도로만 했다. 머리는 잘 빗은 다음 내가 평소에 하는 대로 땋아서 늘어뜨렸다.

"나중에 시청자들이 네가 경기장에 있는 모습을 봤을 때 너를 기억할 수 있었으면 좋겠어. 캣니스, 불타던 소녀!"

시나가 꿈꾸는 듯한 표정으로 말한다. 그의 차분하고 평범한 언행 뒤에 엄청난 광기가 숨어 있는 건 아닌가 하는 생각이 불쑥 떠오른다.

오늘 아침에 피타의 숨은 면모를 조금 엿보긴 했지만, 나와 똑같은 옷을 입고 나타난 그의 모습을 보자 마음이 조금 안정된다. 빵집 아들이고 하니까, 그 앤 불에 대해 잘 알 것이다. 피타의 스타일리스트인 포샤와 그녀의 준비 팀이 피타를 데리고 왔다. 모두들 우리가 얼마나 큰 성공을 거둘지 흥분해서 한껏 들떠 있다. 시나만이 예외. 축하인사를 받는 그는 약간 피곤해 보일 뿐이다.

사람들은 우리를 개조센터의 1층으로 데려간다. 그 곳은 사실상 거대한 마구간이다. 이제 개회식이 곧 시작된다. 각 구역에서 온 두 명의 조공인들은 말 네 마리가 끄는 마차에 함께 탄다. 우리가 타고 갈 말은 털빛이 석탄같이 검다. 말들은 훈련이 하도 잘 되어 있어서, 고삐를 잡는 사람 없이도 마차를 끌 수 있다. 시나와 포샤는 우리를 마차에 태운 다음 서 있는 자세를 꼼꼼히 지도하고, 망토 자락을 매만진 후 저만치 떨어져 둘이서 무언가를 의논한다.

"어떻게 생각해? 불 붙인다는 거."

피타에게 속삭인다.

"네가 내 망토를 뜯어내 주면, 나도 네 망토를 뜯어 주지."

피타는 이를 갈며 대답한다.

"좋아."

어쩌면, 재빨리 벗어 던지면 최악의 화상만은 피할 수 있을지도 모른다. 그래도 불리하긴 마찬가지다. 우리 몸 상태가 어찌 됐든 간에 때가 되면 우릴 경기장에 밀어 넣을 테니까. 나는 다시 말한다.

"헤이미치에게 스타일리스트 말에 무조건 따르겠다고 약속한 건 나도 알지만, 헤이미치가 이런 경우까지 예상하고 한 말은 아닐 것 같아."

"그러고 보니 헤이미치는 어딨지? 이런 상황에 우릴 보호해 줘야 되는 거 아냐?"

피타가 말한다.

"몸속에 알코올이 그렇게 많이 들었으니, 불 가까이에는 못 오게 하는 게 좋을 것 같은데."

우리 둘은 갑자기 웃음을 터트린다. 우리 둘 다 헝거 게임 때문에 긴장한 데다, 당장 인간 횃불이 될 생각에 온통 사로잡힌 탓에 현명하지 못한 행동을 하고 있는 것이다.

개회식 음악이 흘러나온다. 캐피톨 전체에 꽝꽝 울려 퍼지고 있어 아주 잘 들린다. 거대한 문이 옆으로 미끄러지며 열리자, 양쪽에 관중이 가득한 거리가 나타난다. 이제부터 약 20분 정도 마차 행렬이 있다. 그리고 시 광장으로 가서, 환영 행사를 하고 국가를 연주한 다음 그들은 우리를 데리고 트레이닝센터로 갈 것이다. 센터는 헝거 게임이 시작할 때까지 우리의 집, 혹은 감옥이 될 곳이다.

눈처럼 흰 말이 끄는 마차를 탄 1번 구역 조공인들이 거리로 나선다. 은

색 스프레이 페인트로 몸을 칠하고 보석을 잔뜩 달아 반짝거리는 튜닉을 입은 그들은 굉장히 아름답다. 1번 구역에서는 캐피톨에 납품하는 사치품들을 만든다. 관중들이 열광하는 소리가 들려온다. 1번 구역이 언제나 인기가 제일 많다.

2번 구역도 뒤따를 채비를 한다. 어느새 우리도 문 가까이까지 왔다. 구름이 끼어 있고 저녁 시간이라 하늘이 회색빛으로 물들어 가는 것이 보인다. 11번 구역 조공인들이 문을 나서자마자 시나가 횃불을 들고 다가온다.

"이제 우리 차례군."

시나의 말에 우리가 반응을 보일 새도 없이 그는 우리 망토에 불을 붙인다. 열기가 끼쳐올 거라 예상한 나는 숨이 턱 막혔지만, 살짝 간질간질한 느낌이 날 뿐 뜨겁지는 않다. 시나는 마차에 올라와 우리 앞에 서서 머리 장식에도 불을 붙인다. 그는 안심했다는 듯 한숨을 내쉰다.

"성공이군."

그가 내 턱 밑으로 부드럽게 손을 밀어 넣는다.

"기억해, 고개를 높이 들 것, 미소 지을 것. 저 사람들은 너희에게 푹 빠질 거야!"

마차에서 뛰어 내린 시나는, 마지막으로 아이디어가 뭔가 또 떠올랐는지 우리에게 무어라 외치지만 음악 소리에 묻혀 들리지 않는다. 다시 소리를 친 다음 손짓으로 신호를 보낸다.

"뭐라는 거지?"

피타에게 물어 본다. 피타를 바라보자, 가짜 불꽃에 휩싸여 타오르는 그의 모습이 눈부시게 화려하다는 것이 처음으로 느껴졌다. 나도 그렇겠지.

"손을 잡으라는 것 같은데."

피타가 그렇게 말하며 왼손으로 내 오른손을 잡는다. 맞나 확인하기 위해 시나를 바라보자, 시나는 고개를 끄덕이며 엄지손가락을 세워 보인다.

그것이 우리가 도시에 입장하기 전에 마지막으로 본 모습이다.

우리의 모습을 보고 처음에는 깜짝 놀라던 관중들의 반응은 곧 환호와 "12번 구역!"하는 외침으로 바뀐다. 모든 사람들이 우리 쪽으로 고개를 돌려서, 우리보다 앞서 가는 마차 3대는 시선을 우리에게 모두 빼앗기고 만다. 나는 처음에는 얼어붙었지만, 대형 텔레비전 화면에 비친 우리의 모습을 보자 숨 막힐 정도로 아름답다는 사실에 곧 넋을 잃었다. 황혼이 깊어 가는 가운데 우리들의 얼굴이 불꽃을 받아 빛나고 있다. 펄럭이는 망토 때문에 마치 우리가 가는 자리마다 불의 흔적이 남는 듯하다. 화장을 최소한만 한다는 시나의 선택은 옳았다. 우리의 얼굴은 맨얼굴보다는 더 매력적으로 보이지만 알아보는 데는 전혀 문제가 없는 상태다.

'기억해, 고개를 높이 들 것, 미소 지을 것. 저 사람들은 너희에게 푹 빠질 거야!' 머릿속에서 시나의 목소리가 들려온다. 턱을 조금 더 들고, 내가 할 수 있는 한 가장 매력적인 미소를 띤 채 왼손을 흔든다. 피타를 잡고 균형을 유지할 수 있다는 사실이 이제는 다행스럽다. 피타는 굉장히 안정적으로, 바위처럼 굳세게 서 있다. 자신감을 얻기 시작하면서, 관중들에게 키스를 몇 번 날려 본다. 캐피톨 사람들은 열광하며, 우리에게 꽃을 비 오듯 던지고 우리 이름(일부러 프로그램을 펼쳐 찾아낸, 성(姓)이 아닌 이름)을 연호한다.

요란한 음악, 환호 소리, 찬사가 피 속으로 스며들어와 흥분을 가라앉힐 수가 없다. 그래, 분명 나를 지원해 줄 스폰서가 하나쯤은 있을 거야! 가외로 받는 지원, 그리고 약간의 식량. 내가 다룰 줄 아는 무기가 있다면 나라고 우승을 지레 포기할 이유가 없잖아?

누군가가 빨간 장미를 던지기에, 받아 들고 우아하게 향기를 맡은 다음 꽃이 날아온 방향을 향해 키스를 날려 보낸다. 내 키스가 손으로 만질 수 있는 물건이라도 되는 양, 그것을 받으려고 손을 번쩍 드는 사람이 백 명은 되어 보인다.

"캣니스! 캣니스!"

온 사방에서 내 이름을 부르는 소리가 들린다. 모두가 나의 키스를 원하고 있다.

광장에 들어가고 나서야 나 때문에 피타의 손에 피가 전혀 통하지 않고 있었겠다는 생각이 든다. 나는 피타의 손을 그 정도로 꽉 쥐고 있었다. 손을 풀면서 깍지 낀 우리 둘의 손가락을 내려다본다. 하지만 피타는 내 손을 다시 꼭 쥔다.

"아니, 놓지 마. 잡고 있어 줘. 나, 마차 밖으로 떨어질 것 같거든."

그의 푸른 눈이 깜빡이는 불빛을 받아 빛난다.

"알았어."

그래서 계속 손을 잡고 있기는 하지만, 시나가 이런 식으로 우리를 엮어 놓은 것이 이상하다는 느낌을 떨칠 수가 없다. 우리를 한 팀으로 소개한 다음 경기장에 가둬놓고 서로 죽이게 한다니, 도저히 이치에 맞는다곤 할 수 없지 않은가.

광장의 순환로에 마차 열두 대가 빼곡히 들어찬다. 광장을 에워싼 건물의 창문마다 캐피톨의 고위층 인사들이 가득 앉아 있다. 마차를 끄는 말들은 스노우 대통령 관저 바로 앞까지 가서 멈춘다. 화려한 관악 연주를 마지막으로 음악이 멈춘다.

대통령은 작고 마른 체격의 백발 남자다. 발코니에 서서 우리를 내려다보며 공식적인 환영 인사를 한다. 연설 중에는 카메라가 조공인들의 얼굴을 잡는 게 전통이다. 화면을 보니 우리가 화면에 등장하는 시간이 다른 참가자들보다 훨씬 길다는 것을 쉽게 알 수 있다. 어두워질수록 우리의 불꽃에서 눈을 떼기가 어려워진다. 국가가 나올 때는 모든 조공인들을 다 한 번씩 비춰 주려고 일부러 신경을 쓰긴 하지만, 마차들이 마지막으로 광장을 한 바퀴 돌고 나서 트레이닝센터로 돌아가는 내내 카메라는 12번 구역을 향해 고정되어 있다.

우리 등 뒤로 문이 닫히자마자 거의 넋이 나가버린 준비 팀이 우리를 얼싸안고 칭찬을 퍼붓는데 무슨 말인지 알아듣기조차 힘들다. 주위를 둘러보다가 다른 조공인들 상당수가 우리를 노려보고 있다는 걸 눈치 챘다. 내가 짐작한 대로 다른 모든 아이들이 우리에게 가려 빛을 보지 못했다는 증거다. 시나와 포샤가 다가와 마차에서 내리는 것을 도와 주고, 조심스레 불타는 망토와 머리 장식을 벗겨 준다. 포샤는 스프레이 캔 같은 것을 뿌려 불을 끈다.

아직도 피타의 손을 잡고 있음을 깨닫고 굳어버린 손가락을 억지로 편다. 우리 둘 다 쥐고 있던 손을 주무른다.

"잡고 있어 줘서 고마워. 좀 떨렸거든."

피타가 말한다.

"티 하나도 안 났어. 아무도 못 알아 봤을걸. 장담해."

"어차피 사람들이 본 건 너 하나밖에 없을걸. 장담해. 너 불꽃을 자주 입어야겠어. 아주 어울리니까."

피타는 그렇게 말하고는 아주 약간의 부끄러움과 진심이 함께 담긴 다정한 미소를 지어 보였다. 순간 기대하지 못했던 따스함이 나를 뚫고 지나간다.

머릿속에서 경고음이 울린다. '바보 같이 굴지 마. 피타는 너를 어떻게 죽일까 계획을 짜고 있어.' 나는 자신을 향해 다시 한 번 다짐한다. '너를 손쉬운 먹잇감으로 삼기 위해 꾀고 있는 거야. 호감이 가면 갈수록, 더 위험한 사람이야.'

하지만 게임이란 본래 두 사람이 하는 것이다. 나는 발뒤꿈치를 들고 그의 볼에 키스한다. 오래 전 우리가 어렸을 때 멍이 들었던, 바로 그 자리에.

6

트레이닝센터에는 조공인들과 훈련 팀들만을 위해 설계된 고층 건물이 있다. 실제 경기가 시작되기 전까지 우리가 지내게 될 곳이다. 각 구역마다 한 층씩이 통째로 제공된다. 엘리베이터에 탄 다음 자기 구역의 번호를 누르면 된다. 참 기억하기도 쉽다.

12번 구역에 살면서 엘리베이터를 몇 번 타 본 적 있다. 한 번은 아빠가 돌아가시고 나서 메달을 받으러 갔을 때였고, 또 한 번은 어제 친구들과 가족들에게 작별인사를 했을 때다. 하지만 그 엘리베이터는 어둡고 삐걱거리고, 달팽이마냥 느린 데다 상한 우유 냄새가 나는 엘리베이터였다. 여기 엘리베이터는 전체가 수정으로 되어 있어서, 공중으로 치솟을 때면 1층에 있는 사람들이 개미처럼 작아지는 모습을 볼 수 있다. 재미있어서 에피 트링켓에게 한 번 더 타도 되냐고 물어 볼까 싶었지만, 어린애 같은 짓이다 싶어 관뒀다.

에피 트링켓의 역할은 기차역에서 끝나는 게 아니었나 보다. 그녀와 헤이미치는 경기장에 들어가기 직전까지 우리를 돌봐줄 것이다. 한편으로는 잘된 일인 것이, 그녀는 적어도 우리가 가야 할 곳이 있으면 시간 맞춰 데리고 다녀 주기는 한다. 반면 헤이미치는 기차에서 우리를 도와주기로 약속한 이후 코빼기도 비치지 않았다. 어디선가 술에 취해 뻗어 있겠지. 그에 비해 에피 트링켓은 둥둥 떠다니는 것 같다. 그녀가 데리고 온 팀들 중 개회식에서 대성공을 거둔 팀은 우리가 최초다. 우리 의상뿐 아니라 처신에 대해서도 칭찬을 늘어놓으며 하는 이야기를 들어보니, 에피는 캐피톨에서 힘깨나 쓴다는 사람들을 전부 알고 지내는 모양이고, 하루 종일 우리 칭찬을 늘어놓으며 스폰서를 구하고 다닌 것 같다.

"사실 나로선 딱히 이야기할 것이 없었어. 왜냐면 물론, 헤이미치가 나에게 너희들 전략이 뭔지 말해 주지 않았으니까. 하지만 내가 아는 사실들을 가지고 최선을 다했단다. 캣니스가 동생을 위해 희생한 이야기, 너희들이 스스로의 노력으로 너희 구역의 야만성을 극복해 낸 성공담."

그녀는 반쯤 감은 눈을 사시로 뜨고 이야기한다.

야만성? 우리가 학살당하게 돕는 일을 하는 사람이 그런 말을 하다니 참 아이러니로군. 게다가 대체 무슨 근거로 우리가 성공할 거라고 생각하는 거지? 식사 예절?

"물론 다들 좀 유보적이긴 했지. 너희들은 탄광 구역 출신이니까. 하지만, 내가 뭐라고 했는지 아니? 아, 나 머리 좀 좋은 것 같아. '석탄에 압력을 가하면 진주로 변한다고요!' 라고 했어!"

에피가 너무나 환한 표정으로 우리를 바라보는 바람에 틀린 말이지만 정말 똑똑하다고 요란스럽게 말해 주는 수밖에 없다.

석탄은 진주로 변하지 않는다. 진주는 조개 속에서 자란다. 어쩌면 석탄이 다이아몬드로 바뀐다고 말하려 했던 것일지도 모르지만, 그것도 사실과 다르다. 1번 구역에 흑연을 다이아몬드로 바꿀 수 있는 기계가 있다는 말은 들었다. 하지만 12번 구역에서는 흑연을 채굴하지 않는다. 13번 구역이 파괴되기 전 주로 하던 일이 그거였다.

그녀가 오늘 하루 종일 우리에게 끈을 대 주려고 하던 사람들이 그 사실을 알기는 했는지, 신경이나 썼을지는 모를 일이다.

"불행하게도 나는 스폰서 계약을 맺지 못해. 헤이미치만 할 수 있는 일이야. 하지만 걱정 마, 필요하다면 총을 들이대서라도 협상 테이블로 끌고 갈 테니까."

에피는 험악한 어조로 말한다.

에피 트링켓은 여러 가지 부족한 점이 있긴 하지만, 그 단호한 결단력에는 감탄할 수밖에 없다.

내 숙소는 내가 살던 집 전체보다 크다. 기차의 방처럼 호화롭지만, 자동으로 움직이는 기계들이 무척 많아서 여기 있는 버튼들을 다 눌러 보기엔 시간이 부족할 것 같다. 샤워기만 해도 100가지 넘는 옵션이 붙어 있어서 물의 온도 조절, 세기 조절, 비누, 샴푸, 향, 오일, 스폰지 마사지 등등을 선택할 수 있다. 매트 위에 올라서면 히터가 작동해서 더운 바람으로 몸을 말려 준다. 젖어서 엉킨 머리를 낑낑대며 풀 필요 없이, 버튼만 누르면 기계가 두피 속으로 바람을 불어넣어서 순식간에 머리를 자연스럽게 풀어 주고 말려 준다. 내 머리는 어느새 반짝거리는 커튼처럼 어깨 위에 드리워졌다.

옷장을 뒤져 내 취향에 맞는 옷들을 찾는다. 창문은 내 지시에 따라 창밖에 보이는 모습을 줌 인으로 당겨 줬다가, 다시 줌 아웃했다가 한다. 방대한 메뉴 속에서 먹고 싶은 음식을 찾아, 전화기에 대고 이름만 속삭이면 1분도 지나지 않아 김이 무럭무럭 나는 뜨거운 음식이 나타난다. 거위 간과 푹신한 빵을 먹으며 방을 서성거리고 있노라니 노크 소리가 난다. 에피가 저녁 먹으러 오라고 한다.

잘됐다. 배가 많이 고프던 참이다.

식당에 들어가자 피타, 시나, 포샤가 캐피톨이 내려다보이는 발코니에 서 있다. 헤이미치가 온다는 말을 듣자 스타일리스트들이 있는 것이 더 기쁘게 느껴진다. 에피와 헤이미치 두 사람이 분위기를 주도하는 식사는 재앙으로 끝날 운명이 확실하니까. 게다가 저녁 식사에서 중요한 것은 음식이 아니라 전략을 기획하는 일인데, 시나와 포샤는 자신들의 가치를 이미 입증한 사람들 아닌가.

흰 튜닉을 입은 말없는 젊은 남자가, 우리 모두에게 발 달린 잔에 따른 와인을 권한다. 처음엔 거절할까 생각했다. 하지만 엄마가 기침약 대신으로 집에서 담근 것 말고는 와인을 마셔 본 적이 없는데 앞으로 언제 또 마실 일이 생길까 싶어 마셔보기로 한다. 맛이 자극적이고 산뜻한 술을 한 모금 마셔 본 후 꿀을 몇 숟갈 넣으면 더 맛있을 텐데, 라고 속으로 생각한다.

음식이 나오는 순간 헤이미치가 나타난다. 헤이미치에게도 스타일리스트가 붙었나 싶을 만큼 깨끗하고 단정한 차림인데다 내가 본 중 가장 맨정신에 가까운 모습이다. 그는 와인을 거절하지는 않았지만, 수프를 떠먹는 것을 보고 있자니 그가 음식을 먹는 모습은 지금 처음 본다는 생각이 들었다. 정말로 계속 정신을 차리고 있으면서 우릴 도와 줄 지도 모르겠다.

시나와 포샤에겐 헤이미치와 에피를 예의 바르게 행동하게 하는 힘이 있는 것 같다. 두 사람은 그나마 서로 점잖은 말투를 쓰고 있다. 대화는 우리 스타일리스트들이 개회식에서 거둔 성과에 대한 칭찬 일색이다. 그들이 대수롭지 않은 이야기를 나누는 동안 나는 식사에 집중한다. 버섯 수프, 콩만 한 크기의 토마토를 곁들인 씁쓸한 맛의 녹색 채소, 달콤한 푸른빛 포도와 함께 나온 입에서 사르르 녹는 치즈. 서빙하는 사람들은 모두 젊은 사람들이고 우리에게 와인을 줬던 사람처럼 흰 튜닉을 입고 있다. 말한 마디 없이 이리저리 오가며 접시나 잔이 비지 않도록 채워준다.

와인 잔을 절반 정도 비우자 머리가 몽롱해지기 시작해서, 나는 와인 대신 물을 마신다. 술 마신 느낌이 마음에 들지 않아서 얼른 술이 깼으면 하고 생각한다. 헤이미치가 어떻게 내내 이 상태로 돌아다닐 수 있는지 신기하다.

인터뷰 때 입을 의상에 대해서 이야기하고 있기에 나도 대화에 집중하려는데, 여자아이 하나가 근사한 케이크를 들고 와서 능숙한 솜씨로 불을 붙인다. 케이크 위에서 불길이 확 솟았다가 테두리를 따라서 조금 더 타오른 후 완전히 꺼졌다. 문득 의심이 들었다.

"뭘 가지고 불을 붙인 거죠? 알코올인가요?"

나는 여자아이를 올려다보며 말을 이었다.

"술은 마시고 싶지 않……, 아! 나 당신 알아요."

이름이 무엇인지, 언제 만났는지는 생각나지 않지만 분명 아는 얼굴이다. 짙은 빨강머리, 눈에 띄게 예쁜 외모, 도자기 같은 흰 피부가 눈에 익다. 그러나 말을 거는 중에도, 내 안에서 그녀의 모습을 불안함, 그리고 죄책감과 연결 짓는 것이 느껴진다. 정확히 무엇인지는 모르겠지만 그녀와 연관된 나쁜 기억이 있는 게 확실하다. 그녀의 얼굴에 떠오르는 공포에 질린 표정을 보니 혼란스러움과 불편함은 더욱 심해졌다. 그녀는 아니라는 듯 황급히 고개를 젓고는 테이블에서 멀어진다.

시선을 돌려보자 어른 넷이 나를 매처럼 쏘아보고 있다.

"캣니스, 말도 안 되는 소리 하지 마. 네가 어떻게 무성인(無聲人)을 알 수가 있어? 생각조차 할 수 없는 일이지."

에피가 날카롭게 말했다.

"무성인이 뭐예요?"

나는 바보스럽게 되묻는다.

"범죄를 저지른 사람이야. 무성인들은 말을 못하도록 혀를 잘렸지. 아마 모종의 반역자일 거다. 네가 알 것 같지 않은데."

헤이미치가 말한다.

"그리고 설령 안다고 해도, 말을 걸어선 안 돼. 명령할 때 말고는. 아, 물론 정말로 아는 건 아니겠지만."

에피는 그렇게 잘라 말했지만 나는 정말로 그녀를 안다. 그리고 헤이미치가 '반역자'라는 단어를 사용하자, 어디서 만났는지 기억이 났다. 하지만 다들 너무나 강하게 아니라고 하니 도저히 안다고 우기지 못하겠다.

"아뇨, 아닌가 봐요. 전 그냥……."

말을 더듬는다. 와인을 마신 탓에 말이 더 안 나온다.

피타가 손가락을 딱 튕긴다.

"델리 카트라이트. 그 애 생각한 거구나. 나도 아까부터 어디서 본 얼굴이라고 생각했었거든. 그러고 보니 델리랑 쌍둥이처럼 닮았네."

델리 카트라이트는 얼굴이 창백하며 몸이 땅딸막하고 머리카락이 누런 여자애다. 델리가 우리에게 서빙을 했던 아이를 닮았다는 것은 딱정벌레가 나비를 닮았다는 것과 비슷한 말이다. 델리는 또한 세상에서 가장 붙임성 좋은 아이라서, 학교에서 언제든지 누구에게나(심지어 나한테까지도) 웃어 준다. 그 빨강머리 여자아이는 웃는 모습을 한 번도 보지 못했다. 하지만 나는 감사한 마음으로 피타가 던진 밧줄을 냉큼 잡는다.

"그렇지, 맞아. 그 애 생각했던 거였어. 머리 때문에 특히 그랬던 것 같아."

"눈도 좀 닮았더라."

피타가 말한다.

테이블의 경직된 기운이 느슨해진다.

"아, 그게 다라면 뭐…… 그리고 케이크에 술이 들어있긴 하지만 알코올은 다 타버리고 없어. 너희들의 불꽃 같은 데뷔를 축하하려고 특별 주문한 케이크야."

시나가 말한다.

케이크를 먹은 다음 별실로 자리를 옮겨 개회식 재방송을 시청한다. 괜찮은 인상을 준 다른 커플들도 몇 팀 있긴 하지만, 우리에게는 상대가 되지 않는다. 우리가 개조센터를 나와 거리로 나서는 장면에서는 우리 팀마저도 "아아!"하고 감탄을 내지른다.

"손잡는 건 누구 생각이었나?"

헤이미치가 묻는다.

"시나요."

포샤가 대답한다.

"반항적인 요소를 절묘하게 가미했구만. 아주 좋아."

반항? 무슨 뜻인지 생각 좀 해 봐야겠다. 하지만 뻣뻣하게 서로 떨어져서, 마치 상대가 존재하지도 않는다는 듯이, 벌써 경기가 시작되었다는 듯이 서로 만지지도 아는 척하지도 않던 다른 커플을 생각해 보니 헤이미치의 말을 이해할 수 있다. 우리 둘을 적수가 아닌 친구로 포장한 것은 불타는 의상만큼이나 우리를 두드러져 보이게 만들었다.

"내일 아침엔 첫 번째 훈련이 있다. 아침 식사 때 어떻게 해야 하는지 꼼꼼히 일러 주마. 이제 어른들은 할 이야기가 있으니까 가서 좀 자둬."

헤이미치가 피타와 나에게 말했다.

피타와 나는 각자의 방을 향해 함께 복도를 걸어간다. 내 방 앞에 도착하자 피타는 문틀에 기댄다. 방에 들어가지 못하게 막는 것은 아니지만 자신을 보라는 강한 의사가 느껴진다.

"델리 카트라이트 닮은 사람을 여기서 만날 줄이야."

피타는 내게 설명을 요구하고 있다. 나 역시도 설명을 해주고 싶다. 우리 둘 다 개가 나를 구해 주었다는 것을 알고 있다. 그러니 나는 다시 이 애에게 빚을 진 셈이다. 내가 그 여자아이에 대한 진실을 말해 준다면, 그것으로 비긴 셈이 될지도 모른다. 피해가 갈 일이 전혀 없다. 설령 피타가 다른 사람에게 이 이야기를 한다고 해도, 내가 피해를 입을 일은 거의 없다. 난 그저 어떤 일을 목격했을 뿐이다. 그리고 델리 카트라이트에 대해서는 피타 역시 나만큼이나 거짓말을 많이 했다.

나 스스로 누군가에게 그 아이에 대한 이야기를 하고 싶어 한다는 것을 느낀다. 그녀에게 무슨 일이 일어났는지 이해할 수 있도록 도와 줄 수 있는 누군가와 이야기 해 보고 싶다. 내가 고를 수 있다면 게일을 고르겠지만, 게일을 다시 볼 수 있을 것 같지는 않다. 피타에게 이야기하면 내가 불리해질 것이 있나 생각해 봐도 떠오르지 않는다. 어쩌면 비밀을 공유하면 내가 자기를 친구라고 생각한다고 믿을지도 모른다.

　게다가 혀를 잘린 여자아이라는 것을 생각하니 오싹하다. 내가 왜 여기에 왔는지를 새삼 상기시켜 주는 경험이었다. 나는 화려한 의상을 입고 사람들 앞에 서고, 산해진미를 먹으려고 온 것이 아니다. 관중들이 나를 죽이는 사람을 응원하는 가운데, 피범벅이 되어 죽으러 온 거다.

　말하느냐, 말하지 않느냐……. 머리가 아직도 와인 때문에 천천히 돌아간다. 나는 거기에 답이 있기라도 한 듯 빈 복도를 노려본다.

　내가 망설이는 것을 본 피타가 제안한다.

　"너 옥상에 올라가 봤어?"

　나는 고개를 가로젓는다.

　"시나가 보여 줬어. 도시 전체가 다 보여. 바람 소리 때문에 좀 시끄럽긴 하더라."

　나는 그 말을 "우리 이야기를 엿들을 사람이 없을 거야."로 해석한다. 이곳에선 누군가가 감시하고 있을지 모른다는 생각이 강하게 든다.

　"그냥 올라갈 수 있어?"

　"그럼. 이리 와."

　나는 피타를 따라 지붕으로 통하는 계단을 올라간다. 둥근 돔같이 생긴 작은 방에 달린 문을 열자 밖으로 나갈 수 있다. 시원하고 바람이 부는 저녁 공기 속으로 나와 경치를 바라보니 숨이 막히는 듯하다. 캐피톨은 반딧불이 가득 찬 넓은 들판처럼 반짝거린다. 12번 구역에서는 전력 공급이 왔다 갔다 해서, 보통 하루에 몇 시간 정도밖에 쓸 수 없다. 저녁에는 촛불을 켜고 지내는 경우가 많다. 전기가 확실히 들어오는 경우는 헝거 게임을 방영할 때나, 중요한 정부 공지 사항이 있어서 의무적으로 TV를 시청해야 할 때뿐이다. 하지만 이 곳에서는 전력 수급이 불안정한 일 따위는 절대 없을 것이다.

피타와 나는 옥상 가장자리의 난간으로 걸어간다. 발 아래를 내려다보자 거리에 우글거리는 사람들이 보인다. 자동차 소리, 간간이 누군가가 크게 외치는 소리, 무슨 소리인지 모를 금속성의 딸랑거리는 소리가 난다. 12번 구역에서는 이 시간이면 다들 잠자리에 들 생각이나 하고 있을 것이다.

"시나한테 왜 우릴 여기 올려 보내 주는지 물어 봤어. 조공인 중에 투신하려고 마음먹은 사람이 생길까 걱정되지도 않나 싶어서."

피타가 말한다.

"그랬더니 뭐래?"

"불가능하대. 일종의 전기장이 있어서 나갈 수가 없어."

피타는 아무것도 없어 보이는 허공 속으로 손을 내밀었다. 날카로운 지지직하는 소리가 났고, 그는 다시 손을 휙 뒤로 뺐다.

"언제나 우리의 안전에 신경을 쓰는군."

시나가 피타에게 옥상을 보여 주었다 해도, 이 늦은 시간에 우리끼리만 나와 있어도 되는지 모르겠다. 조공인이 트레이닝센터 옥상에 올라간 모습은 한 번도 본 적이 없다. 하지만 그렇다고 지금 우리를 찍고 있는 카메라가 없으리라는 법은 없다.

"우리 지금 촬영되고 있을까?"

"아마도."

그렇게 시인한 피타가 곧이어 말했다.

"정원 보여 줄게."

돔 반대쪽에는 꽃이 피어 있는 화단과 화분에 심은 나무 등으로 정원을 꾸며놓았다. 나무 가지에는 풍경(風磬)이 수백 개 달려 있었다. 내가 들은 딸랑거리는 소리가 여기서 난 것이었구나. 이렇게 바람이 많이 부는 밤에 이 정원에서 조용히 이야기하면 두 사람의 목소리쯤은 묻힐 것이다. 피타는 기대하는 눈빛으로 나를 바라본다.

나는 꽃을 관찰하는 척하면서 천천히 속삭였다.

"우린 숲에서 사냥을 하고 있었어. 숨어서 사냥감을 기다리고 있었지."

"너와 아버지?"

피타도 속삭이며 물어 본다.

"아니, 내 친구 게일 얘기야. 갑자기 새들이 일제히 노래를 딱 멈추더라. 한 마리만 빼고. 그 새는 마치 경보를 울리는 것 같았어. 다음 순간에 그 여자아이를 봤어. 아까 본 그 아이가 확실해. 남자아이 한 명이 같이 있었어. 옷이 너덜너덜하고, 잠을 못 자서 눈 밑에 다크 서클이 있더라. 둘은 죽기 살기로 도망가고 있었지."

그 때 보았던, 숲을 뚫고 도망치던 두 이방인(12번 구역 출신이 아닌 건 확실했다)의 모습을 보고 우리가 그 자리에 얼어붙었던 기억을 떠올리느라 나는 잠시 말을 멈춘다. 그 뒤 우리는 두 사람의 도주를 우리가 도와줄 수 있었을까 이야기했었다. 가능했을지도 모른다. 재빨리 움직였다면 숨겨 줄 수 있었을지도 모른다. 게일과 내가 깜짝 놀랐던 것은 사실이지만, 우리는 둘 다 사냥꾼이다. 우리는 궁지에 몰린 동물들의 표정을 알고 있다. 그래서 보자마자 그들이 곤경에 처해 있다는 것을 알 수 있었다. 하지만 우리는 멍하니 구경만 했다.

"호버크래프트가 갑자기 나타났어. 무슨 말이냐면, 허공에 아무 것도 없었다가 그 다음 순간 갑자기 짠, 하고 나타난 거야. 소리도 전혀 나지 않았지만 두 사람은 그걸 봤지. 여자아이에게 그물을 쏴서 잡아 올리는데, 끌어올리는 속도가 무지 빨라서 엘리베이터 같더라. 남자아이한텐 창 같은 걸 쏴서 몸을 꿰뚫더군. 창에 줄이 달려 있어서, 남자아이도 끌어올렸지. 하지만 창을 맞고 죽은 게 거의 확실해. 여자아이가 비명 지르는 소리가 한 번 들렸어. 남자아이 이름이 아니었나 싶어. 그리고는 사라져버렸어. 호버크래프트 말이야. 온데간데없이 사라지더라. 그러자 새들이 마치 아무 일도 없었다는 듯 다시 노래 부르기 시작했어."

"그 두 사람도 너희를 봤어?"

피타가 묻는다.

"몰라. 우리는 바위 밑에 있었거든."

대답은 이렇게 하지만, 나는 알고 있다. 새 한 마리가 우리에게 경고한 뒤에, 하지만 호버크래프트는 나타나기 전에 그 여자아이가 우리를 본 짧은 한 순간이 있었다. 나와 눈을 맞추고 도와 달라고 불렀었다. 하지만 게일도 나도 대답하지 않았다.

"너 떨고 있어."

피타가 말한다.

바람과 이 이야기가 내 몸의 모든 온기를 앗아갔다. 그 아이의 비명소리. 그 소리가 그 아이 최후의 비명이었을까?

피타는 자기 재킷을 벗어 내 어깨에 둘러준다. 뒤로 물러서려다, 지금은 그의 재킷과 친절함을 받아들이기로 하고 그냥 놔둔다. 친구라면 이렇게 할 테니까. 맞지?

"여기 출신이었어?"

피타는 이렇게 물으며 목 쪽의 단추를 채워 준다.

나는 고개를 끄덕인다. 그 남자아이, 그 여자아이는 외모에서 캐피톨 특유의 분위기가 났다.

"어디로 가는 중인 것 같았어?"

"그건 모르겠어."

12번 구역 정도면 이미 상당히 막장인 셈이다. 우리 구역을 넘어가면 나오는 거라곤 오직 광야뿐이니까. 유독성 폭탄을 맞고 폐허가 되어 아직도 연기가 피어오르고 있는 13번 구역을 제외하면 말이다. 지금도 가끔씩

TV에서 13번 구역의 모습을 방영해서 우리 기억을 되살려 준다.

"애당초 여기를 왜 떠났던 건지도 모르겠어."

헤이미치는 무성인들이 반역자라고 했다. 무엇에 대해 반역을 한다는 거지? 반역을 꾀할 만한 대상이라곤 캐피톨뿐이다. 하지만 이곳 사람들은 모든 것을 가지고 있다. 반항할 이유가 없다.

"나라면 여길 떠나겠어."

피타가 불쑥 말하더니 불안한 듯이 주위를 둘러본다. 방금 그의 말소리는 풍경 소리에 묻히지 않을 정도로 컸다. 피타는 웃는다.

"돌려보내 준다면 집에 가고 싶어. 하지만 음식 하나는 끝내 준다는 거, 그건 인정해야겠던데."

잘 넘겼다. 앞의 대화 없이 그 이야기만 듣는다면 의문을 가져서는 안 되는 캐피톨의 선함을 의심하는 사람이 아닌, 그저 겁먹은 조공인의 말로 들릴 것이다.

"추워지네. 들어가는 게 낫겠다."

이건 그냥 하는 말이다. 사실 돔 안은 따뜻하고 밝다. 조금 후 피타는 스스럼없는 투로 묻는다.

"게일이라는 네 친구 있잖아. 걔가 추첨 때 네 동생 붙잡고 있던 애야?"

"응. 알아?"

"직접 알진 못해. 여자아이들이 그에 대해 얘기하는 걸 많이 들었지. 네 사촌이나 뭐 그런 사이인 줄 알았어. 서로 닮아서 말이야."

"아니, 친척은 아니야."

고개를 끄덕이는 피타의 표정을 보아도 어떤 생각을 하고 있는지 알 수가 없다.

"너한테 작별 인사하러 왔었어?"

"응."

그리고 나는 조심스레 그를 살피며 대답한다.

"네 아버지도 오셨어. 쿠키를 갖다 주셨지."

피타는 몰랐다는 듯 눈썹을 치켜 올린다. 하지만 천연덕스레 거짓말하는 모습을 보고 난 터라 크게 신경이 쓰이지 않는다.

"정말? 평소에 너랑 네 동생을 좋아하셨어. 내 생각에 집에 사내애들만 우글거리는 것보다는, 딸을 갖고 싶어 하셨던 것 같아."

저녁을 먹는 밥상에서, 혹은 빵집의 화덕 앞에서, 피타의 집에서 내가 이야깃거리가 된 적이 있을지 모른다는 사실만으로도 내게는 굉장히 놀랍게 느껴진다. 피타의 엄마가 없을 때였을 것이다.

"우리 아빠는 어렸을 때, 너희 어머니를 아셨다고 했어."

이것 역시 놀라운 얘기지만 아마 사실일 것이다.

"아, 응. 우리 엄마는 시내 출신이야."

우리 엄마는 빵이 맛있다는 것 말고는 빵집 아저씨 이야기를 하신 적이 없다는 말을 하는 것은 좀 무례한 일일 것 같다. 내 방문 앞에 다다랐다. 나는 재킷을 돌려주며 말한다.

"그럼 아침에 보자."

"아침에 봐."

피타도 대답하고는 복도를 따라 걸어간다.

문을 열자 아까 그 빨강머리 여자아이가, 내가 샤워하기 전에 벗어 던져 둔 레오타드와 부츠를 챙기고 있다. 아까 나 때문에 문제가 생겼을 수도 있었던 것을 사과하고 싶지만, 명령하는 것 외에는 이야기를 하면 안 된다는 것을 기억한다.

"아, 미안해요. 내가 시나에게 가져다 줬어야 하는데. 죄송해요. 시나에게 가져다 주실 수 있나요?"

그녀는 내 눈을 피한 채 살짝 고개를 끄덕여 보이고는 곧 문 밖으로 나간다.

저녁 식사 때의 일에 대해 사과하고 싶었다. 하지만 내가 사과할 일은 그보다 훨씬 근본적인 문제라는 걸 나도 알고 있다. 숲에서 도와주려는 시도조차 하지 않은 게 부끄럽다는 것. 캐피톨이 그 남자아이를 죽이고, 그녀의 혀를 자르는데도 나는 손가락 하나 까딱하지 않았다는 것.

마치 나 자신이 헝거 게임을 시청하고 있는 것처럼.

구두를 벗어 차 던지고 옷을 입은 채 침대에 기어든다. 아직도 떨림이 멈추지 않았다. 어쩌면 저 아이는 나를 기억조차 못할지도 몰라. 하지만 난 알아, 쟤가 날 기억한다는 걸. 마지막 희망이었던 사람의 얼굴을 잊어버리는 법은 없어. 마치 이불이 말 못하는 빨강머리 여자아이에게서 나를 지켜줄 수 있다는 듯, 나는 이불을 당겨 머리끝까지 덮는다. 하지만 그 아이의 눈은 이 모든 벽들과 문들과 이불을 꿰뚫고 나를 노려본다.

내가 죽는 모습을 보면서 그 아이는 기뻐할까?

7

뒤숭숭한 꿈을 계속 꾸는 바람에 선잠밖에 이룰 수 없었다. 빨강머리 여자아이의 얼굴과 이전 헝거 게임에서 보았던 끔찍한 이미지들이 섞여서 등장한다. 엄마는 저 멀리, 혼자만의 세계에 갇혀 있고, 비쩍 마른 프림은 겁에 질려있다. 탄광이 폭발해서 무수한 죽음의 빛 조각으로 터져나가는 순간에 아빠에게 도망가라고 소리 지르다가 퍼뜩 잠에서 깼다.

창 밖으로 새벽이 밝아온다. 캐피톨의 공기는 안개가 짙고 음산하다. 머리가 아프다. 그리고 자면서 볼 안쪽을 씹었는지, 혀로 더듬어 보니 살이 약간 너덜너덜하고 피 맛이 난다.

천천히 침대에서 빠져 나와 샤워를 하러 간다. 계기판에 있는 버튼들을 아무렇게나 마구 눌렀다가, 얼음같이 찬 바람과 김이 펄펄 나는 뜨거운 물이 번갈아 가며 쏟아져 나와 한 발로 이리 뛰고 저리 뛰는 꼴을 당한다. 그 다음엔 레몬향 거품이 잔뜩 쏟아져서, 털이 뻣뻣한 묵직한 브러시로 문질러 닦는다. 휴, 적어도 아직 살아 있긴 하다.

몸을 닦고 로션을 바르고 난 후, 옷장 앞에 입으라고 놔둔 옷이 있는 것을 발견한다. 타이트한 검은색 바지, 와인색 긴 소매 튜닉, 가죽 구두다. 머리는 하나로 땋아서 늘어뜨린다. 추첨날 아침 이후 처음으로 나 같은 차림을 했다. 화려한 머리 모양이나 옷이나 불타는 망토가 없는, 그냥 나. 당장 숲으로 갈 것 같은 차림을 하니 마음이 차분해진다.

어젯밤 헤이미치는 몇 시까지 오라고 시간을 지정해 주지 않았다. 또 아직 나를 부르러 온 사람도 없지만, 배가 고파서 음식이 좀 있었으면 하면서 혼자 식당으로 간다. 기쁘게도, 테이블은 비어 있지만 식당 옆쪽의 긴 식탁에는 적어도 스무 가지는 되어 보이는 음식이 차려져 있다. 그 옆에는 젊은 무성인 남자가 차렷 자세로 서 있다. 내 마음대로 가져다 먹어도 되느냐고 물어 보니 고개를 끄덕여 그렇다고 대답한다. 나는 접시에 달걀, 소시지, 설탕에 조린 오렌지를 듬뿍 얹은 케이크, 옅은 보라색 멜론을 담아 와서 양껏 먹으며 캐피톨의 하늘에 해가 떠오르는 모습을 지켜본다. 첫 번째 접시를 비운 다음에는 뜨거운 곡식을 듬뿍 넣은 쇠고기 스튜를 담아 와 먹고, 마지막으로 접시에 롤빵을 잔뜩 담아 와서 피타가 기차에서 했던 것처럼 빵을 조금씩 떼어 내 핫초콜릿에 적셔 먹는다.

내 마음은 엄마와 프림에게로 옮아간다. 지금쯤 일어났겠지. 엄마가 곡물 가루로 끓인 죽으로 아침을 준비하고, 프림은 등교하기 전에 염소젖을 짜겠지. 사흘 전 아침에만 해도 나는 집에 있었다. 그게 사실이었을까? 그렇다. 불과 사흘 전이었다. 지금은 멀리 떨어진 곳에서조차 집이 텅 빈 것처럼 느껴진다. 어젯밤 나의 화끈한 첫 등장에 대해서는 뭐라고 이야기했을까? 희망을 좀 얻었을까, 아니면 조공인 스물네 명이 실제로 한 자리에 모인 모습을 보고, 그 중에서 단 한 명만 살 수 있다는 사실이 더욱 끔찍이 두렵게 느껴졌을까?

헤이미치와 피타가 들어와 내게 잘 잤느냐고 인사하고는 접시에 음식을 담는다. 피타가 나와 완전히 똑같은 옷을 입은 것을 보자 짜증이 난다. 시나에게 한마디 해야겠다. 이런 쌍둥이 행세는 경기가 시작하는 순간 우리에게 역작용으로 돌아올 것이다. 잘 아는 사람들이 왜 그럴까. 그 순간 헤이미치가 스타일리스트들이 시키는 대로 하라고 했던 것이 생각난다. 시나가 아니었다면 헤이미치의 말을 거스를 엄두가 났을 테지만, 어젯밤에 거둔 성공을 생각하니 시나의 선택을 놓고 이래라 저래라 할 여지가 없어 보인다.

훈련 때문에 긴장된다. 사흘 동안은 조공인들 모두가 함께 연습할 것이다. 마지막 날 오후가 되면 게임 운영자들 앞에서 단독으로 시범을 보일 기회가 주어진다. 다른 조공인들과 직접 대면할 생각을 하니 메스꺼워진다. 방금 바구니에서 집어온 롤빵을 손 안에서 굴려 보지만 식욕은 이미 사라졌다.

헤이미치는 스튜를 몇 접시 먹더니, 접시를 밀어놓고 한숨을 쉰다. 주머니에서 휴대용 술병을 꺼내더니 길게 한 모금 쭈욱 마시고 나서 식탁에 팔꿈치를 얹고 기댄다.

"그러면 이제 본론으로 들어가자. 훈련. 먼저, 너희들이 원한다면 따로 훈련시켜 주마. 지금 결정해라."

"왜 따로 훈련해요?"

내가 묻는다.

"예를 들어, 상대가 몰랐으면 하는 비밀스러운 기술이 있을 수도 있지."

헤이미치가 대답한다. 나는 피타와 시선을 주고받는다.

"난 비밀 기술 없어. 그리고 난 네 기술이 뭔지는 벌써 알잖아? 그러니까, 네가 잡은 다람쥐를 이제까지 내가 몇 마리나 먹었는데."

피타가 말한다. 내가 활을 쏴서 잡은 다람쥐를 피타가 먹었을 거라는 생각은 한 번도 해 본 적이 없었다. 왠지 몰라도 나는 언제나 빵집 아저씨가 혼자서 조용히 다람쥐 고기를 튀겨 드셨을 거라고 상상해 왔다. 혼자 먹고 싶은 마음에 욕심을 부려서라기보다는, 시내에 사는 가족들은 보통 정육점에서 파는 비싼 고기를 먹기 때문이다. 쇠고기나 닭고기나 말고기 같은 것.

"같이 지도해 주셔도 괜찮아요."

내가 헤이미치에게 말한다. 피타도 고개를 끄덕인다.

"좋다. 너희들이 뭘 할 수 있는지 좀 알려다오."

"난 아무 것도 못 해요. 빵 굽는 것도 기술로 쳐주면 몰라도요."

피타가 말한다.

"미안하지만 그건 안 쳐준다. 캣니스가 칼 솜씨가 좋은 건 이미 알고."

"사실 칼은 잘 못써요. 하지만 사냥은 할 수 있어요. 활과 화살을 써서."

"활 잘 쏴?"

헤이미치가 묻는다. 생각 좀 해 봐야겠다. 내가 가족을 먹여 살린 것이 벌써 4년이다. 그건 작은 일이라고 할 수 없다. 생전의 아빠만큼 잘 쏘지는 못하지만, 아빠는 경험이 더 많으셨으니까. 게일보다 내가 조준이 더 정확하긴 하지만, 어디까지나 경험이 더 많기 때문이다. 게일은 함정과 덫을 만드는 데 천재적이다.

"괜찮은 편이에요."

나는 그렇게 대답한다.

"엄청나게 잘 쏴요. 저희 아빠가 캣니스한테서 다람쥐를 사시는데, 단 한 마리도 몸을 맞추는 법이 없이 언제나 눈을 맞춰서 잡는다고 늘 칭찬하시죠. 정육점에 파는 토끼도 마찬가지고요. 심지어 사슴도 잡아요."

피타가 말한다. 내 활 솜씨에 대한 평가를 피타에게서 들으니 굉장히 놀라게 되었다. 우선 피타가 조금이라도 내게 신경 쓰고 있었다는 것 자체가 놀랍고, 두 번째로는 피타가 나를 칭찬하고 있다는 사실이 놀랍다.

"너 뭐하는 거야?"

나는 의심을 품고 피타에게 묻는다.

"뭐하는 거냐고? 헤이미치가 너를 도와주려면, 먼저 네 능력을 정확히 알아야지. 스스로를 과소평가하지 마."

이유는 모르겠지만 좀 이상한 방향으로 대응하게 된다.

"그러는 너는? 시장에서 너를 여러 번 봤어. 45킬로그램짜리 밀가루포대도 들 수 있잖아. 그 얘기도 해. 그게 왜 아무 것도 아니야."

나는 이렇게 쏘아붙인다.

"그래, 경기장에 가면 사람들한테 던질 나를 위한 밀가루포대가 잔뜩 있겠지. 무기를 쓸 줄 아는 거랑은 달라. 그건 너도 알잖아."

피타가 되쏘아 말한다.

"쟤는 레슬링을 잘 해요. 작년에 학교에서 레슬링 대회 했을 때 2등 했어요. 1등은 쟤네 형이었고요."

나는 다시 헤이미치에게 말했다.

"그게 무슨 소용이 있어? 레슬링으로 사람을 죽이는 걸 몇 번이나 봤는데?"

피타는 넌더리난다는 듯이 말한다.

"헝거 게임에선 으레 몸싸움이 있어. 넌 칼 한 자루만 구하면 적어도 승산은 있는 거잖아. 누가 날 덮치면 난 바로 죽는 거야!"

화가 나서 내 목소리가 높아지는 것이 내 귀에도 들린다.

"그렇게 쉽게 당하지 않을 거잖아! 넌 높은 나무 위에 올라가서 다람쥐 날고기를 먹으며 활을 쏴서 사람들을 죽이겠지. 우리 엄마가 나한테 작별 인사 하러 오셔서 뭐라고 하셨는지 알아? 마치 내 기분을 좋아지게 해 주려는 것처럼, 이번에는 12번 구역에서 승자가 나올지도 모르겠다고 하시더라. 그 말을 듣고, 내가 아니라 너에 대해서 얘기하신 거라는 걸 난 알았다고!"

피타가 갑자기 폭발한다.

"네 얘기하신 거겠지."

나는 아니라고 손을 내저으며 말한다.

"엄마가 뭐라셨냐면, '그 여자애는 살아남을 거야.' 라고 했어."

피타가 말한다. 그 말에 나는 말을 멈춘다. 정말 피타 엄마가 나에 대해서 그렇게 말씀하셨을까? 나를 자기 아들보다 더 높이 평가했다고? 피타의 눈에 담긴 고통을 보니 거짓말이 아님을 알 수 있다.

갑자기 빵집 뒷골목으로 되돌아간 것 같다. 내 등을 타고 흘러내리는 빗물의 차가움과 뱃속이 텅 빈 기분을 느낄 수 있다. 나는 열한 살짜리의 목소리로 이렇게 대답한다.

"하지만 그건 단지, 누가 날 도와줬기 때문이야."

피타는 눈을 깜빡이며 시선을 낮추어 내 손에 있는 롤빵을 바라본다. 난 알 수 있었다. 피타 역시 그 날을 기억하고 있다는 걸. 하지만 피타는 그저 어깨를 한 번 으쓱하고 말 뿐이다.

"경기장에서도 널 도와주는 사람들이 있을 거야. 네 스폰서가 되려고 사람들이 줄을 설걸."

"너도 마찬가지지."

그렇게 대꾸하며 나는 속으로는 '너만큼 큰 도움을 줄 사람은 없을 거야 하고 말하고 싶었다. 피타는 눈을 돌려 헤이미치를 바라본다.

"쟤는 몰라요. 자기가 미치는 영향이 어느 정돈지."

피타는 손톱으로 식탁의 나뭇결을 매만지며 내 쪽을 보려 하지 않는다.

대체 무슨 뜻으로 한 말일까? 사람들이 나를 돕는다고? 우리가 굶어 죽어갈 때 나를 도와준 사람은 아무도 없었다! 피타 말고는 아무도 없었다. 교환할 물건을 손에 넣고 나자 상황이 바뀌었다. 나는 거래하기에 만만한 상대가 아니다. 아니 최소한 그렇기는 한 건가? 내가 어떤 영향을 미칠 수 있지? 내가 약하고 가난해서일까? 내가 사람들한테 동정을 사서 유리한 거래를 한다는 뜻으로 한 말인가? 정말로 그런지 생각해 본다. 내가 가져온 물건 값을 좀 후하게 쳐주는 상인들이 몇 명 있는 것 같기도 하지만, 늘 아빠와 오래 거래하던 사람들이기 때문이라고 생각했었다. 게다가 내가 잡아오는 동물들은 다 최고급이라고. 날 동정하는 사람은 없어!

나는 피타가 나를 모욕했다고 확신하고, 화가 나서 롤빵을 노려보았다.

1분 정도 지나자 헤이미치가 이렇게 말한다.

"그래, 그렇단 말이지. 그래, 그래. 캣니스, 경기장에 활과 화살이 있으리라는 보장은 없지만, 게임 운영자들 앞에서 단독으로 시범을 보일 때 네가 할 줄 아는 기술을 보여 줘라. 그 때까지는 활은 손대지 마. 덫도 놓을 줄 아니?"

"기본적인 것 몇 가지 정도요."

나는 웅얼거리며 대답한다.

"그게 식량을 조달하는 데 아주 중요한 역할을 할 거다. 그리고 피타, 캣니스 말이 맞아. 완력의 중요성을 절대 과소평가하지 마라. 물리적 힘이 경기자에게 유리하게 작용하는 경우가 아주 많다. 트레이닝센터에는 역기나 아령 같은 것들이 있을 테지만, 다른 조공인들이 보는 데서 네가 얼마나 무거운 것까지 들 수 있는지 보여 주지 마라. 그건 너희 둘 다 마찬가지야. 단체 훈련 시간에는 너희가 모르는 기술을 배우도록 해. 창을 던지든, 철퇴를 휘두르든, 매듭 묶는 법을 배우든. 너희의 장기는 개인 훈련 시간 때까지 아껴둬라. 무슨 뜻인지 알겠나?"

피타와 나는 고개를 끄덕인다.

"마지막으로 한 가지. 사람들 앞에서는 언제나 둘이 꼭 붙어 다니도록."

헤이미치의 말에 우리 둘 다 거부하려고 하지만, 헤이미치는 손으로 테이블을 쾅 내려친다.

"잠시도 떨어지지 마! 내 말에 토 달지 마라! 내가 시키는 대로 하기로 했지! 너희는 늘 함께 다니며 서로 다정한 사이로 보여야 한다. 이제 나가. 10시에 엘리베이터 앞에서 에피를 만나서 훈련 받으러 가라."

나는 입술을 깨문 채 쿵쾅거리며 방으로 돌아가, 피타에게 잘 들리도록 문을 쾅 닫고 침대에 걸터앉는다. 헤이미치도 밉고, 피타도 밉고, 옛날에 비를 맞고 서 있던 그 날을 언급한 내 자신도 밉다.

이게 다 무슨 쇼람! 피타와 내가 친구인 척하다니! 서로 상대의 장점을 칭찬하고, 너의 능력을 인정하라고 서로 우겨대고. 용납하기 힘들다. 왜냐하면 현실적으로, 언젠가는 그런 짓거리를 다 집어치우고 우리가 냉혹한 적수라는 것을 받아들여야 할 때가 오기 때문이다. 훈련 기간 동안에 함께 다니라는 헤이미치의 바보 같은 지시만 아니었다면 난 지금 당장도 그럴 준비가 되어 있다. 따로 훈련시켜 달라고 말하지 않은 내 잘못일지도 모른다. 그렇지만 뭐든지 다 피타와 함께 하고 싶다는 뜻은 아니었다. 그러고 보니 피타로서도 나와 파트너가 되고 싶은 마음은 별로 없어 보이는데 말이다.

피타의 목소리가 머릿속에서 들린다. '쟤는 몰라요. 자기가 미치는 영향이 어느 정돈지.' 날 깎아내리려 한 말이 분명하겠지? 하지만 내 마음속의 작은 부분은 혹시 칭찬으로 한 말인지 궁금해 한다. 내게 어떤 매력적인 면이 있다는 뜻으로 한 말은 아닐까. 나에 대해 알고 있는 것이 너무 많아서 좀 이상하다. 그리고, 실은 나 역시 생각했던 것만큼 피타에게 무관심했던 건 아닌 모양이다. 밀가루. 레슬링. 빵을 준 소년을 나도 계속 지켜보았나 보다.

10시가 거의 다 되었다. 이를 닦고 머리를 다시 넘겨 빗는다. 화가 나서 잠시 다른 조공인들을 만나는 것에 신경 쓰지 않고 있었지만, 이제 다시 불안감이 커지는 게 느껴진다. 엘리베이터 앞에서 에피와 피타를 만날 때쯤에는 내가 손톱을 물어뜯고 있음을 깨닫고 즉시 손을 뗐다.

훈련을 받는 곳은 건물 지하다. 여기 엘리베이터로는 1분도 안 걸린다. 엘리베이터 문이 열리자 다양한 무기와 장애물 코스가 있는 거대한 체육관이 나온다. 아직 10시가 안 되었지만 우리가 꼴찌로 도착했다. 모두 둥글게 둘러서 있는데 긴장감이 상당하다. 다들 출신 구역의 번호가 쓰인 네모난 천을 셔츠에 달고 있다. 누군가가 내 등에 12를 다는 동안, 나는 재빨리 상황을 고려해 본다. 서로 비슷한 옷을 입은 조공인들은 나와 피타뿐이다.

우리가 무리에 합류하자마자 키가 크고 운동선수 같은 여자가 앞으로 나선다. 총책임 트레이너 아탈라다. 그녀는 우리에게 훈련 일정을 설명해 준다. 기술을 가르쳐 주는 전문가들이 각각 자기 위치에 있고, 우리는 우리 마음대로, 혹은 멘터의 지시에 따라 돌아다니며 기술을 배우면 된다. 생존 기술을 가르쳐 주는 곳이 있는가 하면 결투 기술을 가르쳐 주는 곳도 있다. 다른 조공인과 결투 연습을 하는 것은 금지되어 있다. 파트너와 함께 연습을 하고 싶을 경우 대기 중인 조교들과 하면 된다.

아탈라가 우리가 배울 수 있는 기술 목록을 읽어 내려가는 동안 다른 조공인들 쪽으로 자꾸 눈이 돌아가는 것을 막을 수가 없다. 평범한 옷을 입고 평평한 땅에서 한 곳에 모두 모인 것은 이번이 처음이다. 나는 낙담하고 만다. 영양 상태가 좋지 않은 아이들이 제법 많은데도, 남자아이들은 거의가 나보다 몸집이 크고, 여자아이들도 최소 절반 정도는 나보다 몸집이 크다. 뼈, 피부, 눈 속의 퀭한 기운을 보면 평소 굶주렸음을 알 수 있다. 타고난 체격은 내가 더 작을지 몰라도, 전반적으로는 우리 가족이 가진 자원이 그 방면으로는 내게 유리하게 작용했다. 나는 자세가 똑바르고, 말랐지만 힘은 세다. 숲에서 잡은 동물과 채집한 식물에서 섭취한 영양, 그리고 식량을 구하는 과정에서 겪었던 육체노동이 합쳐져서 내 주위 아이들 대부분보다 내가 더 건강하다.

예외는 자원해서 참가한 잘 사는 구역의 아이들이다. 평생 이 순간을 위해서 특별한 음식을 먹고 훈련을 받은 아이들. 전통적으로 1번, 2번, 4번 구역의 조공인들이 그렇다. 캐피톨에 도착하기 전에 훈련을 하는 것은 엄밀히 말하면 규칙 위반이지만 이런 일은 매년 일어난다. 12번 구역에서는 그런 아이들을 프로 조공인, 아니면 그냥 '프로'라고 부른다. 십중팔구는 저 중에서 승리자가 나올 것이다.

경쟁자들을 보니 트레이닝센터에 들어오기 전에 내가 가지고 있던 미미한 우세함(개회식에서 화려하게 데뷔했던 것 말이다)이 사라지는 듯하다. 다른 조공인들은 우리를 질투했지만, 우리가 대단해서가 아니라 우리 스타일리스트가 대단해서였다. 지금 우리를 보는 프로 조공인들의 눈에서는 오직 경멸밖에 느껴지지 않는다. 다들 나보다 20킬로그램에서 45킬로그램은 더 나갈 것이다. 그들은 거만함과 잔인함이 섞인 분위기를 뿜어내고 있다. 아탈라가 우리를 풀어 주자, 그들은 당장에 가장 무시무시한 무기를 들고 손쉽게 휘두른다.

내가 달리기가 빨라서 다행이라고 생각하고 있는데, 피타가 내 팔을 쿡 찌르는 바람에 나는 놀라 껑충 뛰어 오른다. 헤이미치의 지시대로 피타는 여전히 내 옆에 있다. 침착한 표정이다.

"뭐부터 해 볼까?"

나는 프로 조공인들을 둘러본다. 무기 다루는 솜씨를 뽐내는 그 아이들이 좌중을 겁주려는 속셈임을 쉽게 알 수 있다. 그 다음에는 굶주렸던 아이들, 경쟁력이 떨어지는 아이들이 손을 떨며 처음으로 칼이나 도끼를 쥐어 보는 모습을 훑어본다.

"매듭을 묶는 건 어때."

내가 말한다.

"좋아."

우리가 매듭 묶는 곳으로 가자 트레이너는 학생이 생겨 기쁜 눈치다. 매듭 묶는 곳은 헝거 게임에서 인기 코너가 아니라는 느낌이다. 내가 올가미에 대해 좀 알고 있음을 눈치 채자, 트레이너는 단순하고도 효과적인 덫을 가르쳐 준다. 다른 경쟁자가 걸려들면 발목이 묶인 채 나무에 거꾸로 매달리게 되는 덫이다. 1시간 동안 이 덫에 집중해서 우리 둘 다 완벽히 익힌다. 그 다음에는 위장술에 대해 배운다. 피타는 이 기술을 진심으로 즐기는 것 같다. 진흙과 찰흙과 딸기 주스를 섞어서 자신의 흰 피부에 발라보고, 덩굴과 잎사귀를 엮어 엄폐물을 만들어 낸다. 위장술 담당 트레이너는 피타의 작품을 보자 열광한다.

"내가 케이크를 만들거든."

피타가 내게 털어놓는다.

"케이크?"

나는 2번 구역의 남자아이가 창을 던져 14미터 떨어져 있는 마네킹의 심장을 꿰뚫는 것을 보느라 정신이 팔려 있었다.

"무슨 케이크?"

"집에서. 빵집에서 파는 장식한 케이크를 내가 만들어."

창가에 전시해 놓은 케이크들을 말하는 거구나. 설탕으로 꽃 같은 예쁜 것들을 만들어 장식한 고급 케이크. 생일이나 새해에만 사 먹는 케이크다. 우리는 단 한 번도 사 먹지 못했지만, 함께 광장에 나가면 프림은 언제나 케이크를 구경하겠다고 내 손을 이끌고 빵집 앞으로 가곤 했다. 하지만 12번 구역에는 예쁜 것이 워낙 없기 때문에, 프림에게 그 구경마저 못하게 할 수는 없었다.

피타는 자기 팔에 그린 무늬를 속으로 냉정히 평가하고 있는 것 같다. 밝은 색과 어두운 색이 교차하는 무늬는 숲에서 나뭇가지 틈으로 햇빛이 비쳐드는 모습을 연상시킨다. 울타리 밖으로 나가본 적이 한 번도 없을 것 같은데 이런 광경을 어떻게 알았을지 궁금하다. 자기 집 뒤뜰에 있는 그 삐쭉삐쭉한 사과나무 한 그루만 가지고 알아낸 걸까? 어째서인지 그의 기술, 사 먹을 수 없는 케이크, 위장술 전문가의 칭찬 등 그 모든 것이 나를 화나게 한다.

"멋진데. 설탕 장식으로 사람을 죽일 수만 있으면 되겠네."

"너무 잘난 척하지 마. 경기장에 뭐가 있을지 어떻게 알아. 만약 정말로 거대한 케이크가 있다면……."

피타가 말을 시작한다.

"정말로 이젠 딴 데로 옮겨가자."

나는 말을 자른다.

그 이후로 사흘 동안 피타와 나는 조용히 이 과정 저 과정을 옮겨 다니며 보냈다. 불 피우는 방법, 칼 던지는 방법, 보호물 만드는 방법 등 소중한 기술들을 제법 배웠다. 헤이미치가 보통 실력인 척 보이게 행동하라고 지시하긴 했지만, 피타는 육탄전에서 발군의 실력을 보였고 나는 식용 식물을 가려내는 테스트를 눈 한 번 깜빡이지 않고 휩쓸어버렸다. 하지만 궁술과 역도는 단독 시범 때를 위해 아껴 두었다.

게임 운영자들은 훈련 과정 첫날 일찌감치 나타났다. 짙은 보라색 예복을 입은 스무 명 정도 되는 남녀였는데, 체육관 가장자리에 있는 높은 좌석에 앉아 조망하다가 가끔씩은 돌아다니며 우리를 구경하기도 하고, 메모를 끼적이기도 하고, 그렇지 않으면 우리를 무시한 채 그들을 위해 차려둔 어마어마한 성찬을 먹었다. 하지만 12번 구역 조공인들을 주목하고 있는 것은 분명해 보였다. 우리가 식사하는 동안 그들은 트레이너들과도 이야기를 나눴다. 우리가 돌아오니 다시 자기들끼리 모여 있다.

아침과 저녁은 각자 배정된 층에서 먹지만, 점심은 조공인 스물넷이 함께 체육관 옆의 식당에서 먹는다. 식당 곳곳에 배치된 카트 위에 놓여 있는 음식을 알아서 가져다 먹으면 된다. 프로 조공인들은 자기들끼리 소란스레 한 테이블에 모여서 식사하는 경향이 있는데, 마치 자신들이 우월하다는 듯한, 자기들끼리는 서로 두려워하지 않으며 나머지들은 신경 쓸 가치조차 없다고 생각한다는 것을 보여주려는 듯한 모습이다. 다른 조공인들은 대부분 길 잃은 양처럼 혼자 앉아 식사한다. 우리에게 말을 거는 사람은 아무도 없다. 피타와 나는 함께 식사하는데, 헤이미치가 친한 척하라고 계속 잔소리를 하기 때문에 먹는 동안엔 사이좋게 대화를 하려고 노력한다.

이야깃거리를 찾기가 쉽지 않다. 집 이야기를 하면 괴롭고, 현재에 대해 이야기하는 건 도저히 못 참을 노릇이다. 피타가 바구니에 담긴 빵을 죄다 쏟아 놓고, 주최 측에서 캐피톨의 고급 빵과 더불어 각 구역들의 특산 빵들도 모두 구비해 놓았다는 걸 설명해 준다. 해초가 들어가 초록빛이 도는, 물고기 모양의 4번 구역 빵, 씨앗이 박힌 초승달 모양의 11번 구역 빵. 이유는 모르겠지만, 만든 재료는 똑같은데도 우리 구역에서 흔히 먹는 못생긴 드롭비스킷(반죽을 뜨거운 철판에 떨어뜨려 만든 비스킷: 옮긴이)보다 훨씬 맛있어 보인다.

피타는 "설명 끝." 하며 빵을 다시 바구니에 담는다.

"너 정말 많이 아는구나."

"빵 말고는 아는 게 없지. 이제 내가 농담했다 생각하고 웃어 봐."

우리는 제법 진짜 같은 웃음을 웃고는 식당 안 다른 아이들의 시선은 무시해버린다.

"좋아, 이제부턴 내가 계속 미소를 짓고 있을 테니 네가 얘기해."

피타가 말한다. 사이좋은 척하라는 헤이미치의 지시는 우리 모두를 힘들게 하고 있다. 내가 내 방문을 쾅 닫은 이후로, 우리 둘 사이에는 늘 냉기가 돌고 있기 때문이다. 하지만 명령은 따라야 한다.

"내가 곰한테 쫓긴 얘기했던가?"

"아니, 무지 재밌을 것 같은데."

피타가 말한다.

실제로 있었던 일이다. 내가 어리석게도 흑곰이 탐내는 벌집을 뺏으려 하다 일어난 일이었는데, 당시를 회상하며 얼굴 표정을 지어 보이려 애쓴다. 피타는 웃으며 적재적소에 질문을 던진다. 피타는 나보다 훨씬 연기를 잘한다.

두 번째 날, 창던지기를 하다 말고 피타가 나에게 속삭인다.

"우리에게 그림자가 따라붙은 것 같아."

창을 던지고 돌아보자(사실 나는 너무 먼 거리만 아니면 좀 잘 던지는 편이다), 11번 구역의 꼬마 여자아이가 약간 떨어진 곳에서 우리를 지켜보는 모습이 보인다. 열두 살짜리 아이, 체형이 프림과 너무도 비슷한 아이다. 가까이서 보니 열 살 정도로밖에 보이지 않는다. 짙은 색의 눈망울이 똘망똘망하고, 매끄러운 피부는 갈색이다. 팔을 약간 벌리고 뒤꿈치를 들고 선 모양이 마치 무슨 소리만 들려도 날개를 펴고 날아갈 것 같다. 새를 연상하지 않을 수가 없다.

피타가 창을 던지는 사이 한 개를 더 집어 든다.

"이름은 루였던 것 같아."

피타는 부드럽게 말한다.

입술을 깨물게 된다. 루는 초원에서 자라는 작고 노란 꽃의 이름(루타라는 식물을 말함: 옮긴이)이다. 루. 프림로즈. 둘 다 흠뻑 젖은 채 체중계에 올라가도 30킬로그램도 안 되겠지.

"어떻게 해야 되지?"

목소리가 내 마음보다 거칠게 나온다.

"해야 될 일은 없지. 난 그저 대화를 하는 것뿐이야."

피타가 대답한다.

일단 거기 있다는 사실을 알고 나니 아이를 무시하기가 쉽지 않다. 그 아이는 미끄러지듯 부드럽게 움직이며 다른 곳에서도 우리를 따라다닌다. 나처럼 그 아이는 식물에 대해 잘 알고, 기어오르기를 잘하고, 조준이 정확하다. 새총으로는 무엇이든 맞출 수 있다. 하지만 칼을 든 100킬로그램짜리 남자 앞에서 새총이 무슨 소용일까?

12번 구역 전용 층에서 아침과 저녁을 먹을 때면 헤이미치와 에피는 하루 내내 있었던 일에 대해 꼬치꼬치 캐묻는다. 우리가 뭘 했는지, 누가 우리를 지켜봤는지, 다른 조공인들이 언제 보이는지 등등이다. 시나와 포샤가 없다 보니 식사 중에 제정신을 차리고 있게 해 줄 사람이 없다. 헤이미치와 에피가 지금도 싸운다는 것은 아니다. 오히려 두 사람은 우리를 채찍질해서 단련하겠다고 한마음이 된 것 같다. 훈련 중에 해야 할 일과 하지 말아야 할 일에 대한 지시사항이 끝도 없이 쏟아져 나온다. 피타는 나보다 참을성이 많지만, 나는 지긋지긋해서 뚱해지고 만다.

두 번째 날 밤, 겨우 일과를 마치고 자러 가는 중에 피타가 이렇게 웅얼거린다.

"누가 헤이미치한테 술 좀 먹여줘."

콧방귀와 웃음의 중간 정도의 소리를 낸 다음에야 멈출 수 있었다. 우리가 친구여야 하는 때와 그렇지 않은 때를 구분하는 게 너무 힘들다. 적어도 경기장에 들어가고 나면 확실해지겠지.

"하지 마. 주위에 아무도 없을 때는 연기하지 말자."

"알았어, 캣니스."

피타는 지친 목소리로 대답한다. 그 이후로는 사람들 앞에서만 이야기를 나눈다.

훈련 세 번째 날 점심시간에, 게임 운영자들 앞에서 단독 시범을 보이기 위해 불려 나가기 시작했다. 구역 번호 순서에 따라 남자가 먼저고 그 다음에 여자, 하는 순서로 남녀가 번갈아 가며 들어간다. 보통 때처럼 12번 구역은 맨 마지막 순서다. 그 외에 갈 곳이 마땅치 않아 식당에서 죽치며 기다린다. 시범을 보이러 간 사람들은 다시 돌아오지 않는다. 방이 점점 비어갈수록 친구 행세를 해야 하는 부담도 가벼워진다. 루가 불려가고 나자 우리는 둘만 남았다. 피타를 호명할 때까지 우리는 말없이 그저 앉아만 있다. 피타가 자기 이름을 듣고 자리에서 일어난다.

"헤이미치가 역기를 던지라고 했던 것 잊지 마."

내 입에서 허락도 받지 않은 말이 불쑥 튀어나온다.

"고마워. 잊지 않을게. 너도…… 잘 쏴."

고개를 끄덕인다. 내가 왜 입을 열었는지 알 수 없다. 하지만 만약 내가 지게 된다면, 다른 아이들보다는 피타가 이겼으면 좋겠다. 그게 우리 구역을 위해서 좋은 일이고, 엄마와 프림에게도 좋은 일이다.

15분쯤 지나자 내 이름을 부른다. 머리를 단정하게 하고, 어깨를 뒤로 젖히곤 체육관으로 걸어 들어간다. 들어가는 순간, 내 처지가 아주 불리하다는 걸 느낄 수 있다. 게임 운영자들은 이 곳에 이미 너무 오랫동안 앉아서 스물세 명의 단독 시범을 보고 난 후다. 게다가 대부분 와인을 너무 많이 마신 상태이다. 저들이 가장 원하는 것은 집에 가는 것이다.

어쨌든 계획대로 하는 수밖에 없다. 나는 궁술 도구 쪽으로 걸어간다. 아, 무기다! 며칠 동안이나 잡아보고 싶어서 근질근질했는데! 나무, 플라스틱, 금속, 이름조차 알 수 없는 재질로 만들어진 활들이 있다. 완벽하게 똑같은 모양으로 잘라낸 깃털이 달린 화살들도 있다. 나는 활을 하나 골라서 시위를 메고, 활과 같은 재질의 화살 통을 어깨에 둘러멘다. 활 쏘는 공간이 있긴 하지만 제약이 너무 많다. 일반적인 동심원 과녁과 사람 모양 실루엣이 있을 뿐이다. 나는 체육관 한가운데로 걸어가 첫 번째 목표물을 고른다. 칼 던지기 연습에 쓰던 마네킹으로 하자. 활시위를 당기는 순간 뭔가 잘못되고 있다는 것을 느낀다. 활시위가 내가 집에서 쓰던 것보다 더 팽팽하고, 화살은 더 단단하다. 화살이 한 뼘 차이로 마네킹을 빗나가자, 운영자들은 그나마 가지고 있던 아주 약간의 관심조차 버린다. 그 순간 굴욕감이 느껴진다. 나는 과녁 쪽으로 가서, 새 무기에 대해 감을 잡을 때까지 계속 화살을 쏘아 본다.

다시 체육관 한가운데로 돌아와, 처음 섰던 자리에 서서 마네킹의 심장을 정통으로 꿰뚫는다. 그 다음으로는 권투 연습할 때 쓰는 샌드백을 매단 밧줄을 화살로 관통해 끊어버린다. 샌드백은 바닥에 쿵 떨어지며 찢어졌다. 멈추지 않고 앞으로 한 바퀴 구른 다음, 한 쪽 무릎을 꿇은 채로 체육관 높은 천장에 매달린 전구 하나를 향해 화살을 날린다. 천장에서 불꽃이 팍 터져 나왔다.

정말 잘 쐈다. 게임 운영자들을 향해 몸을 돌린다. 몇 명은 고개를 끄덕이고 있지만, 대다수는 방금 식탁에 올라온 돼지 통구이에만 정신이 팔려 있다.

나는 목숨이 위태로운 상황인데, 저 사람들은 최소한 관심을 갖고 지켜봐주지조차 않는 것이다. 불현듯 분노가 치솟았다. 내가 죽은 돼지보다도 인기가 없단 말인가. 심장이 쿵쾅거리기 시작한다. 얼굴이 달아오르는 것이 느껴진다. 생각이 정지된 상태에서 나는, 화살을 하나 뽑아 들고 게임 운영자들이 앉은 자리로 쏴 버린다. 사람들이 놀라 소리 지르며 뒷걸음질치는 모습이 보인다. 화살은 돼지 입에 물려 놓았던 사과를 꿰뚫고 뒷벽에 가 박힌다. 모두가 믿을 수 없다는 표정으로 나를 바라본다.

"지켜봐 주셔서 감사합니다."

나는 그렇게 말하고 가볍게 고개를 숙여 인사한 후, 허락도 없이 곧장 걸어 나와 버린다.

8

엘리베이터로 성큼성큼 걸어가면서 활은 한쪽 어깨에, 화살통은 다른 쪽 어깨에 둘러멘다. 엘리베이터 앞을 지키고 서서 입을 딱 벌리고 쳐다보는 무성인들을 스치고 지나가, 주먹으로 12번 버튼을 후려쳤다. 엘리베이터 문이 닫히고 나는 위를 향해 쭉 올라간다. 그리고 눈물이 흘러내리기 전에 겨우 우리가 묵는 층에 도착하는데 성공한다. 거실에서 사람들이 부르는 소리가 들리지만, 그냥 복도를 뛰어 내 방으로 들어가 문을 걸어 잠근 후 침대에 몸을 던진다. 그리곤 정말로 울기 시작했다.

저질러버렸다! 모든 것을 다 망쳐버렸다! 만약 나에게 기회 비슷한 것이라도 있었다면, 그것은 게임 운영자들 쪽으로 화살을 쏜 그 순간에 사라져 버렸다. 이제 그들은 날 어떻게 하려나? 체포할까? 처형할까? 내 혀를 자르고, 앞으로 판엠으로 뽑혀오는 조공인들의 시중을 들게 할까? 게임 운영자들에게 화살을 쏘다니, 내가 대체 무슨 생각을 하고 있었던 거지?

물론 생각 따위 하지 않고 있었다. 무시당하는 것이 너무 화가 나서 무작정 사과에다 화살을 쏜 것이다. 죽일 생각은 아니었다. 내가 죽이려고 마음먹었다면, 그 사람들은 정말로 죽었을 거다.

아, 그게 무슨 상관이람? 어차피 내가 우승자가 될 것도 아니었는데. 그들이 나를 어떻게 하든 누가 상관하겠어? 내가 정말로 두려운 이유는 엄마와 프림 때문이다. 내가 욱해서 저지른 행동 때문에 내 가족이 고초를 겪을까 봐 너무도 무섭다. 얼마 되지도 않는 재산을 몰수하거나, 엄마는 감옥으로 보내고 프림은 보육원으로 보내버리거나, 혹은 둘 다 죽여 버리거나……. 설마 죽이진 않겠지? 아니, 못 죽일 건 뭐야? 세상에 그들이 못하는 짓이라곤 없는데.

그 자리에 남아서 사과했어야 했어. 아니면 장난으로 그랬다는 듯 웃거나. 그랬으면 너그럽게 반응했을 가능성도 있는데. 하지만 나는 가장 무례한 방식으로 그 자리를 박차고 나와 버렸다.

헤이미치와 에피가 내 방문을 두드린다. 저리 가라고 소리를 지르자 결국 가버린다. 한 시간 정도 지나서야 눈물이 다 말랐는지 울음이 그친다. 울고 나서는 그냥 몸을 웅크린 채 누워서 비단 침대보를 쓰다듬으며, 인공적인 사탕 같은 캐피톨 위로 석양이 드리워지는 모습을 바라본다.

처음에는 경비원들이 나를 잡으러 오리라 생각했다. 하지만 시간이 흐르니 그럴 가능성은 점점 낮게 느껴졌다. 겨우 조금 진정했다. 어차피 12번 구역 여자 조공인이 있긴 있어야 되잖아? 게임 운영자들이 나를 벌 주고 싶으면 사람들이 보는 앞에서 하면 된다. 경기장에 들어갈 때까지 기다렸다가 굶주린 야생 동물들을 내 앞에 풀어놓으면 되지. 내게 스스로를 지킬 활과 화살은 물론 주어지지 않으리라.

하지만 그 전에 우선 아주 낮은 점수를 줘서, 제정신인 사람은 아무도 내 스폰서가 되지 않도록 하겠지. 오늘 밤에 일어날 일이 그거다. 훈련 과정은 시청자들에게 공개되지 않고, 대신 게임 운영자들이 각 참가자별로 우승할 가능성을 평가해 점수를 매겨 발표한다. 헝거 게임 기간 내내 사람들은 우승자가 누구일지를 두고 내기를 벌인다. 그리고 승산을 점치는 첫 근거가 되는 것이 이 점수다. 점수는 1점부터 12점까지 있는데, 1점은 희망이 없을 정도로 나쁜 경우고, 12점은 어지간해서는 나오는 법이 없는 높은 점수다. 높은 점수를 받은 사람이 꼭 이긴다는 보장은 없다. 이 점수는 조공인이 훈련 중에 보여준 잠재력을 나타내는 수치일 뿐이다. 실제로 경기장에 들어가고 나면 워낙 변수가 많아서, 높은 점수를 받은 조공인이 경기를 시작하자마자 죽는 경우도 많다. 몇 년 전에는 고작 3점을 받은 남자아이가 우승하기도 했다. 하지만 점수는 스폰서와 연관되어 있다는 점에서 조공인 개개인을 도울 수도, 해칠 수도 있다. 나는 힘이 특별히 세지는 않지만, 활 솜씨로 6점이나 7점 정도를 받을 것을 기대하고 있었다. 하지만 결과적으로 스물네 명 중에서 제일 낮은 점수를 받게 되리라. 스폰서가 한 명도 없다면, 살아남을 확률은 거의 제로에 가깝게 떨어진다.

에피가 저녁 먹으러 가자며 문을 두드리자, 나는 나가는 게 낫겠다고 결심한다. 어차피 점수는 오늘 밤 TV에서 발표된다. 내가 저지른 일을 영원히 숨길 수는 없지 않은가. 화장실에서 세수를 하지만 얼굴은 여전히 붉고 얼룩덜룩하다.

다들 식탁에서 기다리고 있다. 시나와 포샤까지 왔다. 스타일리스트들이 오지 않았으면 좋았을 텐데, 하고 생각한다. 두 사람을 실망시키고 싶지가 않다. 그들이 개회식 때 거둔 눈부신 성과를 내가 생각 없이 던져버린 꼴이지 않나. 나는 누구와도 눈을 마주치지 않고 생선 수프를 아주 조금씩 떠먹는다. 짭짤한 맛 때문에 내가 흘린 눈물이 다시 생각난다.

어른들은 일기 예보에 대한 잡담을 시작하고, 나는 피타와 눈을 마주친다. 피타가 눈썹을 치켜 올린다. '어떻게 된 거야?'라고 물어보는 것이다.

나는 그냥 머리를 조금 흔든다. 메인 요리가 나올 때쯤 헤이미치가 입을 연다.

"좋아, 이제 시시껄렁한 얘기는 그만하고, 오늘 얼마나 못했냐?"

피타가 바로 대답한다.

"잘하든 못하든 상관없을 것 같던데요. 제가 들어갔을 때는 다들 제 쪽을 쳐다보지도 않았어요. 무슨 권주가 같은 걸 부르고 있는 것 같았어요. 그래서 나가라고 할 때까지 그냥 무거운 것들을 집어던지다 나왔죠."

그 말을 들으니 기분이 조금 나아진다. 비록 게임 운영자들을 공격한 건 아니지만, 피타 역시 화가 나긴 했었구나.

"그래. 예쁜이는?"

헤이미치가 말한다.

헤이미치가 날 예쁜이라고 부르는 게 왠지 화가 나서, 그 힘으로 겨우 입을 열 수 있었다.

"게임 운영자들한테 화살을 쐈어요."

모두 숟가락을 멈춘다.

"어쨌다고?"

에피의 목소리에 묻어있는 공포감이, 내가 예상한 최악의 사태가 사실임을 일깨워 준다.

"그 사람들한테 화살을 쐈어요. 정확히 말하면 그 사람들을 향해 쐈다기보다, 그 쪽 방향으로 쏜 거지만요. 피타가 말했던 것처럼, 활을 쐈도 다들 무시하기에, 그냥…… 그냥 이성을 잃어서, 그 바보 같은 돼지 입에 물린 사과에다 화살을 겨냥해 날려 버렸어요!"

나는 대들듯이 말한다.

"그러니까 뭐라 그래?"

시나가 조심스레 묻는다.

"아무 말도 안 했어요. 아니, 몰라요. 그리고 그냥 나와 버렸어요."

"나가도 좋다는 말도 없었는데?"

에피가 숨을 가쁘게 쉬며 묻는다.

"그냥 인사하고 나와 버렸어요."

이기기 위해 노력하겠다고 프림에게 약속했던 기억이 나면서, 석탄 1톤이 내 위에 떨어지는 듯한 기분이 든다.

"그랬었군."

헤이미치는 그렇게 말하고는 롤빵에 버터를 바른다.

"날 체포할까요?"

내가 묻는다.

"아닐걸. 이제 와서 너 대신 다른 사람으로 교체하기는 쉽지 않아."

헤이미치가 말한다.

"우리 가족은요? 가족들한테 벌을 줄까요?"

"그럴 것 같지 않다. 앞뒤가 맞지 않아. 가족들에게까지 영향이 가는 조치를 취하려면 트레이닝센터에서 있었던 일을 공개해야 할 거다. 네가 무슨 짓을 저질렀는지 사람들이 알아야 하잖아. 하지만 훈련 과정은 비밀이니까 공개할 수가 없고, 그러니 괜히 힘만 빼는 꼴이겠지. 그보단 네가 경기장에 들어가고 나서 사정없이 괴롭힐 확률이 높아."

"음, 그건 어차피 하겠다고 약속한 일이잖아요."

피타가 말한다.

"백 번 옳은 말이지."

헤이미치가 대답한다. 이 순간 불가능한 일이 일어났다는 걸 나는 깨닫는다. 그들은 내가 기운을 차리게 해주었다. 헤이미치는 큼지막한 돼지고기 한 점을 손으로 집어들고는(에피는 그 모습을 보고 눈살을 찌푸렸다), 와인에 담갔다가 한입 크게 베어 물고 킬킬 웃기 시작한다. 그가 다시 내게 물었다.

"표정들이 어떻더냐?"

내 입꼬리도 약간 올라가는 것이 느껴진다.

"충격 받았죠. 잔뜩 겁먹고, 어, 좀 웃긴 사람들도 있었어요."

아까 보았던 장면이 떠오른다.

"한 남자는 뒷걸음질치다 넘어져서 펀치 통에 빠졌어요."

헤이미치가 폭소를 터뜨리고 우리는 모두 웃기 시작한다. 에피마저도 미소가 비어져 나오는 것을 억지로 참고 있다.

"뭐, 당해도 싸지. 너를 주의 깊게 관찰하는 게 그 사람들 직업이니까. 네가 12번 구역 출신이라고 해서 너를 무시해도 되는 건 아니야."

에피는 이렇게 말하더니 뭔가 엄청난 발언이라도 했다는 듯이 이리저리 두리번거린다.

"미안 , 하지만 내 생각은 그래."

에피가 곧 누구한테랄 것도 없이 이렇게 덧붙인다.

"점수가 아주 나쁘겠죠."

내가 말한다.

"점수는 아주 좋지 않으면 별 의미가 없어. 낮은 점수, 중간 점수에는 아무도 신경을 안 쓰거든. TV로 보는 사람들로선, 네가 재주를 숨겨서 일부러 낮은 점수를 받았다고 생각할 수도 있지. 그런 전략을 실제로 쓰는 사람들이 있잖니."

포샤가 말한다.

"난 아마 4점 정도 받을 것 같은데, 사람들이 그런 식으로 생각해 줬음 좋겠네요."

피타가 그렇게 말하고, 다시 덧붙였다.

"4점씩이나 받을 수 있을지도 의문이에요. 무거운 공을 집어 들고 몇 미터 던지는 것보다 덜 인상적인 게 있기나 할까. 하나는 거의 제 발등에 떨어트렸다고요."

나는 피타를 향해 씩 웃어 보이면서 배가 고프다는 생각을 한다. 돼지고기를 한 점 잘라 으깬 감자에 쿡 찍은 다음 먹기 시작한다. 괜찮아. 내 가족은 안전해. 가족만 안전하면, 나한테 해가 될 일은 없는 거야.

저녁 식사를 마치고, 거실에서 점수가 발표되는 모습을 시청한다. 먼저 조공인의 사진을 보여주고는, 사진 밑에 점수를 자막으로 띄운다. 프로 조공인들은 당연히 8점에서 10점 사이의 점수를 받았다. 다른 참가자들은 평균 5점 정도다. 놀랍게도 꼬마 루가 7점을 받았다. 심사위원들에게 어떤 재주를 보여줬는지 모르겠지만, 너무도 작아서 더 인상적이었을 거다.

언제나 그렇듯이 맨 마지막으로 12번 구역이 나온다. 피타가 8점을 받은 것을 보니 게임 운영자 중에서 피타를 지켜본 사람이 몇 명 있긴 있었나 보다. 내 얼굴이 나올 때 나는 최악의 결과를 예상한다. 주먹을 하도 꽉 쥐어서 손톱이 손바닥에 파고들 정도였다. 다음 순간 11이라는 숫자가 화면에 뜬다.

11!

에피 트링켓은 "꺅!" 하고 소리 지르고, 모두들 내 등을 두드리며 환호하고 축하해 준다. 하지만 현실 같지가 않다.

"뭔가 착오가 있는 거 아닐까요. 어떻게…… 어떻게 이럴 수가 있어요?"

나는 헤이미치에게 묻는다.

"네 성깔이 맘에 들었나 보지. 쇼를 만들어야 하는 사람들이잖아. 화끈한 참가자도 필요하거든."

"캣니스, 불타던 소녀! 아, 네가 인터뷰 때 입게 될 드레스 기대해."

시나가 이렇게 말하며 나를 안아준다.

"또 불이에요?"

"일종의 불이긴 하지."

시나는 장난스레 대답한다.

피타와 나는 서로 축하해 준다. 이것도 사실 참 어색한 일이다. 둘 다 좋은 점수를 받았지만, 상대방 점수가 좋다는 게 곧 어떤 의미인지 생각해 본다면……. 난 최대한 빨리 그 곳을 빠져 나와 방에 가서 이불 속에 파묻힌다. 하루 종일 받았던 스트레스, 특히 울었던 것 때문에 아주 지쳐 있다. 당장은 처벌을 면했다는 게 좀 마음이 놓여서 꾸벅꾸벅 잠이 든다. 눈을 감아도 11이라는 숫자가 계속 보이는 것 같다.

새벽에 눈을 떴다. 잠시 침대에 누운 채 해가 뜨는 모습을 바라본다. 아름다운 아침이다. 오늘은 일요일이니, 집에 있었더라면 휴일이었을 텐데. 게일이 지금쯤 숲에 들어갔을지 궁금하다. 일요일이 되면 우리는 보통 하루 종일 숲을 뒤지며 일주일치 식량을 모아둔다. 일찍 일어나서 사냥하고 채집하고, 호브에 가서 물물교환을 하는 하루. 나 없이 숲에 들어간 게일을 생각해 본다. 게일과 나는 혼자서도 사냥할 수 있지만, 팀으로 하면 더 잘한다. 특히 큰 동물을 잡을 때 그렇다. 하지만 아주 사소한 일을 할 때도, 파트너가 있다는 사실만으로 어깨가 가벼워지고 가족들을 먹여 살린다는 고된 일이 즐겁게 느껴지기까지 했다.

6개월 정도 혼자서 고생을 하던 차에, 숲에서 게일과 마주쳤다. 시원한 공기 속에 죽어가는 생물들의 날카로운 냄새가 감도는 10월의 한 일요일이었다. 오전 내내 호두를 놓고 다람쥐들과 싸우고, 오후가 되어 조금 따뜻해지자 얕은 연못에 걸어 들어가 개박하 뿌리를 캐고 난 뒤였다. 내가 활로 잡은 짐승이라곤 도토리를 주우러 가다가 실수로 내 발 위를 지나가던 다람쥐 한 마리뿐이었다. 하지만 짐승들은 내가 구할 수 있는 다른 식량들이 눈에 파묻힌 뒤에도 돌아다닐 것이다. 평소보다 좀 멀리 나갔던 나는 삼베로 만든 배낭을 질질 끌며 서둘러 집으로 돌아가던 길에 죽은 토끼를 발견했다. 토끼는 내 머리보다 두 뼘 정도 위에, 가는 철사로 목이 매달려 있었다. 10미터 남짓 떨어진 곳에도 한 마리 매달려 있었다. 아빠가 놓으시던 하늘코덫이라는 걸 알아볼 수 있었다. 짐승이 하늘코덫에 걸리면 높이 매달려서 다른 굶주린 짐승들이 닿을 수 없게 된다. 여름 내내 덫을 놓아봤지만 한 번도 성공하지 못했던 터라, 참지 못하고 자루를 내려놓고 그 덫을 관찰했다. 토끼가 매달린 철사에 손이 닿으려는 찰나에 사람 목소리가 들렸다.

"그럼 위험해."

뒤로 1미터 정도 껑충 뛰어 물러나자 게일이 나무 뒤에서 나타났다. 내가 하는 행동을 전부 지켜보고 있었던 게 분명했다. 게일은 그 때 열네 살밖에 안 되었었지만 키가 180센티미터가 넘었고, 나에게는 어른이나 다름없었다. 경계와 학교에서 봤던 사람이었다. 그리고 또 한 번 본 적이 있다. 우리 아빠가 돌아가셨던 폭발 사고 때 게일의 아빠도 돌아가셨다. 1월에 법원 건물에서 그가 무공 훈장을 받을 때 나도 그 옆에 고인의 장녀 자격으로 서 있었다. 게일의 어린 남동생 두 명이 엄마(배가 불룩한 걸로 보아, 출산을 며칠 앞둔 듯했다)에게 매달려 있었던 모습이 기억났다.

"이름이 뭐지?"

그는 내 앞으로 다가와 덫에서 토끼를 풀면서 이렇게 물었다. 허리띠에는 토끼를 이미 세 마리 매달고 있었다.

"캣니스."

나는 들릴 듯 말 듯한 소리로 대답했다.

"흠. 캣닙, 절도는 사형에 처해지는 죄라는 거 몰랐어?"

"캣니스야. 훔치려던 거 아니었어. 덫을 보고 싶었을 뿐이야. 내 덫에는 아직 한 마리도 걸린 적 없거든."

그는 내 말을 믿지 않고 나를 향해 얼굴을 찌푸려 보였다.

"그럼 다람쥐는 어떻게 잡았어?"

"활로."

어깨에서 활을 벗어 보여주었다. 아직 아빠가 만들어 주신 작은 활을 쓰던 때였지만, 시간이 나면 어른용 활로 연습을 하고 있었다. 봄이 될 때쯤에는 좀더 큰 짐승들을 잡을 수 있었으면 하고 바라고 있었다.

게일의 시선이 활에 가 꽂혔다.

"좀 봐도 될까?"

나는 활을 건네주었다.

"절도는 사형에 해당하는 죄라는 것만 잊지 마."

그가 미소 짓는 것을 처음 본 게 그 때였다. 미소를 짓자, 무서운 인상이던 그가 갑자기 알고 지내고 싶은 사람으로 보였다. 하지만 내가 미소 짓는 모습을 보여준 것은 그로부터 몇 개월 뒤의 일이었다.

그 때 우리는 사냥에 대한 이야기를 나누었다. 나는 게일이 대가만 치른다면 활을 하나 줄 수 있을지도 모른다고 말했다. 내가 원한 것은 식량이 아닌 지식이었다. 나도 덫을 놓아서 하루 만에 통통한 토끼들을 허리띠에 주렁주렁 달 만큼 잡고 싶었다. 그 역시 거래에 동의했다. 계절이 바뀜에 따라, 우리는 서로가 가진 것들을 몹시 아까워하면서도 공유하기 시작했다. 지식, 무기, 야생 자두가 많이 자라는 곳, 야생 칠면조가 많은 곳은 어딘지 등이었다. 그는 나에게 덫 놓는 법과 낚시를 가르쳐 주었다. 나는 먹어도 되는 식물이 무엇인지 보여 주었고, 결국 귀한 활도 하나 주었다. 그리고 어느 날, 둘 중 누구도 입 밖에 내어 말한 것은 아니었지만 우리는 팀이 되었다. 일을 나눠서 하고 수확물도 나누며, 서로의 가족이 굶지 않도록 했다.

게일은 아빠의 죽음 이후 내가 경험하지 못했던 든든한 느낌을 주었다.

숲에서 긴 시간을 외로이 보내는 대신 이제 그와 어울려 지낼 수 있게 되었다. 누가 내 뒤를 봐주는 덕에 끊임없이 어깨 너머를 돌아볼 필요가 없게 되니, 훨씬 더 잘 사냥할 수 있었다. 하지만 게일은 단순한 사냥 파트너보다 훨씬 더 큰 존재가 되었다. 그는 내가 비밀을 말할 수 있는 친구, 울타리 안에서는 절대 입 밖으로 낼 수 없는 생각들을 공유할 수 있는 사람이 되었다. 그 역시 나를 믿었다. 게일과 함께 숲에서 보내던 시간……. 가끔은 진심으로 행복한 순간들도 있었다.

나는 게일을 친구라고 부르지만, 최근 1년간 게일이 나에게 가졌던 의미를 표현하기에 친구라는 단어는 너무 가벼운 것 같다. 그리움이 내 가슴을 아프게 뚫고 지나간다. 지금 게일만 내 옆에 있었어도! 하지만, 물론 그래선 안 된다. 경기장에 들어가면 며칠 만에 죽게 될 텐데, 게일이 이 곳에 있었으면 하고 바라는 것은 아니다. 그저…… 그저 보고 싶을 뿐이다. 이렇게 외톨이가 되는 것도 싫고. 게일은 나를 보고 싶어 할까? 분명히 그럴 거야.

어젯밤 내 이름 밑에서 빛나던 11이라는 숫자를 생각해본다. 게일이 나한테 뭐라고 할지 나는 정확히 알고 있다.

"더할 수도 있었잖아. 힘 좀 써 보지 그랬어."

그러고는 미소를 지어 주겠지. 지금이라면 망설이지 않고 나도 미소로 답해줄 텐데.

나와 게일의 관계, 그리고 지금 피타와 친한 척하는 모습을 서로 어쩔 수 없이 비교해 보게 된다. 나는 게일의 행동에 숨은 의도를 절대로 의심하지 않았던 반면, 피타의 모든 행동을 의심하고 있다. 공평한 비교라고 할 수는 없다. 게일과 나는 살아남아야 한다는 공통된 필요에 의해 함께 숲에 들어간 반면, 피타와 나는 상대방의 생존이 곧 자기의 죽음이라는 것을 알고 있다. 그걸 회피할 방법이 과연 있을까?

에피가 문을 두드리며, 오늘도 어김없이 외친다.

"정말, 정말 굉장한 날이 될 거야!"

오늘 밤에는 TV 인터뷰를 할 예정이다. 우리 팀 전체가 인터뷰 준비로 바쁠 것이다.

일어나서 버튼을 조심스럽게 눌러가며 간단히 샤워를 하고 식당으로 간다. 피타, 에피, 헤이미치는 테이블에 앉아서 숨을 죽이며 이야기를 나누고 있다. 좀 이상해 보이지만 호기심보다 배고픔이 커서, 일단 접시에 음식을 가득 담은 다음 그들 옆에 앉는다.

오늘은 말린 자두와 부드러운 양고기로 만든 스튜가 나왔다. 익힌 줄(볏과의 여러해살이식물. 검고 길쭉한 열매를 먹는다: 옮긴이) 위에 얹은 스튜의 맛은 완벽하다. 정신없이 절반 정도를 비우고 나서야 아무도 말이 없다는 것을 깨닫는다. 나는 오렌지 주스를 한 모금 벌컥 마시고는 입을 닦는다.

"음, 어떻게 돼 가요? 오늘은 인터뷰 준비하는 거 맞죠?"

"맞다."

헤이미치가 대답한다.

"밥 다 먹을 때까지 기다리실 필요 없어요. 먹으면서 들어도 돼요."

"그게, 계획이 좀 바뀌었다. 좀 다른 접근 방식을 쓰려고 해."

"그게 뭔데요?"

지금의 접근 방식이 무엇인지는 잘 모르겠다. 내 기억으로 '다른 조공인들 앞에서 실력 발휘하지 않기' 이후에 전략이라고 할 만한 것은 없었는데.

헤이미치는 어깨를 으쓱해 보인다.

"피타가 따로따로 지도해 달란다."

9

배신감. 제일 먼저 드는 느낌은 그거였다. 웃기는 일이다. 배신이 있으려면 우선 신뢰가 있었어야 할 테니까. 나와 피타 사이에. 서로 신뢰해야 한다는 약속은 없었다. 우리는 조공인들이다. 하지만 맞을 각오를 하고 나에게 빵을 주었던 아이가, 마차에서 나를 진정시켜 주었던 사람이, 빨강머리 무성인 여자아이와 마주쳤던 때 나를 구해 주었던 사람이, 헤이미치가 내 사냥 실력을 알아야 된다고 했던 그 애가……. 의지와 상관없이 나는 마음속 한구석으로 그에 대한 신뢰를 가져 버렸던 걸까?

한편으로는 이제 더 이상 친구인 척 가식을 부리지 않아도 된다는 생각에 마음이 편하다. 우리 둘 사이에 형성된 어리석고 얄팍한 관계는 그게 어떤 관계였는지 몰라도 이제는 결딴난 것이 분명하다. 시기도 적절하다. 이틀 후면 헝거 게임이 시작된다. 신뢰는 오직 약점일 뿐이다. 피타가 결정을 내린 계기가 뭐였는지 몰라도(사실 난 내 훈련 점수가 자기 점수보다 높았기 때문이 아닐까 하는 의심이 든다), 나로선 오히려 감사해야 할 입장이다. 우리가 서로 적이라는 사실을 더 빨리 대놓고 인정할수록 좋다는 사실을, 피타도 드디어 받아들인 것일까.

"좋아요. 그럼 일정은 어떻게 되나요?"

내가 묻는다.

"너희 둘 모두 각자 4시간 동안 에피한테서 인터뷰 매너를 배우고, 다음 4시간 동안은 나와 함께 인터뷰 내용을 의논하게 될 거다. 너는 에피부터다, 캣니스."

헤이미치가 대답한다.

에피한테 4시간 동안이나 배울 만한 게 뭐가 있을지 상상조차 할 수 없었지만, 에피는 최후의 1분까지 할애해 나를 가르친다. 에피는 나를 내 방

118

으로 데리고 가서 긴 가운을 입히고 하이힐을 신겼다. 내가 인터뷰 때 입게 될 의상은 아니었지만, 하이힐 신고 걷는 법을 가르치기 위해서다. 구두는 최악이었다. 나는 한 번도 하이힐을 신어 본 적이 없어서 뒤꿈치를 들고 선 채 비틀비틀 걸어다니는 것에 익숙해질 수가 없다. 하지만 에피는 언제나 하이힐을 신고서도 잘만 뛰어다니니까, 에피가 할 수 있는 일이라면 나도 할 수 있다고 마음먹는다. 옷도 문제다. 옷이 구두에 자꾸 엉켜서 당연히 옷을 치켜 올릴 수밖에 없는데, 그러면 에피는 매가 먹이를 덮치듯 달려들어 내 손을 찰싹 때리며 외친다.

"발목 위로는 안 돼!"

겨우 걷는 법을 정복하고 나자 그 다음에는 앉는 법, 자세(나한테 목을 구부정하게 하고 있는 버릇이 있었던 모양이다), 눈 맞추기, 손짓, 미소 짓기가 남아있다. '미소 짓기' 교육의 내용은 무조건 미소를 더 많이 지으라는 게 거의 다다. 에피는 미소로 시작하거나, 중간에 미소를 지을 기회가 있거나, 미소로 끝나는 진부한 문장을 100개 정도 말하게 시킨다. 점심시간이 되자 뺨 근육을 너무 많이 사용해서 경련이 나려 한다.

"하아, 그 정도가 내가 할 수 있는 최선인 것 같구나. 캣니스, 이것만 기억해. 너는 관중들이 널 좋아하기를 바라야 돼."

에피는 한숨을 쉬며 말한다.

"안 좋아할 것 같아요?"

"시종일관 노려보고만 있으면 안 좋아하지. 그런 건 경기장에 들어가고 나서 하면 되잖아? 대신 친구들과 함께 있다고 상상해 봐."

"내가 얼마나 살 수 있을지 내기나 하고 있는 사람들이에요! 그 사람들은 내 친구가 아니야!"

나는 폭발한다.

"그럼 흉내만 내면 되잖아!"

에피는 앙칼지게 되쏘더니, 곧 마음을 가라앉히고 나에게 환히 웃어 보인다.

"봐, 이렇게 하는 거야. 네가 나를 화나게 하는 데도 난 너에게 미소를 짓고 있잖니."

"네, 진짜로 웃는 것 같네요. 전 밥이나 먹으러 갈래요."

나는 하이힐을 차 던지곤 치마를 가랑이까지 치켜든 채 식당으로 마구 달려간다.

피타와 헤이미치는 꽤 기분이 좋아 보였다. 그래서 인터뷰 내용을 의논하는 시간은 오전보다는 훨씬 나을 거라고 생각했는데, 완전히 빗나가 버렸다. 점심을 먹고 나서 헤이미치는 나를 거실로 데리고 가더니 소파에 앉혀 놓고, 한동안 말없이 날 보며 얼굴만 찌푸린다.

"뭔데요?"

참다못해 물어 본다.

"널 가지고 뭘 어떻게 해야 하나 고민 중이다. 널 어떻게 포장해서 보여 줘야 하나. 넌 어떤 모습을 할 테냐? 매력적인 모습? 냉담한 모습? 사나운 모습? 넌 지금까지는 별처럼 빛났다. 동생을 대신해서 자원했고, 시나가 너를 잊을 수 없을 만큼 인상적으로 꾸며 주었지. 거기다 훈련 점수도 1등이야. 사람들의 흥미가 동하기는 했지만, 네가 어떤 사람인지는 아무도 몰라. 내일 네가 심어 주는 인상에 따라서, 내가 스폰서를 얼마나 구할 수 있느냐가 결정될 거다."

평생 조공인들의 인터뷰를 봐온 나로서는 그의 말에 진실이 담겨 있다는 것을 알 수 있다. 유머 감각을 보여 주든, 잔혹한 모습을 보여 주든, 기인 같은 모습을 보여 주든, 어떤 식으로든 관중들의 마음에 들면 훨씬 더 유리해진다.

"피타의 접근 방식은 뭐예요? 물어보면 안 되는 건가?"

"호감 가는 스타일. 자기비하 유머감각을 타고 난 놈이야. 네가 입만 열었다 하면 부루퉁하고 공격적인 느낌을 주는 것과는 정반대지."

"나 안 그래요!"

"아니긴. 마차에서 보여줬던 그 명랑하고 손 잘 흔드는 여자애 모습을 어떻게 연기했는지는 모르겠다만, 그 이전에도 이후에도 너는 그런 모습을 보여준 적이 없어."

"명랑해질 계기를 워낙 많이 만들어 주셔서 그렇죠."

나도 맞받아친다.

"하지만 넌 내 비위를 맞출 필요는 없지. 내가 네 스폰서가 될 것도 아니니까. 그러니 내가 관객이라고 생각해 봐. 날 즐겁게 해 보라고."

"알았어요!"

으르렁거리듯 대답했다. 헤이미치가 인터뷰하는 사람 역할을 하고, 나는 매력적으로 대답하려고 노력한다. 잘 되지 않는다. 헤이미치가 했던 말과, 내가 대답을 하고 있어야 한다는 사실 자체에 너무 화가 났기 때문이다. 헝거 게임이라는 게 얼마나 잘못된 것인가, 라는 생각밖에 들지 않는다. 왜 내가 훈련 받은 똥개마냥 뛰어다니며 내가 증오하는 사람들 비위를 맞추려 진을 빼야 하지? 인터뷰가 길어질수록 내 분노가 표면에 드러나서, 막판에는 대답을 침 뱉듯 뱉어내는 꼴이 된다.

"그래, 할 만큼 했다. 다른 각도를 찾아봐야겠다. 너는 공격적인 아이고, 난 아직도 너에 대해 아무 것도 모르겠다. 질문을 50개나 했는데도 네 삶, 네 가족, 네가 좋아하는 것들, 이런 것들에 대한 감을 못 잡겠어. 관객들은 너에 대해서 알고 싶어 하는 거다."

"알려 주기 싫어요! 벌써 내 미래를 가져가 버린 사람들이, 과거에 나에게 의미 있었던 일들까지 가져가 버릴 수는 없다고요!"

"그럼 거짓말을 해! 뭐든 꾸며 내란 말이야!"

"난 거짓말 잘 못해요."

"지금이라도 빨리 배우는 게 좋을걸. 지금 너의 매력도는 죽은 달팽이와 비슷해."

아얏. 지금 그 말은 좀 아팠다. 헤이미치 본인도 좀 심했다 싶었는지 목소리를 조금 부드럽게 한다.

"이렇게 해 보자. 겸손한 척 연기를 하는 거야."

"겸손한 척."

헤이미치의 말을 따라 해 본다.

"12번 구역 출신의 어린 여자애가 이 정도로 잘 해냈다는 걸 믿을 수 없다, 고 말하는 거지. 이제까지 네가 꿈꾼 것 이상으로 잘 풀렸다는 식으로 말이야. 시나의 옷 이야기를 해라. 사람들이 얼마나 잘해주는지, 이 도시가 얼마나 놀라운지. 네 자신에 대해 이야기하고 싶지 않으면, 최소한 관객들을 칭찬해 주라는 말이다. 계속 말을 그 쪽으로 돌려. 알겠지. 듣기 좋은 말을 계속 지껄여."

그 다음 몇 시간은 정말 괴롭다. 시도해 보자마자 나에겐 듣기 좋은 말을 하는 능력이 없다는 것이 명백히 드러난다. 건방진 캐릭터를 시도해 보지만 나에겐 적절한 거만함이 없다. 사나운 척을 하기에는 내가 너무 '쉽게 상처받는' 것 같다. 재치 있는 캐릭터도, 웃긴 캐릭터도, 섹시한 캐릭터도, 신비한 캐릭터도 안 된다.

4시간이 거의 다 지나고 나자 나는 그 어떤 사람도 아닌 사람이 되어 있었다. 헤이미치는 '재치'를 시도해 볼 무렵부터 술을 마시기 시작했는데, 이제 그의 목소리에서는 심술이 묻어난다.

"예쁜아, 나는 포기하련다. 그냥 묻는 질문에 답이나 하고, 네가 관객들을 대놓고 경멸하는 티가 많이 나지 않기만을 빌어라."

그 날 저녁은 방에서 맛있는 음식들을 엄청나게 많이 주문해 놓고, 속이 안 좋을 때까지 꾸역꾸역 먹어치운 다음, 접시를 마구 던져서 깨트리며 헤이미치와 헝거 게임, 캐피톨에 살고 있는 모든 사람들을 향해 화풀이를 했다. 빨강머리 여자아이가 침대를 정돈하러 왔다가 난장판이 된 방을 보고 눈이 커진다.

"내버려 둬! 그냥 두라고!"

나는 그 아이에게 소리를 지른다.

나는 그녀 역시 증오한다. 다 알고 있다는 듯한, 비난을 담은 그 눈은 나를 겁쟁이, 괴물, 캐피톨의 꼭두각시라고 부르고 있다. 그 때도 그랬었고 지금도 그렇다. 그녀에게 있어서는 드디어 정의가 실현되는 셈이겠지. 적어도 내 죽음으로, 숲에서 죽은 남자아이의 목숨 값은 갚겠군.

하지만 방에서 도망치는 대신, 그 아이는 문을 닫더니 화장실로 들어간다. 그리고 젖은 천을 가지고 나와서 내 얼굴을 부드럽게 닦아 주더니, 접시 조각에 손을 베인 상처에 묻은 피를 닦아 준다. 이 아이는 왜 이러는 거지? 또 나는 왜 가만히 있는 거지?

"널 구하려고 노력했어야 했는데."

그 아이에게 속삭여 말한다.

그 아이는 머리를 가로젓는다. 우리가 가만히 보고만 있었던 게 올바른 행동이었다는 뜻인가? 날 용서했다는 건가?

"아니야. 잘못했어. 잘못된 행동이었어."

내가 다시 말한다.

아이는 손가락으로 자기 입술을 톡톡 두드리더니 내 가슴을 가리킨다. 그랬다간 나 역시 무성인이 되어 버렸을 거라는 뜻인 것 같다. 아마 그랬겠지. 무성인이 되거나 죽었겠지.

1시간 동안 빨강머리 아이가 방을 치우는 것을 도와준다. 쓰레기를 전부 배출구에 버리고 음식을 다 닦아 내자, 아이는 침대보를 갠다. 나는 다섯 살짜리 어린애처럼 이불 밑으로 기어 들어가고, 아이가 이불을 덮어 주는 대로 얌전히 누워 있는다. 그리고는 아이는 방에서 나간다. 내가 잠들 때까지 옆에 있어주면 좋겠다. 일어났을 때도 내 옆에 있었으면 좋겠다. 이 애가 나를 지켜주었으면 좋겠다. 비록 나는 그녀를 지켜주지 못했지만.

아침이 되자 그 아이 대신 우리 준비 팀이 나를 에워싼다. 에피와 헤이미치의 교습은 어제 끝났다. 오늘은 시나의 날이다. 시나가 나의 마지막 희망이다. 어쩌면 시나가 나를 놀랍도록 아름답게 보이게 해 주어서, 내 입에서 나오는 말 따위에는 아무도 신경 쓰지 않을지도 몰라.

준비 팀의 작업은 오후 늦게야 끝난다. 내 피부를 빛나는 새틴 천처럼 꾸미고, 내 팔에 스텐실로 문양을 그려 넣고, 완벽한 모양으로 다듬은 손톱 발톱 하나하나에 불꽃 그림을 그린다. 그 다음 순서는 머리다. 베니아가 붉은 끈과 내 머리를 함께 땋아, 왼쪽 귀부터 시작해 머리를 한 바퀴 감싼 다음 오른쪽 어깨 위에 한 가닥으로 떨어지는 패턴을 만들었다. 옅은 메이크업을 한 겹 입혀 내 얼굴을 지운 다음 이목구비를 다시 그려낸다. 커다랗고 짙은 눈, 통통한 붉은 입술, 눈을 깜빡일 때마다 빛을 뿌리는 속눈썹. 마지막으로 온 몸에 어떤 가루를 발라서 금빛으로 빛나게 만들었다.

그러고 나서, 시나가 무언가를 들고 방에 들어온다. 내 드레스겠지, 하고 짐작하지만 싸여 있어서 볼 수는 없다.

"눈을 감으렴."

시나가 명령한다.

벗은 몸에 드레스가 입혀지자 비단 같은 안감이 느껴지고, 곧 옷의 무게가 몸으로 느껴진다. 20킬로그램 정도 되는 것 같다. 눈을 감은 채 옥타비아의 손을 쥐고 구두 속에 발을 넣으며, 에피가 내게 신기고 워킹 연습을 시켰던 구두보다 굽이 최소 5센티미터는 낮다는 걸 느끼고 안도한다. 이어 조금씩 매만지고 마무리하더니, 다들 침묵한다.

"저 이제 눈 떠도 돼요?"

"응. 눈 떠봐."

시나가 대답한다.

내 앞에 놓인 전신 거울 속의 생물체는 딴 세상에서 온 것이 분명하다. 피부에서는 희미한 빛이 배어 나오고, 눈은 번쩍거리고, 옷은 보석으로 만드는 외계인들의 세상. 왜냐하면 내 드레스는, 아아, 내 드레스는 빛을 반사하는 보석으로 온통 뒤덮여 있기 때문이다. 붉은 색, 노란 색, 흰색의 보석들이 불꽃 모양을 이루고 있고, 불꽃의 끝에는 파란 보석이 들어가 무늬를 강조한다. 아주 조금만 몸을 움직여도 날름거리는 불꽃에 휩싸인 것처럼 보인다.

내 모습은 예쁜 것이 아니다. 아름다운 것도 아니다. 나는 태양처럼 빛나고 있다.

한동안 다들 그저 나를 바라보고만 서 있었다. 나는 겨우 입을 열어 속삭이듯 말한다.

"오, 시나……. 고마워요."

"나를 위해 돌아줘."

시나의 말에, 나는 양 팔을 내뻗고 한 바퀴 돌아 보인다. 준비 팀은 비명을 지르며 찬사를 쏟아낸다.

시나는 팀을 내보내고, 드레스와 구두를 입은 채 돌아다녀 보게 한다. 에피가 신겼던 구두보다 훨씬 편하다. 드레스 역시 걸을 때 걷어 올릴 필요가 없는 길이라 걱정거리를 하나 덜었다.

"그래. 인터뷰 준비는 다 됐고?"

시나가 묻는다. 표정을 보니 내가 얼마나 형편없는지 헤이미치에게 이야기를 들은 모양이다.

"완전히 최악이에요. 헤이미치는 나더러 죽은 달팽이래요. 뭘 시도해도 안 됐어요. 헤이미치가 이런 캐릭터 저런 캐릭터를 연기해보라고 했는데, 그 중에 되는 게 아무 것도 없었어요."

시나는 잠시 생각해본다.

"그냥 네 성격을 살리면 안 돼?"

"제 성격을요? 그것도 소용없을걸요. 헤이미치는 나보고 부루퉁하고 공격적이라고 했거든요."

"음, 네가 그렇긴 하지……. 헤이미치랑 같이 있을 때는."

시나는 이렇게 말하며 씩 웃는더니 다시 덧붙였다.

"내가 보는 너는 그렇지 않아. 준비 팀 모두 널 얼마나 예뻐하는데. 너는 심지어 게임 운영자들 마음에도 들었잖니. 그리고 캐피톨 시민들은 다들 쉬지 않고 네 얘기를 하고 있어. 네 정신을 높이 사지 않는 사람이 없어."

내 정신이라. 그건 새로운 생각이군. 무슨 뜻인지 정확히는 모르겠지만, 내가 투사라는 뜻이 아닐까 싶다. 용감하다는 거겠지. 그렇다면 내게 절대 친근감이 들지 않는다는 뜻은 아니리라. 맞아, 내가 만나는 모든 사람마다 사랑을 뿌리고 다니지는 않을지 몰라도, 자주 웃지는 않을지 몰라도, 내가 아끼는 사람들은 정말로 아끼잖아.

시나는 따뜻한 손으로 내 얼음장 같은 손을 쥔다.

"예를 들어, 네가 질문에 답을 할 때, 집에 있는 친구와 대화를 한다고 상상하면 어떨까. 네 제일 친한 친구가 누구니?"

"게일요."

대답이 즉시 튀어나왔지만, 나는 곧 덧붙인다.

"하지만 말이 안 돼요, 시나. 나에 대한 사실들을 게일한테 그렇게 얘기할 리가 없거든요. 벌써 다 아니까."

"난 어때? 날 네 친구로 생각할 수 있겠니?"

집을 떠난 이후로 이제까지 만난 사람 중, 내가 제일 좋아하는 사람이 바로 시나다. 만난 순간부터 마음에 들었고 그 뒤로도 나를 실망시킨 적이 없다.

"할 수 있을 것 같긴 한데요, 그래도……."

"나는 다른 스타일리스트와 함께 무대 앞에 앉을 거야. 무대에서 내가 잘 보일 거야. 질문을 받으면, 나를 보면서 가능한 한 솔직하게 대답해."

"내 마음 속에 있는 게 무시무시한 생각이라고 해도요?"

정말로 무시무시한 생각이 떠오를 것 같아서, 나는 그렇게 물어 본다.

"무시무시한 생각이라면 더더욱. 한번 그렇게 해 볼래?"

나는 고개를 끄덕인다. 나에게도 계획이 생겼다. 적어도 움켜쥘 지푸라기 정도는 되겠지.

어느새 갈 시간이 되어 버렸다. 인터뷰는 트레이닝센터 앞에 세워진 무대에서 진행된다. 방을 나서면 불과 몇 분 뒤에 관객, 카메라, 온 판엠의 눈 앞에 서게 될 거다.

문손잡이를 돌리는 시나의 손을 쥐고 멈추게 한다.

"시나……!"

나는 완전히 무대 공포증에 빠지고 말았다.

"잊지 마, 다들 벌써 너에게 푹 빠졌어. 그냥 네 자신을 보여줘."

시나는 부드럽게 말한다.

엘리베이터에서 다른 사람들과 만난다. 포샤와 그녀의 팀원들도 일을 열심히 했다. 불꽃 무늬가 들어간 검은 양복을 입은 피타는 눈에 확 띌 정도로 멋있다. 우리 둘의 의상이 서로 어울리기는 하지만, 똑같은 옷을 입지 않은 건 다행이다. 헤이미치와 에피 역시 잔뜩 치장을 했다. 나는 헤이미치와는 거리를 두고, 에피의 칭찬은 받아들인다. 에피는 가끔 피곤하고 답답한 사람일 수는 있어도 헤이미치처럼 파괴적이진 않다.

엘리베이터 문이 열리자 다른 조공인들이 무대에 오르기 위해 지시에 따라 줄을 서고 있다. 인터뷰 내내 우리 스물 네 명은 모두 큰 호(弧)를 그리고 앉아 있게 되었다. 내 순서는 맨 끝…… 아니, 여자 조공인이 남자 조공인보다 먼저 인터뷰를 하니까 끝에서 두 번째가 될 거다. 내가 제일 먼저 해치우고 다 잊어버릴 수 있다면! 이제 나는 다른 사람들이 얼마나 재치 있고, 재미있고, 겸손하고, 사납고, 매력적인지 다 들은 후에 내 인터뷰를 해야 한다. 거기다, 관객들은 게임 운영자들이 그랬듯 싫증이 나 있을 것이다. 관객의 관심을 끌기 위해 화살을 날릴 수도 없는 노릇이다.

우리가 무대 위로 올라가기 직전, 헤이미치가 나와 피타 뒤에 나타나 으르렁거리는 목소리로 말한다.

"잊지 마라, 너희들은 아직 사이좋은 단짝인 거다. 거기 맞춰 행동해."

뭐라고? 피타가 따로 지도해 달라고 했을 때 그 흉내는 집어치운 줄 알았는데. 하지만 그건 우리끼리만 알고 있었던 일이었나 보다. 하지만 어차피 한 줄로 걸어가 각자의 의자에 앉을 상황이니 서로 대화를 한다거나 할 기회는 거의 없다.

무대에 올라서는 것만으로도 호흡이 가빠지고 얕아진다. 관자놀이에서 맥박이 뛰는 것이 느껴진다. 하이힐을 신은 데다 다리가 떨려서 넘어지지 않을까 걱정이 되었기 때문에, 의자에 도착하자 조금 안심이 된다. 오후가 지나 저녁이 되고 있는데도 시 광장은 한여름 낮보다 더 밝다. 고위층 손님들을 위해 설치된 높은 좌석 맨 앞줄에 스타일리스트들이 앉아 있다. 관객들이 스타일리스트의 작품에 반응을 보이면 카메라가 그 스타일리스트를 비출 것이다. 오른쪽 건물의 발코니는 게임 운영자들을 위한 자리다. 다른 발코니들은 거의 다 TV 제작진이 차지하고 있다. 하지만 시 광장과 그에 연결된 대로들은 몰려든 사람들로 꽉 차 있다. 다들 앉지 못하고 서 있다. 전국의 가정과 마을 회관의 TV가 켜져 있으리라. 판엠의 모든 주민들이 시청하고 있다. 오늘 밤만은 전력 공급에 문제가 없을 것이다.

40년 넘게 인터뷰 사회를 보고 있는 시저 플리커맨이 무대 위로 뛰어오른다. 그 긴 세월 내내 외모가 거의 변하지 않았다는 게 약간 무섭다. 새하얀 메이크업을 칠한 얼굴도 똑같고, 매해 헝거 게임마다 다른 색으로 염색하는 머리 모양도 똑같다. 조그만 전구가 천 개쯤 달려서 별처럼 반짝거리는 미드나잇블루 색상의 예복도 똑같다. 캐피톨에서는 더 젊어 보이고 더 날씬해 보이기 위해 수술을 한다. 12번 구역에서는 일찍 죽는 사람들이 하도 많아서, 나이 들어 보이는 외모는 일종의 업적에 해당한다. 12번 구역은 나이가 지긋한 사람을 보면 장수한 것을 축하해 주고 싶고, 살아남은 비결을 물어보고 싶어지는 곳이다. 뚱뚱한 사람은 질투의 대상이 되는데, 대부분의 사람들처럼 먹을 것이 없어 굶주리지 않는다는 뜻이기 때문이다. 하지만 이 곳에선 다르다. 주름은 동경의 대상이 아니다. 불룩한 배는 성공의 상징이 아니다.

올해 시저의 머리는 담청색이고, 눈꺼풀과 입술도 같은 빛으로 칠했다. 괴상한 모습이긴 하지만, 진홍색을 선택해서 피흘리고 있는 것처럼 보였던 작년보다는 낫다. 시저는 관객들의 흥을 돋우기 위해 농담 몇 마디를 던지고 바로 본론으로 들어간다.

속이 비치는 금색 가운을 입어서 도발적으로 보이는 1번 구역의 여자아이가 무대 중앙의 시저에게 가서 인터뷰를 시작한다. 저 아이의 멘터는 캐릭터 선정에 조금도 애를 먹지 않았으리라. 물결 같은 금발 머리, 에메랄드 같은 녹색 눈, 늘씬하고 관능적인 몸매……. 어느 모로 보나 섹시하다.

1명당 인터뷰 시간은 딱 3분이다. 3분이 지나면 부저가 울리고, 다음 조공인의 차례가 된다. 시저가 조공인들이 돋보이도록 정말 최선을 다한다는 말은 꼭 덧붙여야겠다. 그는 친절하고, 긴장한 아이들을 마음 편하게 해 주려고 노력하고, 재미없는 농담에도 웃음을 터뜨리고, 조공인의 대답이 시원찮아도 적절한 반응을 보여서 기억에 남을 대답으로 바꿔 놓는다.

각 구역이 지나가는 동안 나는 에피가 가르쳐 준대로 숙녀처럼 앉아 있는다. 2, 3, 4구역. 다들 어떤 캐릭터를 잡고 연기하고 있는 것 같다. 2번 구역 출신의 덩치가 무지막지한 남자아이는 냉혹한 살인 기계. 5번 구역 출신의 여우같이 생긴 여자아이는 교활하고 파악하기 힘든 캐릭터. 나는 시나가 자리에 앉자마자 그의 위치를 파악했지만, 시나의 존재조차 긴장을 풀어 주지는 못한다. 8, 9, 10. 10번 구역의 다리 저는 남자아이는 굉장히 조용하다. 손바닥에서 미친 듯이 땀이 나지만, 보석으로 덮인 드레스는 흡수력이 없어서 손을 문질러 봐도 그냥 미끄러질 뿐이다. 11.

날개까지 달려있는, 거미줄처럼 하늘거리는 드레스를 입은 루가 팔랑거리듯 시저에게 다가간다. 마법처럼 가냘픈 이 조공인의 모습에 관객들은 한숨을 발한다. 시저는 루가 그렇게 몸이 작은데도 훈련에서 7점을 받은 건 대단한 일이라고 칭찬하며 몹시 다정하게 대한다. 경기장에서 자신의 최대 장점이 무엇이냐는 질문을 받자 루는 망설이지 않았다. 그 애가 떨리는 목소리로 대답한다.

"저는 잡기가 아주 힘들어요. 잡을 수 없으면, 죽이지도 못하잖아요. 그러니까 제가 이기지 못할 거라곤 생각하지 마세요."

"나라면 절대, 절대 그렇게 생각하지 않을 거예요."

시저가 격려하듯 말한다.

11번 구역의 남자 조공인 스레쉬는 피부가 루처럼 짙은 색이지만 닮은 점은 그것뿐이다. 거인처럼 몸집이 큰 스레쉬는 키가 2미터에 육박하고 체격이 황소 같지만, 나는 그가 자기 무리에 끼라는 프로 조공인들의 제의를 거절하는 것을 본 적이 있다. 그들과 어울리는 대신 그는 혼자서 다니며 아무에게도 말을 하지 않고, 훈련에도 거의 관심을 보이지 않았었다. 그런데도 스레쉬는 10점을 받았다. 게임 운영자들에게 강한 인상을 주었으리라는 걸 어렵지 않게 짐작할 수 있다. 스레쉬는 시저가 농담하려는 것을 무시하고, 네, 아니요로 대답하거나 아니면 그저 침묵을 지킨다.

내가 쟤처럼 덩치가 컸다면 나도 부루퉁하고 적대적인 태도를 취해도 괜찮았을 텐데! 스폰서 중 절반이, 적어도 그를 우승후보로 고려는 하고 있다는 데 내기를 걸어도 좋다. 내가 수중에 돈이 있었다면 나라도 저 애한테 걸 테니까.

그러고는 캣니스 에버딘이라는 이름을 부르는 소리가 들려오고, 마치 꿈을 꾸는 듯 자리에서 일어나 무대 가운데로 가고 있는 나 자신을 느낀다. 시저가 나를 향해 뻗은 손을 잡고 흔든다. 시저는 점잖아서 손을 즉시 옷에 문질러 닦지 않는다.

"자, 캣니스, 캐피톨은 12번 구역과는 꽤 다를 텐데요. 여기 와서 가장 인상에 남았던 게 뭐죠?"

시저가 묻는다.

뭐? 뭐라고 했지? 그냥 아무 뜻도 없는 말인 것만 같다.

입 안이 톱밥처럼 건조해졌다. 나는 필사적으로 관중 속에서 시나를 찾아내 그와 눈을 맞춘다. 그의 입술에서 그 말이 나오는 것을 상상해본다.

"여기 와서 가장 인상에 남았던 게 뭐니?"

나는 이 곳에서 나를 행복하게 만들었던 무엇인가를 찾아 뇌 속을 마구 뒤진다. '솔직하게 대답해,' 하고 속으로 생각한다. '솔직하게 대답해.'

"양고기 스튜요."

내가 간신히 대답한다.

시저가 웃음을 터트리고, 관객들 중 일부가 그를 따라 웃는 것이 어렴풋이 느껴진다.

"말린 자두가 들어간 것 말인가요?"

시저의 물음에 나는 고개를 끄덕인다.

"아, 그건 나도 솥째로 먹는 음식이에요."

그는 두렵다는 표정으로 배에 손을 얹고 관객들에게 옆모습을 보이더니 물었다.

"티 나나요? 그렇지 않죠?"

청중은 티 나지 않는다고 소리 지르며 박수를 보낸다. 시저에 대해서 내가 한 말이 바로 이런 뜻이다. 그는 조공인들을 도와주려고 노력하는 것이다.

"그러면 캣니스, 개회식 때 등장하는 것을 보고 내 심장은 그만 멎어 버렸었어요. 그 의상에 대해서 어떻게 생각했나요?"

그가 비밀을 털어놓듯이 내게 말한다.

시나는 내게 한쪽 눈썹을 치켜 올려 보인다. 솔직하게 대답해.

"산채로 타 죽고 말겠구나 하는 공포를 극복한 다음에 말씀이시죠?"

내가 되묻는다. 큰 웃음소리가 들린다. 관객들이 진짜로 웃은 것이다.

"네. 거기부터 시작하죠."

시저가 말한다. 내 친구 시나에게 어차피 해줘야 했을 말이었다.

"시나가 대단하다고 생각했고, 제가 본 중 가장 멋있는 옷이었어요. 내가 그런 옷을 입고 있다는 사실을 믿을 수가 없었죠. 지금 이 옷을 입고 있다는 것도 믿을 수가 없어요."

나는 스커트를 치켜들어 펼쳐 보인다.

"제 말은, 이것 좀 보세요!"

관객들이 오오, 아아, 하는 소리를 내는데 시나가 손가락으로 작은 원을 그리는 동작을 하는 것이 보인다. 하지만 그가 무슨 말을 하는 것인지 알 수 있다. '나를 위해 돌아줘.'

한 바퀴 돌자 즉각 반응이 터져 나온다.

"오, 한 번 더 해 봐요!"

시저의 말에 나는 양팔을 들고 계속 빙글빙글 돌며 치마를 펄럭여, 옷의 불길이 나를 에워싸도록 한다. 관객들은 환호성을 지른다. 회전을 멈추고 시저의 팔을 잡고 매달린다.

"멈추지 말아요!"

"어지러워서 더 못 돌겠어요!"

나도 키득키득 웃고 있다. 키득키득 웃어보는 건 아마 평생 처음인 것 같다. 하지만 긴장한 상태에서 뱅뱅 돌았더니 웃음이 나온다.

시저가 나를 보호하듯이 팔로 감싼다.

"내가 꼭 잡고 있으니 걱정 말아요. 캣니스가 멘터의 전철을 밟아선 안 되죠."

추첨 날 무대에서 떨어진 것 때문에 이제 유명해진 헤이미치가 카메라에 비치자 관객들이 야유를 보낸다. 헤이미치는 사람 좋은 표정으로 손을 내저으며 내 쪽을 가리킨다.

"괜찮습니다. 제가 잘 잡고 있으니까요."

시저는 일단 그렇게 관객들을 안심시키고 나서 덧붙인다.

"그러면, 훈련 점수 이야기를 해보죠. 십-일-점. 대체 무슨 일이 있었던 건지 힌트라도 좀 줘 봐요."

나는 발코니에 앉은 게임 운영자들을 보며 입술을 깨문다.

"음……, 제가 할 수 있는 말은, 그런 일이 전에 없었던 것 같다는 것뿐이에요."

카메라들은 킬킬 웃으며 고개를 끄덕이는 게임 운영자들을 잡는다.

"사람 잡는군요. 자세히, 자세히 말해줘요."

시저는 정말로 안달이 난다는 듯 말한다. 나는 발코니 쪽을 바라보고 묻는다.

"얘기하면 안 되는 거 아닌가요?"

"안 돼!"

펀치 통에 빠졌던 운영자가 소리친다.

"고맙습니다. 죄송해요……, 비밀이에요."

나는 대답한다.

"그럼 더 오래된 이야기를 해 보죠. 추첨에서 여동생 이름이 뽑혔을 때 말이에요. 당신은 동생을 대신해서 자원했었죠. 우리에게 동생 이야기를 해줄 수 있을까요?"

시저는 아까에 비해 차분하게 묻는다. 안 돼. 너희들 모두에게 얘기할 수는 없어. 하지만 시나에게는 말할 수 있을지도 몰라. 시나의 얼굴에 슬픔이 깃든 것처럼 보이는 게 내 상상만은 아닌 것 같다는 생각을 한다.

"제 동생 이름은 프림이에요. 겨우 열두 살밖에 안됐어요. 세상 그 무엇보다 전 프림을 사랑해요."

시 광장은 핀 하나 떨어지는 소리도 들릴 정도로 조용해진다.

"동생이 뭐라고 하던가요? 추첨이 끝나고 나서?"

솔직하게 대답해. 솔직하게 대답해. 나는 어렵사리 침을 꿀꺽 삼키고 대답한다.

"이기도록 최선을 다해서 노력하라고 했어요."

관객은 얼어붙은 듯 내가 하는 말 한 마디 한 마디를 경청한다.

"그래서 뭐라고 했나요?"

시저는 부드럽게 나를 부추긴다. 하지만 따스함 대신, 온몸이 얼음장처럼 굳어지는 것이 느껴진다. 동물을 죽이기 직전처럼 근육이 긴장한다. 대답하는 내 목소리는 아까보다 한 옥타브는 낮은 것 같다.

"그러겠다고 맹세했어요."

"물론 그랬겠죠."

시저가 내 손을 꼭 잡아주며 말한다. 부저가 울렸다.

"미안하지만 시간이 다 되었군요. 행운을 빕니다, 12번 구역 조공인 캣니스 에버딘 양."

내가 의자에 앉고 한참이 지나서도 박수 소리가 계속 들려온다. 확인하기 위해 시나 쪽을 바라보자 시나는 보일 듯 말듯 엄지손가락을 치켜 세워 준다.

피타의 인터뷰가 시작되고 나서도 아직 멍하지만, 피타가 단번에 관객을 사로잡았다는 건 알겠다. 웃음소리, 뭐라고 외쳐대는 소리가 들린다. 피타는 빵집 아들의 장기를 살려 각 조공인들을 출신 구역의 빵과 비교하더니, 캐피톨의 샤워실에서 겪었던 우스운 일화를 이야기한다.

"저한테서 아직도 장미 향기가 나나요? 좀 알려 주세요."

피타가 그렇게 시저에게 묻고 난 뒤, 서로 킁킁대며 상대방 냄새를 맡는 모습에 관객들은 자지러진다. 시저가 피타에게 고향에 여자친구가 있느냐고 물을 때쯤에야 나는 다시 정신을 집중한다.

피타가 망설이다 고개를 가로젓는 품이 어째 자신이 없어 보인다.

"이렇게 잘생긴 청년이 그럴 리가. 특별한 소녀가 있을 게 틀림없을 텐데요. 말해 봐요, 이름이 뭡니까?"

시저가 말한다. 피타는 한숨을 내쉰다.

"음, 어떤 여자애가 있어요. 언제부턴지 기억도 안 날 때부터 그녀를 좋아했어요. 하지만 추첨일 전까지는 그 앤, 내가 살아 있다는 사실도 몰랐을걸요."

관중들 쪽에서 동정하는 소리가 들려온다. 그들이 공감할 수 있는 짝사랑에 관한 이야기니까.

"그녀에게 다른 남자 친구가 있나요?"

시저가 묻는다.

"그건 모르겠지만 그 앨 좋아하는 남자애들은 많아요."

피타가 말한다.

"그럼 이러면 되겠네요. 이번에 우승을 하고, 고향에 돌아가는 거죠. 그러면 어디 거절할 수 있겠어요?"

시저가 격려하듯 말한다.

"그렇게는 안 될 것 같아요. 제가 우승……해도 저는 그렇게는 못해요."

"대체 왜 안 된다는 거죠?"

영문을 모르겠다는 듯 시저가 묻는다.

피타는 새빨갛게 볼을 붉히고 더듬더듬 대답한다.

"왜냐하면……, 왜냐하면…… 그 아이가 저랑 같이 여기 와 있거든요."

PART 2
게임

10

　잠시 동안 카메라는 아래로 내리깐 피타의 눈을 잡고 있었다. 그러다 피타의 말이 무슨 뜻인지 다들 이해하자마자 화면에는 내 얼굴이 등장한다. 놀람과 저항이 뒤섞인 감정으로 반쯤 입을 벌린 내 얼굴이 확대되어 모든 화면에 비치는 동안, '나야! 나라고 한 거야!' 하는 깨달음이 찾아온다. 나는 입술을 굳게 다물고 바닥을 노려본다. 이렇게 해서 내 안에서 끓어오르기 시작하는 감정들이 감춰진다면 좋겠다.

　"오, 그건 정말 불운이군요."

　시저의 목소리에는 진짜 고통이 묻어있다. 청중들이 웅얼거리며 맞장구치는 소리가 들리고, 괴로워하며 외쳐 대는 사람들마저 몇 있다.

　"좋지 않죠."

　피타도 수긍한다.

　"음, 우리 중 누구도 피타 군을 탓할 수는 없을 것 같군요. 저 젊은 숙녀에게 푹 빠져버리지 않기란 힘들 거예요. 캣니스 양은 모르고 있었나요?"

　피타는 고개를 가로젓는다.

　"지금까지는 몰랐어요."

나는 눈을 깜빡이며, 내 볼이 빨갛게 달아오른 게 똑똑히 보인다는 걸 알 수 있을 때까지 화면을 바라본다.

"캣니스를 다시 무대에 세워서 대답을 들어보고 싶지 않나요?"

시저가 관객들에게 묻는다. 청중은 동의하는 함성을 지른다.

"슬프게도, 규칙은 규칙이죠. 캣니스 에버딘의 시간은 이미 다 써 버렸습니다. 피타 멜라크, 행운을 빕니다. 판엠을 대표해서 말한다고 해도 될 것 같은데, 우리 마음은 당신과 함께 합니다."

관중의 환호에 귀청이 터질 것 같다. 피타는 나에 대한 사랑을 고백함으로써 다른 모든 조공인들을 완벽하게 압도했다. 관객들이 겨우 좀 조용해지자, 피타는 목이 멘 듯한 소리로 조용하게 "고맙습니다." 하고는 자리로 돌아온다. 국가가 울려 우리는 모두 일어선다. 존경심을 표하기 위해 고개를 들어야 하는데, 모든 화면에 등장하는 피타와 나의 모습을 보지 않을 수가 없다. 우리 사이에 있는 1미터 정도의 간격은 시청자들의 머릿속에서 절대 극복하지 못할 거리로 기억되겠지. 불쌍한, 비극적인 우리 둘.

하지만 나는 속지 않아.

국가가 끝나자 조공인들은 다시 트레이닝센터 로비로 들어가 엘리베이터로 향한다. 나는 걷는 방향을 획 바꾸어 피타와 다른 엘리베이터에 탄다. 평소 우리와 함께 하는 스타일리스트, 멘터, 수행원들이 관중들 때문에 지체되고 있어서 우리 조공인들 뿐이다. 아무도 입을 열지 않는다. 내가 탄 엘리베이터는 중간에 네 번 멈춘 다음, 나 한 명만을 태운 채 12층까지 올라가 문이 열린다. 피타가 엘리베이터에서 내리자마자 양손으로 가슴을 확 밀쳤다. 피타는 균형을 잃고 조화(造花)가 들어있는 못생긴 항아리 쪽으로 넘어진다. 항아리가 넘어지면서 산산조각이 난다. 파편 위로 넘어진 피타의 손에서 곧바로 피가 흐르기 시작한다.

"왜 이러는 거야?"

깜짝 놀란 피타가 묻는다.

"네가 무슨 권리로 그래! 네가 나에 대해서 그런 얘길 하고 다닐 권리가 어디 있냐고!"

엘리베이터가 열리고 에피, 헤이미치, 시나, 포샤가 내린다.

"이게 무슨 일이니? 넘어졌어?"

에피가 히스테리가 섞인 목소리로 묻는다.

"쟤가 밀어서 넘어졌어요."

에피와 시나의 부축을 받아 일어나며 피타가 대답한다. 헤이미치가 나를 향해 몸을 돌린다.

"밀었다고?"

"아저씨 생각이죠, 그렇죠? 온 나라 사람들이 다 보는 앞에서 날 바보로 만드는 거 말예요!"

나는 이렇게 대답한다.

"내 생각이었어. 헤이미치는 그냥 도와만 줬어."

손바닥에 박힌 깨진 항아리 조각을 빼며 얼굴을 찌푸리던 피타가 말한다.

"그래, 헤이미치는 큰 도움이 되는구나. 너한테는!"

"넌 정말 바보구나. 피타 때문에 네가 해를 입었다고 생각하는 거냐? 저 남자애는 조금 전에 네가 혼자서는 절대 얻을 수 없었던 것을 주었다."

헤이미치가 넌더리가 난다는 듯이 말한다.

"쟤는 날 나약하게 보이게 만들었어요!"

"저 앤 널 매력적으로 보이게 만들었다! 그리고 현실을 똑바로 봐라. 너는 온갖 도움을 다 받을 수 있게 되었다. 피타가 널 원한다고 말하기 전까지는 너는 반 푼어치도 로맨틱하지 않았어. 이제는 다들 너를 원한다. 모두들 오직 너희들에 대해서만 이야기하고 있어. 12번 구역에서 온 비운의 연인들 말이야!"

헤이미치가 말한다.

"하지만 우린 비운의 연인들이 아니잖아요!"

헤이미치는 내 양 어깨를 잡고 벽에 밀어붙인다.

"그래서 뭐 어쩼다는 거냐? 이건 그저 거대한 쇼야. 남들이 너를 어떻게 생각하느냐가 전부라고. 네가 인터뷰를 마쳤을 때 내가 너에 대해 할 수 있었던 말은 그저 제법 괜찮았다는 정도뿐이었어. 그것 자체로도 하나의 작은 기적이긴 하지만 말이야. 이젠 난 네가 남자의 애간장을 녹이는 여자 애라고 말할 수 있다. 오, 오, 오, 고향의 남자애들이 너를 갈망하며 네 발 밑에 무릎 꿇는 모습이 선히 보이는 것 같구나. 어느 편이 스폰서를 더 많이 얻을 수 있을 것 같으냐?"

그의 숨결에서 나는 와인 냄새가 메스껍다. 나는 어깨를 잡은 그의 두 손을 밀쳐내고 한 걸음 떨어져서 머리를 맑게 하려 애쓴다.

시나가 다가와 내게 팔을 두른다.

"그 말이 맞아, 캣니스."

하지만 난 생각하고 싶지 않다.

"미리 말을 해 줬어야죠, 내가 그렇게 멍청해 보이지 않도록."

"아냐, 네 반응은 완벽했어. 알고 있었다면 그렇게 진짜 같아 보이지 않았을 거야."

포샤가 말한다.

"그냥 자기 남자친구 걱정하는 거예요."

피타가 피 묻은 항아리 조각을 던지면서 한 마디 내뱉는다. 게일을 생각하자 내 볼은 다시 확 달아오른다.

"난 남자친구 없거든?"

"어쨌든. 그리고 그 앤 작전을 쓰는 걸 보고 그게 작전인 줄 알아볼 정도의 머리는 있을걸. 게다가 '네가 나를' 사랑한다고 말한 것도 아니잖아.

근데 무슨 상관이야?"

피타가 말한다. 갑자기 사람들의 말이 이해되기 시작한다. 분노가 사라져 갔다. 이용당했다는 생각과, 덕택에 내가 유리해졌다는 생각 사이에서 나는 갈팡질팡했다. 헤이미치의 말이 맞다. 인터뷰를 무사히 마치긴 했지만, 냉정하게 볼 때 내 모습이 어땠던가? 반짝거리는 드레스를 입고 뱅뱅 도는 바보 같은 여자애. 조금이라도 알맹이가 있는 화제가 나왔던 건 프림 이야기를 했을 때뿐이었다. 그것과 스레쉬를 비교해 보면, 스레쉬의 침묵과 살인적인 강렬함과 비교해보면 난 쉽사리 기억에서 사라질 게 분명해 보인다. 바보 같고, 그냥 반짝거리고, 잊기 쉬웠겠지. 아니, 전적으로 잊기 쉽기만 한 건 아닐 거다. 훈련에서 받은 11점이 있으니까.

하지만 이제 피타가 나를 사랑의 대상으로 만들어 놓았다. 자신만의 사랑도 아니고, 그의 말에 따르면 나를 좋아하는 남자들이 많다고 했다. 그리고 만약 관객들이 정말로 우리가 사랑에 빠졌다고 생각한다면…… 관객들이 개의 고백에 얼마나 강렬하게 반응했는지 나는 기억한다. 비운의 연인들. 헤이미치의 말이 맞다. 캐피톨에서는 그런 이야기들에 사족을 못 쓴다. 갑자기 나는 내 반응이 부적절한 것이었으면 어쩌나 하는 걱정이 들기 시작한다.

"저 애가 날 사랑한다고 말한 다음에, 나도 그를 사랑하는 건지도 모르겠다는 생각이 들던가요?"

내가 묻는다.

"난 그렇게 생각되던데. 네가 카메라를 안 보는 거랑, 얼굴 붉히는 것 때문에."

포샤가 말한다. 다른 사람들도 그랬다며 입을 모은다.

"넌 이제 금덩어리나 다름없어, 예쁜아. 네 앞으로 스폰서들이 줄을 설 거다."

헤이미치가 말한다. 내가 보인 반응이 부끄러워졌다. 나는 피타 덕임을 알고 있다는 걸 보여주기 위해 이렇게 말한다.

"밀어서 미안해."

"상관없어. 엄밀히 말해서 반칙이긴 하지만."

피타는 어깨를 으쓱한다.

"손 괜찮아?"

"나을 거야."

침묵이 흐르는 와중에 식당에서 저녁식사의 맛있는 냄새가 풍겨온다.

"자, 자, 밥 먹자."

헤이미치가 말한다. 우리는 모두 그를 따라 식탁에 자리를 잡는다. 하지만 피타의 출혈이 심해서, 포샤가 그를 데리고 치료를 받으러 간다. 우리는 두 사람 없이 크림과 장미 꽃잎이 들어간 수프로 식사를 시작한다. 다 먹었을 때쯤 두 사람이 돌아왔다. 피타의 손에는 붕대가 감겨 있다. 죄책감이 드는 것을 피하기 힘들다. 내일이면 우린 경기장에 들어갈 텐데……. 피타는 나를 도와줬는데 나는 그 보답으로 상처를 입히다니. 제발, 그에게 신세를 좀 그만 질 수는 없는 걸까?

서녁을 먹은 뒤 식당에서 재방송을 본다. 드레스를 입고 뱅뱅 돌며 키득거리는 나는 생각 없고 경박해 보이는 것 같지만 다른 사람들은 매력적이라고 안심시켜 준다. 피타는 제법 매력적이고, 사랑에 빠진 소년 역할은 정말 압권이다. 그리고 곧이어 보이는 내 모습. 얼굴을 붉히며 어쩔 줄 몰라 하는 나는 시나의 손에 아름다움을 얻고, 피타의 고백 덕에 갖고 싶은 여자가 되고, 우리가 처한 상황에 의해 비극적인 느낌을 더해, 어느 모로 보나 잊혀지지 않는 모습이다.

국가가 끝나고 화면이 꺼지자, 방 안이 쥐 죽은 듯 조용해진다. 내일 새벽이면 우리는 경기장에 들어갈 준비를 해야 할 것이다. 캐피톨 주민들 중에는 워낙 늦잠을 자는 사람들이 많아서 실제 경기는 10시가 되어야 시작한다. 하지만 피타와 나는 일찌감치 떠나야 한다. 올해 헝거 게임이 열리는 경기장이 얼마나 먼 곳에 준비되어 있는지는 알 도리가 없다.

헤이미치와 에피가 동행하지 않을 거라는 사실은 나도 알고 있다. 우리가 여기를 떠나는 즉시 두 사람은 게임 본부에 가 있을 것이다. 스폰서 계약서를 쌓아놓고 미친 듯이 서명하게 된다면 좋으련만. 두 사람은 우리에게 언제 어떻게 선물을 보내 줄지 전략을 짜야 한다. 시나와 포샤는 경기장에 투입되는 장소까지 우리와 함께 가 줄 것이다. 하지만 마지막 작별 인사는 여기서 해야 한다.

에피는 우리 둘의 손을 잡고, 정말로 눈물을 글썽거리며 우리의 행운을 빌어준다. 자신이 수행했던 조공인들 중 우리가 최고였다며, 우리를 수행하여 영광이었다고 말한다. 그리고는, 그녀는 에피이기 때문에(이제까지 봐온 바에 따르면 에피는 반드시 뭔가 지독한 말을 하도록 법에 명기되어 있는 사람임이 분명하다), 마지막으로 이렇게 한 마디 덧붙인다.

"덕택에 내년에는 드디어 좀 괜찮은 구역 담당으로 승진된다 하더라도 놀랄 일은 아니겠지!"

에피는 우리 뺨에 입을 맞추고, 작별이 아쉬워서인지 자신의 행운에 감격해서인지는 몰라도 격한 감정을 이기지 못하며 서둘러 나가 버렸다.

헤이미치는 팔짱을 끼고서 우리 둘을 바라본다.

"마지막으로 해 주실 충고는 없어요?"

피타가 묻는다.

"징이 울리거든, 그 곳에서 무조건 빠져나가라. 너희 둘 다 코뉴코피아에서 벌어지는 피바다에서 살아남지는 못할 거야. 무조건 그 곳을 빠져 나와서, 다른 녀석들과 최대한 거리를 두고, 물을 구해라. 알겠냐?"

"그 다음은요?"

내가 묻는다.

"살아남아라."

기차에서 했던 말과 똑같은 충고지만, 이번에는 취해 있지도 웃고 있지도 않다. 우리는 그저 고개만 끄덕인다. 더 이상 무슨 할 말이 있을까?

나는 방으로 향한다. 하지만 피타는 포샤와 이야기를 나누느라 거실에 더 있을 것 같은 눈치다. 그 사실이 기쁘다. 우리가 헤어지며 나누게 될 모든 어색한 말은 내일로 미뤄도 괜찮을 거다. 침대 시트는 개어져 있지만 빨강머리 무성인 여자아이가 다녀간 흔적은 없다. 그 아이 이름을 알았으면 좋았을걸. 물어 봤어야 했는데. 어쩌면 적어줄 수 있었을지도 모르잖아. 몸짓을 하거나. 하지만 그랬다간 결과적으로 그녀가 벌을 받는 걸로 끝났을지도 모른다.

샤워를 하며 몸의 금빛으로 칠한 부분들과 메이크업, 그밖에 모든 치장들을 전부 씻어낸다. 디자인 팀이 공들여 한 치장 중 남아 있는 것은 손톱과 발톱의 불꽃 무늬뿐이다. 이것은 시청자들에게 내가 어떤 사람이었는지를 되살려 주는 징표로 남겨두기로 한다. 캣니스, 불타던 소녀. 어쩌면 앞으로 닥쳐올 시간 동안 내게, 뭔가 매달릴 것이 되어 줄지도 몰라.

두껍고 폭신한 가운을 걸치고 침대로 기어들었지만, 절대 잠들 수 없으리라는 것을 깨닫는데 5초 정도 걸렸다. 내겐 잠을 자둘 절실한 이유가 있는데도. 경기장에서는 피곤함에 눈을 붙이는 매순간이 곧 죽음을 초대하는 일이 될 테니 말이다.

소용이 없다. 한 시간, 두 시간, 세 시간이 흘러가도록 눈꺼풀은 무거워질 줄을 모른다. 내가 정확히 어떤 지형에 던져지게 될지 계속 상상해보게 된다. 사막? 늪지대? 무섭게 추운 황무지? 내가 무엇보다 바라는 것은 나무숲이다. 숲은 아마 내게 은신처, 식량, 숨어 있을 곳을 제공해 줄 수 있을 것이다. 황량한 지형은 보기에도 밋밋한 데다, 숲이 없으면 게임이 너무 빨리 끝나 버리기 때문에 보통은 숲이 있다. 하지만 기후는 어떨까? 게임 운영자들은 지루한 순간들에 활력을 불어넣기 위해 어떤 함정들을 준비했을까? 그리고 다른 조공인들은……

어떻게든 잠들어보려고 안달을 할수록 더 잠이 오지 않는다. 결국은 침대에 누워있을 수조차 없을 정도가 되어, 방안을 왔다 갔다 하기 시작한다. 심장은 너무 빨리 뛰고, 호흡은 너무 가쁘다. 내 방이 감방같이 느껴진다. 당장 바람을 쐬지 못하면 또다시 물건을 집어 던질 것 같다. 나는 옥상으로 올라가는 문을 향해 복도를 달린다. 문은 잠겨 있지 않은 정도가 아니라 조금 열려 있다. 누가 깜빡 잊고 닫지 않았나 싶었지만 상관없다. 누군가가 절박하게 탈출을 시도한다고 해도, 옥상을 둘러싼 에너지장(場) 때문에 불가능하니까. 그리고 나는 탈출하려는 게 아니고 허파에 신선한 공기를 채우고 싶을 뿐이다. 나를 사냥하는 사람이 없는 마지막 날 밤의 하늘과 달을 보고 싶다.

옥상에 조명은 켜져 있지 않지만 맨발로 타일이 깔린 바닥을 밟는 순간, 불야성을 이룬 캐피톨의 빛을 배경으로 서 있는 검은 실루엣이 보인다. 거리는 음악이며 노래 소리며 자동차 경적 소리로 꽤 소란스럽다. 내 방에서는 두꺼운 유리 창문 때문에 들리지 않았었다. 지금이라면 그에게 들키지 않고 빠져나갈 수 있다. 이 소음 때문에 내가 온 기척을 듣지 못할 것이다. 하지만 밤공기가 너무나 달콤하다. 숨 막히는 우리 같은 방으로 돌아가는 것은 참을 수 없다. 그리고 뭐 달라질 거라도 있나? 우리가 이야기를 하든 말든 말이다.

내 발이 소리 없이 타일 위를 움직인다. 나는 그 애의 불과 1미터 뒤까지 다가가서는 이렇게 말한다.

"너, 눈 좀 붙여 둬야 할 텐데."

그는 움찔하지만 몸을 돌리지는 않는다. 머리를 살짝 가로젓는 것이 보인다.

"파티를 놓치고 싶지 않았어. 어쨌거나 우리를 위한 파티잖아."

그의 옆으로 다가가 난간에 몸을 기댄다. 넓은 거리는 춤을 추는 사람들로 가득하다. 조그맣게 보이는 사람들의 모습을 좀더 자세히 보려고 눈을 가늘게 뜨고 바라본다.

"코스튬을 입은 건가?"

"누가 알겠어? 여기 사람들이 입는 온갖 이상한 옷들을 생각해 보면 말이야. 너도 잠이 안 와서 온 거야?"

피타가 대답하고서 다시 내게 물었다.

"생각을 멈출 수가 없었어."

"가족 생각하고 있었어?"

피타가 묻는다. 나는 대답했다.

"아니. 난 그저 내일 일어날 일을 궁금해 하는 것밖에 못하겠더라. 물론 그것도 의미 없는 일이지만."

인정하고 나니 조금 죄책감이 든다. 이제는 아래쪽에서 올라오는 빛으로 피타의 얼굴과, 붕대 감은 손을 어색하게 들고 있는 모습을 볼 수 있다.

"네 손, 다치게 해서 정말 미안해."

"상관없어, 캣니스. 어차피 난 헝거 게임에서 우승 후보도 아니었는걸."

"그런 식으로 생각하면 안 돼."

"왜 안 돼? 사실인걸. 내가 희망하는 최선이라면 그냥 망신이나 피하는 것, 그리고⋯⋯."

피타는 머뭇거린다.

"그리고 뭐?"

"정확히 어떻게 말해야 할지 모르겠어. 그저⋯⋯ 나는 내 자신으로서 죽고 싶어. 그게 말이 되나?"

피타가 묻는다. 나는 머리를 흔든다. 자기 자신으로 죽지 그럼 누구로 죽겠어?

"경기장 안으로 들어간 후에도 난, 그들 때문에 변하고 싶지 않아. 내가 아닌 다른 어떤 괴물로 날 바꿔 놓는 그런 거 말이야."

나는 열등감을 느끼며 입술을 깨문다. 내가 숨이 있을지 없을지를 고민하고 있는 동안, 피타는 자기 정체성을 어떻게 지켜야 할지 고심하고 있었다. 순수하게 자기 자신이 된다는 것에 대해 생각하고 있었던 것이다.

"아무도 안 죽일 거라는 뜻이야?"

내가 묻는다.

"아니. 때가 되면, 나도 다른 사람들처럼 죽일 거라는 걸 의심하지는 않아. 싸우지 않고 죽어 버리지는 않을 거야. 그저 내가 계속 바라고 있는 것은…… 캐피톨이 나의 주인이 아니라는 것을 보여 줄 방법을 생각해 낼수 있으면 좋겠다는 것뿐이야. 나는 그저 헝거 게임의 작은 한 부분이 아니고, 그 이상의 존재라는 것을."

피타가 말한다.

"하지만, 넌 그냥 한 부분이잖아. 우리 모두 마찬가지지. 헝거 게임은 그렇게 굴러가는 거잖아."

내가 말한다.

"그렇다 치자. 하지만 그 틀 안에 있다고 해도 너는 여전히 너고, 나는 여전히 나잖아. 그렇지 않아?"

피타가 우긴다.

"조금은. 그저…… 듣고 화내지는 마. 하지만 누가 그걸 신경이나 쓰겠어, 피타?"

"내가 신경 쓰지. 내 말은, 지금 이 시점에서 내가 신경 쓸 수 있는 다른 게 있기나 해?"

피타는 화난 듯 되묻는다. 그가 푸른 두 눈으로 내 눈을 쏘아보며 대답을 요구하고 있다. 나는 한 걸음 물러선다.

"헤이미치의 말에 신경 써. 살아남는 것."

피타는 나에게 미소를 짓더니, 슬픈 표정으로 놀리듯 말한다.

"알았어. 충고 고마워, 예쁜아."

이건 큰 모욕이다. 헤이미치가 나를 어린애 취급하며 다정한 척할 때 쓰는 말을 피타가 쓰다니.

"이봐, 인생의 마지막 몇 시간을 경기장에서 고귀하게 죽을 방법을 생각하며 보내고 싶다면, 그건 네 맘이야. 난 인생의 마지막 시간을 12번 구역에서 보내고 싶어."

"네가 그렇게 되어도 난 놀라지 않을 거야. 돌아가면 우리 엄마한테 안부 꼭 전해 드려. 그렇게 해 줄래?"

피타가 말한다.

"걱정 마."

나는 그렇게 말하고서 몸을 돌리고 옥상에서 내려온다.

그 날 밤의 나머지 시간은 꾸벅꾸벅 자다 깨다 하면서, 아침에 피타 멜라크에게 해 줄 신랄한 말을 상상하며 보냈다. 피타 멜라크. 생사의 갈림길이 눈앞에 닥쳤을 때 개가 얼마나 고귀하시고 위대하신지 모두 확인하게 되겠지. 아마 흉포한 야수처럼 변할 거야. 다른 사람을 죽이고는 심장을 꺼내 먹으려고 하는 그런 타입. 몇 년 전에 6번 구역에서 온 타이터스라는 애가 있었다. 완전히 잔인해져서, 그가 누구를 죽이면 게임 운영자들은 그가 시체를 먹지 못하도록 전기 총으로 쏴서 몸을 마비시켜야 했었다. 경기장 안에 규칙이란 없지만, 식인 행위는 캐피톨의 관객들이 별로 좋아하지 않았으므로 운영자들이 막으려 했던 것이다. 결국 타이터스는 산사태가 나서 죽었는데, 광인이 우승자가 되는 것을 막기 위한 게임 운영자들의 의도가 아니었을까 하는 추측이 있었다.

아침엔 피타를 만나지 못했다. 새벽이 되기 전에 시나가 찾아와 심플한 시프트 드레스를 주면서 입으라고 한 뒤, 나를 데리고 옥상으로 간다. 경기장에서 입을 의상은 경기장 밑의 지하묘지에서 받고, 그곳에서 마지막 준비를 하게 될 것이다. 내가 빨강머리 무성인 여자아이가 잡히던 날 본 것과 같은 호버크래프트가 갑자기 나타나더니 사다리를 내린다. 사다리 아랫단에 손과 발을 얹자마자 마치 얼어붙은 듯 어떤 전류 같은 것에 의해 사다리에 단단히 붙어 버렸고, 그대로 호버크래프트 내부로 들려 올라갔다.

들어간 다음에는 사다리에서 풀려날 줄 알았는데, 흰 코트를 입은 여자가 주사를 들고 나타났다. 그리고 나는 여전히 사다리에 붙은 채였다.

"캣니스, 이건 그냥 위치 추적 장치란다. 네가 가만히 있어야 이걸 투입하기가 더 쉽거든."

가만히 있으라고? 이미 난 동상이나 다름없었다. 그러나 주삿바늘이 팔뚝 피부 안 깊숙이 금속제 추적 장치를 주입하자 날카로운 고통이 느껴진다. 이제 게임 운영자들은 내가 경기장 안 어디에 있는지 언제든 추적할 수 있을 것이다. 조공인을 잃어버리고 싶지는 않겠지.

추적 장치가 자리 잡고 나자 사다리에서 풀려났다. 주사를 놓은 여자는 어디론가 사라지고, 옥상에 있던 시나도 기내로 들어온다. 무성인 남자아이가 들어와 우리를 아침이 차려진 방으로 안내한다. 뱃속이 잔뜩 긴장되어 있는데도 먹을 수 있는 만큼 먹어 두지만, 좋은 음식들의 맛을 전혀 느낄 수가 없다. 너무 긴장해서 석탄가루를 먹는 거나 마찬가지다. 조금이라도 내 주의를 끄는 유일한 것은 창 밖에 펼쳐지는 캐피톨과, 도시 너머 보이는 자연의 풍경이다. 이것이 새들이 보는 모습이리라. 다만, 새들은 나와는 전혀 다르게 자유롭고 안전하다.

약 30분 정도 비행한 다음 창밖이 캄캄해졌다. 경기장 가까이에 왔다는 뜻일 것이다. 호버크래프트가 착륙하고, 나와 시나는 다시 사다리를 탄다. 사다리는 이번에는 지하로 난 통로를 통해 하강해 경기장 밑의 지하묘지에 우리를 내려놓았다. 우리는 지시에 따라 목적지, 즉 경기를 준비할 방으로 이동한다. 캐피톨에서는 이 방을 '투입실'이라고 부른다. 다른 구역들에서는 '임시 축사'라고 부른다. 가축들을 도살하기 전에 넣어두는 곳을 뜻한다.

모든 물건이 다 새 것이다. 이 투입실을 쓰는 조공인은 내가 처음이자 마지막일 것이다. 경기장은 유적으로 남고, 경기가 끝나면 그대로 보존되어 캐피톨 주민들이 놀러 가거나 휴가를 보내는 인기 있는 관광지가 된다. 한 달 동안 머무르며 지난 헝거 게임을 다시 시청하고, 지하묘지 투어를 하며, 조공인들이 죽음을 맞은 현장들을 방문한다. 심지어 재연에 참가할 수도 있다.

게다가 나오는 음식도 아주 훌륭하다고들 한다.

샤워를 하고 이를 닦는 동안 아침 먹은 것을 토하지 않으려 참는다. 아주 힘들었다. 시나는 내 머리를 하나로 땋아 준다. 나의 트레이드마크인 헤어스타일이다. 그 다음에 옷이 도착한다. 모든 조공인이 같은 옷을 입는다. 시나는 내 의상에 개입할 수 없고, 심지어 저 포장 속에 어떤 옷이 들어있는지 알지도 못하지만, 속옷을 입는 것을 도와준다. 옷은 심플한 황갈색 바지, 밝은 녹색 블라우스, 튼튼한 갈색 허리띠, 얇고 모자가 달린 허벅지까지 오는 검은 재킷이다.

"이 재킷은 체온을 내보내지 않는 소재로 만들었군. 밤에는 좀 쌀쌀할 모양이야."

시나가 말한다. 딱 달라붙는 양말 위에 신는 장화는 내가 바라던 것보다 더 좋다. 내가 집에서 신던 장화와 크게 다르지 않은 부드러운 가죽 재질이다. 거기다 좁고 유연한 고무 밑창도 붙어있어서 달리기에 좋을 것 같았다.

다 입었구나, 하고 있는데 시나가 주머니에서 모킹제이 금핀을 꺼냈다. 나는 까맣게 잊고 있었다.

"어디서 찾으셨어요?"

"네가 기차에서 입었던 녹색 옷에서."

그제야 엄마가 주신 드레스에서 핀을 떼서 셔츠에 달았던 기억이 난다.

"네 구역의 상징 맞지?"

시나가 묻는다. 내가 고개를 끄덕이자 시나는 핀을 내 셔츠에 달아 준다.

"검열위원회를 간신히 통과했어. 핀이 무기로 사용될 가능성이 있어서, 너에게 불공정한 우위가 될 거라고 생각한 사람들이 있었거든. 다행히 결과적으론 통과됐지."

그가 말한다.

"하지만 1번 구역 여자아이의 반지는 압수했어. 반지의 보석을 돌리면 독침이 튀어나오는 반지였거든. 그 아이는 반지에 그런 게 숨겨져 있는 줄 몰랐다고 주장했고, 사실은 알고 있었다고 해도 그걸 밝혀낼 방법도 없지. 어쨌든 그 앤 상징을 뺏겼어. 자, 이제 다 됐다. 한 번 돌아다녀 봐. 옷들이 다 편한지 확인해야지."

나는 걸어 보고, 원을 그리며 뛰어 보고, 팔을 휘둘러 본다.

"네, 좋아요. 딱 맞는데요."

"그러면 호출을 기다리는 것 말곤 다른 할 일이 없겠네. 혹시 음식 좀 더 먹을래?"

음식은 거절하고, 대신 물 한 잔을 받아들었다. 소파에 앉아 기다리는 동안 조금씩 그것을 홀짝거린다. 손톱이나 입술을 깨물고 싶지 않았는데, 정신을 차려 보니 볼 안쪽을 깨물어 대고 있었다. 며칠 전에 다친 곳이 다 낫지 않은 듯 얼마 지나지 않아 입 안에서 온통 피 맛이 난다.

다가올 일을 예상하는 동안 긴장감은 공포로 바뀐다. 나는, 죽을 수도 있다. 단 한 시간 안에 완전히 숨이 끊어질 수도 있다. 어쩌면 한 시간 씩이나 걸리지 않을지도 몰라. 아까 여자가 내 팔에 추적 장치를 넣었던 자리에, 작고 단단한 덩어리가 하나 만져진다. 손가락으로 그 부분을 강박적으로 매만졌다. 그 부분을 계속 눌러대다가, 아픈데도 계속 너무 세게 누른 탓에 작은 멍이 생긴다.

"이야기하고 싶니, 캣니스?"

시나가 묻는다. 나는 머리를 가로젓지만 잠시 후 그에게 한 손을 내민다. 시나는 자기 양손으로 내 손을 감싼다. 투입 준비를 하라는 명랑한 여자 목소리가 들려올 때까지 우리는 그런 자세로 앉아 있다.

여전히 시나의 한 손을 움켜쥔 채로 나는 둥근 금속 판 위에 올라섰다.

"헤이미치가 말한 걸 기억해. 달리고, 물을 찾아. 그 다음 일들은 그냥 따라올 거야."

시나가 그렇게 말하고, 나는 고개를 끄덕인다.

"그리고 이것도 기억해 둬. 나는 돈을 거는 일이 금지되어 있지만, 만약 걸 수 있다면 너에게 걸 거야."

"진심으로요?"

속삭이듯 묻는다.

"진심으로. 행운을 빌어, 불타는 소녀."

시나는 몸을 굽혀 내 이마에 입을 맞춘다. 그러자 유리관이 내려와 나를 감싸더니 내게서 그를 떼어낸다. 그렇게 우리는 잡고 있던 손을 놓아야 한다. 그가 손가락으로 자기 턱 밑을 톡톡 친다. 고개를 들라는 뜻이다.

턱을 들고 최대한 꼿꼿한 자세로 선다. 관이 위로 올라가기 시작한다. 15초 정도 어두웠다가, 금속판이 나를 유리관 밖의 야외로 밀어 올리는 것이 느껴진다. 밝은 태양 빛에 눈이 부셔서 잠시 동안은 바람이 강하게 부는 것 말고는 아무것도 감지하지 못한다. 바람결에 섞여 있는 소나무 향에서 나는 희망을 느꼈다.

그리고는 전설적인 아나운서 클라우디스 템플스미스의 목소리가 사방에서 나를 에워싸며 울려 퍼진다.

"신사 숙녀 여러분, 제 74회 헝거 게임을 시작하겠습니다!"

11

60초. 징이 울릴 때까지 60초 동안 금속 원판 위에 서 있어야 한다. 1분이 되기 전에 판에서 내려오면 지뢰가 터져 다리를 잃게 된다. 모든 조공인과 코뉴코피아 사이의 거리는 동일하다. 이 60초는, 원형으로 둘러선 각 조공인들의 위치를 파악해야 하는 시간이다. 코뉴코피아는 거대한 금색 뿔인데, 마치 구부정한 꼬리가 달린 옥수수처럼 생겼다. 뿔 주둥이의 높이는 최소 6미터는 넘어 보인다. 주둥이는 경기장 안에서 우리에게 생명을 줄 물건들로 가득 차 있다. 식량, 물통, 무기, 의약품, 옷, 라이터 등이다. 코뉴코피아 주위에는 다른 보급품들도 놓여 있는데, 뿔에서 멀수록 가치가 떨어지는 것들이다. 예를 들면, 내 발에서 불과 몇 걸음 떨어진 곳에는 가로세로 1미터짜리 방수 천이 놓여있다. 비가 억수같이 내릴 때 분명 도움이 좀 되긴 하겠지만, 뿔 안에는 거의 어떤 종류의 날씨라도 버틸 수 있을 것 같은 텐트가 있는 게 보인다. 만약에 내가 뿔 쪽으로 가서 다른 스물세 명의 조공인들과 싸울 배짱만 있다면 말이다. 나는 그러지 말라는 지시를 받았다.

우리는 평평하고 탁 트인 땅에 서 있다. 단단한 흙으로 된 평지다. 내 맞은편에 서 있는 조공인들 뒤로 아무 것도 보이지 않는 걸 보니 그 너머는 가파른 내리막이거나, 심지어 절벽이 있을지도 모르겠다. 내 오른쪽에는 호수가 있다. 내 왼쪽과 등 뒤로는 소나무가 드문드문 있는 숲이 보인다. 내가 갔으면 하고 헤이미치가 바라는 곳이 저기겠지. 징이 울리는 순간 곧바로.

머릿속에서 그의 지시가 들려온다.

"무조건 도망쳐서, 다른 아이들과 최대한 거리를 둔 다음 물을 찾아라."

하지만 내 앞에 펼쳐져 손길을 기다리는 보급품들을 보니 너무나, 너무나도 유혹적이다. 그리고 내가 손에 넣지 않으면 다른 아이 손에 들어가리란 걸 나는 알고 있다. 대량 학살에서 살아남은 프로 조공인들이 생명을 지켜줄 전리품들의 대부분을 나눠 가지리라는 것을. 무언가가 내 눈을 사로잡는다. 저기, 바로 저것. 쌓여있는 담요 위에 놓인 은색 화살 통과, 벌써 시위도 메어 놓아서 쏘기만 하면 되는 활. '저건 내 건데.' 그렇게 속으로 생각한다. '저건 나 쓰라고 놔둔 건데.'

나는 빠르다. 우리 학교에서 단거리는 여자 중 가장 빠르고, 장거리의 경우엔 나보다 잘 뛰는 애가 몇 있긴 하다. 하지만 삼사십 미터 정도 되는 이 거리, 이건 나의 장기다. 남들보다 먼저 달려가 활을 손에 넣을 수 있으리라는 건 알지만, 문제는 '얼마나 빨리 빠져 나올 수 있을까?' 이다. 내가 담요 위를 기어올라 무기를 손에 넣었을 때쯤이면 다른 아이들도 뿔에 도착할 것이다. 한두 명은 내가 쓰러뜨릴 수 있겠지만, 저렇게 가까운 거리에 열 명 정도가 있다면 얘기가 달라진다. 다른 아이들이 창과 몽둥이로 나를 공격할 테니. 아니면 힘센 맨주먹만으로도.

그래도 목표물이 나 하나는 아닐 거야. 내가 비록 훈련에서 11점을 받은 출전자긴 하지만, 다른 조공인들이 체격 작은 여자애는 제쳐 두고 좀더 사나운 적을 공격하지 않을까 나는 기대해 본다.

헤이미치는 내가 뛰는 걸 본 적이 없어. 만약 봤다면 가서 집으라고 했을지도 몰라. 무기를 손에 넣으라고. 저건 내 구원이 될지도 모르는 바로 그 무기니까. 게다가 활은 단 한 개밖에 없는 것 같다. 1분이 거의 끝나간다. 이제 내 전략을 결정해야 한다. 어느새 내가 주위의 숲이 아니라 보급품들을 향해, 활을 향해 달려 나갈 자세를 취하고 있다는 걸 깨닫는다. 갑자기 피타가 눈에 들어오는데, 내 오른쪽으로 다섯 명 정도를 사이에 둔 위치에 서 있다. 거리가 꽤 되는데도 그가 나를 보고 있다는 걸 알 수 있다. 피타가 고개를 흔드는 것 같지만 햇빛에 눈이 부셔 정확히 볼 수가 없다. 고개를 흔든 게 맞나 생각하고 있는데, 징소리가 울린다.

놓쳤다! 기회를 놓쳐 버렸다! 미처 준비가 안 되어 놓친 그 몇 초 때문에 안으로 들어가려던 계획을 수정해야 했다. 잠시 어느 방향으로 가야 할지 갈피를 못 잡고 발만 끌다가, 앞으로 돌진해 방수 천과 빵 한 덩어리를 집어 든다. 손에 넣은 물건이 너무 하찮아서, 내 주의를 분산시킨 피타에게 너무나 화가 난다. 어쨌든 아무 것도 건지지 못하고 도망가는 것만은 참을 수 없어서, 20미터 정도 달려 들어가 속에 뭐가 들었는지도 알 수 없는 밝은 오렌지색 배낭을 집으려 한다.

9번 구역 출신인 것 같은 남자아이가 나와 동시에 그 배낭에 도착했다. 나와 그 아이는 잠시 그 배낭을 움켜쥐고 서로 당기며 실랑이를 했다. 그러다 갑자기 그 아이가 기침을 하며 내 얼굴에 피를 흩뿌린다. 뜨뜻하고 끈적한 피를 덮어쓴 탓에 메스꺼워진 나는 비틀거리며 뒤로 물러선다. 그 아이는 바닥에 쓰러지고, 그제야 나는 그 아이의 등에 꽂힌 칼을 본다. 이미 다른 조공인들은 코뉴코피아에 도착해, 공격을 개시하려는 참이다. 아, 그래. 2번 구역 여자애가 10미터도 안 되는 곳에서 한 손에 칼을 여섯 개 들고 나를 향해 달려오고 있다. 훈련 받을 때 저 아이가 칼 던지는 모습을 본 일이 있는데, 한 번도 빗나가는 적이 없었다. 그리고 그녀의 다음 목표

156

물은 나다.

내가 느껴왔던 온갖 종류의 공포가 이 여자아이, 몇 초 안에 나를 죽일 지도 모르는 포식자에 대한 직접적인 공포로 압축된다. 아드레날린이 치솟았다. 나는 배낭을 한쪽 어깨에 걸쳐 메고 숲을 향해 전속력으로 달린다. 칼날이 나를 향해 쌩, 하고 날아오는 소리가 들려, 반사적으로 머리를 보호하기 위해 배낭을 치켜든다. 칼이 배낭에 박힌다. 이제는 양 어깨에 배낭을 메고 숲으로 들어간다. 왠지 나는 저 아이가 나를 쫓아오지 않으리라는 것을 알 수 있다. 그 애는 좋은 물건들이 다 사라지기 전에 코뉴코피아로 돌아갈 것이다. 내 얼굴에 씨익, 하고 웃음이 번진다. '칼 고마워.' 라고 속으로 생각한다.

숲에 들어가기 직전 상황 파악을 위해 잠시 뒤돌아본다. 열두어 명 정도의 조공인들이 뿔 근처에서 서로 난도질하고 있다. 벌써 죽어 쓰러진 아이들도 몇 보인다. 도망친 사람들은 숲 속이나, 내 맞은편 쪽의 보이지 않는 곳으로 사라지고 있다. 나는 다른 조공인들이 나를 볼 수 없을 때까지 계속 뛰어 숲 속으로 진입한 다음, 한동안 유지할 수 있으리라 생각되는 정도의 빠른 걸음으로 계속 깊이 들어간다. 그 뒤로 몇 시간 동안 나는 아주 빠른 걸음과 보통 걸음을 섞어가며 나와 경쟁자들 사이의 거리를 최대한 벌려 놓는다. 9번 구역 남자애와 싸우다 빵은 잃어버렸지만 방수 천은 소매 안에 쑤셔 넣어 뒀기 때문에, 걸어가는 동안 잘 접어서 주머니 속에 넣어 두었다. 배낭에서 칼도 뽑아내서 허리띠에 찬다. 길고 날카로운 칼날이 달린 좋은 칼로, 손잡이 근처에는 톱날이 달려 있어서 뭔가 썰어 낼 때 유용하겠다. 아직은 멈춰 서서 배낭 속을 살펴 볼 엄두가 나지 않는다. 나는 쫓아오는 사람이 없는지 확인할 때만 잠깐씩 멈춰 설 뿐, 계속 이동한다.

난 오래 걸을 수 있다. 숲에서 지낸 경험으로 알고 있는 사실이다. 하지만 물은 필요할 것이다. 그게 헤이미치의 두 번째 지시였고, 첫 번째 지시를 충실히 따르지 못한 나는 혹 물의 흔적이 없는지 계속 살펴보며 걷지만, 운이 따르지 않는다.

숲의 모습이 조금씩 변하기 시작하고, 소나무 틈틈이 다른 종의 나무들이 보이는데, 내가 아는 나무도 있고 전혀 생소한 나무도 있다. 한순간 무언가의 기척이 들렸다. 방어를 해야 할지도 모르겠다 싶어 칼을 뽑아 들지만, 내 소리에 놀란 토끼였을 뿐이었다. 나는 "반갑다, 토끼야." 라고 속삭인다. 토끼 한 마리가 눈에 띄었다면, 덫으로 잡을 수 있는 토끼가 수백 마리 더 있을 수 있다.

점점 내리막이 되어 간다. 썩 마음에 들지는 않는다. 계곡에 있으면 덫에 갇힌 느낌이 든다. 나는 12번 구역 주변의 언덕처럼 높은 곳에 있고 싶다. 적들이 다가오는 것을 볼 수 있는 곳. 하지만 그래도 계속 가는 것 외에는 다른 선택의 여지가 없다.

우습게도, 기분이 그리 나쁘지 않다. 며칠간 포식한 보람이 있어 잠이 부족한데도 지구력이 나온다. 숲에 있으니 원기가 회복된다. 혼자 있다는 것도 기분이 좋다. 비록 혼자 있다는 건 착각일 뿐, 지금 이 순간 나는 TV 화면에 등장하고 있을 테지만 말이다. 꾸준히는 아니고 나왔다 안 나왔다 하겠지. 첫날은 워낙 죽는 사람이 많아서 숲을 걷는 조공인은 구경거리에 끼기가 힘들다. 하지만 내가 살아 있고, 다치지 않았으며 움직이는 중이라는 것을 알 만큼은 보여줄 것이다. 내기가 가장 횡행하는 날 중 하나가 최초의 사상자들이 발생하는 경기 첫날이다. 하지만 역시 참가자가 몇 명 남지 않았을 때에 비할 수는 없다.

늦은 오후가 되자 대포 소리가 들린다. 대포 소리 한 번이 죽은 조공인 한 명에 해당한다. 코뉴코피아의 싸움이 이제야 끝난 모양이다. 죽인 사람들이 현장을 뜨기 전까지는 초반의 대량 학살이 남긴 시체를 회수하지 않는다. 첫날에는 사망자 현황을 파악하기가 힘들기 때문에 최초의 싸움이 끝나기 전에는 대포를 쏘지도 않는다. 나는 잠시 멈춰 서서 헐떡거리며 대포 소리를 센다. 하나……, 둘……, 셋……. 대포 소리는 계속 이어지다 총 열 한 번을 울린다. 도합 열한 명이 죽었다. 열세 명이 남아서 경기를 계속하게 된 것이다. 9번 구역의 남자애가 내 얼굴에 뿜었던 피가 말라붙은 것을 손톱으로 긁어낸다. 그 앤, 분명 죽었을 거야. 피타는 어떻게 되었을까. 오늘 낮에 그는 살아남았을까? 몇 시간 지나면 알게 되겠지. 밤이 되면 죽은 사람들의 사진을 하늘에 비추어서 남은 참가자들에게 보여 주니까.

갑자기 피타가 벌써 죽어서, 피를 흘려 하얗게 변한 모습으로 수거되어 캐피톨로 옮겨지는 중은 아닐까 하는 생각에 사로잡힌다. 캐피톨에서는 사망자의 시체를 염하고 옷을 입혀, 투박한 나무 상자에 넣어 출신 구역으로 되돌려 보낸다. 그가 더 이상 여기 없고, 집에 가는 중인 건 아닐까. 나는 경기가 시작된 이후 피타의 모습을 본 일이 있는지 기억해보려고 애쓴다. 하지만 내가 떠올릴 수 있는 피타의 마지막 모습은 징이 울릴 때 고개를 흔들던 모습이다.

피타가 벌써 죽었다면 더 잘 된 일인지도 몰라. 그 앤, 이길 수 있으리란 자신이 없다고 했잖아. 그리고 나는 그를 죽이는 견디기 힘든 일을 하지 않아도 되고. 그러니 피타가 벌써 완전히 여기서 빠져 나갔다면 더 잘 된 일일 수도 있을 것이다.

나는 기진맥진해서 배낭을 내려놓고 풀썩 주저앉는다. 어차피 밤이 되기 전에 내용물을 확인해 봐야 한다. 내가 어떤 것들을 써먹을 수 있을지 봐야지. 스트랩을 풀 때부터 만듦새가 튼튼한 가방임을 느낄 수 있지만, 색깔은 좀 재수가 없다고 해야겠다. 이 오렌지색은, 어두운 곳에서 거의 빛을 내는 거나 다름없을 만큼 눈에 띈다. 내일 아침 제일 먼저 이 가방부터 눈에 띄지 않게 위장하리라 머릿속으로 생각한다.

가방을 젖혀 열어 본다. 지금 이 순간 내가 가장 원하는 것은 물이다. 즉시 물을 찾으라는 헤이미치의 지령은 그냥 한 말이 아니었다. 물 없이는 오래 버티지 못할 것이다. 며칠 정도는 불쾌한 탈수 증상을 느끼며 활동할 수 있겠지만, 더 오래되면 아주 무력한 상태로 전락한 다음, 길어야 일주일 안에 죽을 것이다. 나는 조심스레 안에 든 보급품을 펼쳐놓는다. 체온을 보존해 주는 소재로 만든 얇고 검은 침낭 하나. 크래커 한 통. 말린 쇠고기 육포 한 통. 아이오딘(요오드라고도 하며, 오염된 물을 정화하는 데 쓰인다: 편집자) 한 병. 나무성냥 한 상자. 작은 철사 코일 하나. 선글라스 하나. 그리고 2리터 용량의, 뚜껑 달린 텅 빈 플라스틱 물통 하나.

물이 없다. 이 물병 하나 채워놓는 게 뭐 그리 어려운 일이라고! 목 안과 입이 건조하고 입술이 갈라졌음을 깨닫는다. 나는 하루 종일 움직였다. 날은 더웠고 땀도 많이 흘렸다. 고향에서도 비슷하긴 했지만, 언제나 물을 마실 수 있는 개울이라든가, 정 안 되면 녹여 마실 눈이라도 있었다.

물건들을 배낭에 다시 집어넣으며 무서운 생각이 든다. 호수. 징이 울리기를 기다리는 동안 봤던 호수. 경기장 안에 물이 있는 곳이 오직 거기뿐이라면 어쩌지? 그렇다면 결국 우리 모두 가까이 모여서 싸우게 될 게 확실하잖아. 내가 지금 앉아 있는 곳에서 호수까지는 꼬박 하루가 걸린다. 마실 것이 없는 상황에서 되돌아가기란 훨씬 힘들 것이다. 그리고 내가 호수에 도착한다 하더라도, 프로 조공인들이 삼엄하게 지키고 있을 것이다. 공포에 빠져 들려던 참에 아까 보았던 토끼를 기억해 낸다. 토끼도 물은 마셔야 하잖아. 어디 있는지 찾기만 하면 돼.

땅거미가 찾아 들고, 나는 계속 불안하다. 나무들은 몸을 숨기기에는 너무 드문드문하다. 바닥에 깔린 소나무 잎이 내 발자국을 숨겨 주지만, 동물 발자국 역시도 남지 않는다. 동물의 흔적을 따라가야 물을 찾을 수 있을텐데. 그리고 난 아직도 내리막으로, 끝도 없는 것 같은 계곡으로 마냥 깊이 들어가고만 있다.

배도 고프지만 아직은 소중한 크래커와 육포에 손을 댈 엄두가 나지 않는다. 대신 칼을 꺼내 소나무 겉껍질을 벗겨내고, 부드러운 안쪽 껍질을 한 움큼 큼직하게 베어낸다. 일주일 동안 세계 최고의 음식만 먹고 살았더니 삼키기가 조금 힘들다. 하지만 이제껏 내가 먹고 살았던 소나무가 얼만데, 금방 적응하겠지.

한 시간이 지나자 밤을 보낼 곳을 찾아야 한다는 사실이 분명해진다. 밤짐승들이 나오고 있다. '부엉부엉' 하는 소리, 개인지 늑대인지가 짖는 소리가 간간이 들려온다. 제일 먼저 드는 생각은 토끼들을 놓고 토끼의 다른 천적들과 경쟁을 해야겠구나 하는 것이다. 나를 먹잇감으로 생각하는 동물이 있을지는 아직 알 수 없다. 지금 이 순간 나를 뒤쫓고 있는 동물이 몇 마리 있어도 이상할 것은 없다.

하지만 지금 당장은 다른 조공인들을 우선으로 생각하기로 결정한다. 밤 내내 사냥하러 다니는 아이들이 있으리라 확신한다. 코뉴코피아에서 싸워서 이긴 아이들은 식량, 호수에서 구한 충분한 물, 횃불이나 손전등, 그리고 무기(아마 그들은, 어서 그걸 사용하고 싶어서 안달이 나 있을 것이다)를 가지고 있을 것이다. 내가 이미 그 아이들이 사냥할 수 있는 범위를 벗어났기만을 바랄 뿐이다.

자리를 잡기 전에 덤불 속에 철사로 만든 덫을 두 개 설치한다. 덫을 놓으면 위험하다는 것은 알고 있지만, 이 곳에서는 식량이 너무 빨리 줄어들 것이다. 그리고 움직이는 동안은 덫을 설치할 수도 없으니까 잠잘 곳은 5분 더 걸어가서 마련하기로 한다.

주의 깊게 나무를 선택했다. 키가 아주 크지는 않지만, 다른 버드나무들과 함께 몰려있으니 길고 하늘거리는 가지가 나를 가려줄 것이다. 그중 튼튼한 가지를 골라서 나무줄기에 가까운 부분만 밟으며 올라가, 내 침대로 삼을 만한 갈라진 부분을 찾는다. 조금 손이 가긴 했지만, 비교적 편안한 모양으로 침낭을 펼쳐놓았다. 배낭을 침낭 깊숙이 넣고 침낭 안으로 들어간 다음, 경계하는 의미로 허리띠를 풀어서 침낭과 나뭇가지에 두르고는 허리께에서 다시 묶어 고정한다. 이제 자다가 굴러도 땅에 떨어지지는 않을 거다. 나는 몸이 작아서 배낭이 들어 있어도 침낭을 머리까지 덮어 쓸 수 있지만, 재킷에 달린 모자도 함께 쓴다. 밤이 되면서 온도가 빠른 속도로 떨어지고 있다. 배낭을 손에 넣느라 위험을 감수하긴 했지만, 이제는 올바른 선택이었다는 것을 알 수 있다. 내 체온을 내보내지 않고 다시 내게 돌려주는 이 침낭의 가치는 헤아릴 수 없을 정도이리라. 나는 이렇게 몇 시간 정도 눈을 붙일 수 있을 것 같지만, 지금 당장 가장 큰 걱정이 어떻게 추위를 모면할 것인가 하는 문제일 다른 조공인들도 분명 몇 있으리라. 목만 이렇게 마르지 않았다면…….

밤이 되자 곧바로 국가가 울려 퍼진다. 국가가 끝나면 사망자들을 보여 줄 것이다. 나뭇가지 틈으로 하늘에 떠 있는 듯한 캐피톨의 문장(紋章)이 보인다. 사실 내가 보고 있는 것은 나타났다 사라졌다 하는 호버크래프트가 전송한 화면이다. 국가 소리가 잦아들면서 하늘이 잠깐 다시 어두워진다. 집에서라면 한 명 한 명이 어떻게 죽었는지를 TV로 확인해 볼 수 있겠지만, 살아남은 조공인들에게 그런 것을 보여 주는 것은 불공평한 처사로 간주된다. 예를 들어 내가 활을 손에 넣어 누굴 쏘았다면, 내 비밀이 모두에게 드러날 것 아닌가. 그래서 경기장 안에서 우리가 볼 수 있는 것은, 우리의 훈련 점수가 방영되었을 때 나왔던 사진뿐이다. 심플한 얼굴 사진이다. 하지만 이제는 점수 대신 출신 구역의 번호만이 뜬다. 죽은 조공인 열한 명의 얼굴이 나오기 시작하자 나는 숨을 깊이 몰아쉬고, 손가락으로 하나하나 세어 본다.

제일 먼저 나오는 얼굴은 3번 구역의 여자아이다. 1번 구역과 2번 구역의 프로 조공인들은 전부 살아남았다는 뜻이다. 놀랄 일은 아니다. 다음은 4번 구역의 남자아이. 보통 프로 조공인들은 첫날에는 다 살아남는데, 예상치 못했던 일이다. 그리고 5번 구역의 남자아이……, 여우얼굴 여자아이는 살아남은 모양이다. 6번과 7번 구역 조공인 전부. 또 8번 구역 남자아이. 9번 구역에서 온 두 명 다. 그래, 나와 배낭을 놓고 싸우던 남자아이구나. 세는 데 양손의 손가락을 모두 썼으니 이제 한 명 남았다. 피타일까? 아니군, 10번 구역 여자아이였다. 이제 끝이다. 다시 캐피톨 문장이 나타나더니 화려한 음악으로 마무리된다. 이어 어둠이 깔리고, 숲의 소리가 다시 들려온다.

피타가 살아있어서 안도했다. 내가 죽게 된다면 피타가 이기는 것이 엄마와 프림에게 가장 득이 될 거라고 나는 다시 한 번 스스로에게 이야기한다. 피타를 생각할 때 떠오르는 모순된 감정을 설명하기 위해 내가 자신에게 들려주는 이야기다. 인터뷰에서 나를 사랑한다고 고백해서 날 유리하게 만들어 준 데 대한 고마운 마음. 옥상에서 잘난 척했던 것에 대한 분노. 우리가 이 경기장에서 언제라도 마주치게 될지 모른다는 두려움.

열한 명이 죽었지만, 12번 구역 출신은 모두 살아남았다. 그리고 또 누가 남았는지 열심히 생각해 본다. 프로 조공인 다섯. 여우얼굴. 스레쉬와 루. 루……, 루도 결국 살아남았구나. 기쁜 마음이 드는 것을 숨길 수 없다. 거기에 나와 피타까지 열 명이다. 나머지 세 명이 누군지는 내일 생각해 봐야지. 지금은 어둡고, 종일 많이 움직였고, 이렇게 나무 높은 곳에 둥지를 틀고 있으니 이제는 휴식을 취해야 할 때다.

이틀 동안 제대로 잠을 못 잔 데다 경기장으로 오느라 장거리 여행을 했다. 나는 천천히 근육을 이완하기 시작한다. 스르르 눈이 감기도록 둔다. 내가 떠올리는 마지막 생각은 코를 골지 않는 게 행운이라는 것이었다……

딱! 나뭇가지 부러지는 소리에 잠에서 깬다. 얼마나 잔 거지? 네 시간? 다섯 시간? 코끝이 얼음장처럼 차다. 딱! 딱! 무슨 일일까? 누가 밟아서 부러지는 소리는 아니지만, 확실히 나무에서 나는 날카로운 부서지는 소리다. 딱! 딱! 내 오른쪽 수백 미터 거리에서 나는 소리 같다. 천천히, 소리를 내지 않으며 그 방향으로 몸을 돌린다. 몇 분을 바라봐도 암흑 속에서 툭툭거리는 소리가 날 뿐이다. 그러다 빛이 번쩍하더니 작은 불꽃이 피어오른다. 불쪽에 두 손을 대고 녹이는 모습이 보이지만, 그 이상은 보이지 않는다.

나는 불을 피운 사람에게 내가 아는 욕이란 욕은 죄다 퍼붓고 싶은 걸 참느라 입술을 깨물어야 했다. 대체 무슨 생각을 하는 거야! 밤이 되자마자 불을 피웠다면 그건 다른 문제다. 코뉴코피아에서 싸웠던, 힘이 더 세고 보급품을 더 많이 획득한 아이들이 그 때라면 불을 볼 수 있을 만큼 가까운 곳에 있지 못했을 테니까. 하지만 지금, 아마 벌써 몇 시간 째 희생자를 찾아 숲을 이 잡듯 뒤지고 다니고 있을 이 순간에 불을 피우다니. 깃발을 흔들면서 "나 여기 있으니 와서 죽여!" 하고 외치는 꼴이다.

그리고 나는 헝거 게임 사상 최고의 얼간이와 엎어지면 코 닿을 거리에 있다. 나무에 묶인 채. 나를 죽이려 들 이들에게 내가 있는 대략적인 위치가 알려진 탓에 도망갈 엄두조차 못 내는 상태로. 지금 이 곳은 춥고 침낭이 없는 사람도 있겠지. 그래도 그렇지, 이를 북북 갈면서 추워도 새벽까지 참으란 말이야!

나는 그 뒤로 몇 시간 동안 침낭에 누운 채 분노에 가득 차서, 내가 이 나무에서 벗어날 수 있다면 새로 발견한 이웃을 손쉽게 죽일 수도 있겠다고 진심으로 생각한다. 내 본능은 격투가 아니라 도망이었다. 하지만 이 사람은 나의 장애물임이 분명하다. 멍청한 사람들은 위험하다. 그리고 난 이 멋진 칼을 갖고 있지만, 저 아이에게는 무기랄 만한 것이 없을 것 같다.

하늘은 아직 어둡지만 새벽이 찾아오는 징후를 느낄 수 있다. 우리(즉 내가 죽이려 하고 있는 사람과 나)가 실은 들키지 않았을지도 모르겠다고 생각하기 시작할 무렵 소리가 들린다. 몇 명인가의 발자국 소리가 뛰는 소리로 바뀐다. 불을 피운 여자아이는 깜빡 졸았던지 도망도 치지 못하고 그들에게 잡힌다. 들리는 소리로 여자아이라는 것을 알 수 있었다. 애원하는 소리, 고통스러운 비명 소리가 들린다. 그리고는 웃음소리와 축하하는 몇 명의 목소리가 들린다.

"열둘 죽었고, 이제 열하나 남았다!"

누군가 그렇게 소리치자 다들 우우, 하며 즐거워하는 소리가 들린다.

무리를 지어서 싸우고 있다 이거지. 별로 놀랄 일은 아니었다. 게임 초반에는 동맹을 맺는 일이 흔하다. 힘센 아이들끼리 무리를 지어서 약한 아이들을 사냥하고 다닌 다음, 긴장이 고조되면 서로 배신하기 시작한다. 누가 동맹을 맺었는지는 어렵지 않게 추측할 수 있었다. 1번, 2번, 4번 구역 출신의 프로 조공인들 중 살아남은 애들이겠지. 남자 둘에 여자 하나. 점심을 같이 먹던 아이들.

잠시 죽은 아이가 지닌 물건을 확인해 보는 소리가 들린다. 듣고 있자니 쓸만한 물건은 하나도 없는 모양이다. 죽은 아이가 루일까 생각해 보지만, 곧 아닐 거라고 짐작한다. 루는 불을 지필 만큼 바보가 아닐 테니까.

"썩는 냄새가 나기 전에 시체를 치우도록 이제 여기를 뜨자."

2번 구역 출신의 짐승 같은 남자아이인 게 거의 확실하다. 웅얼웅얼 동의하는 소리가 들리더니, 무리가 내 쪽을 향해 걸어오는 소리가 들려 덜컥 공포에 휩싸인다. 내가 여기 있다는 건 모를 거야. 어떻게 알겠어? 그리고 난 나무 틈에 잘 숨어 있잖아. 적어도 해가 뜨기 전까지는 그럴 것이다. 해가 뜨고 나면 검은 침낭이 위장용이 아니라 골칫거리가 되겠지.

하지만 프로 조공인들은 내 나무에서 10미터 정도 떨어진 나무가 없는 곳에서 걸음을 멈춘다. 손전등과 횃불을 가지고 있다. 나뭇가지 틈으로 언뜻언뜻 팔 하나, 장화를 신은 발 하나가 보인다. 나는 돌처럼 굳은 채 숨조차 쉴 엄두를 내지 못한다. 날 봤나? 아니, 아직이야. 오가는 대화 소리를 들으니 그들은 다른 데 정신을 팔고 있다.

"지금쯤 대포소리가 들려야 하는 거 아냐?"

"그러게. 당장 가서 수거 못할 이유가 없잖아."

"안 죽은 거 아닐까."

"죽었어. 내가 직접 찔렀다고."

"그럼 대포는?"

"돌아가 봐야 되는 거 아냐? 확실하게 하기 위해서."

"맞아. 두 번이나 추적하지 않아도 되도록."

"죽었다고 했잖아!"

계속 말다툼을 하다가, 한 조공인이 하는 말에 다른 아이들이 입을 닫는다.

"시간 낭비야! 내가 가서 끝내고 올 테니 그만들 해 둬."

나무에서 떨어질 뻔했다. 그건 피타의 목소리였다.

12

허리띠로 몸을 묶어 둘 선견지명이 있었던 게 천만다행이었다. 나는 가지에서 굴러 떨어진 상태로 땅을 바라본 채 허리띠에 매달렸다. 한 손으로 나뭇가지를 잡고, 두 발은 침낭 속의 배낭을 지탱하며 나무줄기에 꽉 눌렀다. 내가 굴러 떨어졌을 때 부스럭거리는 소리가 났겠지만, 프로들은 자기

166

들끼리 말싸움에 빠져 있느라 듣지 못했다.

"그럼 다녀와, 순정파. 직접 보고 오라고."

2번 구역 남자아이가 그렇게 말한다.

불을 피웠던 여자아이에게 되돌아가는 피타의 모습이 언뜻 횃불에 비쳐 보인다. 얼굴은 멍이 들어 부어 있고, 한쪽 팔에는 피 묻은 붕대가 감겨있으며, 발자국 소리를 들어보니 다리를 살짝 저는 것 같다. 보급품을 놓고 벌이는 싸움판에 들어가지 말라고 나를 향해 고개를 흔들던 모습이 떠오른다. 자기는 그동안 내내, 헤이미치의 말과는 정반대로 싸움이 가장 치열한 곳으로 들어갈 계획을 짜놓고 있었으면서.

좋아, 그건 참을 수 있어. 보급품들을 보면 유혹을 느끼게 마련이니까. 하지만 이건……, 이 상황은 대체 뭘까. 나머지 아이들을 사냥하기 위해 늑대같은 프로들 무리에 합류하다니. 12번 구역 출신이라면 그런 짓은 꿈에서조차 생각하지 않을 텐데! 프로 조공인들은 몹시 잔인하고, 거만하고, 영양 상태가 좋다. 하지만 그 이유는 어디까지나 그들이 캐피톨의 애완견이기 때문이다. 그들의 출신 구역을 제외한 모든 곳에서 한마음으로 미워하는 아이들이다. 고향에서 피타에 대해 뭐라고들 말하고 있을지 상상이 간다. 그러면서 피타는 뻔뻔스럽게도 나에게 망신이니 뭐니 운운했던 걸까?

옥상의 고결한 소년께서는, 나와 게임을 하고 있었던 게 분명하다. 하지만 이번이 마지막이야. 나는 매일 밤, 하늘을 보며 그가 죽었다는 소식을 간절히 기다릴 것이다. 내 손으로 먼저 죽이게 되지 않는다면 말이지.

프로 조공인들은 조용히 피타가 멀어지기를 기다렸다가 작은 목소리로 대화한다.

"그냥 지금 죽여 버리고 넘어가면 안 돼?"

"같이 다니게 두자. 해가 될 게 뭐 있어? 칼 솜씨도 좋던데."

칼 솜씨가 좋아? 몰랐는데. 오늘 내 친구 피타에 대해서 재미있는 사실을 많이 배우네.

"게다가 재량 있어야 그 여자애를 찾을 확률도 크다고."

'그 여자애'가 나라는 사실을 깨닫는데 시간이 좀 걸렸다.

"왜? 걔가 그 싸구려 사랑 얘기를 믿었을까 봐서?"

"그랬을지도 모르잖아. 내가 보기에 꽤 단순해 보이던데. 그 드레스 입고 돌던 꼴만 생각하면 토할 것 같아."

"그 11점을 어떻게 받았는지 알았으면 좋겠는데."

"아마 순정파가 알 거야."

피타가 돌아오는 소리에 그들은 입을 닫는다.

"죽었든?"

2번 구역 남자애가 묻는다.

"아니, 하지만 이젠 죽었어. 움직일 준비 됐어?"

피타가 말하자마자 대포 소리가 들린다.

새벽이 밝아오려는 순간 프로 무리는 멀어지고, 새들의 노래 소리가 울려 퍼진다. 나는 어색한 자세를 유지한 채, 힘들어 경련하는 근육으로 조금 더 버티고 있다가 몸을 끌어올려 다시 가지 위로 올라간다. 내려가서 움직여야 하지만 잠시 그대로 누워서 내가 들은 이야기들을 곰곰이 생각해 본다. 피타는 프로들과 어울렸을 뿐 아니라, 지금 나를 찾는 일을 돕고 있다. 11점을 받았기 때문에 조심해야 하는, 단순한 여자애. 내 점수는 활을 다룰 줄 알기 때문이었다. 내 활 실력은 피타가 누구보다 잘 안다.

하지만 그는 아직 말하지 않았다. 그 정보 덕에 자기 목숨이 붙어 있다는 걸 알기 때문에 아껴 두고 있는 건가? 아직도 관객들에게 나를 사랑하는 척 연기를 하고 있나? 대체 무슨 생각을 하고 있는 거지?

갑자기 새들이 노래를 멈추더니, 한 마리가 높은 음으로 경고하는 소리를 낸다. 딱 한 가지 음으로. 빨강머리 무성인 여자아이가 잡혔을 때 게일과 내가 들었던 바로 그 소리다. 사그라지는 모닥불 위로 호버크래프트가 나타났다. 금속으로 된 커다란 이빨 같은 것들이 내려와, 죽은 조공인 소녀를 천천히 조심스럽게 기내로 옮기더니 사라진다. 새들은 다시 노래를 시작한다.

'움직이자'고 스스로에게 속삭인다. 꿈틀거리며 침낭에서 빠져 나와, 침낭을 말아서 배낭에 넣는다. 숨을 깊이 쉬었다. 어둠 속에서 침낭과 버드나무 가지에 가려 있었을 때는 카메라가 나를 잘 잡기 어려웠을 것이다. 지금은 분명 나를 따라다니고 있으리란 걸 알 수 있었다. 내가 땅에 내려가는 순간 클로즈업을 보장받은 거나 다름없다.

내가 나무에서 프로들의 말을 엿들었다는 것을, 피타가 그들과 있다는 사실을 알게 되었음을 아는 시청자들은 거의 제정신이 아니었을 것이다. 정확히 어떻게 대처할지 계획을 세우기 전까지는, 적어도 그 아이들 머리 꼭대기에 있는 척이라도 하는 게 나을 거다. 당황해 하는 것보다는 말이다. 혼란스러워 하거나 무서워하는 건 당연히 안 된다.

아니, 한 발 앞서 나가는 것처럼 보여야 해.

그래서 가지에서 나와 새벽빛을 받게 되는 순간 나는 1초 정도 멈춰서서, 카메라가 나를 잡을 시간을 준다. 그 다음에 머리를 옆으로 살짝 비틀고는 다 알고 있다는 듯한 미소를 짓는다. 이걸 봐라! 이게 무슨 의민지 생각들 좀 해 보라지!

막 이동하려다 덫이 생각난다. 다른 아이들이 이렇게 가까이 있는데 덫을 확인해 보는 건 경솔한 행동일지도 모르지만 확인하지 않을 수가 없다. 사냥을 너무 오래 해서 그런 게 아닌가 싶다. 게다가 고기가 있을지도 모른다는 유혹. 근사한 토끼가 한 마리 걸려들어 있어 확인해 본 보람이 있었다. 순식간에 토끼를 손질한다. 머리, 발, 꼬리, 껍질과 내장은 나뭇잎

밑에 숨겼다. 불이 있었으면 좋겠다고 생각하자(토끼 고기를 날것으로 먹으면 야토병(野兎病)에 걸릴 수 있다는 사실을 나는 괴로운 경험을 통해 배웠다), 죽은 조공인 아이가 떠오른다. 서둘러 그 아이가 있었던 곳으로 가 보니, 역시나 꺼져가는 모닥불에는 아직도 뜨거운 석탄 조각들이 남아 있다. 나는 토끼를 토막내고 나뭇가지로 꼬치를 만들어, 석탄 위에 올려 굽는다.

이젠 카메라가 있다는 것이 기쁘다. 나는 스폰서들에게 내가 사냥을 할 수 있고, 다른 아이들처럼 굶주림 때문에 쉽게 함정에 걸려들지 않을 테니 승산이 있다는 것을 보여주고 싶다. 토끼 고기가 익는 동안, 까맣게 탄 나뭇가지를 갈아서 내 오렌지색 배낭을 눈에 띄지 않게 위장한다. 검은 재가 묻어서 색이 어두워지긴 하지만, 진흙을 한 번 덧바르면 훨씬 나아 보일 것 같다. 물론, 진흙을 구하려면 물부터 구해야겠지…….

내 장비들을 챙기고, 꼬치를 집어 들고 나서 석탄 위에 흙을 좀 뿌린 다음, 프로들이 간 방향과 반대 방향으로 걷기 시작한다. 가면서 토끼 고기의 절반은 먹어 치우고, 남은 것은 나중에 먹기 위해 방수 천으로 싸 둔다. 고기를 먹으니 배에서 꾸르륵거리던 소리는 멈췄지만, 갈증은 거의 해소되지 않았다. 내게 지금 가장 급한 것은 물을 찾는 일이다.

걸어가다 보니 아직도 내가 캐피톨의 TV화면을 차지하고 있으리라는 확신이 들어서, 감정을 계속 숨기는 데 유의한다. 하지만 지금 이 순간, 클라우디스 템플스미스는 다른 해설자들과 함께 피타의 행동과 나의 반응을 분석하며 얼마나 즐기고 있을까. 이 상황을 종합했을 때 그들은 어떤 결론을 내릴까? 피타가 결국 본색을 드러낸 건가? 그러면 내기의 배당은 어떻게 달라지지? 우리에게 스폰서가 있기는 있나? 나는 있을 거라고, 아니 적어도 있었을 거라고 확신한다.

피타가 우리의 '비운의 연인' 역학 관계를 크게 변화시킨 것은 분명하다. 아닌가? 피타가 내 얘기를 많이 하지 않았으니, 어쩌면 아직도 써먹을 여지가 남아 있을지도 모른다. 피타의 행동을 보면서 내가 즐거워하는 것처럼 보인다면, 사람들은 우리가 함께 꾸민 일이라고 생각할지도 몰라.

태양이 떠올랐다. 경기장 지붕 밑을 통과할 때조차 지나치게 밝다. 토끼 고기의 기름을 입술에 바르고 헐떡이지 않으려 해 보지만 소용이 없다. 하루밖에 안 되었는데 탈수 현상이 몹시 빠르게 진행된다. 내가 알고 있는 물 찾는 방법을 모조리 떠올려보았다. 물은 아래로 흐르니까, 이 계곡 아래로 계속 걸어 내려가는 건 사실 나쁜 방법이 아니다. 사냥감이 지나간 흔적이라든가, 유난히 풀이 푸르른 곳을 발견할 수만 있다면 도움이 될 거다. 하지만 풍경은 전혀 변화가 없어 보인다. 그저 약간 경사진 땅, 새, 똑같은 나무들뿐이다.

시간이 지나면서 곧 곤경에 빠지리라는 것을 느낀다. 내가 볼 수 있었던 얼마 안 되는 소변은 짙은 갈색이고, 머리는 지끈거리고, 혀의 일부가 바짝 말라 전혀 촉촉해지지 않는다. 햇빛에 눈이 아파 선글라스를 꺼내 써보지만, 선글라스를 통해 보니 어쩐지 좀 일그러져 보여서 그냥 다시 배낭에 넣는다.

오후 느지막이 도움이 될 만한 것을 찾았다는 생각이 든다. 딸기 덤불이 우거진 것을 발견하고 따서 달콤한 과즙을 빨아먹으려고 서둘러 딸기를 딴다. 하지만 입에 넣으려는 순간 다시 한 번 자세히 살펴본다. 블루베리라고 생각했었는데 모양이 조금 다르다. 하나를 쪼개봤더니 속이 핏빛이다. 무슨 딸기인지 알 수 없었다. 어쩌면 먹어도 되는 것일 수도 있지만 게임 운영자들의 못된 속임수이리라는 생각이 든다. 심지어 트레이닝센터의 식물 교관마저 독이 없다는 확신이 100퍼센트 있지 않다면 딸기류는 피하라고 강조했었다. 내가 모르고 있던 사실은 아니었지만, 너무 목이 말라서 교관 언니의 말을 떠올리고 나서야 힘을 내서 딸기를 던져버릴 수 있었다.

굉장한 피로감이 느껴지기 시작하는데, 오래 걷고 나서 느끼는 평범한 피곤함과는 다르다. 나를 괴롭히는 고통에서 벗어날 수 있는 유일한 방법은 계속 물을 찾아다니는 것뿐임을 알면서도, 자주 걸음을 멈추고 쉬어야 한다. 나는 물을 찾기 위한 다른 전술을 시도해 본다. 지금의 허약한 상태로 올라갈 수 있는 만큼 최대한 높이 나무에 올라서 물의 흔적을 찾아보기로 한다. 하지만 사방을 둘러봐도, 내 눈길이 닿는 곳 어디나 똑같은 숲의 모습만 잔인하게 펼쳐져 있을 뿐이다.

밤이 올 때까지는 계속 움직이겠다고 결심했기 때문에, 계속 걷다가 내 발에 걸려 넘어졌다.

녹초가 되어 힘겹게 나무에 올라간 다음 허리띠로 몸을 묶는다. 식욕은 없지만 입을 놀려 두지 않으려고 토끼 뼈를 빤다. 밤이 되고, 국가가 흐르고, 8번 구역 여자아이의 사진이 하늘 높이 비친다. 피타가 돌아가서 목숨을 끊었던 아이다.

타는 듯한 목마름에 비하면 프로 무리에 대한 두려움은 오히려 뒷전이다. 게다가 그들은 나와는 반대 방향으로 움직였고, 지금쯤엔 그 애들도 쉬어야 할 것이다. 물이 귀하니, 물을 다시 채우러 호수까지 돌아갔는지도 모른다.

어쩌면 나 역시 그러는 수밖에 없을지도 몰라.

아침이 되니 몹시 고통스럽다. 심장이 한 번 뛸 때마다 머리가 같이 욱신거리고, 조금만 움직여도 온 몸 관절에 날카로운 통증이 느껴진다. 나무에서 뛰어내린다기보다는 떨어진 다음, 장비를 챙기는 데도 몇 분이 걸린다. 내 마음 한 구석에서는 이래서는 안 된다는 것을 알고 있다. 하지만 머릿속이 뿌옇고 계획을 세우기가 힘들다. 좀더 주의 깊게 연기하고 더 민첩하게 움직여야 하는데. 나무줄기에 기대 서서, 갈증에 시달리다 내가 선택할 수 있는 방법들을 고려해 보면서 한 손가락으로는 사포같이 거칠어진 혀를 조심스레 쓰다듬어 본다. 어떻게 하면 물을 구할 수 있을까?

호수로 돌아갈까. 안 돼. 분명 가는 길에 죽어버릴걸.

비를 기다릴까. 하늘엔 구름 한 점 없는데.

계속 찾을까. 그래, 그 방법뿐이야. 그러나 문득 다른 생각이 떠올라, 분노가 치밀어 오르면서 곧 정신이 번쩍 든다.

헤이미치! 헤이미치가 나한테 물을 보내 줄 수 있잖아! 버튼 하나만 누르면 몇 분 만에 은색 낙하산이 나한테 날아오잖아. 내게 스폰서가 없을 리 없다. 적어도 한두 명은 있을 테니, 마실 것 한 잔 정도야 보내 줄 수 있을 것이다. 비싸지만, 어차피 그 사람들은 돈이 썩어나는 사람들이다. 게다가 나한테 돈도 걸었을 것 아닌가. 혹시 헤이미치는 내가 얼마나 절박한지 모르고 있는 걸까.

나는 위험하지 않다 싶은 한에서 가장 큰 목소리로 "물!"이라고 말한 다음, 희망을 품고 하늘에서 낙하산이 떨어지기를 기다린다. 하지만 아무 일도 일어나지 않는다.

무엇인가 잘못되었다. 스폰서가 있다는 건 나만의 착각인가? 아니면 피타의 행동 때문에 스폰서들이 다 후원을 그만두었나? 아냐, 그렇지는 않을 거야. 나에게 물을 사주고 싶어 하는 사람이 있는데, 헤이미치가 보내주길 거부하고 있을 뿐인 거야. 그는 나의 멘터로서 스폰서들이 주는 선물을 언제 전달할지 결정하게 되어 있다. 나를 싫어하는 줄은 진작부터 알고 있었다. 티를 확실히 냈으니까. 하지만 내가 갈증에 시달리다 죽기를 바랄 정도였던가? 설마 그럴 순 없는 거 아니야? 담당 조공인이 멘터 때문에 잘못되면, 시청자들과 12번 구역 사람들은 그 죽음을 멘터의 책임으로 돌릴 거야. 아무리 헤이미치라도 그런 위험을 감수하진 않을 텐데? 호브에서 나와 거래하는 사람들이 흥 볼 구석이 없는 사람들은 아니라 해도, 그가 나를 이런 식으로 죽게 내버려 둔다면 결코 호브에서 반기지는 않을 텐데. 그러면 술은 어디서 구할 셈일까? 그러니…… 이건 뭐지? 내가 말을 안 들은 데 대한 벌인가? 스폰서들을 모두 피타에게 몰아주고 있나? 왠지는 몰라도 그건 아닐 것 같고, 나를 내버려 둬서 죽게 하려는 것도 아닌 것 같다. 이걸 준비하면서 헤이미치는 자기 나름대로는(좀 불쾌한 방식이긴 했지만) 진심으로 나를 도와주었었다. 그러면 지금 이 상황은 뭐지?

나는 손에 얼굴을 묻는다. 이제 눈물이 흐를 위험은 없다. 설령 울어야 살 수 있다고 해도, 내 몸은 단 한 방울의 눈물도 만들어 낼 수 없다. 헤이미치는 대체 뭘 하고 있는 거야? 분노, 증오, 의심에도 불구하고 내 머릿속에서는 작은 목소리로 대답이 들려온다.

'아마 너한테 메시지를 보내고 있는 걸 거야.' 그 목소리는 이렇게 말했다. 메시지. 무슨 뜻이지? 다음 순간 깨달았다. 헤이미치가 나에게 물을 주지 않는 이유는 오직 하나뿐이다. 내가 물에 아주 가까이 있다는 것을 그는 알기 때문이다.

나는 이를 갈며 힘겹게 일어선다. 배낭이 세 배는 무겁게 느껴진다. 부러진 나무 가지를 찾아 지팡이 삼아 걷기 시작한다. 태양은 무섭게 내리쬐며, 처음 이틀보다 더욱 뜨겁게 타오른다. 열기를 받아 말라 비틀어지고 갈라지는 낡은 가죽 조각이 된 기분이다. 한 걸음 한 걸음을 내딛는 게 힘겹지만, 멈추지 않고 걷는다. 앉지도 않았다. 앉으면 다시 일어나지 못할 가능성이 크다. 물을 찾아야 한다는 사실조차 잊어버릴지도 모른다.

지금의 나는 그 얼마나 쉬운 사냥감일까! 어떤 조공인이라도, 심지어 작디 작은 루도 지금이라면 나를 죽일 수 있을 것이다. 그냥 한 번 밀어서 쓰러뜨린 후 내가 지닌 칼로 찔러 죽이면, 내겐 저항할 힘도 거의 없을 것이다. 하지만 현재 이 숲 근방에 누가 있다면 나를 못 본 체하고 있음이 분명하다. 사실, 나는 다른 살아 숨쉬는 인간과 백만 킬로미터는 떨어져 있는 것 같은 기분이다.

하지만 어쨌든 혼자는 아니다. 분명 지금 나를 따라다니는 카메라가 있을 것이다. 조공인들이 굶어 죽고, 과다출혈로 죽고, 탈수현상으로 죽는 모습을 여러 해 동안 봤던 생각을 해 본다. 다른 곳에서 아주 멋진 결투가 벌어지고 있지 않다면, 지금은 내가 화면에 나오는 중일 것이다.

그러다 프림에게 생각이 미친다. 생방송으로 보고 있을 것 같지는 않지만, 학교에서 점심시간에 하이라이트 재방송을 보여준다. 프림을 위해서 최대한 절박한 티를 덜 내려고 노력한다.

하지만 오후쯤에는 결국 끝이 다가오는 게 느껴진다. 다리는 부들부들 떨리고 심장 박동이 지나치게 빠르다. 내가 지금 무엇을 하고 있는지 자꾸 잊어버리게 된다. 넘어졌다가 다시 일어나기를 반복했다. 그러다 지팡이가 미끄러지는 순간 결국 털썩 쓰러져 일어나지 못한다. 눈이 감기기에 그냥 내버려 둔다.

헤이미치를 잘못 봤어. 나를 도와주려는 생각이 전혀 없었던 거야.

'괜찮아,' 속으로 생각한다. '그렇게 나쁘지는 않아.' 저녁이 다가오는지 공기는 덜 뜨겁다. 연꽃 같은 달콤한 냄새가 희미하게 풍겨 온다. 손가락으로 부드러운 흙을 쓰다듬자 매끄러운 감촉이 느껴졌다. '이정도면 죽기에 괜찮은 장소야.'

시원하고 촉촉한 흙에다 손끝으로 동그라미들을 그려본다. '난 진흙이 참 좋아.' 부드럽고 발자국이 잘 남는 진흙 덕택에 사냥감을 뒤쫓을 수 있었던 게 몇 번이었던가. 벌에 쏘였을 때 발라도 좋은데. 진흙. 진흙. 진흙! 갑자기 눈이 번쩍 뜨여 손가락을 흙 속에 찔러 넣는다. 진흙이잖아! 코를 들어본다. 그리고 저기엔 연꽃이 있네! 수련이잖아!

진흙 위를 기어서 향내가 나는 쪽을 향해 간다. 내가 쓰러진 곳에서 불과 4미터 정도를 기어가서 풀들이 엉킨 곳을 지나자 연못이 있다. 수면에는 연꽃, 나의 아름다운 연꽃이 노란 꽃잎을 활짝 펼치고 있다.

물 속에 얼굴을 박고 마실 수 있을 만큼 마셔 대고 싶지만, 절제할 만큼의 이성은 아직 남아있다. 벌벌 떨리는 손으로 물통을 꺼내 가득 채운 다음, 기억을 되살려 정수가 될 만큼의 아이오딘을 떨어뜨린다. 정수를 기다리는 30분은 고통스럽지만 겨우 참아 낸다. 30분이 되었다고 생각은 했지만, 사실 더 이상 참을 수 없기도 했다.

'자, 천천히 조심스럽게 마시는 거야.' 나는 그렇게 스스로에게 말한 다음 한 모금 삼키고 억지로 기다린다. 그리곤 또 한 모금 마신다. 2리터 물병을 다 비우고는 한 병 더 마신다. 다시 병을 채워서는 나무에 올라가 물을 홀짝이며 토끼고기를 먹고, 심지어 소중한 크래커도 하나 먹는다. 국가가 흘러나올 때쯤에는 몸이 훨씬 좋아져 있다. 오늘은 하늘에 얼굴이 보이지 않는 것을 보니 죽은 조공인이 없다. 내일은 여기서 쉬면서 진흙을 발라 배낭을 위장하고, 아까 물을 마시면서 봤던 물고기를 잡고, 수련 뿌리를 캐서 근사한 식사를 해야지. 기분 좋게 침낭에 누워 물병이 마치 내 생명이라도 되는 양 꼭 쥔다. 사실, 물은 정말로 생명이다.

몇 시간 후 발소리가 들려 잠에서 깬다. 나는 놀라서 주위를 둘러본다. 아직 새벽이 되지 않았지만, 그래도 눈이 아프도록 생생한 그것을 볼 수 있다.

나를 향해 무섭게 덮쳐오는 화염의 장벽을 도저히 못 볼 수는 없었으니까.

13

가장 먼저 드는 충동은 나무에서 내려가야겠다는 것이지만 지금 난 허리띠에 묶인 상태다. 서툰 손으로 간신히 버클을 풀어, 침낭에 든 채로 아래로 떨어진다. 짐을 챙길 시간 따위는 없지만, 다행히 배낭과 물병은 이미 침낭 안에 들어있다. 나는 벨트를 침낭 안에 쑤셔 넣고, 침낭을 어깨에 걸친 채 냅다 도망친다.

온 세상이 화염과 연기로 변해 버렸다. 나무에서 불 붙은 가지들이 떨어져 불꽃을 튀기며 내 발치에 떨어진다. 내가 할 수 있는 일이라곤 그저 따라가는 것뿐이다. 토끼, 사슴, 심지어 들개 떼도 한 무리가 되어 숲 속을 전력으로 달려가고 있다. 동물은 인간인 나보다 본능이 날카로우니, 동물들이 가는 방향을 믿고 따라가기로 한다. 하지만 큰 나무 아래에 자란 야트막한 덤불 밑을 굉장히 능숙한 솜씨로 날듯이 뛰어가는 동물들에 비해, 나는 뿌리니 쓰러진 나무니 하는 것들에 발이 자꾸 걸려 도저히 뒤따라갈 수가 없다.

열기도 끔찍하지만 더 심한 것은 연기인데, 당장에라도 질식해 죽을 것 같은 위협을 느낀다. 셔츠 위 부분을 끌어올려 코에 대 보니, 고맙게도 땀에 젖어 있다. 그것이나마 보호 장비로 삼아, 숨이 막힐 듯하지만 그래도 달려간다. 침낭은 내 등에 쾅쾅 부딪히고, 회색 연기를 뚫고 느닷없이 나타나는 나뭇가지들 때문에 얼굴에 상처가 나지만, 지금 나는 무조건 달려야 한다.

다른 조공인이 지핀 모닥불이 번졌다든가 하는 우연한 화재가 아니다. 나에게 닥쳐오는 화염은 자연 발생한 것이라기엔 지나치게 높이 타오르고 있다. 게다가 일정한 높이로 벽을 이루고 있다는 건 사람이 기계로 만든 불, 게임 운영자들이 일으킨 불이라는 증거다. 오늘 종일 너무 조용했던 것이다. 죽은 사람이 없었고, 어쩌면 결투조차 없었는지도 모른다. 캐피톨의 관객들이 재미없어 하며 이번 헝거 게임이 지루하다고 불평들을 했을 테지. 헝거 게임이란 지루해선 안 되는 법이다.

게임 운영자들의 행동 동기를 짐작하기란 어렵지 않다. 프로 무리가 있고, 나머지 '우리들'이 있다. 나머지들은 아마 경기장 여기저기에 드문드문 흩어져 있겠지. 이 불은 우리를 숨어 있는 곳에서 몰아내고, 한 곳에 모으려는 의도로 기획한 것이다. 특별히 독창적인 수단은 아니지만, 아주 아주 효과적이기는 하다.

불타는 통나무를 뛰어넘는데, 너무 낮게 뛰어서 재킷 뒷부분에 불이 붙는다. 어쩔 수 없이 재킷을 벗은 다음 밟아서 불을 끈다. 불에 타고 연기가 나는 재킷이지만 차마 버릴 용기가 나지 않아, 아직 불이 완전히 꺼지지 않았지만 위험을 무릅쓰고 침낭 속에 쑤셔 넣는다. 그러면서 안에는 공기가 별로 없으니 꺼지기를 기대한다. 내가 가진 거라곤 지금 등에 지고 있는 것이 전부이고, 살아남기에는 이미 너무 부족하다.

몇 분 지나지 않아 목구멍과 콧속이 타오르는 것처럼 되었다. 곧 기침이 나오기 시작하고, 폐는 마치 실제로 익어가고 있는 듯한 느낌이 난다. 불쾌함은 곧 고통으로 바뀌고, 마침내 한 번 숨을 쉴 때마다 가슴 속에서 타는 듯한 고통이 느껴진다. 구토가 시작될 무렵, 마침 발견한 튀어나온 돌 밑으로 숨어든다. 내가 먹었던 빈약한 저녁 식사와, 내 내장 속에 남아 있던 물이란 물을 모두 잃게 되었다. 나는 손과 무릎을 땅에 대고 엎드려, 더 이상 아무 것도 나오지 않을 때까지 토하고 또 토한다.

계속 움직여야 한다는 건 알지만, 몸이 떨리고 머리도 어찔어찔한 데다 숨이 가쁘다. 나는 한 숟갈 정도의 물로 입 안을 헹궈 뱉어낸 다음 몇 모금 정도 마신다. '딱 1분이야.' 그렇게 스스로에게 말한다. '1분만 쉬자.' 나는 그 시간을 활용해 침낭을 돌돌 만 다음, 내가 가진 물건들을 모두 배낭에 쑤셔 넣는다. 휴식을 위한 1분은 끝났다. 다시 움직여야 할 때라는 건 알겠지만, 연기 때문에 생각이 잘 되지 않는다. 가야 할 방향을 알려 주던 발 빠른 짐승들은 모두 나를 두고 가 버렸다. 나는 지금 돌 밑에 숨어 있는

데, 이제까지 돌아다니며 이렇게 큼지막한 돌들을 본 적이 없기 때문에 전에 와 본 적이 없는 곳에 있다는 것만은 알겠다. 게임 운영자들은 나를 어디로 몰고 가는 거지? 다시 호수로? 새로운 위험이 가득한 미지의 지역으로? 연못가에서 겨우 평화로운 몇 시간을 보내고 있었는데 이렇게 공격이 찾아왔다. 이대로 불길과 평행한 방향으로 걸어서 빙 에둘러 가다 보면 다시 그 곳, 적어도 물은 있는 그 곳으로 돌아갈 수 있을까?

불의 벽에도 끝은 있을 것이다. 영원히 타오를 수는 없다. 게임 운영자들이 연료를 댈 수 없는 건 아니지만, 그렇게 하면 관객들이 지루하다며 또 비난을 할 테니 말이다. 타오르는 불 뒤로 돌아갈 수 있다면 프로들을 만나지 않아도 되리라. 비록 이 지옥같은 불구덩이를 빙 돌아서 원래 있던 곳으로 가려면 상당한 거리를 걸어야 하겠지만, 그 길을 선택하기로 결심한다. 그 순간 첫 번째 불덩어리가 날아와 내 머리 위 60센티미터 위치에 있는 바위에 작렬한다. 공포가 더욱 심해진 나는 숨어 있던 곳에서 용수철이 튀듯 빠져 나온다.

게임에는 반전이 있었다. 불은 그냥 우리를 움직이게 하기 위해서 냈던 거고, 이제부터가 관객들이 정말로 즐기는 부분이다. 다음 불덩어리가 날아오는 소리가 들리자 나는 살펴볼 시간도 아까워 그냥 땅에 납작 엎드린다. 불덩어리는 내 왼쪽에 있던 나무에 떨어져 나무를 화염으로 삼켜버린다. 한 자리에 가만히 있으면 죽는 거다. 땅에서 일어나자마자 내가 누워 있던 자리에 불덩어리가 떨어져, 내 등 바로 뒤에서 불기둥이 치솟는다. 공격을 피하느라 미친 듯이 움직이는 동안 시간은 의미를 잃는다. 어디서 날아오는지는 안 보이지만 각도로 봐서 호버크래프트에서 쏘는 것은 아니다. 이 숲 전체에 걸쳐, 정교한 화염 발사 장치를 나무나 바위 속에 숨겨두었을 가능성이 높다. 어딘가에 있는 시원하고 쾌적한 방에 앉은 게임 운영자들이 조작 장치 앞에서, 한순간에 나를 죽일 수 있는 방아쇠들에 손가락을 얻고 있겠지. 제대로 한 방 맞기만 하면 바로 끝이다.

날아드는 불덩어리들을 피하려고 이리 뛰고 저리 뛰고, 엎드렸다 펄쩍 뛰었다 하는 동안, 내 연못으로 돌아가겠다던 희미한 계획 아닌 계획 같은 건 머릿속에서 완전히 사라져 버렸다. 불덩어리의 크기는 고작 사과 하나 정도지만, 그 위력은 엄청나다. 살아야 한다는 생각이 나를 사로잡으며, 모든 감각이 극도로 예민해진다. 이 방향으로 움직이는 게 맞나 판단할 시간 따위는 없다. 일단 날아오는 소리가 들리면 움직이거나, 죽거나 둘 중 하나다.

그래도 어쨌든 계속 앞쪽으로 전진하게 된다. 평생 헝거 게임을 봐 온 나는 경기장의 각 지역에 각각 다른 위험이 숨어 있다는 걸 안다. 그리고 내가 이 구역에서 벗어날 수만 있다면, 화염 발사 장치의 사정권에서 벗어날 수 있을 것이다. 벗어난 다음에는 독사가 우글거리는 구역에 들어갈 수도 있을 테지만 지금은 그런 걱정을 할 겨를이 없다.

불덩어리를 피하느라 뛰어다닌 지 얼마나 됐는지는 알 수 없지만 마침내 공격의 기세가 누그러진다. 다시 토하기 시작한 터라 다행스러웠다. 이번엔 뭔가 시큼한 것이 올라와서 목구멍이 따가운데, 그게 코로도 밀고 올라온다. 토하면서 몸이 마구 떨려와서 더 이상 뛸 수가 없다. 내 몸은 공격당하는 동안 들이마신 유독한 물질을 필사적으로 내보내고 있다. 도망갈 신호로 삼을 휙, 하는 소리를 기다리지만 들려오지 않는다. 격렬한 구토 때문에 따끔거리는 눈에 눈물이 그렁그렁 맺힌다. 옷은 온통 땀으로 젖었다. 연기와 토사물의 냄새를 뚫고 머리카락 탄 냄새가 느껴진다. 땋은 머리를 손으로 더듬어 보니 불덩어리에 적어도 한 뼘 정도가 타 버렸다. 시커멓게 탄 머리 가루가 손가락에 부석부석 묻어난다. 그 변한 모양이 신기해서 빤히 바라보고 있다가, 휙 하고 날아오는 소리가 다시 들려온 걸 깨닫는다.

내 몸의 근육은 그에 반응하지만, 이번에는 잽싸게 움직이지 못했다. 불덩어리가 내리꽂힌 곳은 내 옆의 땅이지만, 그전에 내 오른쪽 장딴지를 스쳤다. 바지에 불이 붙은 것을 보자 이성을 잃고 만다. 나는 몸을 비비꼬고 두 발과 두 손으로 뒤로 기어가며, 공포를 떨치려 마구 비명을 지른다. 조금 이성을 찾은 다음에야 다리를 땅에 대고 이리저리 굴려서, 불이 가장 많이 붙은 부분을 비벼 끈다. 그 다음에는 아무 생각 없이 맨손으로 남은 천을 뜯어낸다.

이제 나는 불덩어리가 떨어져 타오르는 불꽃에서 몇 미터 떨어진 땅바닥에 앉아 있었다. 장딴지는 엄청나게 아프고, 양손은 시뻘겋게 부어있다. 몸이 심하게 떨려 움직일 수가 없다. 게임 운영자들이 나를 끝장내고 싶다면 바로 지금이 기회다.

화려한 천과 반짝거리는 보석을 떠올리게 하는 시나의 목소리가 들린다.

"캣니스, 불타던 소녀."

지금 게임 운영자들이 그 말을 하며 얼마나 즐겁게들 웃어대고 있을까. 시나의 아름다운 의상은 나만을 위해 이런 고문을 특별 제작하는 결과를 낳았다. 시나가 예상하지 못했던 일임을 나도 알고, 시나는 지금 나 때문에 마음 아파하고 있을 것이다. 왜냐하면 나는 그가 정말로 나를 아낀다고 믿기 때문이다. 그러나 결과적으로, 알몸으로 마차를 타는 편이 나에겐 더 안전했을 것이다.

공격은 이제 끝났다. 게임 운영자들은 나를 죽이고 싶어 하지 않는다. 적어도 아직까지는. 시작을 알리는 징이 울리자마자 그들이 우리 전부를 모조리 죽여 버릴 수도 있다는 사실은 모두가 알고 있다. 헝거 게임의 진짜 재미는 조공인들끼리 서로 죽이는 데 있다. 가끔씩 게임 운영자들이 조공인을 죽이는 일도 일어나지만 그것은 참가한 조공인들에게 그 사실을 상기시켜 주기 위함일 뿐, 대부분의 경우 운영자들은 참가자들이 서로 마주치도록 조작한다. 그러니 나에게 불덩어리가 날아오지 않는다는 건 곧,

근처에 최소 한 명이라도 다른 조공인이 있다는 뜻이다.

할 수 있다면 나무 위로 올라가 숨겠지만, 아직 연기가 너무 짙어서 질식할 것 같다. 나는 억지로 일어서서 절뚝거리며 하늘을 비추는 화염의 벽을 뒤로하고 걷는다. 냄새가 고약한 검은 구름만 제외하면 이제는 더 이상 불의 벽이 위협적으로 느껴지지 않는다.

다른 빛, 즉 햇빛이 부드럽게 모습을 드러내기 시작한다. 소용돌이치는 연기가 태양빛을 가려서 가시거리가 짧다. 어느 방향으로도 15미터 정도까지밖에 보이지 않는다. 내 눈에 보이지 않는 다른 조공인이 있을 가능성이 있다. 혹시 모르니 칼을 빼 들고 있어야겠지만, 얼마나 오래 들고 있을 수 있을지 의심스럽다. 손의 통증은 장딴지에 비할 바는 아니다. 나는 옛날부터 화상이 싫었다. 오븐에서 빵 받침 접시를 꺼내다 생기는 작은 화상도 싫었다. 원래 내가 제일 싫어하는 종류의 통증이었지만, 이런 정도의 화상은 난생 처음 겪어본다.

너무나 지쳐서, 발목까지 물에 잠기고 나서야 웅덩이에 들어와 있음을 깨닫는다. 돌 사이에서 샘솟는 물이 고인 웅덩이로, 정말 고맙게도 시원한 물이다. 얕은 물에 손을 담그자마자 고통이 좀 덜어진다. 엄마가 늘 하시던 말 아니었나? 화상 응급 처치엔 찬물이라고, 찬물이 열기를 뽑아내 준다고. 경미한 화상에 대한 처치 방법이었으니까, 손에는 아마 찬물을 권하셨을 거다. 하지만 장딴지는 어떡하지? 아직 용기가 나질 않아 살펴보지는 못했지만, 손과는 차원이 다른 상처이리라.

웅덩이 가장자리에 잠시 배를 깔고 엎드려 물 속에 손을 담그고, 이미 벗겨지기 시작한 손톱의 작은 불꽃 무늬를 살펴본다. 기쁘다. 평생 볼 불은 이미 다 봤으니까.

얼굴에서 피와 재를 씻어낸다. 화상에 대해 아는 것을 모조리 기억해 내려 안간힘을 쓴다. 집에서 요리와 난방을 할 때 석탄을 쓰는 경계에선 화상 입는 일이 흔하다. 그리고 탄광에서 나는 사고도 있지……. 한 번은 어느 가족이 의식이 없는 젊은 남자를 데려와서 엄마에게 도와 달라고 빌었다. 광부들을 담당하는 의사는 가망이 없다며 집에 데려가서 죽게 하라고 했지만, 가족들은 그 말을 받아들일 수 없었던 것이다. 의식이 없는 그 남자를 우리 집 식탁에 눕혔다. 나는 허벅지 살이 시커멓게 타 넓게 벌어져 뼈까지 드러난 상처를 한 번 얼핏 보고는, 집을 뛰쳐나왔다. 그 날 나는 하루 종일 숲에서 사냥을 하며, 그 끔찍한 상처의 모습과 아빠가 돌아가시던 때의 기억에 시달렸다. 우스운 것은, 자기 그림자만 봐도 무서워하는 프림은 집에 남아서 엄마를 도왔다는 것이다. 엄마는 치료하는 재주는 배우는 게 아니라 타고 나는 거라고 하셨다. 엄마와 프림은 최선을 다했지만, 의사 말대로 그 사람은 살지 못했다.

다리를 좀 살펴봐야 하지만, 아직도 볼 엄두가 안 난다. 그 남자 상처만큼 심해서 뼈가 보이면 어떡하지? 그 때, 엄마가 화상이 아주 심하면 신경까지 파괴되어 다친 사람이 고통조차 느끼지 못한다고 말했던 것이 기억났다. 그 사실에 용기를 얻어, 몸을 일으키고 앉아서 다리를 돌려보았다.

장딴지를 보고 거의 기절할 뻔한다. 살갗은 선명한 붉은 색이고 온통 물집이 잡혀 있다. 카메라가 내 얼굴을 잡고 있으리라 확신하며 억지로 천천히 깊게 호흡한다. 나는 다쳤지만, 도움을 받고 싶다면 약한 모습을 보이면 안 된다. 동정심을 불러일으켜 지원을 받는 경우는 없다. 오히려 주저 앉기를 거부하는 모습에 감탄한 사람들이 도움을 보내준다. 나는 남아 있는 바지를 무릎 언저리에서 칼로 잘라낸 다음 상처를 좀더 자세히 관찰한다. 다친 곳은 내 손바닥 정도의 크기다. 검게 탄 피부는 없다. 물에 담그면 안 될 정도는 아닌 것 같다. 장화가 흠뻑 젖지 않도록 굽을 바위에 받치고 아주 조심스럽게 다리를 뻗어 웅덩이 속에 담그자마자 고통이 덜해져서 한숨을 휴, 내쉰다. 화상에 잘 듣는 약초가 있다는 건 알지만 정확히 무엇이었는지 기억나지 않는다. 찾을 수 있을지도 미지수고. 내가 사용할 수 있는 것은 물과 시간뿐일 가능성이 높다.

움직여야 하나? 연기가 조금씩 사라져가고는 있지만 아직도 꽤 짙어서 몸에 안 좋을 것 같다. 불에서 멀어지려다가 무기를 든 프로들과 맞닥뜨리는 건 아닐까? 게다가 물에서 다리를 뺄 때마다 심한 고통이 되돌아와서 다시 담가야 할 정도다. 손은 그보다는 좀 나아서, 웅덩이에서 잠깐씩 빼도 괜찮다. 그래서 나는 천천히 장비를 다시 꾸렸다. 우선 웅덩이의 물로 물병을 채우고 정수한 다음, 충분한 시간이 지나자 몸에 수분을 공급한다. 잠시 후 억지로 크래커 하나를 갉아먹어 속을 진정시킨다. 침낭도 말았다. 군데군데 검댕이 묻은 것을 제외하면 비교적 멀쩡하다. 그에 비해 재킷은 그을린 데다 냄새가 고약하고, 등 쪽 밑의 세 뼘 정도는 도저히 고칠 수 없는 지경이다. 불탄 곳을 잘라내자 내 갈비뼈까지만 겨우 가려지는 옷이 되어버렸다. 하지만 모자는 붙어 있고, 아무 것도 없는 것보다야 훨씬 낫다.

극심한 고통에도 불구하고 슬슬 졸리기 시작한다. 나무에 올라가서 좀 쉬어 볼까도 싶지만, 그러면 너무 눈에 띌 것이다. 게다가 이 웅덩이를 벗어나기란 불가능할 것 같다. 내가 가진 물건들을 잘 정돈하고, 배낭을 등에 메기까지 했지만 도저히 떠날 수가 없다. 뿌리를 먹을 수 있는 물풀들을 발견하고 마지막 남은 토끼고기와 함께 먹는다. 그리고 물을 홀짝였다. 태양이 호를 그리며 서서히 움직이는 것을 바라본다. 어차피 여기보다 더 안전한 갈 곳도 없잖아? 나는 졸음에 겨워 배낭에 기댄다. '프로들이 나를 원한다면, 찾아내라고 해.' 의식 없는 잠으로 빠져 들기 전에 마지막으로 하는 생각이다. '찾아내라고 해.'

그리고 프로들은 정말로 나를 찾아냈다. 발소리를 들었을 때는 그들이 나를 따라잡는데 1분도 안 걸릴 거리까지 왔을 무렵이라, 움직일 채비를 마쳐둔 것이 퍽 다행이었다. 이미 저녁이 다 되어 있었다. 잠에서 깨자마자 나는 일어나서 웅덩이를 철벅이며 가로질러 숲으로 뛰어든다. 다리 때문에 속도가 나지 않지만, 나를 쫓는 아이들도 화재 전처럼 빨리 움직이지는 못함을 느낀다. 그들의 기침소리, 거친 목소리로 말을 주고받는 소리가 들린다.

그렇지만 그들은 마치 들개 떼처럼 거리를 좁혀오고, 나는 그런 상황에 닥쳤을 때 평생 해 왔던 대로 높은 나무를 골라 기어오르기 시작한다. 달릴 때도 다친 곳이 아팠지만, 나무에 오르는 건 격한 운동일 뿐 아니라 손을 나무껍질에 직접 대야 하기 때문에 고통스럽다. 하지만 나는 오르는 속도가 빠르기 때문에, 그들이 내가 오르는 나무에 도착했을 때는 벌써 6미터 정도 높이에 올라가 있었다. 잠시 우리는 동작을 멈춘 채 서로를 바라본다. 내 심장 뛰는 소리를 저들이 못 들어야 할 텐데.

'이제 끝인가,' 하는 생각이 든다. 내가 저들과 맞서서 이길 가망이 과연 있을까? 프로 다섯 명과 피타까지 총 여섯 명이 다 모여 있고, 내게 위안이 되는 것은 그들도 꽤나 고생한 몰골이라는 사실뿐이다. 그렇다 해도, 저 무기 좀 봐. 씨익 웃으며 내게 으르렁대는 저 얼굴들을 보라고. 나는 저 아이들 바로 위에 있는 아주 확실한 사냥감이다. 희망이 거의 없어 보인다. 하지만 한 가지 생각이 떠오른다. 저들은 분명히 나보다 몸집이 크고 힘이 더 세지만, 몸무게도 더 많이 나가잖아. 제일 높은 곳에 매달린 열매를 따오고, 제일 올라가기 힘든 새둥지의 알을 가져오는 사람이 게일이 아니라 나인 데는 다 이유가 있었다. 저들 중 제일 가벼운 애도 나보다 25킬로그램은 더 나갈 것이다.

나는 미소를 지었다.

"잘들 지냈니?"

아래를 보며 내가 명랑하게 물었다. 프로들은 당황하지만, 나는 시청자들이 즐거워하리라 확신한다.

"응, 꽤. 넌?"

2번 구역 남자아이가 말한다.

"내 취향보다는 좀 덥던데. 위쪽은 공기가 더 좋아. 너희도 올라오지 그래?"

나는 그렇게 대답했다. 캐피톨에서 터져 나오는 웃음소리가 들리는 것 같다.

"그럴까 싶어."

2번 구역 남자아이가 말한다.

"카토, 이걸 써."

1번 구역 여자아이가 그렇게 말하며 은으로 된 활과 화살 통을 건넨다. 내 활! 내 화살! 보기만 해도 화가 나서 나 자신에게, 내 주의를 분산시켜서 저 활을 못 갖게 한 배신자 피타에게 소리를 지르고 싶다. 피타와 눈을 맞추려 해 보지만, 셔츠 끝자락으로 칼을 닦고 있는 피타는 일부러 내 시선을 피하는 것 같다.

"아니, 칼로 하는 게 더 나아."

카토는 활을 밀치며 이렇게 말한다. 허리띠에 찬 짧고 묵직한 칼날이 보인다.

카토가 나무에 기어오르기를 잠시 기다렸다가 더 높은 곳으로 올라간다. 게일은 내가 가늘다가는 가지까지도 자유자재로 타는 것을 보면 다람쥐가 생각난다고 늘 말했다. 몸무게가 가볍기 때문이기도 하지만 연습을 많이 해서이기도 하다. 손과 발을 얹는 위치를 파악할 줄 알아야 한다. 10미터쯤 더 올라갔을 때 부러지는 소리가 나서 내려다보니, 카토가 사지를 휘저으며 부러진 나뭇가지와 함께 떨어지는 모습이 보인다. 요란하게 떨어지기에 목이라도 부러졌기를 기대해 보지만, 곧 일어나더니 미친 듯이 욕을 내뱉는다.

누군가 활을 가졌던 여자아이를 글리머(희미한 빛을 발한다는 뜻: 옮긴이)라고 부르는 소리가 들린다. 음, 1번 구역 사람들은 애들한테 정말 괴상한 이름을 붙인단 말이야. 어쨌거나, 글리머는 나무를 오르다가 가지가 부러지려 하자 현명하게도 다시 내려간다. 이제 나는 적어도 25미터 정도 높이까지 올라왔다. 글리머는 내게 활을 쏴 맞춰 보려 하지만, 딱 봐도 활 솜씨가 별로다. 그래도 화살 하나가 내 근처에 떨어지기는 한다. 손을 뻗쳐 잡고는 놀리듯 흔들어 보인다. 그저 놀리려고 한 행동으로 보이겠지만, 사실 내 의도는 혹시라도 기회가 생기면 사용하기 위해서다. 저 은으로 만든 무기가 내 손에 있었다면 저들을 모조리 죽여 버릴 수 있을 텐데.

프로들이 나무 밑에 다시 모여 서서, 자기들끼리 으르렁거리며 대책을 모의하는 소리가 나에게도 들린다. 내가 자기들을 바보처럼 보이게 만든 데 화가 난 것이다. 하지만 어스름이 깔리기 시작했고, 나를 공격할 기회도 함께 사라지고 있다. 결국 피타가 거친 목소리로 의논을 마무리한다.

"아, 위에 올라가 있으라고 해. 어디 가는 것도 아니니까 아침에 해결하자."

음, 한 가지는 정확하군. 정말로 난 아무 데도 못 간다. 웅덩이 물로 고통을 달랬던 것도 이미 지난 일이고, 이제는 화상의 고통이 절절히 느껴진다. 나뭇가지가 갈라진 곳을 찾아서 서툰 몸짓으로 잠자리를 준비하고 재킷을 입은 다음 침낭에 눕는다. 허리띠로 몸을 묶으며 신음소리를 내지 않으려 애쓴다. 침낭 안의 열기가 다리의 상처에는 너무 뜨겁다. 침낭을 조금 찢어 장딴지를 내놓고, 상처와 손에 물을 뿌렸다.

내가 아까 부렸던 허세는 이미 온데간데없다. 고통과 배고픔으로 허약해진 상태지만 먹을 수가 없다. 오늘 밤은 버틴다 해도, 아침이 되면 어떨까? 나뭇가지를 노려보며 휴식을 취하려 노력하지만, 화상 때문에 그럴 수가 없다. 새들이 밤을 보내기 위해 둥지로 들어가 아기 새들에게 자장가를 불러주고 있다. 야행성 동물들이 나타난다. 올빼미가 운다. 희미한 스컹크의 체취가 연기 냄새를 뚫고 느껴진다. 근처 나무에 있던 동물(아마 주머니쥐일 것이다)의 눈이 프로들의 횃불 빛에 비쳤다. 두 눈은 나를 바라보고 있었다. 문득 한 팔꿈치로 몸을 받치고 일어선다. 주머니쥐가 아니야, 유리 같은 주머니쥐의 눈이 어떤지는 내가 너무 잘 아니까. 저 눈은 절대로 동물의 눈이 아니야. 마지막으로 비쳐오는 흐릿한 불빛으로, 나뭇가지 사이에서 조용히 나를 바라보는 그 아이의 모습을 알아본다.

루였다.

얼마나 오랫동안 여기 있었을까? 시작하고 나서 내내 저러고 있었겠지. 자기 아래에서 모든 일이 벌어지는 가운데 조용히, 눈에 띄지 않은 채로. 어쩌면 프로들이 가까이 다가오는 소리를 듣고 나보다 조금 먼저 나무에 기어올랐을 수도 있다.

한동안 우리는 서로 빤히 바라본다. 루는 나뭇잎 하나 바스락거리지 않으며 작은 손을 내뻗어 내 머리 위에 있는 무언가를 가리킨다.

14

루의 손가락을 따라 내 머리 위의 가지를 바라본다. 처음에는 무얼 가리키는지 알 수 없었지만, 점점 어두워지는 가운데 5미터쯤 위에 어떤 형체가 자리 잡고 있는 게 보인다. 저 형체는…… 뭐지? 동물인가? 크기는 너구리 정도지만, 가지 아래 매달린 채 아주 조금씩 흔들리고 있다. 그것만이 아니다. 이미 익숙해진 이 숲에서 저녁에 늘 나는 소리 외에, 낮게 웅웅거리는 소리가 나고 있다. 이제야 저게 뭔지 알 것 같다. 말벌집이다.

온몸에 공포가 확 퍼지지만, 가만히 있을 정도의 이성은 있다. 무엇보다, 어떤 종류의 말벌이 사는 집인지를 모른다. 먼저 손 대지 않으면 공격하지 않는 평범한 말벌일 수도 있다. 하지만 이건 헝거 게임이니까, 평범한 걸 기대해서는 안 된다. 캐피톨에서 만든 머테이션인 '추적 말벌'일 가능성이 가장 높다. 맹독을 지닌 말벌인 추적 말벌은 전쟁 당시에 재잘어치처럼 실험실에서 배양한 다음, 여기저기에 마치 지뢰처럼 전략적으로 배치되었던 병기였다. 보통 말벌보다 몸집이 크고, 몸 전체가 금색이라 눈에 잘 띈다. 추적 말벌에 쏘이는 순간 피부는 자두만 한 크기로 부어오른다. 대부분의 사람들은 몇 방 이상 쏘이면 죽고, 한 방에 바로 죽는 경우도 있다. 목숨을 건진다 해도, 독이 만들어 내는 환각 때문에 미쳐버리는 사람도 있다. 뿐만 아니라 둥지를 건드리거나, 자기들을 죽이려고 하는 사람은 끝까지 쫓아가서 쏘는 벌이다. 그래서 이름이 추적 말벌이다.

전쟁이 끝난 후, 캐피톨은 자기네 도시 주위에 있는 벌집들은 모두 파괴했지만, 다른 구역들에 있는 벌집은 내버려뒀다. 우리의 약함을 상기시켜 주는 또 하나의 장치로 삼기 위해서겠지. 헝거 게임처럼 말이야. 저 말벌은 12번 구역 울타리 밖으로 나가서는 안 되는 또 하나의 이유다. 게일과 나는 추적 말벌집을 발견하면 즉시 반대 방향으로 되돌아가곤 했다.

그러니, 지금 내 위에 매달린 건 뭐지? 루에게 도움을 청하려고 뒤돌아보지만, 루는 나무속으로 숨어 들어가 버렸다.

내 상황을 봤을 때, 저 말벌이 어떤 종류인지는 별로 상관없을 것 같다. 나는 다친 데다 갇혀 있다. 어둠이 짧은 유예 시간을 주었지만, 해가 뜰 때쯤이면 프로들이 나를 죽일 계획을 짰을 것이다. 내가 자신들을 그렇게 멍청해 보이게 했으니, 그들에겐 다른 선택의 여지가 없으리라. 그리고 아마, 저 벌집이 내게 남은 유일한 선택지일 것이다. 내가 저 벌집을 그들 위로 떨어뜨리면 도망칠 수 있을지도 모른다. 하지만 그러기 위해서는 내 목숨을 걸어야 한다.

물론 저 벌집을 직접 잘라낼 정도로 가까이 다가갈 수는 없을 것이다. 벌집이 매달려 있는 가지를 나무줄기 쪽에서 톱으로 썰어서 통째로 떨어뜨려야 하리라. 내 칼에서 톱날로 된 부분을 사용하면 할 수 있을 것 같다. 하지만 내 손이 버텨낼까? 그리고 톱질을 할 때의 진동이 벌 떼를 깨우지는 않을까? 프로들이 내가 하는 일을 눈치 채고 자리를 옮기면 어쩌지? 그러면 시도 자체가 무의미해진다.

관심을 끌지 않고 톱질을 할 수 있는 가장 유력한 기회는 국가가 나올 때임을 알아차린다. 그러나 언제 시작될지 알 수 없었다. 나는 침낭에서 빠져 나와서 허리띠에 칼을 잘 차고 있는지 확인한 다음, 나무를 기어오르기 시작한다. 나조차 불안할 만큼 가지가 가늘어져서, 오르는 것 자체로도 위험한 모험이었다. 하지만 결국 성공한다. 벌집이 매달린 가지까지 가자 웅웅거리는 소리가 더 분명히 들린다. 하지만 추적 말벌치고는 이상할 정도로 잠잠하다. '연기 때문이야. 연기 때문에 얌전해진 거야.' 나는 그렇게 생각한다. 예전에 저항군도 추적 말벌이 연기에 약한 것을 발견하고 말벌에 대항하는 방법으로 사용했다.

캐피톨의 문장이 머리 위에 빛나고 국가가 울려 퍼진다. '지금 아니면 영영 못하겠지.' 그렇게 생각하며 나는 톱질을 시작한다. 어색한 자세로 칼을 앞뒤로 움직이자 오른손의 물집이 터진다. 칼날이 박혀 들어가기 시작하면서 조금 덜 힘들어지기는 하지만 거의 견디기 힘들 지경이다. 이를 북북 갈며 톱질을 계속하면서, 이따금씩 하늘을 올려다보았는데 오늘은 죽은 사람이 없었다. 관객들 입장에선 내가 다치는 모습, 나무 위로 쫓겨간 모습, 프로 무리들이 내 아래에 있는 모습을 보며 충분히 즐거워했을 테니 죽은 사람이 없어도 괜찮았을 것이다. 하지만 아직 가지의 4분의 3밖에 썰지 못했는데 국가가 끝나버리고, 하늘이 어두워지고, 계속 썰 수 없어지고 만다.

이제 어쩌지? 어두워도 감으로 썰 수 있을 것 같긴 하지만 그건 별로 현명한 생각은 아닌 것 같다. 말벌들이 너무 지친 상태라면, 벌집이 떨어지다 가지에 걸린다면, 도망치려다 시간 낭비만 하고 죽는 꼴이 될지도 모른다. 새벽에 다시 올라와서 적들에게 벌집을 떨어뜨리는 게 낫겠어.

프로들의 횃불에서 비쳐오는 희미한 불빛에 의지해 침낭을 펼쳐둔 가지로 돌아오자 최고의 깜짝 선물이 기다리고 있었다. 침낭 위에는 은빛 낙하산에 매달린 작은 플라스틱 통이 놓여 있었다. 스폰서가 처음으로 보내 온 선물이다! 국가가 나오는 동안 헤이미치가 보내 준 것이 틀림없다. 통은 내 한 손바닥에 쏙 들어오는 크기다. 대체 뭘까? 분명 음식은 아닐 거다. 뚜껑을 열자 풍겨오는 냄새로 약인 걸 알 수 있었다. 들어 있는 연고 같은 것의 표면을 조심스레 썰어보자 욱신거리던 손가락 끝이 낫는다.

"아, 헤이미치, 고마워요."

나는 속삭인다. 날 버리지 않았던 거야. 혼자서 알아서 하도록 내버려뒀던 게 아니었어. 이 약의 가격은 천문학적인 숫자일 텐데. 이 작은 통 하나를 사기 위해, 한 명이 아니라 여러 명의 스폰서가 돈을 댔으리라. 지금 나에게 있어서 이 약의 가치는 헤아릴 수조차 없다.

통 속에 손가락 두 개를 찔러 넣은 다음 장딴지에 조심스레 약을 바른다. 닿자마자 고통이 사라지고, 시원한 뒷맛이 남는 것이 마치 마법 같다. 이 약은 숲에서 따온 약초를 엄마가 갈아서 만든 그런 종류가 아니고 캐피톨의 연구실에서 첨단 기술로 만든 약이다. 장딴지에 약을 바르고 나자 손에도 엷게 약을 바른다. 통을 낙하산에 잘 싼 뒤 배낭에 잘 넣어 둔다. 통증이 사라지고 나자 이제 자기 전까지 할 일은 침낭 속에서 자세를 잘 잡는 일뿐이다.

겨우 1미터 정도 떨어진 곳에 앉은 새가 지저귀는 소리가 아침이 밝았음을 경고하듯 나를 깨운다. 회색의 아침 햇살에 내 손을 비춰 본다. 화난 듯 붉게 달아올랐던 부분들이 약 덕택에 모두 아기 피부 같은 분홍색으로 변해 있다. 다리는 아직 불타는 듯하지만, 어제는 지금보다 훨씬 더 깊은 곳까지 뜨거움이 느껴졌었다. 약을 한 번 더 바르고서 재빨리 짐을 싼다. 무슨 일이 일어나든 간에 나는 움직여야 하고, 그것도 빨리 움직여야 한다. 잊지 않고 크래커를 하나 먹은 후 육포도 한 개 먹고, 물을 몇 컵 마신다. 어제 내 뱃속에 남아 있었던 음식은 거의 없다시피 했고, 벌써 배고픔의 영향이 느껴지기 시작한다.

프로 무리와 피타가 땅에서 자고 있는 것이 보인다. 글리머는 나무줄기에 기대어 자고 있는 걸 보면, 망을 보다가 피곤해서 잠이 든 것 같다.

눈을 가늘게 뜨고 옆의 나무를 뚫어져라 살펴보지만 루를 찾을 수가 없다. 루가 나에게 귀띔해 준 것이니 미리 알려 주는 것이 공평할 것 같다. 게다가 내가 오늘 죽게 된다면, 나는 루가 우승했으면 좋겠다. 내 가족들에게 음식이 조금 더 간다 하더라도 피타가 우승자가 된다는 건 생각만 해도 참을 수 없는 일이니까.

속삭이며 루의 이름을 부르자 놀란 듯한 커다란 눈동자 두 개가 즉시 나타난다. 루는 다시 벌집을 가리켰다. 나는 칼을 들고 써는 동작을 해 보인다. 루는 고개를 끄덕이더니 사라진다. 근처의 나무에서 바스락거리는 소리가 나더니, 조금 더 떨어진 나무에서 바스락 소리가 난다. 루가 나무에서 나무로 건너 뛰고 있음을 깨닫고, 터져 나오는 웃음을 꾹 참는다. 이거였어? 루가 게임 운영자들에게 보여줬던 게. 땅에 발을 대지 않고 날듯이 훈련 장비들을 타고 다니는 루의 모습을 상상해 본다. 그 앤, 적어도 10점은 받아야 했다.

동쪽에서 장밋빛 빛줄기들이 터져 나온다. 더 이상 기다릴 수 없다. 어젯밤의 고통에 비하면 이 정도는 누워서 떡 먹기다. 벌집이 매달린 가지에 도착해 썰던 곳에 칼날을 대고 다시 썰려는 순간 뭔가 움직이는 것이 보였다. 바로 벌집에서, 무언가가 움직이고 있었다. 종이같은 회색 벌집 주위를 게으르게 돌고 있는 추적 말벌의 몸이 밝은 금색으로 빛난다. 조금 얌전해진 상태라곤 해도 말벌들이 잠에서 깨서 활동을 시작했다는 것은 의심의 여지가 없고, 이는 다른 말벌들도 곧 나올 거라는 의미다. 손에서 땀이 배어 나와 연고를 바른 위에 맺혔다. 나는 셔츠에 손을 두드려 최대한 물기를 없앤다. 몇 초 안에 이 가지를 떨어뜨리지 않으면, 벌 떼가 모조리 몰려나와 나를 공격할지도 모른다.

시간을 더 끄는 건 무의미하다. 심호흡을 하고, 칼의 손잡이를 쥐고서 최대한 강하게 칼질한다. '밀고, 당기고, 밀고, 당기고!' 벌들이 붕붕거리는 소리가 들려온다. 벌들이 벌집에서 나오고 있다. '밀고, 당기고, 밀고, 당기고!' 무릎을 꿰뚫는 듯한 통증이 느껴진다. 한 놈이 나를 찾아냈구나. 다른 놈들도 몰려오겠지. '밀고, 당기고, 밀고, 당기고!' 칼날이 가지를 절단하는 순간, 가지를 최대한 멀리 내던졌다. 떨어지면서 다른 가지에 이리저리 부딪히며 잠깐 얹혀 있는가 싶더니 결국 땅바닥에 쾅, 하며 떨어진다. 벌집은 달걀처럼 깨져 버리고, 성난 말벌 떼가 날아오른다.

뺨에 한 놈, 목에 또 한 놈 쏘는 것이 느껴진다. 쏘이는 즉시 벌의 독 때문에 어지러움이 느껴진다. 한쪽 팔로 나무에 매달린 채, 살에 박힌 갈고리 같은 벌침들을 뽑아낸다. 다행히 벌집이 떨어지기 전에 나를 알아본 벌은 세 마리뿐이었다. 나머지 말벌들은 땅에 있는 적들을 표적으로 삼았다.

이만 저만 난리가 난 게 아니다. 프로들은 눈을 뜨자마자 추적 말벌 떼의 대대적인 습격을 받았다. 피타와 다른 몇 명은 눈치가 빨라 모든 것을 버리고 도망쳤다.

"호수로 가! 호수로!"

내 귀에 그런 외침이 들려와, 그들이 물 속으로 들어가서 벌떼를 피하려는 생각임을 눈치 챘다. 저 무서운 벌들보다 먼저 호수에 갈 수 있다고 생각하는 걸 보니 꽤 가까운 모양이다. 글리머와 4번 구역에서 온 다른 여자아이는 그렇게 운이 좋지 못해서, 내 시야를 벗어나기도 전에 벌써 여러 방 쏘였다. 마구 소리를 지르며 활을 휘둘러 벌을 쫓아보려 하지만 아무 소용이 없다. 글리머는 벌써 정신이 완전히 나간 것 같다. 도와 달라며 다른 아이들을 부르지만 당연히 돌아오는 사람은 아무도 없다. 4번 구역 여자아이는 내 시야에서 벗어나기는 했지만 호수까지 가지는 못할 것 같다. 나는 글리머가 땅에 쓰러져 몇 분 정도 히스테릭하게 경련하다가 잠잠해지는 것을 바라본다.

벌집은 빈껍데기만 남아 있었다. 벌들은 모두 다른 아이들을 쫓아가 버렸다. 아이들이 돌아올 것 같지는 않지만 위험을 감수하고 싶지는 않다. 급히 나무에서 내려가 호수 반대 방향으로 뛰어간다. 벌의 독 때문에 비틀거리는 와중에도 내가 찾았던 작은 웅덩이를 다시 찾아내, 혹시라도 말벌이 있을 것에 대비해 물에 몸을 담근다. 약 5분 후, 기어서 바위 위로 올라갔다. 추적 말벌의 독에 대한 사람들의 말은 과장이 아니었다. 내 무릎의 경우 자두보다 오렌지에 가까운 크기로 부어올랐다. 침을 뽑아낸 곳에서 냄새가 고약한 녹색 고름이 배어 나온다.

부어오르고, 고통스럽고, 고름이 나온다. 나는 글리머가 땅에 쓰러져 씰룩거리다 죽는 것을 지켜보았다. 태양이 아직 지평선 위로 솟지도 않았는데 너무 많은 일이 벌어졌다. 글리머가 지금쯤 어떤 모습일지 생각하고 싶지 않다. 형체가 변해버린 몸. 활을 쥔 채 점점 부어 오르는 손가락……

활! 독 때문에 혼미한 정신 한 구석에서 새로운 생각이 떠오른다. 그래서 나는 벌떡 일어나 휘청거리며 숲에 있는 글리머의 시체로 되돌아간다. 활. 화살. 손에 넣어야 해. 아직 대포 소리가 안 들렸으니까 글리머는 아마 혼수상태에 빠져 있을 거야. 그 애의 심장은 아직 독과 맞서 싸우고 있는 모양이지. 하지만 심장이 멈추고 대포 소리가 들리면 호버크래프트가 나타나서 글리머의 시체와 함께, 이번 헝거 게임에서 내가 본 유일한 활과 화살까지 가져가 버릴 거야. 또다시 놓칠 순 없어! 그렇겐 안 돼!

글리머가 있는 곳까지 내가 가자마자 대포소리가 들린다. 추적 말벌들은 사라지고 없다. 인터뷰하던 날 밤 금색 드레스를 입은 모습이 숨 막힐 정도로 아름다웠던 이 여자애는 이제는 알아볼 수조차 없는 몰골이다. 얼굴에서는 본래 모습을 찾아볼 수가 없고, 팔 다리는 평소 세 배 굵기로 부어있다. 쏘여서 부어 오른 곳들이 터지기 시작하면서, 썩은 내 나는 녹색 고름이 울컥울컥 시체 주위로 튄다. 활을 빼내느라 원래 글리머의 손가락이었던 것을 몇 개나 돌로 찍어 잘라내는 수밖에 없었다. 화살 통은 등 밑에 깔려 있다. 팔 하나를 당겨서 몸을 굴려보려 하지만, 내 손 안에서 살이 으스러져 결국 나는 엉덩방아를 찧는다.

이게 현실일까? 아니면 환각이 보이기 시작하는 걸까? 나는 역겨워하지 말라고 내 자신에게 명령하며 눈을 똑바로 뜨고 입으로 숨을 쉰다. 다시 사냥할 수 있으려면 며칠이 걸릴지 모르는데, 아침 먹은 것을 토할 수는 없어. 두 번째 대포소리가 들려와 4번 구역 여자아이가 죽었으려니 짐작한다. 새들이 조용해지고 한 마리가 경고하는 소리가 들리는 것을 보면 호버크래프트가 나타날 모양이다. 나는 멍한 정신으로 글리머를 수거하러 왔구나 생각하지만, 내가 아직 옆에서 활을 손에 넣으려고 용을 쓰고 있으니 그럴 리는 없다. 무릎을 땅에 댄 채 몸을 일으키자 주위의 나무들이 빙글빙글 도는 것 같다. 하늘 한가운데 뜬 호버크래프트가 눈에 들어온다. 나는 마치 글리머를 보호하려는 듯 시체 위로 몸을 던지지만, 대신 4번 구역 아이가 공기 중으로 들려 가서 사라지는 모습이 보인다.

"해!"

스스로에게 그렇게 명령하면서 나는, 턱을 앙다물고 글리머의 시체 속으로 손을 밀어 넣는다. 갈비뼈 같은 것을 뚫고 내장을 헤친다. 호흡이 가빠오는 것을 어쩔 수 없다. 이 모든 것이 너무도 악몽 같아서, 뭐가 현실인지 잘 모르겠다. 은으로 된 화살 통을 잡아당기지만 어깨뼈인가 뭔가에 걸려서 나오질 않는다. 마침내 화살 통을 들어내서 팔에 걸치자마자, 숲 속에서 여러 명의 발자국 소리가 들린다. 프로들이 돌아왔음을 깨닫는다. 나를 죽이기 위해서, 혹은 무기를 되찾기 위해서, 어쩌면 둘 다.

하지만 도망가기엔 이미 늦었다. 끈끈해진 화살을 통에서 꺼내 시위에 메기려 하지만 줄이 세 개로 보인다. 벌 독이 만들어낸 고름의 냄새가 너무 지독해서 못하겠다. 못하겠어. 못하겠어.

당장 던질 태세로 창을 든 첫 번째 사냥꾼이 나무 틈에서 나타난 순간 나는 무력하기만 했다. 피타의 얼굴에 떠오르는 충격적인 표정이 이해되지 않는다. 창이 날아오기를 기다리는데, 그 대신 피타는 팔을 내렸다.

"너 아직도 여기서 뭐하는 거야?"

피타가 거칠게 말한다. 영문을 모르는 채 나는, 벌에 쏘여 부어 오른 피타의 귀 밑에서 물이 뚝뚝 떨어지는 것을 바라본다. 이슬을 덮어쓴 듯 피타 몸 전체에서 빛이 났다.

"너 미쳤어?"

이제 피타는 창 손잡이로 내 몸을 쿡쿡 찌르고 있었다.

"일어나! 일어나!"

겨우 몸을 일으키지만, 피타는 계속 나를 민다. 뭐지? 무슨 일이 일어나고 있는 거지? 피타가 다시 날 세게 떠밀고 이렇게 소리 질렀다.

"도망쳐! 도망치라고!"

피타 뒤에서 카토가 숲을 헤치고 쏜살같이 나타난다. 카토의 몸도 젖어서 빛나고 있고, 한 쪽 눈 밑이 심하게 부었다. 나는 카토의 칼날이 햇빛을 받아 빛나는 것을 보고 피타의 말을 따르기로 한다. 활과 화살을 단단히

196

쥐고 숲 속으로 달려간다. 그렇게 뛰고 있노라니 나무들이 마치 갑자기 나타나는 것처럼 느껴진다. 균형을 잡으려 애쓰지만 계속 발을 헛디디고 넘어지게 된다. 내가 있던 웅덩이를 지나 잘 모르는 숲 속으로 들어간다. 온 세상이 휘어져 보이는 것이 보통 일이 아닌 것 같다. 나비가 집채만큼 커졌다가 백만 개의 별로 변해 산산이 흩어진다. 나무가 피로 변해 내 발치에 쏟아진다. 내 손의 물집에서 개미가 기어 나오는데 손을 흔들어도 떨쳐지지가 않는다. 개미가 팔을 타고 목까지 기어 올라온다. 높은 비명 소리가 들린다. 숨 고를 틈도 없이 계속, 끝없이 이어진다. 확실치는 않지만 아마 내가 지르는 소리인 것 같다. 추적 말벌집처럼 웅웅거리는 오렌지색 거품이 둘러진 구덩이에 빠진다. 무릎을 턱까지 끌어올리고서 죽음을 기다린다.

아픈 몸과 혼란한 의식으로 떠올릴 수 있는 생각은 단 하나뿐이다. '피타 멜라크가 방금 내 목숨을 구했어.'

그때 개미가 눈 속으로 기어 들어와 나는 정신을 잃는다.

15

악몽에 빠져 들었다가 잠깐잠깐 정신이 들 때마다 점점 더 무시무시한 것들이 나를 기다리고 있었다. 내가 가장 무서워하는 것들, 내가 아는 사람에게 닥치게 될까 두려워하는 모든 것들이 너무나 생생하게 눈앞에 떠올라서 현실이라고밖에 생각되지 않는다. 눈을 뜰 때마다 '드디어 끝났구나' 하고 생각하지만, 끝이 아니다. 새로운 고문의 시작일 뿐이다. 프림이 죽는 모습을 내가 몇 번이나 봐야 하는 거지? 아빠가 최후를 맞는 순간은? 내 몸이 갈가리 찢기는 모습은? 뇌 속에서 공포가 있는 부분을 겨냥하도록 정교하게 제작된 추적 말벌 독의 특성 때문이다.

드디어 감각이 돌아왔을 때 나는 조용히 누워서 다른 끔찍한 영상들이 나타나기를 기다렸다. 그러다 마침내 독이 다 빠져나갔다는 걸 깨닫고, 고문을 당한 듯 허약해진 몸으로 한참을 누워 있었다. 마치 태아 같은 자세로 옆으로 누워 손을 들어본다. 더 이상 개미 같은 건 없고 손도 멀쩡하다.

그냥 사지를 펴는 데만도 엄청난 노력이 필요하다. 아픈 곳이 너무 많아서 어디가 아픈지 일일이 따져볼 필요도 없을 것 같다. 천천히, 아주 천천히 겨우 몸을 일으켜 본다. 환각에 시달릴 때 보았던 웅웅거리는 오렌지색 거품이 아니라, 말라 죽은 나뭇잎으로 가득한 얕은 구덩이 속이다. 옷이 축축하지만 웅덩이 물, 이슬, 비, 땀 중 무엇 때문인지는 모르겠다. 꽤 오랫동안, 물병에서 조금씩 물을 마시며 인동덩굴 옆을 기어가는 딱정벌레를 바라보는 것 외에 아무 것도 하지 못했다.

얼마나 오래 정신을 잃었던 거지? 내가 의식을 잃었을 때는 아침이었고, 지금은 오후다. 하지만 온몸의 관절이 쑤시는 것을 보니 하루, 심지어 이틀까지 지났을지도 모르겠다. 만약 그렇다면 추적 말벌들의 공격에서 살아남은 조공인이 누구인지 나는 영영 알지 못할 것이다. 글리머나 4번 구역 여자아이는 죽었다. 하지만 1번 구역 남자애, 2번 구역 남자애와 여자애, 피타는 있었다. 혹시 벌에 쏘여 죽었을까? 만약 살아남았다면 그들도 나처럼 끔찍한 시간을 보냈을 것이다. 그리고 루는? 루는 너무 작아서, 얼마 되지 않는 독도 치사량이 되었을 수 있다. 하지만…… 추적 말벌들이 루를 따라 잡아야 쏘았을 텐데, 그 앤 일찍감치 도망가기 시작했잖아.

입 안에서 역겹고 썩은 듯한 맛이 느껴지는데 물을 마셔도 별로 나아지지 않는다. 나는 인동 덩굴 쪽으로 기어가 꽃을 한 송이 딴다. 조심스레 수술을 뽑아내 혀 위에 꿀을 한 방울 떨어뜨린다. 달콤함이 입 안을 거쳐 목구멍 속으로 퍼지며, 여름과 고향의 숲과 내 옆에 게일이 있던 기억이 되살아나 핏줄 속이 따뜻해진다. 어떤 이유에선지 마지막 날 아침의 대화가 다시 떠오른다.

'우린 할 수 있어. 너도 알지?'

'뭘?'

'이 구역을 떠나는 것. 도망가서 숲 속에 사는 거지. 너하고 나, 우린 할 수 있어.'

문득 게일이 아닌 피타를 생각한다……. 피타! 그가 내 목숨을 구했어! 우리가 만났을 때쯤 나는, 무엇이 현실이고 무엇이 추적 말벌 독에 의한 환각인지 이미 구분하기 힘든 상태였다. 하지만 정말로 피타가 그렇게 한 게 맞다면(거의 본능적으로 한 행동인 것 같았다), 대체 왜 그랬던 거지? 인터뷰 때 했던 순정파 연기를 계속하는 건가? 아니면 정말로 나를 보호하려고 했던 걸까? 만약 그렇다면 애당초 왜 프로들이랑 어울렸던 거지? 그 어느 것도 말이 되는 게 없다.

게일은 그 사건을 어떻게 해석했을지 잠시 궁금해 하다가, 어쩐지 내 마음속에 게일과 피타가 같이 있는 게 어울리지 않아서 일단 다 제쳐두기로 한다.

그래서 경기장에 들어 온 이후 나에게 생긴 정말로 좋은 일 한 가지에 집중한다. 나에겐 활과 화살이 있다! 나무 위에 있을 때 얻은 것까지 합치면 화살이 열두 개나 된다. 글리머의 시체에서 나왔던 지독한 녹색 액체는 묻어 있지 않은데(내가 본 게 전부 다 현실은 아니었던 모양이다), 피는 꽤 많이 말라붙어 있다. 닦는 것은 나중에 하면 될 테고, 잠시 근처의 나무들에 화살을 몇 번 쏘아본다. 내가 집에서 쓰던 것보다는 트레이닝센터에 있던 것과 더 비슷하지만 그게 무슨 상관인가? 이것 역시 다룰 수 있다.

무기가 생기고 나니 헝거 게임을 바라보는 시각이 완전히 달라진다. 상대해야 할 남은 경쟁자들이 만만치 않다는 것은 알고 있다. 하지만 나는 더 이상 도망치고 숨어야 하고, 절박한 수단을 선택해야 하는 먹잇감만은 아니다. 만약 지금 당장 카토가 수풀을 헤치고 나타난다면, 난 도망치지 않고 활을 쏠 것이다. 내가 실제로 그 순간이 오기를 기대하고 있다는 걸 깨닫는다.

하지만 일단은 몸에 힘을 좀 다시 불어넣어야겠다. 탈수가 다시, 꽤 많이 진행되었고, 물이 위험할 정도로 조금밖에 남지 않았다. 캐피톨에서 준비 기간에 마구 먹어 대서 조금 찌웠던 살은 이미 다 빠졌고, 거기서 조금 더 빠진 것 같다. 아빠가 돌아가신 직후의 끔찍했던 그 몇 달 이래, 엉덩이뼈와 갈비뼈가 이렇게 툭 튀어나온 것을 본 적이 없다. 그리고 상처도 많다. 화상, 베인 상처, 나무에 부딪혀서 든 멍, 추적 말벌에게 쏘인 자국 세 군데. 벌에 쏘인 곳은 여전히 부어 있고 쓰라리다. 화상 입은 곳에 약을 바른 다음 벌에 쏘인 곳에도 발라보지만, 아무 효과가 없다. 엄마는 독을 뽑아내는 성분이 든 잎으로 약을 만들 줄 아셨지만, 쓸 일이 거의 없었던 탓에 그 식물의 이름은 고사하고 생김새도 기억나지 않는다.

'일단 물부터.' 나는 그렇게 생각한다. '이제 돌아다니면서 사냥을 할 수 있으니까.' 몸을 질질 끌고 미친 듯이 나뭇잎을 헤치며 걸어온 흔적을 보니 내가 어느 방향에서 왔는지는 쉽게 파악된다. 그래서 나는, 내 적들이 아직도 추적 말벌 독이 만들어 내는 초현실적인 세계에 갇혀 있기를 바라며 반대 방향을 선택한다.

갑자기 움직이면 관절이 말을 듣지 않아서 빨리 걷지는 못하지만, 간신히 사냥꾼이 짐승을 뒤쫓을 때 쓰는 느린 걸음걸이를 회복했다. 몇 분 지나지 않아 토끼를 발견하고, 활을 손에 넣은 후 첫 성과를 올렸다. 평소처럼 깔끔하게 눈을 꿰뚫어 잡지는 못했지만 어쨌든 잡은 건 잡은 거다. 1시간쯤 후 얕지만 넓은 개울을 발견한다. 이 정도면 내가 필요한 것 이상이다.

햇빛이 뜨겁고 강렬해서, 물이 정수되는 동안 속옷만 입고서 잔잔한 물살 속으로 헤쳐 들어간다. 나는 머리부터 발끝까지 몹시 지저분하다. 물을 몸에 끼얹어 보려 하지만 결국 그냥 물 속에 몇 분 동안 누워서, 몸에 묻은 그을음, 말라붙은 피, 화상 입은 곳에서 벗겨지기 시작한 피부 조각들이 물결에 씻겨가도록 둔다. 옷을 물에 헹구고 덤불에 널어 놓은 다음, 잠시 햇빛을 받으며 앉아 엉킨 머리를 손가락으로 푼다. 그제야 식욕이 돌아와서 크래커 하나와 육포 한 조각을 먹는다. 그리고 이끼를 한 줌 뜯어 활과 화살에 묻은 피를 닦아낸다.

기운이 조금 돌아온 나는 화상 부위에 다시 약을 바르고, 머리를 다시 땋고, 젖은 옷을 입는다. 어차피 햇빛에 곧 마를 것이다. 개울을 거슬러 올라가는 것이 가장 현명할 듯싶다. 나는 내리막보다 오르막으로 가는 걸 더 좋아한다. 게다가 깨끗한 수원(水源)으로 가면 내가 마실 물도 있고, 물을 찾아온 짐승들도 잡을 수 있을 것이다.

야생 칠면조의 일종으로 보이는 처음 보는 새 한 마리를 쉽사리 잡는다. 내가 보기에는 충분히 식용으로 할 수 있을 것 같다. 늦은 오후가 되자, 작은 불을 피워서 고기들을 익히기로 결심한다. 황혼은 연기를 숨겨줄 테고, 밤이 되기 전에 불을 끄면 되리라는 생각에서다. 사냥감을 다듬으며 새를 아주 유심히 살펴보지만, 특별히 의심스러운 점은 보이지 않는다. 깃털을 다 뽑고 나서 보니 닭보다 크지 않지만 단단한 살이 통통하게 올라 있다. 석탄 위에 고기를 한 판 얹었을 때 잔가지 부서지는 소리가 들렸다.

나는 소리가 난 쪽으로 몸을 돌리는 동시에 활과 화살을 어깨에 댔다. 아무도 없다. 적어도 내 눈에 보이는 사람은 없다. 그 때 나무줄기 뒤에서 삐져나온 어린아이 장화의 끝부분이 보인다. 나는 어깨에 힘을 풀고 씩 웃는다. 숲 속을 그림자처럼 움직일 수 있는 아이라니, 정말이지 알아 줘야 할 것 같다. 그렇지 않다면 어떻게 따라왔겠어? 미처 제지할 틈도 없이 내 입에서 말이 튀어 나온다.

"쟤들만 동맹을 맺으라는 법은 없지."

잠시 대답이 없다가, 루가 나무줄기 옆으로 눈 하나를 내민다.

"나랑 동맹 맺고 싶어?"

"안 될 것 없잖아? 넌 추적 말벌에 대해 알려 줘서 날 구해줬지. 아직까지 살아 있을 만큼 똑똑하기도 하고. 게다가 어차피 나는 너에게서 도망을 가고 싶어도 못 가는 것 같으니 말이야."

루는 결정을 내리지 못하고 눈을 깜빡인다. 그러다 고기를 본 그 애의 눈빛이 번쩍였다. 루가 꿀꺽 침을 삼키는 모습이 보인다. 나는 제안했다.

"배고프니? 배고프면 와. 오늘 두 마리 잡았어."

주저하며 걸어 나온 루가 말한다.

"벌에 쏘인 곳 내가 고쳐줄 수 있는데."

"그래? 어떻게?"

루는 가방을 뒤져 잎사귀를 한 움큼 꺼낸다. 엄마가 쓰시던 잎사귀와 같은 잎사귀인 게 거의 확실하다.

"어디서 찾았어?"

"그냥 돌아다니다가. 우린 과수원에서 일할 때 늘 가지고 다녀. 과수원에 남은 벌집이 많거든. 여기에도 많더라."

"그렇구나. 너 11번 구역에서 왔지, 농업 구역. 과수원이라고? 날개 달린 듯 날아다니는 방법을 거기서 배운 거구나."

루는 미소를 짓는다. 루가 스스로 자부심을 갖고 있다고 내세울 수 있는 것 중 하나를 내가 짚어 낸 모양이다.

"그럼 고쳐 줘."

나는 그렇게 말하고, 불가에 털썩 앉아 바지를 걷고 무릎의 쏘인 곳을 드러낸다. 루가 잎사귀를 입에 넣고 씹는 것을 보고 좀 놀란다. 엄마라면 다른 방법을 쓰셨겠지만, 지금 우리가 할 수 있는 일은 많지 않다. 1분쯤 후 루는 질척한 녹색 뭉치를 내 무릎에 뱉어냈다.

"아아아아······!"

멈출 새도 없이 입에서 탄식이 새나온다. 쏘인 곳의 고통을 잎사귀가 쭉 쭉 빨아내는 것 같다.

루는 키득거린다.

"침을 뽑아 낼 생각을 한 게 다행이었어. 안 그랬음 훨씬 심했을 거야."

"목도 해 줘! 목도 해 줘!"

나는 거의 빌다시피 한다.

루는 잎사귀를 또 한 줌 입에 넣는다. 얼마 후, 상처가 낫는 기분이 너무 좋아서 나는 웃고 만다. 그러다 루 팔뚝에 길게 화상이 난 것을 발견했다.

"그건 내가 약이 있지."

나는 무기를 밀어놓고 루의 팔에 화상 약을 발라준다.

"좋은 스폰서를 뒀구나."

루는 부러운 듯 말한다.

"뭐 받은 것 없어?"

내가 묻자 루는 고개를 가로젓는다.

"금방 받을 거야. 기다려 봐. 끝이 가까워올수록 네가 얼마나 똑똑한지 깨닫는 사람들이 더 많아질 테니까."

나는 그렇게 말하며 고기를 뒤집었다.

"나랑 동맹하자는 거 농담 아니었지?"

"아니, 진심이야."

내가 이 가냘픈 아이와 팀을 맺는 것을 보며 헤이미치가 투덜거리는 소리가 들리는 듯하다. 하지만 나는 이 애를 원한다. 이 아이는 아직까지 살아남았고, 나는 이 아이를 믿는다. 그리고······ 인정 못할 건 또 뭐람? 이

애는 프림을 생각나게 한다.

"좋아. 약속이다."

루가 손을 내밀고, 우리는 악수를 나눈다. 물론 이런 약속은 일시적일 수밖에 없지만 둘 다 그 얘기는 하지 않는다.

루는 전분질의 덩이뿌리를 한 손 가득 꺼내 우리의 식사에 보탠다. 불에 구워 먹으니 파스닙(서양방풍나물. 덩이뿌리를 먹는다: 옮긴이)처럼 쌩한 단맛이 느껴진다. 루는 내가 잡은 새의 이름도 알았다. 자기네 구역에서 참거위(가상의 새: 옮긴이)라고 부르는 새라고 한다. 어쩌다 참거위 떼가 과수원에 날아들면 그날 점심은 푸짐하게 먹는다고 한다. 우리는 잠시 모든 대화를 중단하고 배를 채운다. 참거위 고기는 맛있고 기름기가 워낙 많아서, 한 입 깨물면 기름이 뚝뚝 떨어진다.

"아, 혼자서 다리 한 개를 다 먹어 보는 건 처음이야."

루가 한숨을 쉰다.

처음이겠지. 고기를 먹는 일 자체가 드물었을 거야.

"다른 다리도 먹어."

내가 말한다.

"정말?"

"먹고 싶은 만큼 먹어. 이제 활이랑 화살이 있으니까, 또 잡으면 돼. 그리고 난 덫도 놓을 수 있거든. 덫 놓는 방법도 알려 줄게."

루는 여전히 확신이 없는 표정으로 참거위 다리를 쳐다본다.

"먹으라니까. 어차피 며칠 지나면 못 먹게 되고, 새랑 토끼도 한 마리씩 있어."

다리를 루의 손에 쥐어 주며 내가 말했다. 일단 손에 쥐고 나자 루는 식욕을 이기지 못하고 크게 한 입 베어 문다.

"난 11번 구역에는 먹을 것이 우리보다는 더 많을 줄 알았어. 식량을 재배하니까."

내가 말한다. 루의 눈이 커진다.

"어, 아니야. 우리는 수확한 식량을 못 먹게 돼 있어."

"잡혀가거나 뭐 그래?"

"다들 보는 앞에서 채찍질해. 시장이 아주 엄격하거든."

표정을 보니 그런 일이 그리 드물지 않다는 것을 알 수 있다. 12번 구역에서 공개 태형은, 아주 없지는 않지만 드문 일에 속한다. 예컨대 게일과 나는 숲 속에서 밀렵한 죄로 매일매일 태형을 당해야 하겠지만(원칙적으로는 그보다 훨씬 더한 일도 겪게 될 거다), 공무원들 중에 우리 고기를 안 사는 사람이 없다. 게다가 매지의 아버지인 우리 시장은 그런 일을 별로 좋아하는 것 같지 않다. 가장 내세울 것이 없고, 가장 가난하고, 가장 웃음거리가 되는 구역도 그·나름의 장점이 있나 보다. 예를 들어, 석탄 생산량만 맞춰 주면 캐피톨이 그냥 무시해버려 준다는 것.

"언니네 구역에서는 필요한 만큼 석탄을 쓸 수 있어?"

루가 묻는다.

"아니. 돈 주고 사거나, 장화 속에 숨겨 나오거나 해야 돼."

"우린 추수 기간에는 식량을 좀 더 받아. 더 오랫동안 일해야 하니까."

"학교는 안 가?"

"추수 기간엔 안 가. 그 땐 모두 일해."

루가 살아온 이야기를 듣고 있으니 아주 흥미롭다. 우리 구역 밖의 사람과는 거의 이야기해 볼 일이 없었으니까. 사실 나는 게임 운영자들이 우리가 지금 나눈 대화를 방영하지 않는 건 아닌가 생각하고 있다. 우리가 주고받는 정보들이 무해하다 하더라도, 서로 다른 구역에 사는 사람들끼리 서로 알고 지내는 것을 그들은 원하지 않을 것 같기 때문이다.

루의 제안에 따라 우리가 가진 식량을 모두 꺼내 놓고 계획을 짠다. 내가 가진 것은 이미 루가 거의 다 봤지만, 마지막 남은 크래커와 육포를 꺼내 함께 늘어놓는다. 루는 뿌리, 견과류, 채소 등을 꽤 가지고 있고, 심지어 딸기류도 가지고 있다.

나는 눈에 익지 않은 딸기 하나를 집어들고 묻는다.

"이거 안전한 거 확실해?"

"아 그럼, 우리 구역에도 있는 거야. 벌써 며칠째 먹고 있는 걸."

루는 그렇게 말하며 입에 한 움큼 털어 넣는다. 조심스레 한 개를 깨물어 보니 우리 구역의 블랙베리 못지않게 맛있다. 루와 동맹을 맺기를 잘했다는 생각이 점점 커져간다. 우리는 떨어지게 되더라도 며칠은 견딜 수 있도록 식량을 나눠서 각자 보관한다. 식량 외에 루가 가진 것은 조그만 가죽 물병, 직접 만든 새총, 양말 한 켤레였다. 칼 대신 사용하는 단단하고 날카로운 돌멩이도 하나 있다.

"별 거 없다는 건 나도 알지만, 코뉴코피아에서 재빨리 도망쳐야 했거든."

루가 마치 부끄럽다는 듯 말한다.

"잘한 거야."

내가 대꾸하며 장비를 펼쳐놓자, 루는 선글라스를 보고 숨을 작게 훅 들이마신다.

"그건 어떻게 얻은 거야?"

"배낭에 있더라. 아직까지는 쓸모가 없었어. 햇빛 차단도 안 되고, 쓰면 앞이 잘 안 보여."

나는 무심하게 어깨를 으쓱하며 대답한다. 그러자 루가 외쳤다.

"햇빛 차단용이 아니라, 어두울 때 쓰는 거야. 간혹 밤새 수확을 할 때면, 나무 제일 높이까지 올라가는 사람들에게 나눠주곤 했어. 나무 꼭대기까지는 횃불 빛이 안 닿거든. 한 번은 마틴이라는 남자애가 이걸 바지에 숨겨서 몰래 가져가려고 한 적이 있었어. 들켜서 그 자리에서 사형

당했어."

"이걸 가져간다고 죽였다고?"

"응, 그 아이가 위험인물이라고 생각한 사람은 아무도 없었어. 마틴은 머리가 정상이 아니었어. 꼭 3살짜리처럼 행동하는 애 있잖아. 그냥 그걸 가지고 놀려고 했던 것뿐이었는데."

이 이야기를 들으니 12번 구역이 마치 안전한 천국처럼 느껴진다. 물론 언제나 사람들이 기아로 픽픽 쓰러지는 곳이긴 하지만, 평화유지군이 좀 모자라는 아이를 죽이는 일은 상상할 수도 없다. 그리지 세이 아줌마의 어린 손녀 중에 그런 애가 하나 있는데, 늘 호브를 어정거리고 돌아다닌다. 하지만 다들 그 아이를 애완동물 정도로 취급하며, 음식찌꺼기니 사소한 것들을 던져 주곤 할 뿐이다.

"그럼 이건 어떻게 쓰는 거야?"

내가 선글라스를 들고 루에게 묻는다.

"깜깜한 곳에서도 앞을 보게 해 줘. 오늘 밤에 해가 지고 나서 시험해 보자."

루에게 내가 가지고 있던 성냥을 좀 주고, 루는 벌에 쏘인 곳이 악화될 경우에 대비해 내게 잎사귀를 듬뿍 준다. 우리는 피웠던 불을 끄고 해 지기 직전까지 개울을 거슬러 올라간다.

"잠은 어디서 자? 나무 위에서?"

루가 고개를 끄덕인다.

"그 재킷만 입고?"

루는 여분의 양말 한 켤레를 들어 보이며 대답한다.

"손에 이거 끼고 자."

나는 이제까지 밤이 되면 얼마나 추웠는지를 생각해 본다.

"너만 괜찮으면 내 침낭에서 같이 자자. 우리 둘이 들어가도 넉넉할 거야."

내 말에 루의 얼굴이 환하게 밝아진다. 그 애가 감히 바라지조차 못했던 일이라는 걸 알 수 있었다.

나무 높은 곳의 갈라진 가지에 자리를 잡고 눕자마자 국가가 흘러나온 다. 오늘은 죽은 사람이 없다.

"루, 나 오늘에야 정신을 차렸거든. 내가 며칠이나 의식을 잃고 있었어?"

국가에 묻혀서 어차피 우리 말소리는 들리지 않겠지만, 나는 속삭이듯 말했다. 입술을 손으로 가릴 정도로 조심한다. 내가 피타 이야기를 하려 한다는 걸 시청자들이 알게 하고 싶지 않다. 내 행동을 본 루는 똑같이 따 라 한다.

"이틀. 1번 구역이랑 4번 구역 여자애들이 죽었어. 이제 열 명 남았어."

"이상한 일이 하나 있었어. 적어도 내 생각엔 그래. 추적 말벌의 독 때 문에 없던 일을 내가 상상하는 건지는 몰라도 말이야. 우리 구역에서 온 남자애 기억나? 피타라는 애. 그 애가 내 목숨을 구해 준 것 같아. 하지만 그 앤 프로들이랑 같이 다니고 있었어."

"이제는 아니야. 호수에 있는 프로들의 베이스캠프를 염탐해 봤어. 벌 의 독 때문에 쓰러지기 전에 거기까지 돌아갔거든. 하지만 피타는 없었어. 정말로 언니를 구해 줘서 도망가야 했던 걸지도 몰라."

나는 대답하지 않는다. 만약, 정말로 피타가 나를 구해 준 거라면, 나는 또 그에게 빚을 진 거다. 이 빚은 절대로 갚을 수 없는 빚이다.

"그랬다면 그것도 연기였겠지. 그…… 사람들한테 자기가 나를 사랑한 다고 생각하게 하려고 했던 연기 말이야."

"아, 나는 연기라고 생각 안 했는데."

루는 생각에 잠긴 표정으로 대답한다.

"당연히 연기지. 우리 멘터랑 같이 짜고 한 거야."

국가가 끝나고 하늘이 어두워진다.

"이 안경, 시험해 보자."

나는 그렇게 말하고 안경을 꺼내 써 보았다. 루의 말은 거짓이 아니었다. 나무의 나뭇잎 하나하나, 5미터는 족히 떨어진 곳에서 스컹크가 덤불 속을 지나가는 모습까지 다 보인다. 스컹크를 죽일 마음만 있으면 이 곳에서도 죽일 수 있겠다. 누구라도 죽일 수 있을 것 같았다.

"또 누가 이걸 가지고 있으려나."

내가 말했다.

"프로들한테 두 개 있어. 하지만 걔들은 호숫가에 없는 게 없고, 정말 강하잖아."

"우리도 강해. 다른 방식으로 강할 뿐이지."

"언닌 강하지. 활을 쏠 수 있잖아. 내가 할 수 있는 게 뭐가 있어?"

"너는 먹고 살 수 있잖아. 프로들은 못할걸?"

"그럴 필요가 없지. 보급품이 다 있는데."

"만약 없다면 어떨까. 보급품이 다 없어져 버린다면 말이야. 그 애들이 얼마나 살아남을 수 있을까? 우리가 하는 경기 이름이 뭐지? '헝거 (hunger, 굶주림 : 편집자) 게임' 이잖아."

"하지만 캣니스 언니, 그 애들은 굶지 않아."

"그렇지. 그게 문제지."

나도 동의한다. 그리고 난생 처음으로 계획이라는 것을 떠올린다. 도망치거나 숨으려고 짜낸 계획이 아니라, 먼저 공격하기 위한 계획.

"내가 그 상황을 바꿔 볼 수 있을 것 같아, 루."

16

루는 나를 완전히 믿기로 결심했다. 국가가 끝나자마자 내게 안기더니 잠드는 모습을 보면 알 수 있다. 조금도 경계하지 않는 건 나도 마찬가지긴 하다. 나 역시 루의 존재에 불안을 느끼지 않는다. 루가 내가 죽기를 바랐다면 추적 말벌 벌집이 있는 것을 알려 주지 않고 도망가기만 하면 됐을 것이다. 내 머리 뒤쪽을 괴롭히는 건 하나의 당연한 사실, 즉 우리 둘 다 우승할 수는 없다는 것이다. 하지만 지금으로서는 나나 루나 살아남을 확률이 몹시 낮으니, 간신히 그 생각을 무시한다.

게다가 프로들과 보급품에 대해 방금 떠올린 생각 때문에 잔뜩 정신이 팔려있다. 루와 나는 어떻게든 그들의 식량을 못 쓰게 만들 방법을 찾아내야 한다. 그들에게는 숲에서 혼자 힘으로 식량을 구하는 일이 엄청난 난제일 것이다. 전통적으로 프로들의 생존 전략이란, 초기에 식량을 모두 구해 놓고 시작하는 것이다. 프로들이 식량 간수를 잘 못한 해에(한 해에는 무시무시한 파충류들이 못 쓰게 만들었고, 한 해에는 게임 운영자들이 일으킨 홍수에 쓸려가 버렸다) 다른 구역에서 온 조공인이 우승하는 경우가 많았다. 이런 경우 영양 공급을 잘 받으며 자랐다는 것이 외려 프로들의 단점이 되어 버리는데, 그들은 배고픔을 어떻게 견디는지 모르기 때문이다. 루와 내가 잘 알고 있는 바로 그것 말이다.

하지만 구체적인 계획을 짜기에 오늘 밤 난 너무 지쳐있다. 상처는 나아가고 있고, 아직도 벌의 독 때문에 정신이 약간 흐릿하다. 그리고 내 어깨에 머리를 기댄 루의 따뜻한 체온이 느껴지니 든든한 마음이 든다. 경기장에 들어 온 후 내가 얼마나 외로웠던가를 처음으로 실감한다. 다른 인간의 존재가 얼마나 마음을 편하게 해 주는지를. 내일은 꼭 입장을 바꿔놓으리라 다짐하며, 찾아오는 졸음에 몸을 맡긴다. 내일은 프로들이 경계할 차례야.

대포 소리에 움찔 잠에서 깬다. 하늘엔 태양 빛이 몇 줄기 비치고 있고, 새들은 벌써 일어나 노래하고 있다. 루가 양손에 뭔가를 감싸 들고, 맞은 편 가지에서 내 쪽으로 건너왔다. 대포 소리가 더 들려오지 않나 기다려 보지만 조용하다.

"누구였을까?"

피타 생각이 드는 것을 나는 어쩔 수가 없다.

"모르겠어. 누가 죽었어도 이상할 건 없지만. 오늘 밤에 알게 되겠지."

루가 대답한다.

"남은 사람이 누구누구랬지?"

"1번 구역 남자애, 2번 구역 둘 다, 3번 구역 남자애, 스레쉬하고 나. 그리고 언니랑 피타. 그러면 여덟 명이네. 아, 그리고 10번 구역 남자애 있었지. 다리 저는 애. 그러면 아홉이다."

한 명이 더 있지만 우리 둘 다 기억해 내지 못한다.

"방금 그 앤 어떻게 죽었을까."

루가 말한다.

"알 수 없지. 하지만 우리한텐 잘 된 거야. 누가 죽었으면 관객들을 조금 더 붙잡아 둘 수 있으니까. 게임 운영자들이 진행이 너무 느리다 싶어 끼어들기 전까지 뭔가 해낼 시간이 있을지도 몰라. 손에 든 건 뭐야?"

"아침밥."

루는 커다란 새알 두 개를 보여준다.

"무슨 새알이야?"

"정확히 모르겠어. 저쪽에 늪지가 있더라. 무슨 물새알이겠지."

요리를 해 먹으면 좋겠지만 나나 루나 불을 지필 용기는 나지 않는다. 오늘 죽은 아이는 프로들이 죽인 것 같은데, 그렇다는 건 곧 그들이 이제 다시 경기에 참여할 만큼 충분히 회복되었다는 뜻이다. 우리는 알을 쪽쪽 빨아먹고, 토끼 다리를 하나씩 먹은 후 딸기도 조금 먹는다. 이 정도면 어디 내놓아도 빠지지 않는 훌륭한 아침 식사다.

"할 준비 됐니?"

배낭을 둘러메며 루에게 묻는다.

"뭘 해?"

대답은 이렇게 하지만, 루가 튀듯 일어나는 모습을 보니 내가 제안하는 일이면 뭐라도 할 준비가 되어있음을 알 수 있다.

"오늘은 프로들 식량을 없애버려야지."

"정말? 어떻게?"

신나서 눈이 반짝거리는 게 보인다. 이런 면에서 본다면 루는 모험이라면 괴로워하는 프림과는 정반대인 아이다.

"몰라. 사냥하면서 방법을 찾아보자."

그러나 프로들의 베이스캠프에 대해 루가 아는 모든 것을 듣느라 사냥은 많이 하지 못한다. 잠깐 염탐해 본 것뿐이지만 루는 눈썰미가 있다. 프로들은 호숫가에 캠프를 설치했다. 식량을 캠프에서 30미터 정도 떨어진 곳에 보관해 두었다고 했다. 낮 동안에는 3번 구역 남자아이에게 감시를 맡긴다.

"3번 구역 남자애? 걔가 프로들이랑 있다고?"

"응, 그 앤 언제나 캠프에 있어. 말벌이 호수까지 프로들을 쫓아와서 걔도 쏘였지. 경비를 맡는 조건으로 살려준 것 같은데, 몸집은 별로 안 커."

루가 말한다.

"그 애는 무슨 무기를 갖고 있어?"

"창 말고 별 무기는 못 봤어. 우리 같은 애들 몇 명은 상대할 수 있을지 몰라도, 스레쉬를 만나면 금방 죽어버릴걸."

212

"그리고 식량은 그냥 훤히 보이는 곳에 내버려 뒀다고?"

루는 고개를 끄덕인다. 내가 덧붙인다.

"뭔가 전반적으로 탐탁지 않은데."

"그렇지. 하지만 뭐가 이상한 건지 정확히 모르겠어. 캣니스 언니, 식량 있는 곳에 접근할 수 있다 해도, 없애기는 어떻게 없앨 거야?"

"태우면 되지. 아님 호수에 빠트리거나. 석유를 뿌려 버리거나."

나는 프림한테 하듯이 루의 배를 콕콕 찌른다.

루는 "먹어 치우자!" 하며 키득거린다.

"방법을 찾아볼 테니까 걱정 마. 뭐든지 만들기보다는 부수기가 더 쉬워."

한동안 우리는 덩이뿌리를 캐고, 딸기와 채소를 모으고, 작은 목소리로 전략을 구상한다. 나는 루가 어떤 아이인지 알게 되었다. 여섯 남매의 장녀인 루는 동생들을 아끼는 마음이 대단해서 자기 몫의 배급품을 동생들에게 주고, 우리 구역에 비해 평화유지군이 훨씬 비협조적인 곳인데도 자신은 초원에서 먹을 것을 찾는다. 세상에서 가장 사랑하는 것이 뭐냐고 묻자 루는 하필이면 이렇게 대답한다.

"음악."

"음악? 음악에 할애할 시간이 있어?"

우리가 사는 세상에서, 실용성을 기준으로 내가 생각하는 음악의 위치는 머리끈과 무지개 사이 어디쯤이다. 게다가 무지개는 적어도 날씨를 예측하는 데라도 쓸모가 있다.

"집에서 노래를 불러. 일하면서도 부르지. 그래서 언니 핀이 마음에 들어."

루는 내가 잊고 있었던 모킹제이 핀을 가리킨다.

"너희 구역에도 모킹제이가 있어?"

"아, 그럼. 나랑 특히 친한 애들도 몇 있어. 몇 시간이고 서로 노래 부르며 놀아. 소식 전달도 해 주고."

"그게 무슨 뜻이야?"

"보통 내가 나무 제일 높이까지 올라가니까, 퇴근 시간을 알리는 깃발을 내가 제일 먼저 보거든. 그럴 때 내가 부르는 노래가 있어."

루는 달콤하고 맑은 목소리로 네 개의 음만으로 구성된 간단한 노래를 부른다.

"그러면 모킹제이들이 과수원을 돌아다니며 그 노래를 불러. 그걸 들으면 사람들은 일을 그만하는 거지. 둥지 너무 가까이에 가면 위험할 수 있지만, 그건 그 애들 잘못이 아니잖아."

나는 핀을 풀어 루에게 내민다.

"자, 이거 가져. 나보다 너한테 의미가 더 크잖아."

"아, 아니야. 언니가 하고 있는 모습이 좋아. 그걸 보고 언닐 믿어도 되겠다고 결정했던 거야. 그리고 난 이것도 있는걸."

루는 내 손가락을 감싸 다시 핀을 쥐게 한다. 그러곤 풀잎 같은 것으로 짠 목걸이를 셔츠 밑에서 꺼내 보여준다. 나무로 거칠게 깎은 무언가가 매달려 있다. 별 아니면 꽃같이 생겼다.

"행운의 부적이야."

"이제까진 효과가 있었네. 그걸 계속 믿어 보는 게 나을 수도 있겠다."

나는 모킹제이 핀을 다시 셔츠에 단다.

점심때쯤에는 계획이 완성되고, 이른 오후에는 실행에 옮길 준비가 끝난다. 나는 루를 도와 첫 모닥불 두 개를 피울 나무를 모은다. 세 번째 모닥불은 루 혼자 준비할 시간이 있을 것이다. 우리는 처음으로 함께 식사한 곳에서 다시 만나기로 약속한다. 개울을 따라가면 찾을 수 있을 것이다. 떠나기 전에 루와 함께 식량과 성냥이 충분히 있는지 점검해 본다. 내가 밤까지 못 돌아 올 경우를 대비해 내 침낭까지 루가 가지고 있으라고 나는 우긴다.

"언니는? 춥지 않겠어?"

"호숫가에서 하나 더 구하면 되지. 너도 알지? 여기선 절도가 불법이 아니라는 거."

나는 씨익 웃으며 말한다.

떠나려는 순간, 루는 작업 완료를 알리는 자신의 모킹제이 노래를 나에게 알려 주기로 했다.

"안 될지도 몰라. 하지만 모킹제이가 이 노래를 부르는 걸 들으면, 내가 무사하다는 것, 당장 돌아올 수 없을 뿐이라는 걸 알 수 있을 것 같아서."

루가 말한다.

"여기 모킹제이들이 많아?"

내가 묻는다.

"못 봤어? 사방에 모킹제이 둥지던데."

나는 눈치 못 챘음을 인정해야 했다.

"좋아, 그럼. 계획대로 잘 되면, 이따 저녁 먹을 때 만나자."

갑자기 루가 내게 팔을 두른다. 예상하지 못했던 나는 아주 잠시 망설이다가, 곧 루를 안아 준다.

"조심해야 해."

루가 말한다.

"너도."

몸을 돌려 개울 쪽으로 돌아가면서 나는 걱정스러웠다. 루가 죽을까 봐 걱정 되고, 루가 죽지 않고 우리 둘이 마지막까지 남을까 봐 걱정 되고, 루를 혼자 두는 것도 걱정 되고, 프림을 집에 혼자 두는 것도 걱정 된다. 아니, 프림에겐 엄마와 게일과, 배를 곯지 않게 해 주겠다는 빵집 아저씨가 있다. 하지만 루에게는 오직 나뿐이다.

개울에 도착하자 나는 물줄기를 따라 내려갔다. 그리고 말벌에게 공격받은 후 처음으로 개울을 발견했던 곳까지 간다. 답이 없는 질문들(특히 피타에 관한 질문들)에 정신이 팔려 있다는 것을 깨닫고 더 주의해야겠다고 생각한다. 오늘 아침에 들렸던 대포 소리가 피타의 죽음을 알리는 것이었을까? 만약 그렇다면, 어떻게 죽었을까? 프로의 손에 살해당했나? 나를 살려준 데 대한 보복이었을까? 피타가 숲에서 뛰쳐나왔을 때, 글리머의 시체를 사이에 두고 벌어졌던 그 짧은 순간의 일을 기억해내 보려 다시 한 번 머리를 쥐어짠다. 하지만 피타의 몸이 반짝반짝 빛나고 있었다는 것 하나만으로도, 과연 실제로 있었던 일인지 의심스럽다.

몇 시간 만에 어제 목욕을 했던 수심이 얕은 곳으로 돌아온 걸 보니, 어제는 이동 속도가 굉장히 느렸었나 보다. 잠시 멈춰 물을 보충하고 배낭에 진흙을 한 겹 더 바른다. 아무리 진흙을 발라도 다시 오렌지색으로 돌아오는 것 같다.

프로들의 캠프에 가까워지자 점점 감각이 날카로워진다. 그들에게 더 다가갈수록 나는 더 조심하면서 자주 멈춰섰다. 그리고 부자연스러운 소리가 나지 않나 들어보며 화살을 하나 시위에 메긴 채 걷는다. 다른 조공인은 보이지 않지만 루가 얘기해 줬던 것들이 조금씩 보이기 시작한다. 달콤한 딸기 덤불, 벌에 쏘인 곳을 치료했던 잎사귀 덤불, 내가 갇혔던 나무 근처에 군집하고 있는 추적 말벌의 벌집들. 그리고 여기저기 나뭇가지 위 높은 곳에서는 모킹제이의 희고 검은 날개가 언뜻 보인다.

텅 빈 벌집이 바닥에 떨어져 있는 나무까지 오자, 잠시 걸음을 멈추고 용기를 다시 추스른다. 루는 여기서부터 호숫가의 염탐하기 좋은 지점까지 가는 방법을 자세히 알려 주었다. '기억해.' 나는 스스로에게 말한다. '이제는 그들이 아니라 네가 사냥꾼이란 걸.' 활을 더 단단히 쥐고 앞으로 나아갔다. 루가 얘기해 줬던 관목 숲에 도착하자 다시 한 번 루의 영리함에 감탄하게 되었다. 숲 가장자리에 있지만 덤불 아래쪽이 아주 무성해서, 눈에 띄지 않은 채 프로들의 캠프를 쉽게 관찰할 수 있었다. 나와 캠프 사이에는 경기가 시작했을 때 우리가 있었던 공터가 있다.

이윽고 조공인 네 명이 보인다. 1번 구역 남자애, 카토, 2번 구역 여자애, 3번 구역 출신일 왜소하고 창백한 남자애가 있다. 캐피톨에 있는 내내 그 남자애에 대한 인상은 거의 남지 않았다. 의상이든 훈련 점수든 인터뷰든, 아무것도 기억나는 것이 없다. 앉아서 플라스틱 박스 하나를 붙든 채 만지작거리고 있는 지금도 마찬가지였다. 몸집이 크고 거만해 보이는 다른 아이들 때문에 그 아이의 존재는 쉽게 잊게 된다. 하지만 뭔가 재주가 있으니까 살려 둔 게 분명하다. 그래도 직접 보고 나니 프로들이 왜 그에게 감시를 맡기는지, 대체 왜 살려 둔 것인지 불편한 기분이 더 커진다.

넷 모두 아직 말벌에게 쏘인 후유증을 겪고 있는 것 같다. 내가 있는 곳에서도 몸이 부은 게 보인다. 벌침을 뽑을 정신이 없었거나, 뽑았더라도 벌 독을 치유해주는 잎사귀의 존재를 몰랐던 모양이다. 그들의 모습을 보니 코뉴코피아에 있던 약 중엔 벌 독에 듣는 약이 없었던 듯하다.

코뉴코피아는 그대로 있지만, 내용물은 깨끗이 비워진 상태다. 나무 상자, 삼베 자루, 플라스틱 통 등에 담긴 보급품들은 대부분 피라미드 모양으로 쌓여 있는데, 캠프와 피라미드 사이에 거리를 둔 게 수상했다. 나머지 보급품들은 피라미드 주위에 분산되어 있는데, 마치 '게임'이 시작될 때 코뉴코피아 주위에 보급품들을 늘어놓은 것을 따라 한 것처럼 보일 정도다. 피라미드 위에는 그물 천을 덮어 놓았는데, 새들을 막는 것 외에는 별 쓸모가 없어 보인다.

전체적인 모습을 보아도 도저히 영문을 알 수 없다. 캠프와의 거리, 그물, 3번 구역 남자애의 존재. 그저 저 보급품을 파괴하는 게 보기보다 간단하지 않을 것이라는 점만은 확실해 보였다. 뭔가 다른 요소들이 개입되어 있으니, 그게 무엇인지 알게 될 때까지 가만히 있는 것이 낫겠다. 내 추측은 저 피라미드에 뭔가 부비트랩(위장 폭탄 내지 덫을 의미하는 군사 용어: 옮긴이)이 설치되어 있다는 것이다. 어딘가에 구덩이를 파두었다든가, 위에서 그물이 떨어진다든가, 가느다란 실이 쳐져 있어 그 실이 끊기는 순간 독침이 심장으로 날아온다든가 하는 것 말이다. 부비트랩의 종류야 무한할 것이다.

계속 고민하고 있는데 카토가 외치는 소리가 들린다. 카토는 숲 저 멀리를 가리키고 있다. 뒤돌아보지 않아도 루가 첫 번째 모닥불을 지폈음을 알 수 있다. 우리는 연기가 충분히 눈에 띄도록 덜 마른 나무를 많이 쓰기로 했다. 프로들은 당장에 무장을 시작한다.

말다툼이 시작된다. 목소리가 커서 내게도 다 들린다. 3번 구역 남자애가 같이 가야 할지 말아야 할지 하는 게 논쟁의 주제였다.

"같이 가야지. 숲에서 얘가 필요해. 어차피 여기서 할 일은 이미 다 해놨잖아."

카토가 말한다.

"순정파는 어쩌고?"

1번 구역 남자애가 말한다.

"계속 얘기하잖아. 그놈은 잊어버리라고. 내가 알아서 잘 뺐다니까. 아직 과다출혈로 죽지 않은 것부터가 기적이야. 지금 그 놈은, 우리를 공격할 수 있는 상태는 절대 아니야."

그러면 피타는 심하게 다친 채 숲에 있다는 거구나. 하지만 그가 무슨 동기로 프로들을 배신했는지는 여전히 알 길이 없다.

"가자."

카토는 3번 구역 애의 손에 창을 떠맡기고, 다 같이 모닥불을 향해 이동한다. 그들이 숲 안으로 들어갈 때 내 귀에 마지막으로 들려오는 소리는

218

카토의 목소리다.

"내가 그 여자애를 잡으면 내 식대로 죽일 거야. 아무도 간섭하지 마."

루 이야기를 하는 것 같지는 않다. 그에게 추적 말벌 벌집을 떨어뜨린 것은 루가 아니니까.

보급품을 어떻게 해야 할지 30분 정도 고민한다. 내게 활과 화살이 있어서 유리한 점은 거리다. 피라미드에 불 붙은 화살을 명중시키는 것은 내겐 쉬운 일이다. 난 그물코를 정확히 맞출 정도의 실력은 되니까. 하지만 꼭 불이 붙으리라는 보장이 없다. 그보다는 그냥 좀 타다 꺼질 확률이 높은데, 그 다음은 어쩌지? 아무 성과도 거두지 못하고, 나에 대한 정보만 잔뜩 흘리고 가게 되리라. 내가 다녀갔다는 것, 지금 나에게 한 패가 있다는 것, 활 솜씨가 좋다는 것.

대안이 없었다. 보급품에 설치된 안전장치가 무엇인지 알 수 없다면 가까이 가서 보는 수밖에 없다. 막 덤불 밖으로 나가려는데 뭔가 움직이는 것이 보인다. 내 오른쪽으로 몇 백 미터 정도 떨어진 곳에서, 누가 숲에서 나오는 모습이 보인다. 1초 정도 루가 아닐까 생각했지만, 잘 보니 여우얼굴(우리가 오늘 아침에 기억하지 못했던 아이)이다. 여우얼굴은 평지로 살살 기어 나온 다음, 안전하다고 생각되자 종종걸음을 치며 피라미드로 달려간다. 피라미드 주위에 흩어진 보급품 언저리에 도착하자마자 걸음을 멈추더니, 땅을 잘 살펴보고는 조심스레 발을 얹는다. 거기서부터는 한 발로만 깡충대며 뛰었다가, 약간 망설였다가, 가끔은 용기를 내어 몇 발자국 걸었다가 하며 희한한 자세로 뛰어 피라미드까지 다가간다. 그러다 곧 작은 나무 통 위로 껑충 뛰어올라 뒤꿈치를 들고 착지하지만, 뛰어오른 기세가 좀 셌던지 몸이 앞으로 떨어진다. 손이 땅에 닿는 순간 날카롭게 비명을 지르는 소리가 들리지만, 아무 일도 일어나지 않는다. 다음 순간 여우얼굴은 균형을 되찾고 보급품 무더기까지 도착했다.

부비트랩이 있을 거라는 생각이 맞았구나. 하지만 내 상상보다 더 복잡한 장치가 분명하다. 저 여자애에 대한 생각도 옳았다. 얼마나 교활하면 식량 있는 곳까지 가는 길을 발견해 내고 저렇게 잘 따라 할까? 여우얼굴은 나무상자에서 크래커를, 통 옆에 밧줄로 매달려 있는 삼베 자루에서는 사과를 한 줌 하는 식으로 보급품을 꺼낸다. 하지만 식량이 없어졌다는 사실을 눈치 채지 못할 만큼, 의심이 들지 않을 만큼 여기저기서 조금씩만 훔치고 있다. 그러곤 아까의 괴상한 춤 같은 동작을 반복해서 다시 탈출해, 안전하게 숲 속으로 달려 들어간다.

내가 좌절감 때문에 이를 갈고 있음을 깨닫는다. 내 추측이 맞았다는 것을 여우얼굴이 확인해 주었다. 하지만 저 정도의 기술이 필요한 수준이라니, 대체 어떤 덫을 설치해 둔 거지? 조심해야 될 곳이 그렇게 많나? 왜 손이 땅에 닿을 때 그렇게 비명을 지른 거야? 그걸 봤을 때 어떤 생각이 들었느냐면…… 이제 조금씩 알 것 같았다……. 땅이 폭발할지도 모르겠다는 생각이 든다.

"지뢰구나."

내가 속삭인다. 지뢰라면 모든 것이 설명된다. 프로가 자기 보급품들을 그냥 두고 가는 것도, 여우얼굴의 행동도, 3번 구역(텔레비전과 자동차와 폭발물을 만드는 공장이 있는 구역이다) 출신 아이가 관련된 것까지도. 하지만 폭탄이 어디서 난 거지? 보급품에 포함돼 있었나? 게임 운영자들은 직접 싸우며 피를 흘리는 것을 보고 싶어 하기 때문에 그런 종류의 무기는 잘 주지 않는다. 나는 덤불 밖으로 나왔다가 처음 조공인이 타고 경기장으로 진입하는 둥근 금속판이 있는 곳을 지나친다. 그 근처의 땅에, 파헤쳤다가 다시 메운 흔적이 있다. 우리가 원판 위에 60초 동안 서 있은 후에는 지뢰가 해제되지만, 3번 구역 아이는 그 지뢰를 다시 활성화시키는데 성공한 것이 분명하다. 헝거 게임에서 그런 건 처음 봤다. 심지어 게임 운영자들도 충격을 받았으리라.

음, 게임 운영자들을 넘어선 건 훌륭했다. 그럼 나는 이제 어떻게 해야 하지? 저 안으로 그냥 걸어 들어갔다간 하늘 높이 날아가 버릴 게 분명하다. 화살에 불을 붙여 쏜다는 건 우스꽝스러운 생각이다. 지뢰는 압력에 반응하니까. 그리 센 압력일 필요도 없다. 어떤 해에는 한 여자애가 원판에 서 있는 동안 자기 구역의 상징으로 가져온 작은 나무 구슬을 떨어뜨렸다가 산산조각나버린 일도 있었다.

내 팔 힘은 괜찮은 편이니까, 돌을 좀 집어 던져서 지뢰를 터뜨려 볼까? 끽해야 하나 정도 터지려나? 연쇄반응이 일어날지도 모르지. 과연 그럴까? 3번 구역 아이가 지뢰가 연달아 터지지 않도록 해 놓지는 않았을까? 그래야 보급품을 보호하면서 침입자는 죽일 수 있을 테니. 지뢰 하나만 터뜨려도 프로들은 분명 여기로 돌아올 거야. 가만 있자, 내가 지금 무슨 생각을 하는 거야? 저 그물은 그런 일을 막기 위해 쳐둔 거잖아. 지금 내가 해야 할 일은 돌을 동시에 서른 개쯤 던져서 연쇄효과를 일으켜 전부 다 날려버리는 일이지만.

숲 쪽 하늘로 시선을 돌려본다. 루가 피운 두 번째 모닥불에서 연기가 피어오르고 있다. 지금쯤이면 프로들도 뭔가 속임수가 아닌지 의심할 테지. 시간이 얼마 없어.

방법이 있을 거야, 분명히 있다는 걸 나도 알아, 집중만 하면 돼. 피라미드, 통, 나무 상자를 나는 뚫어져라 바라본다. 화살 하나로 쓰러뜨리기엔 너무 버거워 보인다. 식용유가 든 통이 있을지 모른다는 생각에 불 붙인 화살을 쏘는 걸 다시 고려해 본다. 하지만 어느 통인지 알 수가 없으니 식용유통을 맞추기 전에 화살 열두 개를 다 낭비해 버릴 수 있다는 데 생각이 미친다. 방법을 찾아보기 위해 여우얼굴이 했던 동작을 따라 해 볼까 진지하게 생각하던 중, 사과 자루를 본 내 눈이 번쩍 뜨인다. 한 방에 밧줄 정도는 끊을 수 있어, 트레이닝센터에서도 했던 일이잖아? 큰 자루지만, 지뢰 하나밖에 못 터뜨릴지도 몰라. 하지만 안에 든 사과를 다 굴러 나오게 할 수만 있다면…….

이제 어떻게 해야 할지 알았다. 나는 사정권 안으로 들어가, 화살 세 개를 사용하기로 한다. 조심스레 발의 위치를 잡은 다음, 나머지 일은 모두 잊고 정확하게 조준하는 데만 집중한다. 첫 번째 화살은 자루 윗부분 옆쪽을 스치고 지나가 자루에 구멍을 만든다. 두 번째 화살 역시 같은 곳을 스치며 구멍을 크게 벌려놓았다. 세 번째 화살을 쏘는 순간 사과 한 개가 요동치는 게 보인다. 세 번째 화살은 벌어진 곳을 맞추어 자루를 두 동강 냈다.

순간 모든 것이 시간 속에 얼어붙은 듯 하다. 사과가 모두 땅에 쏟아지고, 나는 공중으로 날아가 버린다.

17

평지의 단단한 땅에 부딪힌 충격으로 숨이 턱 막혀 온다. 배낭은 충격을 그다지 막아주지 못했다. 다행히 팔꿈치 안쪽으로 화살통을 잡아서, 화살통도 구하고 어깨도 보호할 수 있었다. 활은 손으로 단단히 쥔 채였다. 폭발의 충격으로 아직도 땅이 흔들리고 있다. 소리는 들리지 않았다. 지금은 아무 것도 들리지 않는다. 하지만 사과 때문에 터진 지뢰가 많아서, 그 파편에 맞은 다른 지뢰도 다 터진 모양이다. 폭발한 조각들이 나에게 쏟아진다. 간신히 팔로 얼굴을 가린다. 쏟아지는 조각들 중엔 아직 불타고 있는 것들도 있다. 아직 숨을 제대로 쉴 수도 없는데, 엎친 데 덮친 격으로 매캐

222

한 연기가 자욱하게 퍼진다.

1분쯤 지나자 땅의 흔들림이 멎는다. 몸을 굴린 다음, 피라미드가 형체를 잃고 연기를 뿜는 모습을 잠시 감상하며 만족감을 느낀다. 프로들은 저기서 아무 것도 건지지 못할 것이다.

'당장 도망쳐야 해.' 나는 그렇게 생각한다. '그들이 서둘러 돌아올 거야.' 그러나 일어서 보니 도망가는 일이 그리 쉽지 않으리란 걸 알 수 있다. 어지럽다. 살짝 불안정한 정도가 아니라, 주위의 나무가 내게 쏟아지는 듯하고 땅이 파도치는 것 같은 그런 느낌이다. 몇 걸음 애써 떼려니 나는 어느새 땅에 손을 짚은 채였다. 몇 분 기다려보지만 그 느낌이 사라지질 않는다.

공포가 엄습하기 시작한다. 여기 있을 수는 없어. 도망쳐야만 해. 하지만 걸을 수도 들을 수도 없다. 지뢰 쪽을 향하고 있던 왼쪽 귀에 손을 얹어보니 피가 묻어난다. 폭발 때문에 귀가 먹은 걸까? 그 생각을 하니 덜컥 겁이 난다. 사냥할 때는 귀가 눈만큼이나, 아니 때로는 눈보다 더 중요하다. 하지만 두려운 티를 내서는 안 된다. 지금 내 모습이 판엠의 모든 TV에 생중계 되고 있을 게 불 보듯 뻔하니까.

'핏자국을 남기지 마.' 스스로에게 말하고는 간신히 재킷의 모자를 덮어쓴 뒤, 내 뜻대로 움직이지 않는 손가락으로 애써 턱 밑에 끈을 묶는다. 이게 피를 흡수해 줄 거다. 지금 난 걷지는 못하지만, 혹시 기어갈 수는 있을까? 조심스레 앞으로 움직여 본다. 그래, 천천히 가면 기어갈 수는 있겠구나. 하지만 어디로 가든 몸을 숨길 방패가 되어 줄 만한 것을 찾기 힘들 것 같다. 내 유일한 희망은 루가 알려준 관목 숲에 가서 잎이 무성한 곳에 숨는 것이다. 이렇게 훤한 곳에서, 사지를 땅에 댄 채 잡힐 수는 없다. 그러다간 당연히 죽게 될 테니. 그것도 카토의 손에, 아주 길고 고통스러운 죽음을 맞이하게 되리라. 그 모습을 프림이 볼 생각을 하니 끈질기게 은신처로 한 뼘 한 뼘 향하게 된다.

　그러다 지뢰 하나가 또 터져서, 땅에 얼굴을 붙이고 엎드린다. 뭔가가 무너지는 통에 뒤늦게 터진 지뢰인 모양이다. 추가적인 폭발이 뒤이어 두 번이나 더 일어난다. 집에서 프림과 함께 프라이팬에 팝콘을 튀겨 먹을 때, 뒤늦게 터지는 낟알이 꼭 몇 개 있었던 것이 생각났다.

　아슬아슬하다는 말도 부족할 정도의 찰나였다. 나무 밑 덤불에 몸을 숨기자마자 카토가 숲에서 뛰쳐나와 평지로 질주하고, 다른 아이들도 뒤따라 나타난다. 그들의 분노가 하도 격렬해서, 내가 저지른 일 때문에 나를 향해 품은 분노임을 몰랐다면 거의 코믹하게 느껴질 정도다. 정말로 머리를 쥐어뜯고 주먹으로 땅을 내리치는 사람이 있었구나. 하지만 거리가 가깝다는 점, 내가 달리거나 자기 방어를 할 수 없다는 점까지 같이 고려하니 지금 난 겁이 나 죽을 지경이다. 미친 듯이 손톱을 깨물고 있는 터라, 지금 숨어 있는 곳에서는 카메라가 클로즈업 샷을 찍을 수 없다는 게 다행스럽다. 이가 떨리며 딱딱 맞부딪히는 것을 막기 위해 나는 마지막 남은 손톱 장식까지 물어뜯고 있다.

　3번 구역 아이가 폐허를 향해 돌을 던져 보고, 프로들이 잔해에 다가가는 것을 보니 지뢰가 모두 다 터졌다고 판단한 모양이다.

　한 번 크게 성을 내고 난 카토는 이런저런 통들을 발로 차 열며 화풀이를 한다. 다른 아이들은 뭔가 건질 게 없나 하고 여기저기 들쑤셔 보지만, 아무 것도 남지 않았다. 3번 구역 아이가 일 처리를 지나치게 잘했던 탓이다. 카토도 그렇게 생각했던 모양이다. 카토가 3번 구역 아이를 향해 몸을 돌리더니 뭐라고 소리를 지르는 것 같았다. 아이가 뒤돌아 도망가려는 순간, 카토는 뒤에서 팔로 아이의 목을 감싼다. 그가 아이의 목을 한 쪽으로 꺾을 때 카토 팔의 근육이 꿈틀하는 게 보였다.

　3번 구역 아이의 죽음은 순식간이었다.

나머지 두 명은 카토를 진정시키려는 것 같다. 카토가 숲으로 돌아가고 싶어 하는 건 알겠지만, 다른 두 명이 계속 하늘을 가리키는 게 무슨 뜻인지 몰라 어리둥절해 하다가 깨닫는다. '아하. 폭발을 일으킨 사람이 죽었을 거라고 생각하는구나.' 저 애들은 화살과 사과에 대해 모를 것이다. 그러니 부비트랩에 문제가 있었던 거고, 보급품을 날려버린 사람도 폭발과 함께 죽어 버렸으리라고 생각하겠지. 대포 소리가 울렸다 해도 뒤늦게 터진 폭발음 때문에 못 들었던 거라고. 산산조각 난 도둑의 시체는 이미 호버크래프트가 가져가 버렸을 거라고. 그들은 게임 운영자가 3번 구역 아이의 시체를 회수하도록 호수 저편으로 가서 기다린다.

　대포가 터진 모양이다. 호버크래프트가 나타나 죽은 소년의 시체를 회수한다. 해가 지평선 아래로 지고 있다. 밤이 찾아온다. 높은 하늘에 문장이 보이니 국가가 흐르고 있겠지. 잠시 어두워졌다가 3번 구역 아이의 얼굴이 보였다. 10번 구역 남자애도 보인다. 오늘 아침에 죽었나 보다. 다시 문장이 나타난다. 이제 프로들도 지뢰를 터뜨린 사람이 죽지 않았다는 것을 안다. 카토와 2번 구역 여자애가 야간용 안경을 쓰는 모습이 문장의 빛에 비쳐 보인다. 1번 구역 남자애는 나뭇가지에 불을 붙여 횃불을 만든다. 횃불 빛에 비친 그들의 얼굴엔 으스스한 결의가 떠올라 있다. 프로들은 사냥을 하기 위해 숲 속으로 사라진다.

　어지러움은 가셨고, 왼쪽 귀는 아직 아무 것도 들리지 않지만 오른쪽 귀에서 윙윙 울리는 소리가 난다. 좋은 징후인 것 같다. 하지만 내 은신처를 떠나는 건 무의미한 일이다. 범행 현장인 이 곳에서 나는 아주 안전하다. 그들은 지뢰를 터뜨린 사람이 자기들보다 두세 시간 앞서 도망쳤을 거라고 생각할 테니까. 그래도 감히 몸을 움직일 용기가 날 때까지 나는 꽤 오랜 시간을 기다려야 한다.

　가장 먼저 안경부터 꺼내 썼다. 사냥꾼의 감각 중 그나마 한 가지라도 갖고 나니 조금은 안심이 된다. 물을 좀 마시고 귀에서 피를 씻어 낸다. 고기 냄새를 풍겨 육식 동물을 유인하게 될까 봐(피 냄새만으로도 이미 위험한 상태다), 오늘 루와 함께 채집한 채소와 덩이뿌리와 딸기로 든든히 식사를 한다.

내 꼬마 동맹은 어디 있지? 접선하기로 한 곳으로 돌아갔나? 내 걱정을 하고 있을까? 하늘을 보니, 우리 둘 다 적어도 살아있기는 하다.

살아 있는 조공인들을 손가락으로 꼽아본다. 1번 구역 남자애, 2번 구역 둘 다, 여우얼굴, 11번과 12번 구역 둘 다. 딱 여덟 명이다. 캐피톨에서는 내기에 불이 붙었겠군. 우리 한 명 한 명의 특집을 제작해서 틀어주고 있을 거야. 우리의 친구들과 가족을 인터뷰하기도 할 테고. 12번 구역 조공인이 상위 8명 안에 든 것은 오랜만이다. 그런데 올해는 두 명이나 들었다. 하지만 카토의 말에 따르면 피타는 죽어가고 있다. 뭐, 카토의 말이 늘 옳은 건 아니지. 방금 보급품을 통째로 잃어버린 녀석이잖아?

나는 속으로 생각한다. '제 74회 헝거 게임을 시작하겠습니다! 카토, 진짜 경기를 시작해 보자고.'

차가운 바람이 불어온다. 루에게 주고 왔다는 것을 깜빡 잊고 침낭을 찾았다. 하나 훔칠 생각이었지만 지뢰니 뭐니 생각하는 와중에 잊어버렸다. 몸이 떨려온다. 새들처럼 나무 위에서 홰를 틀고 잘 수도 없는 노릇이라, 덤불 아래를 움푹 파내고 활엽수와 솔잎으로 몸을 덮는다. 그래도 너무 추워서, 상체에 방수 천을 덮고 바람이 불어오는 방향에 배낭을 놓아보니 조금은 낫다. 첫날 밤에 불을 피웠던 8번 구역 여자아이가 조금은 이해되기 시작한다. 이번엔 내가 이를 북북 갈며 아침까지 참을 차례다. 나뭇잎을 더 긁어모은다. 팔을 재킷 안에 밀어 넣고 무릎을 가슴까지 끌어올렸다. 그렇게 겨우 잠이 든다.

눈을 뜨자 세상이 약간 금 간 것처럼 보인다. 약 1분 정도 후에야 태양이 이미 떠올랐고, 내가 아직 안경을 쓰는 탓에 그렇게 보였다는 걸 깨닫는다. 일어나 앉아 안경을 벗는데, 호수 쪽에서 웃음소리가 들려와 순간 동작을 멈춘다. 선명하지는 않지만, 적어도 소리가 들리긴 했다는 사실은 내가 청력을 회복하고 있다는 뜻이다. 그래, 오른쪽 귀는 다시 들리는구나. 아직 좀 울리긴 하지만. 왼쪽 귀는…… 음, 그래도 피는 멈췄네.

프로들이 돌아왔나? 그러면 난 여기 언제까지 갇혀 있어야 되는 거지? 나는 걱정이 되어 덤불 틈으로 내다본다. 아니, 여우얼굴이었군. 피라미드의 파편 한 가운데 서서 그 애가 웃고 있다. 여우얼굴은 프로들보다 똑똑해서, 잿더미 속에서 쓸 만한 물건들을 몇 개 찾아낸다. 금속제 냄비, 칼. 왜 좋아하는 걸까 의아해 하다. 프로들의 보급품이 없어진 지금은 자기도 우승할 가능성이 있기 때문임을 깨닫는다. 다른 조공인들과 마찬가지로 말이지. 모습을 드러내고 프로들에게 맞서는 동맹에 끼라고 말할까 하다 그만둔다. 저 교활한 웃음을 보자니 친구로 됐다간 언젠가 뒤통수를 맞겠다는 확신이 든다. 그걸 생각해 보면, 지금이 저 애를 쏘아 죽일 절호의 기회일지도 모른다. 하지만 여우얼굴은 뭔가 소리를 들었는지(내가 낸 소리는 아니었다) 평지에서 내리막이 시작되는 쪽으로 고개를 한 번 돌린 후 숲 속으로 냅다 뛰어간다. 나는 그대로 기다려 보지만 누구도, 아무것도 나타나지 않는다. 그래도 여우얼굴이 생각하기에 위험하다면, 나도 여길 뜨는 게 좋을 것 같다. 게다가 루에게 피라미드 얘길 해 주고 싶어 입이 근질근질한 참이다.

프로들이 어디 있는지 알 수 없으니, 다시 개울을 타고 돌아가는 길이 다른 길보다 특별히 더 위험할 것 같지도 않다. 배가 굉장히 고팠다. 이파리나 딸기가 아니라 지방과 단백질이 든 고기가 너무 먹고 싶어서, 한 손에는 화살을 메긴 활을, 다른 손에는 차가운 참거위 토막을 들고 서둘러 걸음을 옮긴다. 개울까지 무사히 도착한 다음 물을 보충하고, 다친 귀에

유의하며 간단히 씻는다. 그러고는 개울을 길잡이 삼아 오르막을 계속 올라갔다. 걷던 중 어느 지점에서 개울가 진흙에 찍힌 장화자국을 발견한다. 프로들이 왔다 갔지만, 아주 최근의 흔적은 아니다. 발자국은 진흙이 부드러워 깊게 찍혀 있긴 해도 지금은 뜨거운 햇살을 받아 거의 말라있다. 내 몸무게가 가볍다는 점과 소나무 잎이 깔려있다는 것을 믿고 발자국이 남는 것에 별 신경을 안 썼었다. 나는 이제 부츠와 양말을 벗고 맨발로 개울 속을 걷는다.

차가운 물은 내 몸과 정신을 상쾌하게 해 주는 효과가 있다. 물살이 느린 덕에 물고기 두 마리를 쉽게 잡아서, 참거위를 먹은 뒤긴 하지만 한 마리를 날로 먹는다. 다른 하나는 루에게 줄 것이다.

오른쪽 귀의 울림이 조금씩 서서히 줄어들더니 완전히 사라진다. 나도 모르게 왼쪽 귀를 주기적으로 후벼 파고 있음을 알게 된다. 뭔가 막혀 있어서 소리를 못 듣는 건 아닌가 싶어서인데, 뭔가 느낄 수 있을 정도로 나아지는 것은 없다. 귀가 안 들린다는 사실에 적응을 못하겠다. 균형이 맞지 않고, 왼쪽 편의 경우 완전히 무방비 상태라는 느낌이다. 눈까지 먼 기분. 어제까지만 해도 끊임없이 정보가 흘러 들어오던 곳이 벽이라도 쌓인 듯 막혀 버리니, 계속 고개를 돌려 오른쪽 귀로 왼쪽에서 나는 소리를 들어보게 된다. 시간이 흐를수록, 저절로 나을 상처가 아닌 것 같다는 불길한 생각이 든다.

우리가 처음 만났던 곳에 도착했지만, 아무도 왔다 간 흔적이 없는 게 확실해 보였다. 땅에도 나무 위에도 루의 흔적은 없다. 좀 이상하다. 벌써 한낮이니 지금쯤은 돌아왔어야 하는데. 분명 어딘가 나무 위에서 밤을 보냈으리라. 야간용 안경을 쓴 프로들이 숲 속을 마구 돌아다니는데, 의지할 불빛도 없는 루에게 어떤 다른 선택이 있었겠는가. 그리고 루가 피우기로 한 세 번째 모닥불(어젯밤엔 깜빡 잊고 확인해 보지 못했다)은 여기서 가장 먼 곳에 있다. 돌아오는 길을 조심해야겠다 싶었던 거였겠지. 이 곳에 너무 오래 있고 싶지 않으니 루가 서둘러 돌아왔으면 좋겠다. 오늘 오후는 더 높은 곳으로 이동하면서 가는 길에 사냥을 하며 보내고 싶다. 하지만 내가 할 수 있는 일은 기다리는 것뿐이다.

나는 재킷과 머리에서 피를 씻어 내고, 날로 늘어만 가는 내 상처들을 닦는다. 화상은 많이 나았지만 그래도 약을 조금 발라 준다. 이제 가장 주의해야 할 것은 감염을 막는 일이다. 나는 두 번째 물고기도 먹어버린다. 이렇게 해가 쨍쨍한 날 오래 가지도 못할 거고, 루를 위해 몇 마리 더 잡아주는 일이 그리 어렵진 않을 테니까. 루가 나타나기만 하면 말이지.

불완전한 청력으로 땅에 있자니 공격당하기 쉬울 것 같아서 나는 나무에 올라가 기다린다. 프로들이 나타난다면 활을 쏘기 좋은 위치다. 태양은 천천히 움직인다. 시간을 보내기 위해 이런저런 일들을 한다. 잎사귀를 씹어서 벌에 쏘인 곳에 바른다. 붓기는 빠졌지만 상처 부위는 아직 살이 무르다. 손가락으로 젖은 머리를 빗어 땋는다. 장화 끈을 다시 조인다. 활과 남은 화살 아홉 개를 점검한다. 나뭇잎을 비벼 소리를 내서 왼쪽 귀에 청력이 돌아왔나 확인하지만 아무 소리도 들리지 않는다.

참거위와 물고기를 먹었는데도 배가 꼬르륵거린다. 오늘은 12번 구역에서 '밑 빠진 날'이라고 부르는 날이 되겠구나. 밑 빠진 날은 아무리 뱃속에 음식을 집어넣어도 뭔가 부족한 날이다. 아무 할 일 없이 나무에 앉아 있으려니 더 힘들어져서 식욕에 굴복하기로 한다. 그렇지 않아도 경기장에 들어온 이래 체중이 많이 줄어서, 추가로 칼로리를 공급할 필요가 있다. 활과 화살이 있으니 앞으로의 일에 대해 훨씬 더 자신감을 갖게 된다.

견과류 한 줌을 꺼내 천천히 껍질을 벗겨 먹는다. 마지막 남은 크래커도 먹는다. 참거위 목도 먹어버렸다. 목은 깨끗이 발라먹으려면 시간이 오래 걸리니 안성맞춤이다. 마지막으로 날개까지 먹고 나자 참거위는 사라져 버렸다. 하지만 오늘은 밑 빠진 날이라. 그만큼 먹고 나서도 음식 생각에 빠져 든다. 특히 캐피톨에서 먹었던 죄스러울 정도로 사치스럽던 음식들이 떠오른다. 오렌지 크림소스 치킨. 케이크들과 푸딩. 버터 바른 빵. 그린 소스를 곁들인 국수. 양고기와 말린 자두 스튜. 민트 이파리 몇 개를 빨며 그만 좀 하라고 스스로를 타이른다. 우리는 저녁 식사 후에 민트 차를 마시는 일이 많기 때문에, 위장을 속여 식사 시간이 끝났다고 생각하게 하는 효과가 있어 좋다. 사실 큰 효과는 없지만……

나무 위에 달랑 올라 앉아 따스한 햇빛을 받으며, 입에는 민트를 물고, 손에는 활과 화살을 들고 있다…… 경기장에 들어온 이래 이렇게 느긋해 본 적은 없었다. 루만 나타나면 우리는 다른 장소로 이동할 것이다. 그림자가 길어질수록 점점 불안해진다. 늦은 오후가 되자 찾으러 나서야겠다고 결심한다. 세 번째 모닥불을 피우기로 한 곳으로 가면 최소한 루가 어디 있을지 단서라도 찾아볼 수 있을 것이다.

가기 전, 전에 피웠던 모닥불 자리에다 민트 이파리 몇 개를 뿌려둔다. 우리가 민트를 딴 곳은 여기서 좀 떨어진 장소니까 루가 보면 내가 여기 왔었다는 것을 알 테지만 프로들은 아무 단서도 찾지 못할 것이다.

한 시간이 채 걸리지 않아 세 번째 모닥불을 피우기로 한 곳에 도착해 보니 무언가가 잘못 되었다는 것을 알 수 있다. 전문가의 솜씨로 불이 잘 붙는 가지를 섞어 깔끔하게 쌓아 둔 나무더미가 있지만, 불을 붙인 흔적이 없다. 루는 불 붙일 준비는 해 됐지만 돌아오지는 못한 것이다. 내가 보급품을 날려 버리기 전에 보았던 두 번째 모닥불을 피우던 시점과 지금 이 시점 사이에 루가 곤경에 빠진 거다.

루는 아직 살아 있다고, 나 자신에게 말한다. 하지만 정말 살아 있나? 루의 죽음을 알리는 대포 소리가 이른 새벽, 오른쪽 귀도 채 낫지 않아 잘 들리지 않던 그 무렵에 났던 걸까? 오늘 밤 하늘에 루의 모습이 나타날까? 아니, 난 그렇게 믿지는 않을 거야. 다르게 생각할 방법이 백 가지는 있는걸. 길을 잃었을지도 몰라. 육식동물 떼를 만났거나, 스레쉬 같은 다른 조공인을 만나서 숨어야 했던 걸지도 모르지. 무슨 일이 있었던 간에, 나는 루가 어딘가 숨어 있으리라 거의 확신한다. 두 번째 모닥불과 지금 여기 이 불 붙지 않은 모닥불 사이 어딘가에. '무언가' 때문에 나무에서 내려오지 못하고 있는 거야.

내가 가서 그 무언가를 사냥해야겠다.

오후 내내 앉아만 있다가 할 일이 생기니 조금 마음이 놓인다. 나는 그림자 사이에 몸을 숨기고 조용히 살금살금 걸어간다. 하지만 특별히 의심스러워 보이는 건 없다. 싸움의 흔적도, 바닥의 소나무 잎이 흐트러진 자국도 없다. 마침 잠시 멈춘 순간 그 소리가 들린다. 정말 소리가 났나 싶어 고개를 이리저리 돌려보지만, 다시 그 소리가 들렸다. 모킹제이가 부르는 루의 네 음짜리 노래다. 루가 안전하다는 신호.

나는 웃는 얼굴로 새가 있는 쪽으로 향한다. 멀지 않은 앞쪽에서 다른 새들도 그 노래를 부르는 것이 들린다. 루가 불과 얼마 전까지 새들에게 노래를 불러주고 있었던 모양이다. 그렇지 않다면 새들이 다른 노래를 하고 있을 테니까. 나는 루를 찾아 나무 위를 둘러본다. 내게 와도 안전하다는 것을 루에게 알려 주려고, 침을 꿀꺽 삼키고 부드럽게 노래를 부른다. 모킹제이가 내 노래를 따라 부른다. 그 때 비명 소리가 들린다.

어린아이의 비명, 어린 소녀의 비명이다. 이 경기장에서 그런 소리를 낼 수 있는 것은 루뿐이다. 이게 함정일 수 있다는 걸 알면서도, 프로 셋이서 날 공격하려 기다리고 있을지 모른다는 걸 알면서도 나는 뛰어간다. 멈출 수가 없다. 다시 한 번 고음의 비명 소리가 들린다. 이번에는 내 이름이다.

"캣니스! 캣니스 언니!"

"루!"

내가 근처에 있다는 걸 알 수 있도록 큰소리로 대답한다. 이제 놈들도 내가 여기 있다는 걸 알겠지. 루 대신 추적 말벌 벌집을 떨어뜨린 여자애, 대체 왜 11점을 받았는지 알 수 없는 여자애에게 관심을 돌려 줘.

"루! 가고 있어!"

숲 속의 공터로 뛰어 들어간 순간, 루는 무력하게 그물에 싸인 채 바닥에 누워 있었다. 루가 그물눈 사이로 손을 내뻗으며 내 이름을 부르자마자 창이 루의 몸을 꿰뚫는다.

18

1번 구역 남자애는 창을 되뽑기도 전에 죽음을 맞는다. 내 화살이 그 애의 목 중앙에 깊이 박혔다. 그 애는 털썩 무릎을 꿇고는 화살을 뽑아내려 애쓰며, 자기 피에 질식해 컥컥거리며 인생의 마지막 순간을 맞는다. 나는 다시 화살을 메기고 여기저기를 조준하며 루에게 외친다.

"더 있어? 더 있어?"

루가 몇 번이나 아니라고 말한 다음에야 루의 대답이 내 귀에 들어온다.

루는 몸을 옆으로 한 채, 창에 찔린 충격으로 몸을 웅크리고 있다. 남자애를 밀쳐낸 다음 칼을 꺼내 그물에서 루를 풀어 준다. 언뜻 봐도 내 능력으로 치료할 수 있는 상처가 아니다. 아마 누구의 능력으로도 안 될 것이다. 창 끝 전체가 몸속에 들어가 박혀, 손잡이만 삐죽 나와 있다. 나는 루 옆에 웅크리고 앉아 깊숙이 박힌 창을 무력하게 노려만 본다. 괜찮을 거라는 위로의 말 따위 소용없을 것이다. 루는 바보가 아닌걸. 루가 뻗는 손을 나는 생명줄처럼 움켜잡는다. 마치 죽어가는 사람이 루가 아니라 나인 것처럼.

"식량은 날려 버렸어?"

루가 속삭인다.

"마지막 한 톨까지."

"꼭 우승해야 해."

"그럴게. 이제 우리 둘을 위해서 이길 거야."

나는 약속한다. 대포 소리가 들려 고개를 든다. 1번 구역 남자애의 죽음을 알리는 소리이리라.

"가지 마."

루가 손에 힘을 준다.

"당연히 안 가지. 난 계속 여기 있을 거야."

루에게 좀 더 다가가 무릎베개를 해 준다. 짙은 빛의, 결이 굵은 루의 머리칼을 조심스레 귀 뒤로 빗어 넘겨 주었다.

"노래해 줘."

루가 말하지만, 나는 말뜻을 바로 이해하지 못한다.

'노래하라고? 무슨 노래를 하지?' 내가 아는 노래도 몇 곡 있긴 하다. 믿거나 말거나겠지만, 우리 집에도 음악이 흐르던 때가 있었다. 나도 그 음악의 일부였다. 아빠는 그 멋진 음성으로 노래하면서, 나도 한몫 끼게 했었지. 하지만 아빠가 돌아가신 후로는 노래를 거의 부르지 않았다. 프림이 아주 아플 때 말고. 그럴 때면 프림이 아기 때 좋아하던 노래를 불러주었다.

노래라니. 눈물이 흘러 목이 메고, 지치고 연기를 마신 탓에 목소리도 쉬었는데. 하지만 이게 프림의, 아니 루의 마지막 부탁이라면 적어도 시도는 해 봐야지. 떠오르는 노래는 배고파 보채는 아기들을 재울 때 불러 주는 단순한 자장가다. 아주 오래된 노래인 것 같다. 우리 구역의 구릉지대에서 내려오는 노래다. 우리 음악 선생님은 '산 공기'라는 제목으로 부르셨다. 하지만 가사가 쉬운 데다 달래는 듯하고, 내일이 되면 우리가 오늘이라고 부르는 이 끔찍한 시간보다 희망이 더 많아질 거라는 내용이 담겨 있다.

나는 작게 기침을 하고, 북받치는 마음을 억누르며 노래를 시작한다.

초원 깊은 곳에, 버드나무 아래에,
잔디로 된 침대와 부드러운 녹색 베개
베고 누우렴, 졸린 눈을 감으렴.
다시 눈을 뜰 때면 해가 뜰 거야.
여기는 안전해, 여기는 따뜻해.
이곳에선 데이지꽃이 널 위험에서 지켜줄 거야.
여기서 꾸는 꿈은 달콤하고 내일이 되면 그 꿈이 이뤄질 거야.
여기는 내가 널 사랑하는 곳이란다.

깜박이던 루의 눈이 감겼다. 가슴이 아주 미약하게 오르내리고 있다. 잔뜩 멘 목이 풀어지며 눈물이 솟아 뺨을 타고 흐른다. 하지만 루를 위해 끝까지 불러 줘야 한다.

초원 깊은 곳에, 멀리 숨겨진 곳에
나뭇잎으로 된 긴 민소매 옷, 한 줄기 달빛
비통함은 잊고 근심은 버리렴.
다시 아침이 되면 모두 사라지고 없을 거야.

여기는 안전해, 여기는 따뜻해.

이곳에선 데이지꽃이 널 위험에서 지켜줄 거야.

마지막 가사를 부르는 내 목소리는 들릴 듯 말 듯하다.

여기서 꾸는 꿈은 달콤하고 내일이 되면 그 꿈이 이뤄질 거야.

여기는 내가 널 사랑하는 곳이란다.

사방이 잠잠하다. 다음 순간 모킹제이들이 내 노래를 따라 불러서 거의 오싹한 기분마저 들었다.

잠시 나는 그 곳에 앉아 내 눈물이 루의 얼굴에 떨어지는 것을 바라본다. 대포 소리가 울린다. 이번엔 루다. 몸을 숙여 루의 관자놀이에 입술을 댔다. 마치 잠든 아이를 깨우지 않도록 조심하듯 루의 머리를 땅에 내려놓고 쥐었던 손을 놓는다.

이제 그들은, 내가 여기서 비켜 주기를 바라겠지. 시체를 수거하기 위해서 말이야. 더 있을 이유도 없다. 누워 있는 1번 구역 남자애를 밀어 엎드리게 한 다음 배낭을 뺏고, 그의 목숨을 끊은 화살을 뽑아 다시 통에 넣는다. 내가 가져 주길 루도 원할 거란 걸 알기에 루가 멘 가방 끈을 끊어 벗겨내지만 창은 그대로 둔다. 시체에 꽂힌 무기는 호버크래프트로 들어갈 것이다. 나는 창을 쓸 일이 없으니, 경기장 밖으로 사라져 주는 편이 좋다.

어느 때보다 작아 보이는 루, 그물로 만든 둥지 속에 웅크리고 있는 아기 동물 같은 루에게서 눈을 뗄 수 없다. 루를 이대로 버려둘 수가 없다. 이제 더 이상 고통을 느낄 수도 없는, 너무나 무방비한 모습. 1번 구역 남자애도 죽고 나니 약해 보인다. 그를 미워하는 것도 부적절한 것 같다. 내가 증오하는 것은 우리에게 이런 일을 하게 만든 캐피톨이다.

머릿속에서 게일의 목소리가 들린다. 캐피톨을 미친 듯 비난하던 그의 말이 더 이상 무의미하지 않게 느껴지고, 무시할 수 없는 힘을 갖고서 다가온다. 루의 죽음은 그들이 우리에게 행하는 잔인하고 부당한 짓거리들에 나 자신이 품고 있던 분노를 직시하게 만들었다. 하지만 이 곳에서는, 심지어 집에 있을 때보다도 더욱 강하게, 내가 무력하다는 것을 느낀다. 캐피톨에게 복수할 방법이란 없다. 그렇지 않은가?

그때 피타가 옥상에서 했던 말이 생각난다.

"그저 내가 계속 바라고 있는 것은…… 캐피톨이 나의 주인이 아니라는 것을 보여 줄 방법을 생각해 낼 수 있으면 좋겠다는 것뿐이야. 나는 그저 헝거 게임의 작은 한 부분이 아니고, 그 이상의 존재라는 것을."

나는 처음으로 그 말을 이해한다.

지금 이 순간 바로 여기서, 그들을 수치스럽게 할 만한 행동, 그들에게 책임을 돌릴 행동, 캐피톨에게 너희들이 우리에게 무엇을 하든, 무엇을 시키든, 모든 조공인에게는 캐피톨이 소유할 수 없는 어떤 부분이 있다는 것을 보여 줄 수 있는 행동을 하고 싶다. 루는 그들의 놀잇감인 헝거 게임의 일부 그 이상의 존재였다는 것을. 그리고 나도 그렇다는 것을.

숲으로 몇 발짝 들어간 곳에 야생화가 줄지어 피어있다. 사실은 그냥 잡초인지도 모르지만, 아름다운 보랏빛과 노란빛과 흰빛의 꽃을 피우고 있다. 한 아름 가득 꽃을 꺾어 루의 옆으로 돌아온다. 천천히 한 번에 한 줄기씩, 루의 시체를 꽃으로 장식한다. 보기 흉한 상처를 가리고, 얼굴에 화환을 씌우고, 머리칼에 밝은색 꽃을 엮어 넣는다.

방영할 수밖에 없을 거야. 그들이 만약 지금 이 순간 다른 곳을 비춘다 하더라도, 시체를 회수할 때는 여기를 비출 수밖에 없을 테니까. 그러면 다들 루의 모습을 볼 거고, 내가 한 일이라는 걸 알게 되겠지. 나는 물러서서 마지막으로 루를 바라본다. 정말로 노래 속에 나오는 초원에서 잠자는 모습이라 해도 믿을 것 같다.

"잘 가, 루."

나는 이렇게 속삭이곤 왼손 둘째, 셋째, 넷째 손가락에 입을 맞춘 뒤 루를 향해 들어 보인다. 그리곤 뒤돌아보지 않고 걸어간다.

새들이 조용해진다. 어디선가 모킹제이 한 마리가, 호버크래프트 등장 전에 으레 그렇듯 경고음을 낸다. 새들이 어떻게 아는지 모르겠다. 인간의 귀에는 들리지 않는 소리를 듣는 거겠지. 나는 걸음을 멈추고, 내 뒤에서 벌어지는 일이 아니라 정면에 시선을 둔다. 그 일은 별로 오래 걸리지 않는다. 다시 새들이 지저귀기 시작하기에 루가 가 버렸음을 안다.

어려 보이는 모킹제이 한 마리가 내 앞의 가지에 내려앉아 루의 노래를 부른다. 호버크래프트가 아직 낯선 이 어린 새에게 내 노래는 너무 어려웠지만, 음 몇 개로만 구성된 루의 단순한 노래는 완벽하게 익힌 것이다. 루가 안전하다는 의미의 그 노래.

"안전하게 잘 있어."

나는 그 가지 밑을 지나며 말한다.

"우린 이제 루 걱정은 안 해도 돼."

그 앤 안전하게 잘 있으니까.

어디로 가야할지 모르겠다. 루와 함께 보낸 하룻밤 동안 잠깐 느꼈던 집 같은 기분은 사라져 버렸다. 해가 질 때까지 발 닿는 곳으로 그저 돌아다닌다. 겁이 나지도 않고, 심지어 경계조차 하지 않았다. 그러니 난 노리기 쉬운 표적물이다. 단 지금의 내가, 누구든 눈에 띄면 죽여 버릴 거라는 점만 뺀다면 말이다. 어떤 감정도, 손을 아주 약간 떠는 일도 없이. 캐피톨에 대한 나의 증오는 내 경쟁자들을 향한 증오를 조금도 누그러뜨리지 않았다. 특히 프로들. 적어도 그 놈들은 루의 죽음에 대한 대가를 치르게 할 수 있겠지.

그러나 아무도 나타나지 않는다. 이제 남은 사람이 몇 없고 경기장은 방대하기만 하다. 운영자들은 곧 뭔가 방법을 써서 우리를 한 곳에 모으겠지. 하지만 오늘은 죽은 사람이 충분했다. 어쩌면 심지어 잠을 잘 수 있을지도 모른다.

내 짐들을 나무에 끌어올리고 잠자리를 만들려는 참에 은색 낙하산이 둥둥 떠와 내 앞에 내려앉는다. 스폰서가 보낸 선물이다. 하지만 왜 지금 온 거지? 나는 보급품이 충분하다. 어쩌면 헤이미치가 내가 풀이 죽은 것을 눈치 채고 기운 나게 해 주려고 준 걸지도 모른다. 아니면 내 다친 귀를 위한 건가?

낙하산을 열어 보니 작은 빵 조각이 들어있다. 캐피톨에서 만든 고급스러운 흰 빵이 아니다. 짙은 빛깔의 거친 배급용 곡물가루로 된 초승달 모양의 빵이다. 안에는 씨앗이 들어있다. 트레이닝센터에서 피타가 각 구역의 다른 빵들을 설명해 주었던 기억을 다시 떠올려 본다. 이 빵은 11번 구역의 빵이다. 아직도 따뜻한 그 빵을 조심스레 들어 본다. 자기들 먹을 것도 부족한 11번 구역 사람들이 이 빵을 사기 위해 얼마나 돈을 썼을까? 이 한 조각의 빵을 살 돈을 모으느라 동전 한 푼을 겨우 내고 끼니를 거르는 사람이 몇이나 될까? 분명 루에게 주려고 했던 것이리라. 하지만 루가 죽자 이 선물을 취소하는 대신, 헤이미치에게 맡겨 나에게 주게 한 걸 거다. 고맙다는 뜻인가? 아니면 나처럼, 빚을 지고 갚지 않는 게 싫어서? 이유야 어찌 됐든, 이건 사상 최초의 일이다. 자기 구역 조공인이 아닌 조공인에게 다른 구역에서 선물을 보낸 것은 이번이 처음이다.

나는 고개를 들고, 가라앉는 태양의 마지막 빛줄기 속으로 걸어간 후 말한다.

"11번 구역 분들께 감사드립니다."

이 선물이 어디서 온 것인지 내가 알고 있다는 사실을 11번 구역 사람들에게 알려 주고 싶다. 그들이 준 선물의 가치를 내가 알고 있다는 사실을 알아 주었으면 좋겠다.

안전을 생각해서라기보다는 오늘이라는 날에서 최대한 멀리 벗어나고 싶은 마음에, 위험할 정도로 높은 곳까지 올라간다. 침낭은 잘 말아서 루의 가방에 넣어두었다. 내일은 내가 가진 물건들을 점검해 봐야겠다. 새 계획도 짜야지. 하지만 오늘밤 내가 할 수 있는 일은 침낭에 들어가 나무에 몸을 묶고 빵을 조금씩 베어 먹는 일 뿐이다. 맛있다. 집에서 먹던 것과 같은 맛이다.

곧 하늘에 문장이 뜨고, 오른쪽 귀로 국가가 들려온다. 1번 구역 남자애, 그리고 루가 보인다. 오늘은 그걸로 끝이다. '여섯 명 남았군. 겨우 여섯 명.' 손에 빵을 쥔 채 그대로 잠이 든다.

상황이 유난히 안 좋을 때, 내 뇌는 내게 행복한 꿈을 선사한다. 아빠와 함께 숲에 가는 꿈. 프림과 케이크를 먹는 화창한 한때. 오늘 밤 내 뇌가 준 것은 루다. 여전히 꽃으로 장식된 채, 높은 나무에 새처럼 올라 앉아 내게 모킹제이와 이야기하는 법을 가르쳐 주려 하고 있다. 상처도 피도 보이지 않고, 그냥 발랄하게 웃는 여자아이의 모습이다. 내가 처음 들어보는 노래들을 루는 맑은 목소리로 부른다. 계속해서, 밤새도록. 일어나기 전 얕은 잠이 들었을 무렵에 루의 모습은 나뭇잎에 가려 보이지 않지만, 루의 음악만은 희미하게 계속 들린다. 잠에서 완전히 깨자 잠시나마 마음이 가라앉아 있다. 꿈속에서 느꼈던 평화로운 느낌을 유지해 보려 하지만, 그 느낌은 곧 사라져 버리고 나는 더욱 더 슬프고 외롭다.

마치 납을 녹인 것이 혈관 속에 흐르는 듯, 전신이 묵직하게 느껴진다. 가장 단순한 일조차도 할 의욕을 잃고, 차양처럼 드리워진 나뭇잎을 눈도 깜빡이지 않은 채 바라보며 그저 가만히 누워 있었다. 몇 시간이나 움직이지 않고 누워 있었다. 평소처럼, 집에서 불안한 표정으로 나를 바라볼 프림의 얼굴이 생각나서 무기력함을 떨치고 일어난다.

나 자신에게 간단한 명령을 계속해서 내린다.

"이제 일어나 앉아, 캣니스. 이제 물 마셔, 캣니스."

이런 식이다. 나는 명령에 따라 천천히 로봇처럼 움직인다.

"이제 배낭을 정리해, 캣니스."

루의 가방에는 내 침낭, 거의 비어있는 루의 가죽 물병, 견과류와 덩이뿌리 한 움큼, 토끼고기 조금, 여분의 양말, 새총이 들어있다. 1번 구역 남자애 가방에는 칼 몇 자루, 여분의 창끝 2개, 손전등, 작은 가죽 주머니, 응급치료 도구, 물이 가득 든 물병, 말린 과일 한 봉지가 들어있다. 말린 과일 한 봉지! 골라도 하필 그런 걸 고르다니. 내 눈에는 극도의 거만함의 상징으로 보인다. 캠프에 가면 먹을 것이 넘쳐나는데 왜 굳이 음식을 가지고 다녀? 적들을 죽이는 속도가 워낙 빨라서 배가 고파지기도 전에 캠프로 돌아갈 텐데 뭘 하러? 다른 프로들도 식량을 이렇게 조금씩만 가지고 다녔기를, 그래서 이제 남은 것이 아무 것도 없기를 바랄 뿐이다.

말이 나왔으니 말인데 내 식량도 얼마 안 남았다. 11번 구역에서 받은 빵을 마저 먹은 다음, 남은 토끼고기를 다 먹는다. 음식은 정말 빨리도 사라지는구나. 남은 것이라곤 루의 덩이뿌리와 견과류, 그 남자애의 말린 과일, 육포 한 쪽 뿐이다. '이제 사냥해야 돼, 캣니스.' 스스로에게 말한다.

스스로 내린 명령에 따라 내게 필요한 물건들을 추려 배낭에 넣는다. 나무에서 기어 내려온 다음에는 남자애의 칼과 창끝을 아무도 사용할 수 없도록 바위틈에 잘 숨겨둔다. 어제 저녁에 돌아다닌 것 때문에 내가 어디 있는지 파악할 수가 없지만, 개울이 있던 방향으로 가려고 노력한다. 루가 준비해 두었지만 불을 붙이지 못했던 세 번째 모닥불이 있는 곳이 나타나서 맞는 방향임을 알 수 있었다. 얼마 지나지 않아 나무에 올라앉은 참거위 떼를 발견하고, 무엇이 날아오는지 참거위들이 깨닫지도 못하는 새에 세 마리를 잡는다. 루가 연기를 피우기 위해 만들어 두었던 모닥불로 돌아와 불을 붙였다. 연기가 잔뜩 나지만 개의치 않는다. '어디 있니, 카토? 새고기와 루가 모아둔 뿌리를 구우며 생각한다. '내가 여기서 기다리고 있는데.'

프로들이 어디 있는지 알게 뭐람? 나한테서 너무 멀리 있거나 아니면 이게 속임수라고 확신하고 있거나, 아니면…… 설마 내가 너무 무서워서? 내가 활과 화살을 가지고 있다는 건 물론 그 애들도 알고 있지. 글리머 시체에서 빼앗아가는 걸 카토가 봤으니까. 하지만 그간 있었던 일들을 다 파악했을까? 내가 보급품을 파괴하고, 동료인 프로 조공인을 죽였다는 걸 눈치 챘을까? 두 번째 것은 스레쉬가 한 일이라고 생각할 가능성이 크다. 나보다는 그가, 루의 죽음에 대해 복수할 것 같아 보이지 않나? 같은 구역 출신이니까. 스레쉬가 루에게 어떤 관심도 보인 적은 없지만 말이야.

그리고 여우얼굴은? 내가 보급품을 폭파시키는 모습을 지켜봤을까? 아니야. 다음 날 아침 잿더미 속에서 웃고 있던 그 여자앤, 마치 남에게서 깜짝 선물을 받은 듯한 모습이었어.

프로들이 이 모닥불을 피우는 사람이 피타라고 생각할 것 같지는 않다. 카토는 피타가 죽은 거나 다름없다고 확신하고 있었다. 루를 꽃으로 장식한 이야기를 피타에게 해 주고 싶다고 생각하고 있는 자신을 깨닫는다. 이제는 옥상에서 하려던 말을 이해한다고 말해 주고 싶다. 만약 피타가 우승하면 우승자를 위한 밤에 날 보게 되겠지. 우승자의 밤에는 우리가 인터뷰를 했던 무대에서 헝거 게임의 하이라이트를 다시 보여 준다. 우승자는 높은 단 위에 놓인 영예의 의자에 앉고, 지원팀이 그 주위에 앉는다.

하지만 난 루에게 내가 그 자리에 앉겠다고 했다. 우리 둘을 위해서. 어쩐지 프림에게 한 약속보다도 그게 더 중요하게 느껴진다.

지금 나는 진심으로 가능성이 있다고 느낀다. 우승할 가능성 말이다. 화살을 가지고 있다거나 프로들을 몇 번 속였다거나 하는 이유에서가 아니다. 물론 그런 것들도 자신감을 더해 주긴 하지만, 루의 손을 잡고 루에게서 생명이 빠져나가는 것을 바라보는 동안 뭔가가 변했다. 이제 나는 루의 복수를 하겠다는 확고한 의지가 있다. 루의 죽음을 잊지 못하게 하겠다는 의지가 있다. 그렇게 하려면 내가 이겨서, 날 잊지 않게 해야만 한다.

쏴 죽일 사람이 나타나길 기다리느라 새고기를 너무 많이 익혀 버렸다. 아무도 나타나지 않는다. 어쩌면 다른 조공인들끼리 서로 두들겨 패느라 연기를 볼 정신조차 없는지도 모르지. 만약 그렇다면 잘된 일이고. 초반의 피 튀기는 싸움 이후에 나는 화면에 지나치게 많이 나왔다.

결국 식량을 싸 들고, 물을 보충한 후 채집을 좀 하러 개울로 돌아간다. 하지만 아침에 느꼈던 묵직함이 다시 찾아와, 이른 저녁이지만 나무에 기어올라 잘 준비를 한다. 나의 뇌는 어제의 일을 다시 재생하기 시작한다. 루가 창에 찔리는 모습, 내 화살이 그 남자애의 목을 꿰뚫는 모습이 계속 다시 눈앞에 보인다. 남자애는 대체 왜 생각나는 건지 알 수가 없다.

그 때 깨달았다. 그는…… 내가 처음으로 죽인 사람이다.

사람들이 돈을 걸 조공인을 정하는데 도움이 되도록 제공하는 여러 수치 중에 '살해 리스트'가 있다. 엄밀히 말하면 말벌 둥지를 떨어뜨린 것도 나니까 글리머와 4번 구역 여자애를 죽인 것도 내 몫으로 기록될 것 같지만, 내 행동에 의해 죽게 되리란 걸 알고서 죽인 건 1번 구역 남자애가 처음이었다. 내 손에 목숨을 잃은 동물은 수없이 많지만, 사람은 한 명뿐이다. 게일의 목소리가 들리는 듯하다.

"달라 봤자 얼마나 다르겠어?"

행동 자체는 놀랄 정도로 비슷하다. 활시위를 당기고, 화살이 날아가 박힌다. 그 결과는 전혀 다르다. 나는 이름조차 모르는 남자애를 죽였다. 어딘가에서 그 애의 가족들이 울고 있겠지. 그의 친구들은 내 피를 보고 싶어 할 거야. 그가 돌아올 거라고 진심으로 믿었던 여자친구가 있을지도 모르지…….

하지만 고요한 시체가 된 루를 생각하며, 그 남자애 생각을 머리 밖으로 밀어 낼 수 있다. 적어도 지금은.

하늘을 보니 오늘은 별 일 없는 날이었다. 죽은 사람이 없다. 우리를 한 곳으로 모을 다음 재난이 찾아올 때까지 얼마나 걸릴지가 궁금하다. 그게 오늘밤이 된다면, 일단 좀 자 두고 싶다. 나는 국가 소리를 막으려고 오른쪽 귀를 가리고 눕지만, 트럼펫 소리가 들리자 기대감으로 일어나 앉는다.

조공인들이 경기장 바깥세상과 가질 수 있는 접촉은 매일 밤 나오는 사망자 공지가 거의 유일하다. 하지만 가끔씩 트럼펫 소리가 울리고 안내 방송이 나올 때가 있다. 안내 방송은 보통 '잔치'에 초대하려는 목적인 경우가 많다. 식량이 귀해지면 게임 운영자들은 코뉴코피아처럼 모두가 아는 장소에 음식을 차려놓고 조공인들을 불러서, 모여서 싸우도록 유도한다. 어떤 때는 진수성찬이 차려져 있기도 하고, 어떤 때는 썩어가는 빵 한 조각만 달랑 놓고서 싸우게 될 때도 있다. 나는 음식을 찾아 싸움에 끼진 않겠지만, 경쟁자를 몇 제거하기에 퍽 좋은 기회인 건 분명하다.

클라우디스 템플스미스의 목소리가 하늘에서 울려 내려오며, 남아있는 여섯 명에게 축하를 건넨다. 하지만 잔치에 초대하는 내용이 아니다. 대신 뭔가 굉장히 헷갈리게 만드는 이야기를 했다. 헝거 게임의 규칙에 변경이 생겼다고 한다. 규칙 변경! 그 말 자체가 이해하기가 어려운 것은 원판에서 60초 동안 서 있다 내려 올 것, 그리고 서로 잡아먹지 말라는 묵계를 제외하고는 애당초 규칙이랄 것이 없기 때문이다. 새로운 규칙에 따르면, 같은 구역에서 온 조공인 두 명이 함께 끝까지 살아남으면 공동 우승자가 된다고 했다. 클라우디스는 잠시 말을 멈추더니, 마치 우리가 이해하지 못했다는 걸 아는 듯이 다시 한 번 새 규칙을 설명한다.

새 소식이 의미하는 바가 무엇인지 깨닫기 시작한다. 올해는 조공인 두 명이 우승할 수 있다. 같은 구역 출신이라면. 둘 다 살 수 있다. 우리 둘 다 살 수 있다.

멈출 새도 없이 내 입에서 한 마디가 튀어나온다.

"피타!"

PART 3

우승자

 양손으로 입을 감싸지만, 이미 소리를 내 버리고 말았다. 검은 하늘이 돌아오고 개구리 떼가 노래하는 소리가 들린다. '바보! 그렇게 어리석은 짓을 하다니!' 나는 속으로 생각한다. 그리고 얼어붙은 듯 꼼짝도 하지 않은 채, 날 공격하려는 사람들로 숲이 시끄러워지기를 기다린다. 남아 있는 사람이 거의 없다는 사실을 그제야 기억해 낸다.

 부상 당한 피타가 이제 나의 동맹이다. 내가 피타에 대해 가졌던 모든 의심은 이제 중요하지 않다. 우리 둘 중 하나가 상대방을 죽인다면 우리는 12번 구역에 돌아가서 인간 말종 취급을 받을 것이기 때문이다. 만약 내가 시청자 입장이었다고 해도 자기 구역 조공인과 즉시 동맹을 맺지 않는 조공인을 보며 분노했을 것이다. 게다가 내 경우라면 더욱, 서로 보호해 주는 것이 지극히 자연스럽지 않은가. 12번 구역에서 온 비운의 연인의 한 사람으로서, 우리를 동정하는 스폰서들의 도움을 좀 더 받고 싶다면 반드시 우린 동맹 관계가 되어야 한다.

 비운의 연인들……. 피타는 내내 그 연기를 계속해 왔나 보다. 그렇지 않고서야 게임 운영자들이 전례가 없는 규칙 변경을 했을 리가 없지 않나? 두 조공인이 동시에 우승할 기회를 주는 걸 보니 우리의 '로맨스'가 시청자들 사이에서 워낙 인기가 있어서, 로맨스가 끝장날 경우 헝거 게임의 흥행이 위태로울 지경인 모양이다. 내 덕이 아니다. 내가 한 일이라곤 피타를 죽이지 않은 것뿐이다. 하지만 경기장에서 피타가 뭘 어떻게 했는지는 몰라도, 시청자들이 보기에 나를 살려 두기 위한 행동으로 보이는 일을 했나 보다. 코뉴코피아로 가지 말라고 고개를 흔들던 것, 나를 도망가게 해 주려고 카토와 싸운 것. 심지어 프로들과 한 패가 된 것도 나를 보호하려는 행동이었던 게 틀림없다. 알고 보니 피타는 나에게 위험한 존재였던 적이 단 한 번도 없었다.

그 생각을 하니 미소를 짓게 된다. 나는 얼굴을 가렸던 손을 내리고 달빛 속에 얼굴을 내밀어 카메라가 내 미소를 잡을 수 있도록 한다.

그러면, 이제 조심해야 할 사람이 누가 남았지? 여우얼굴? 여우얼굴과 같은 구역에서 온 남자애는 죽었다. 그 앤 밤에 혼자 움직인다. 그리고 공격하기보다 도망치는 전략을 써 왔다. 여우얼굴이 설사 내 목소리를 들었다 하더라도, 누구 다른 사람이 죽여 주기를 바라는 것 외에 뭔가 행동을 개시했을 것 같지는 않다.

그리고 스레쉬가 있지. 그래, 그는 분명 위협적인 존재다. 하지만 경기가 시작하고 나서 단 한 번도 본 적이 없다. 폭파 현장에서 여우얼굴이 갑자기 겁먹던 것을 생각해 본다. 하지만 그 앤 숲 쪽을 보지 않고, 그 반대편을 봤었어. 우리가 처음 등장한 평지 너머 쪽, 절벽인지 내리막길인지가 있던 그 곳에 뭐가 있는지 나는 모른다. 여우얼굴이 스레쉬를 보고 도망친 거고, 그 쪽은 스레쉬의 영역이리라는 확신이 든다. 거기 있다면 내 목소리를 들었을 리가 없고, 설사 들었다 하더라도 그렇게 덩치 큰 아이가 잡으러 오기에 난 너무 높은 곳에 있다.

그러니 남는 것은 카토와 2번 구역 여자애다. 그 애들도 새 규칙을 반기고 있겠지. 피타와 나를 빼면 그 규칙의 득을 볼 사람은 그들뿐이다. 내가 피타 이름을 부르는 소리를 들었을지 모르니 지금 도망쳐야 할까? '아냐, 올 테면 오라고 해.' 나는 곧 생각한다. 야간용 안경을 쓰고, 나뭇가지를 부러뜨리는 무거운 몸을 끌고 오라고 해. 내 화살 사정권 안으로 오라고 해. 하지만 오지 않으리란 걸 나는 안다. 낮에 내가 피운 불을 보고 오지 않았다면, 밤에도 함정에 걸려들까 두려워 오지 않을 것이다. 자기들이 알아서 찾아온다면 몰라도, 내가 스스로 위치를 알린다고 따라오진 않을 것이다.

'가만히 잠 좀 자둬, 캣니스.' 당장 피타를 찾으러 가고 싶지만 대신 나는 자신에게 이렇게 지시한다. '내일, 내일 찾아.'

결국 나는 잤다. 하지만 프로들이 나무 위에 있는 나를 공격하는 것은 망설였을지 몰라도, 숨어서 덮칠 준비를 했을 수는 있다는 생각에 아침에는 평소보다 더욱 주의를 기울인다. 아침을 든든히 먹고, 배낭을 잘 싸고 무기를 준비하는 등, 나무에서 내려가기 전에 오늘 하루를 위한 준비를 철저히 한다. 그러나 땅에 내려와 보니 모든 것이 평화롭고 누가 손댄 흔적은 보이지 않는다.

오늘은 특히 조심스럽게 행동해야 할 것이다. 내가 피타를 찾으려 하리란 걸 프로들도 알 것이다. 피타를 발견할 때까지 기다렸다가 덮칠 요량인지도 모른다. 카토가 생각하는 것처럼 피타의 상처가 심하다면, 나는 아무 도움 없이 혼자서 우리 둘을 지켜 내야 할지도 모른다. 하지만 만약 피타가 그렇게 무방비한 상태라면, 어떻게 아직까지 살아 있는 걸까? 그리고 대체 어떻게 해야 찾을 수 있을까?

피타가 했던 말 중 어디에 숨어 있을지 단서가 될 만한 말을 찾아보려 하지만 딱히 떠오르는 것이 없다. 그래서 내가 피타를 마지막으로 본 순간을, 태양빛을 받아 반짝거리는 몸으로 내게 도망가라고 소리 지르던 때를 생각해 본다. 그 때 카토가 칼을 든 채 나타났었지. 그리고 내가 도망친 다음, 카토가 피타를 베었었다. 하지만 피타는 어떻게 도망친 거지? 어쩌면 피타가 카토보다 추적 말벌 독을 더 잘 견뎌 냈는지도 몰라. 그게 변수로 작용해서 도망칠 수 있었는지도 모르지. 하지만 피타도 벌에 쏘였잖아. 칼에 베인 데다 벌 독까지 몸에 퍼졌는데 가 봤자 얼마나 멀리 갔겠어? 그리고 그 이후, 지금까지는 어떻게 살아남은 거지? 상처와 벌 독 때문에 죽지는 않았더라도, 지금쯤이면 갈증으로 죽었을 거야.

바로 그 순간 피타의 소재에 대해 첫 단서를 얻게 된다. 물 없이는 살 수 없었을 것이다. 어딘가 수원에서 가까운 곳에 숨어 있을 게 분명하다. 호수가 있긴 하지만, 프로의 베이스캠프와 너무 가까우니 그럴 가능성은 희박해 보인다. 옹달샘도 몇 개 있지만, 그 근처에 있었으면 눈에 쉽게 띄었을 것이다. 그리고 개울이 있다. 루와 내가 만들었던 캠프에서 호수 근처를 지나 계속 흐르는 개울. 그 개울을 수원으로 삼았다면, 숨어 있는 곳을 바꾸면서도 늘 물을 공급받을 수 있다. 물 속을 걸으며 발자국을 남기지 않을 수도 있겠지. 가끔 물고기까지도 잡을 수 있었을지 모른다.

적어도 시작할 곳은 정했다.

적들을 혼란시키기 위해, 생나무가지를 충분히 집어넣고 모닥불을 피운다. 계략이라고 생각한다 하더라도, 내가 이 불 근처에 숨어있다고 생각해 주면 좋겠다. 사실은 나는 피타를 찾고 있겠지만.

해가 뜨자 아침 안개가 거의 순식간에 사라져 버린다. 오늘은 평상시보다 더우리란 걸 알 수 있다. 개울을 따라 내려가는 내 맨발에 와 닿는 물이 시원하고 기분 좋다. 걸어가며 피타의 이름을 부르고 싶은 유혹을 느끼지만 그러지 않기로 한다. 내 눈과 한 쪽 귀로 피타를 찾거나, 피타가 나를 발견해야 할 것이다. 하지만 내가 자기를 찾아다닐 거라는 걸 피타도 알겠지? 내가 새 규칙을 무시하고 혼자 다닐 거라고 생각할 만큼 날 형편없는 애로 생각하진 않을 거야. 그렇지? 하지만 피타는 예측하기가 힘든 애다. 다른 상황이었다면 그런 성격이 흥미로울 수 있었겠지만, 지금 이 순간에는 또 다른 장애물이 될 뿐이다.

내가 프로들의 캠프로 가기 전 루와 헤어진 곳까지 가는 데는 시간이 얼마 걸리지 않는다. 피타의 흔적은 보이지 않지만 놀랍지는 않다. 나는 말벌 둥지 사건 이후로 이 근처에 세 번 와봤다. 근처에 있었다면 분명 뭔가 의심해 보았을 것이다. 개울은 왼쪽으로 꺾여져 이 숲에서 내가 처음 와보는 지역으로 흘러간다. 개울가의 풍경도 변해서, 진흙에 수초가 얼키설키 자라던 것이 바위 지형으로 변하고 갈수록 바위가 커져서, 가다 보니 갇힌 듯한 기분이 든다. 이제는 개울에서 벗어나기가 쉽지 않을 것 같다. 바위를 기어오르며 카토와 스레쉬 생각을 떨치려 애쓴다. 내가 엉뚱한 곳을 찾고 있다고, 다친 사람이 이런 데서 물을 마시러 오르락내리락 할 수 있을 리가 없다고 생각하는 찰나, 큰 돌에 핏자국이 한 줄기 묻어 있는 것을 발견한다. 오래 전에 말라 있지만, 양 옆으로 번져 있는 것이 누군가가 (아마도 정신이 아주 말짱하지는 않은 사람이) 핏자국을 지우려 했던 흔적 같다.

바위를 끌어안듯이 하며, 천천히 핏자국이 난 쪽으로 다가가 피타를 찾는다. 핏자국들이 조금 더 있다. 그 중 하나에는 실이 몇 올 붙어 있지만, 살아 있는 사람의 흔적은 없다. 나는 그만 목소리를 내 버린다.

"피타! 피타!"

그렇게 숨죽여 부르자, 모킹제이 한 마리가 앙상한 나무에 앉더니 내 목소리를 흉내 내기에 나는 부르기를 그만둔다. 포기하고는 다시 개울 쪽으로 내려가며 '딴 데로 갔을 거야. 더 하류 쪽으로.' 라고 생각한다.

발이 개울의 수면에 닿는 순간 목소리가 들려온다.

"날 죽이러 온 거야, 예쁜아?"

주위를 휙 둘러본다. 왼쪽에서 난 소리라 잘 듣지 못했고, 목소리는 잔뜩 쉰 데다 미약했다. 하지만 피타임이 분명하다. 이 경기장에서 나를 예쁜이라고 부를 사람이 피타말고 또 있나? 개울가를 자세히 살펴보지만 아무 것도 없다. 진흙, 물풀, 바위덩이가 보일 뿐이다.

"피타? 어디 있어?"

속삭여 보지만 대답이 없다. 내가 헛것을 들었나? 아냐, 분명 목소리가 들렸어. 그것도 아주 가까운 곳이었어.

"피타?"

나는 강가를 따라 살금살금 걷는다.

"음, 밟지는 마."

나는 뒤로 껑충 물러선다. 내 발 바로 밑에서 목소리가 들려왔다. 하지만 아무 것도 보이지 않는다. 그 때 피타가 눈을 뜬다. 갈색 진흙과 녹색 잎사귀 틈에서 틀림없는 피타의 푸른 눈이 보인다. 놀라서 숨이 막힐 듯한 나에게 피타는 웃으며 흰 이를 보여준다.

그야말로 궁극의 위장술이다. 무거운 것을 집어던지는 것 따위는 아무 것도 아니었다. 피타는 게임 운영자들 앞에서 단독 시범을 보일 때 나무로 변장하기, 돌멩이로 변장하기, 아니면 잡초가 잔뜩 자란 진흙투성이 개울가로 변장하는 것을 보여 줬어야 했다.

"다시 눈 감아봐."

내가 명령하자 피타는 눈을 감고 입을 다문다. 그러자 완전히 사라져 버렸다. 피타의 몸으로 보이는 부분은 거의가 진흙과 풀 밑에 묻혀있다. 얼굴과 팔은 너무나 교묘하게 위장되어 있어 보이지 않는다. 나는 피타 옆에 무릎을 꿇는다.

"케이크 장식하며 시간을 보낸 보람이 있었던 모양이네."

내가 그렇게 말하자 피타는 미소 짓는다.

"응, 제빵 기술이지. 죽어가는 사람 최후의 방어랄까."

"넌 안 죽을 거야."

내가 단호하게 말한다.

"누가 그래?"

피타의 목소리는 너무나 지쳐 있다.

"내가 그래. 우린 이제 한 팀인 거 너도 알지?"

피타가 눈을 뜬다.

"그렇게 들었어. 이런 나를 찾아내 주다니 참 친절하구나."

나는 물통을 꺼내 피타에게 한 모금 먹인다.

"카토가 칼로 벤 거야?"

"왼쪽 다리. 위쪽."

"널 개울에 넣고 좀 씻어야겠어. 그래야 상처를 볼 수 있잖아."

"그전에 잠깐 몸 좀 숙여 봐. 할 말이 있어."

몸을 굽히고 소리가 들리는 귀를 피타 입술에 댄다. 피타가 속삭이자 귀가 간지럽다.

"기억해, 우리는 서로 미친 듯이 사랑하는 사이인 거니까, 내킬 때면 언제든 키스해도 좋아."

나는 고개를 확 들긴 했지만, 결국 웃음이 나오고 만다.

"고마워. 명심할게."

적어도 아직 농담은 할 수 있구나. 하지만 개울로 가는 것을 도와주는 동안, 대수롭지 않은 척하던 태도는 온데간데없어졌다. 1미터도 안 되는데 뭐가 어렵겠냐고 생각했었는데, 피타가 혼자서는 한 치도 움직일 수 없다는 걸 알고 나서 굉장히 어려운 일임을 깨닫는다. 피타는 너무나 약해져 있어서, 그가 할 수 있는 최선은 저항하지 않는 것뿐이다. 끌고 가보려 하지만 피타는, 소리 내지 않으려고 무척 노력했음에도 불구하고 고통 때문에 날카로운 비명을 지르고 만다. 진흙과 물풀에 거의 갇혀 있는 꼴이라, 결국 엄청난 힘을 발휘해 뽑아내야 한다. 피타는 아직도 물에서 60센티미터 정도 떨어진 곳에 누워, 고통을 참느라 이를 갈고 있다. 흙 묻은 얼굴에 눈물이 흘러 자국이 남는다.

"자, 피타, 내가 너를 굴려서 개울에 넣을게. 여긴 물이 아주 얕거든. 괜찮겠어?"

"아주 좋아."

나는 피타 옆에 쭈그리고 앉는다. 무슨 일이 있어도 피타가 물 속에 들어가기 전까지는 멈추지 말자고 다짐한다.

"셋에 굴릴게."

나는 피타에게 그렇게 말하고 숫자를 셌다.

"하나, 둘, 셋!"

피타가 내는 끔찍한 소리 때문에 한 바퀴밖에 굴리지 못했다. 이제 피타는 개울 바로 가장자리에 누워 있다. 그래, 이게 더 나을지도 몰라.

"좋았어, 계획 변경. 통째로 집어넣지는 않을게."

더구나 개울 속에 넣었다가 못 꺼내면 어쩌려고?

"이제 더 안 굴려?"

"굴리는 건 이제 끝이야. 이제 좀 씻자. 나 대신 숲 쪽을 잘 살펴봐 줘, 알았지?"

어디부터 시작해야 할지 알 수가 없다. 진흙과 너덜너덜한 나뭇잎이 하도 많이 붙어 있어서 옷조차 보이질 않는다. 만약 옷을 입고 있다면 말이다. 그 생각에 나는 잠시 머뭇거리지만 곧 일에 착수한다. 헝거 게임 경기장에선 나체 정도는 별거 아닌 거 맞지?

나한테는 물병 2개와 루의 가죽 물통이 있다. 물통들을 모두 개울 속에 비스듬히 놓아서, 물통 하나로 피타 몸에 물을 끼얹는 동안 나머지 두 개에 물이 차도록 해 둔다. 좀 시간은 걸렸지만, 진흙을 어느 정도 씻어 내니 옷이 보인다. 조심스레 재킷을 벗기고 셔츠 단추를 끌러 그것도 벗겨낸다. 속옷은 상처에 단단히 달라붙어 있어 칼로 잘라내고, 물을 흠뻑 적셔 조심스레 떼어 냈다. 상처가 많다. 가슴에 길게 화상이 나있고, 귀 밑에 있는 것까지 합치면 추적 말벌에 쏘인 상처가 네 곳이다. 확인하고 나니 기분이 좀 나아진다. 이 정도는 내가 고칠 수 있으니까. 나는 카토가 피타 다리에 낸 상처를 건드리기 전에 상체부터 치료해서 우선 고통을 좀 덜어 줘야겠다고 생각한다.

피타가 누워있는 곳은 진흙 웅덩이처럼 되어 버렸기 때문에, 여기서 상처를 치료하는 건 좋지 않겠다는 생각이 든다. 그래서 나는 피타를 겨우 일으켜 큰 돌에 기대 앉혀 놓는다. 내가 머리와 피부에 묻은 흙을 모두 닦아 내는 동안 피타는 불평 않고 가만히 앉아 있다. 햇빛을 받으니 피타의 피부는 몹시 창백하고, 더 이상 강해 보이지도 다부져 보이지도 않았다. 추적 말벌에 쏘여 부어 오른 곳에서 벌침을 빼내자 피타는 움찔하지만, 내가 잎사귀를 대 주는 즉시 안도의 한숨을 쉰다. 피타의 몸이 햇빛을 받아 마르는 동안, 나는 피타의 더러운 셔츠와 재킷을 빨아서 돌 위에 넌다. 그 다음엔 가슴에 화상 약을 발라 주었다. 그때서야 피타의 피부가 얼마나 뜨거운지 알아챈다. 몸에 바른 진흙과 물 때문에 열이 펄펄 나고 있다는 걸 몰랐다. 1번 구역 남자애에게서 뺏은 응급치료 도구를 뒤져 해열제 알약을 찾아낸다. 엄마도 직접 만든 해열약이 듣지 않으면 가끔 포기하고 이 약을 사실 때가 있었다.

"이거 삼켜. 피타, 너 배고프겠다."

피타는 내가 시키는 대로 약을 먹고 나서 대답했다.

"안 고파. 신기한 게, 며칠째 배가 안 고프네."

피타가 대답한다. 내가 참거위 고기를 주자 피타는 콧잔등을 찌푸리며 고개를 돌린다. 그제야 피타가 얼마나 아픈지를 실감한다.

"피타, 너 뭐든 좀 먹어야 돼."

내가 우긴다. 피타는 대꾸했다.

"먹자마자 토해버릴걸."

그래서 겨우 말린 사과를 몇 입 먹게 하는 게 고작이었다.

"고마워, 훨씬 나아졌어. 정말이야. 이제 좀 자도 돼, 캣니스?"

"곧 자게 해줄게. 먼저 네 다리부터 살펴봐야 돼."

최대한 조심하면서 장화와 양말을 벗겨내고, 아주 천천히 바지를 조금씩 조금씩 벗긴다. 허벅지 부분의 바지가 카토의 칼에 베여 찢어진 게 보이긴 했지만, 그것만으로는 바지 밑에 있는 상처를 볼 마음의 준비가 미처 되지 않았다. 염증이 생긴 깊게 벌어진 상처에서 피와 고름이 배어 나온다. 다리는 퉁퉁 부어 있다. 그중 최악은, 곪아가는 살 냄새였다.

도망치고 싶다. 화상 입은 사람을 우리 집에 데려온 그 날처럼 숲 속으로 사라져 버리고 싶다. 내 스스로 다룰 기술도 없고 마주할 용기도 없는 이런 일은 엄마와 프림에게 맡겨 두고, 가서 사냥이나 하고 싶었다. 하지만 여기엔 나 말고는 아무도 없다. 엄마가 특별히 위중한 환자를 대하실 때 취하는 차분한 태도를 나는 따라 하려 애쓴다.

"꽤 심하지?"

피타가 말한다. 그는 나를 유심히 관찰하고 있다.

"그냥 그러네. 탄광에서 다쳐서 우리 엄마한테 실려 오는 사람을 네가 한번 봐야 돼."

나는 별 거 아니라는 듯 어깨를 으쓱해 보인다. 엄마가 감기보다 심각한 증세로 온 환자를 보실 때면 나는 보통 집 밖으로 나간다는 이야기는 하지 않았다. 생각해 보니 나는 기침하는 사람 옆에 있는 것조차도 별로 좋아하지 않는다.

"일단은 깨끗이 닦아야 해."

피타의 팬티는 그냥 입은 채로 두었다. 그렇게 상태가 나쁘지 않고, 부은 허벅지 위로 내려 벗기고 싶지 않은데다, 그래, 솔직히 인정하자. 피타가 발가벗고 있을 생각을 하니 불편하다. 그게 엄마와 프림, 그리고 나 사이의 또 다른 차이점이다. 엄마와 프림은 알몸을 봐도 아무렇지도 않고, 부끄러워 할 일이라고도 생각하지 않는다. 우습게도, 헝거 게임의 지금 이 순간만큼은 나보다는 내 꼬마 여동생이 피타에게 훨씬 더 도움이 되었을 것이다. 방수 천을 피타 밑에 깔아 두고 하체를 씻을 준비를 한다. 물을 한 통 한 통 부을 때마다 상처는 더 심각해 보인다. 그 상처 말고는 크게 다친 곳이 없다. 추적 말벌에 쏘인 곳 한 군데와 자잘한 화상이 조금 있을 뿐이라, 재빨리 잎사귀와 약을 발라 준다. 하지만 다리의 저 베인 곳……. 내가 대체 뭘 할 수 있을까?

"우선 바람을 좀 쏘인 다음에……."

나는 말끝을 흐린다.

"그런 다음 꿰매 줄 거야?"

피타가 물었다. 피타는 마치 내가 속수무책이란 걸 아는 것처럼, 거의 미안해하는 듯한 표정을 짓고 있다.

"그렇지. 그전에 이걸 먹어."

나는 반으로 갈라 말린 배 몇 개를 쥐어주고는 옷을 마저 빨러 개울가로 간다. 옷을 널어 말리는 동안 응급 치료 도구를 뒤져 보았다. 아주 기본적인 것들만 들어있다. 붕대, 해열제, 체했을 때 먹는 약. 피타의 상처를 치료하는 데 필요할 만한 것은 들어있지 않다.

"실험 좀 해 봐야겠다."

추적 말벌의 독을 해독했던 잎사귀가 감염된 독을 빨아낸다는 건 아니까, 먼저 그걸 써 본다. 씹어서 뱉은 잎사귀를 한 줌 가득 상처에다 대고 누르니 고름이 다리를 타고 흘러내리기 시작한다. 아침 먹은 것이 다시 올라오려 해서, 이건 좋은 징후라고 스스로에게 말하며 볼 안쪽을 세게 깨문다.

"캣니스?"

피타가 말을 건다. 내 얼굴에 메스꺼움이 드러나 있겠구나 생각하며 고개를 들어 피타와 눈을 마주친다. 피타는 입 모양으로 말한다.

"키스 어때?"

이 모든 것이 너무나 지긋지긋해서 도저히 참을 수 없었던 나는 크게 웃음을 터뜨린다.

"뭐 잘못된 거 있어?"

피타는 좀 지나칠 정도로 순진하게 묻는다.

"난……, 난 이런 거 잘 못해. 난 엄마랑 달라. 내가 지금 뭐하고 있는지도 모르겠고 난 고름이 싫어. 우웨엑!"

나는 상처에 댔던 잎사귀 뭉치를 버리고 다시 새 뭉치를 대며 불평하는 소리를 낸다.

"우웨에엑!"

"그러면서 사냥은 어떻게 하니?"

피타가 묻는다.

"아, 죽이는 건 이것보다 훨씬 쉬워. 내 말 믿어. 하지만 내가 널 지금 죽이고 있는 걸지도 모르지."

"더 빨리 죽여주면 안 돼?"

"안 돼, 닥치고 배나 먹어."

잎사귀 뭉치를 세 번 대고, 고름을 한 양동이쯤 빼내고 나서야 상처는 좀 나아 보인다. 붓기가 빠지고 나니 카토의 칼이 얼마나 깊이 들어갔는지 보인다. 뼈까지 들어갔다.

"다음은 뭔가요, 에버딘 선생님?"

"화상 연고를 좀 발라 볼까 해. 감염을 막아 주는 것 같거든. 그리곤 붕대로 싸야겠지?"

깨끗한 흰 면으로 싸고 나니 훨씬 다루기 쉬운 느낌도 들었다. 하지만, 살균 처리된 붕대에 비교하니 피타가 입고 있는 팬티가 너무 더럽고 오염되어 보인다. 나는 루의 배낭을 꺼낸다.

"자, 이걸로 좀 가리고 있어. 팬티 빨아 줄게."

"아, 난 네가 나 봐도 상관없는데."

"넌 꼭 우리 가족들 같구나. 나는 상관있거든? 됐니?"

나는 고개를 돌리고 개울을 바라본다. 피타의 팬티가 개울에 철썩 떨어진다. 던질 기운이 있는 걸 보니 몸이 좀 나아졌나 보다.

"있잖아, 넌 눈 하나 깜짝 않고 사냥하는 사람치곤 비위가 좀 약한 것 같아. 너한테 헤이미치 샤워시키는 일을 맡길 걸 그랬나 봐."

큼직한 돌 두 개로 두들겨 팬티를 빨고 있으려니 피타가 말한다. 나는 그 기억을 떠올리며 콧잔등을 찌푸린다.

"이제까지 헤이미치가 뭐 보내 줬어?"

"아무것도."

피타는 대답한 뒤, 뭔가 깨달았는지 잠시 말을 멈춘다.

"왜, 넌 뭐 받은 거 있어?"

"화상약. 아, 그리고 빵도 조금."

나는 약간 부끄러워하다시피 하며 대답한다. 피타가 응수했다.

"네가 수제자란 걸 난 알고 있었지."

"야, 제발. 헤이미치는 나랑 같은 방에 있는 것도 못 견디는 사람인 거 알잖아."

"왜냐하면 둘이 너무 비슷하니까."

피타가 웅얼거린다. 제일 먼저 느끼는 충동은 헤이미치를 욕하고 싶다는 것이지만, 지금은 그러기에 적당한 때가 아니라서 못 들은 척해 버린다.

피타의 옷이 마르는 동안 그가 꾸벅꾸벅 졸도록 내버려 두지만, 늦은 오후가 되니 더 이상 기다릴 용기가 나지 않는다. 나는 피타의 어깨를 부드럽게 흔들었다.

"피타, 이제 우리 가야 돼."

"가? 어딜?"

피타는 어리둥절한 표정이다.

"여기서 벗어나야지. 더 하류로 가거나 어쨌든 네가 힘이 좀더 붙을 때까지 숨어 있을 만한 곳으로."

나는 피타가 옷 입는 것을 도와주고, 물 속에서 걸을 수 있도록 발은 맨발인 채로 일으켜 세운다. 다리에 체중을 싣는 순간 피타의 얼굴에서 핏기가 싹 가신다.

"힘내, 해낼 수 있어."

피타는 해낼 수 없었다. 적어도 오래는 못한다. 피타를 내 어깨로 받치고 물살을 따라 50미터 정도 내려가자, 그는 정신을 잃을 지경이 된다. 피타를 개울가에 앉히고, 머리를 양 무릎 사이에 두도록 한 다음 주위를 살펴보며 어색하게 등을 두드려 준다. 물론 나무 위에 올릴 수 있다면 좋겠지만 그건 불가능하다. 하지만 지금 우리가 있는 곳이 최악의 장소는 아닌 것 같다. 바위에 자그마한 동굴같이 생긴 곳들이 군데군데 있다. 나는 개울에서 약 20미터 정도 위에 있는 동굴 하나를 점찍고, 피타가 다시 일어설 수 있게 되자 반쯤은 끌듯, 반쯤은 업듯 하며 동굴까지 데려간다. 더 나은 곳을 찾고 싶은 마음은 굴뚝같지만, 내 동지가 녹초가 되었으니 이 곳에 만족하는 수밖에 없다. 숨을 헐떡거리는 피타는 얼굴이 백지장 같고, 이제 겨우 좀 선선해졌을 뿐인데도 벌벌 떨고 있다.

동굴 바닥에 소나무 잎을 깔고, 침낭을 펼친 다음 피타를 눕혔다. 피타가 눈치 못 채는 동안 알약 몇 개와 물을 먹이지만, 과일조차 먹으려 들지 않는다. 피타는 그저 누워서, 덩굴들을 주워다가 동굴 입구를 가리려고 블라인드 비슷한 것을 만드는 내 얼굴을 빤히 바라만 본다. 내가 만들어 놓은 것은 그다지 신통치 않다. 짐승이라면 속겠지만, 사람이라면 손으로 만든 것임을 금세 알아차릴 것이다. 나는 분한 마음에 블라인드를 찢어발긴다.

"캣니스."

피타가 부르기에 나는 피타에게 가서 눈 위의 머리칼을 쓸어내 준다. 그가 말한다.

"날 찾아내 줘서 고마워."

"너도 할 수 있었다면 날 찾았을 거잖아."

피타의 이마가 뜨겁다. 해열제가 전혀 듣지 않나 보다. 별안간 나는 피타가 죽을까 봐 덜컥 겁이 난다.

"그렇지. 저기, 내가 못 돌아가게 되면……."

피타가 이야기를 시작한다.

"그런 식으로 말하지 마. 내가 괜히 그 고름을 다 뽑은 게 아니야."

"알아. 하지만 혹시라도 내가 만약……."

피타는 말을 계속하려 한다.

"안 돼, 피타. 그런 얘긴 하고 싶지도 않아."

나는 피타의 말을 막으려 손가락을 피타 입술에 댄다.

"하지만 내가……!"

피타가 우긴다.

나는 충동적으로 몸을 숙여 키스를 해서 피타의 말을 막는다. 피타의 말대로 우리는 미친 듯이 사랑에 빠져 있으니, 이 키스는 이미 너무 늦은 건지도 모른다. 남자아이랑 키스해 보는 건 처음이니까 뭔가 특별한 느낌이 있어야 될 것 같지만, 내가 인식할 수 있는 것은 열이 나서 피타의 입술이 부자연스러울 정도로 뜨겁다는 것뿐이다. 나는 몸을 일으키고 침낭 *끄*트머리를 당겨 피타의 몸을 덮는다.

"넌 안 죽을 거야. 내가 허락 못해. 알아들어?"

"알았어."

피타가 속삭인다.

동굴 밖으로 나와 시원한 저녁 공기를 마시는 순간 하늘에서 낙하산이 둥둥 떠온다. 피타의 다리를 치료할 좋은 약이 들어있길 바라며 서둘러 끈을 풀어본다. 안에 든 것은 약 대신 뜨거운 수프가 든 냄비다.

헤이미치의 메시지는 이보다 명백할 순 없다. 키스 한 번에 수프 한 냄비. 내게 호통치는 헤이미치의 목소리가 들리는 것 같다.

"예쁜아, 넌 지금 사랑에 빠져 있는 거다. 그가 지금 죽어가고 있잖니. 어서 내가 써먹을 수 있는 카드를 주렴!"

헤이미치가 맞다. 내가 피타를 살려두고 싶으면, 나는 관객들이 좋아할 만한 것을 더 주어야 한다. 함께 집으로 돌아가기를 절실히 원하는 비운의 연인들. 같은 고동으로 뛰는 두 개의 심장. 로맨스.

사랑에 빠져 본 적이 없는 나에겐 정말 어려운 연기가 될 것이다. 나는 부모님을 생각해 본다. 아빠가 숲에 다녀오실 때면 언제나 엄마를 위한 선물을 가져오셨던 것. 문간에 아빠 발소리가 들리면 엄마 얼굴이 환해지던 것. 아빠가 돌아가셨을 때 엄마가 거의 삶을 놓아 버렸던 것.

"피타!"

나는 엄마가 아빠와 말할 때만 쓰시던 특별한 음색으로 말하려고 노력한다. 피타는 다시 깜빡 잠이 들었지만, 내가 키스로 깨우자 깜짝 놀라는 것 같다. 눈을 뜬 피타는 영원히 그렇게 누워 나만 바라보고 있어도 행복할 거라는 듯 미소를 짓는다. 대단한 연기력이다.

나는 냄비를 들어 보인다.

"피타, 헤이미치가 너한테 보내 준 것 좀 봐."

20

한 시간 동안 피타에게 어르고 빌고 협박하고 또 키스해 가며 한 입씩 한 입씩 먹였다. 그렇게 겨우 수프 한 냄비를 다 비웠다. 다 먹인 다음에는 잠들도록 두고 내 배도 채운다. 참거위 고기와 덩이뿌리를 정신없이 먹으며 하늘에 뜨는 소식을 지켜본다. 오늘은 죽은 사람이 없다. 하지만 나와 피타 덕에 시청자들은 꽤나 흥미로운 하루를 보냈을 것이다. 게임 운영자들이 우리가 오늘 밤을 평화롭게 보내게 내버려두어 줬으면 좋겠다.

습관적으로 잠자리를 차릴 만한 적당한 나무를 찾다가, 이제 그 일도 끝났음을 깨닫는다. 적어도 당분간은. 피타를 땅에 그냥 내버려둘 수는 없다. 나는 개울가에 피타가 숨어 있던 흔적을 손대지 않고 그냥 왔고(그걸 어떻게 숨기겠는가?), 우리는 거기서 고작 50미터 정도 하류에 있다. 안경을 쓴 채 무기를 손닿는 곳에 준비해 두고, 앉아서 경비를 선다.

온도가 빠른 속도로 떨어져 어느새 뼛속까지 추위가 스며든다. 결국 추위에 항복하고 피타가 잠든 침낭 속으로 기어든다. 침낭 안은 아주 따뜻해서 고마운 마음으로 피타에게 꼭 붙어 누웠다가 그냥 따뜻한 정도가 아니라는 생각이 든다. 침낭은 피타의 열을 가두어 두기 때문에, 뜨거울 정도다. 피타의 이마를 만져 보자 불덩이 같고 바싹 말라 있다. 어떡해야 할지 모르겠다. 침낭 속에 그냥 두고 뜨거운 열기가 몸을 낫게 해 주길 바라야 하나? 침낭을 열고 찬 밤공기로 몸을 식혀야 할까? 나는 결국 붕대를 적셔서 이마에 얹어주는 걸로 그친다. 이걸론 부족할 것 같지만, 더 과감한 행동을 하자니 겁이 난다.

나는 밤새 피타 옆에서 반쯤 일어나 앉은 자세로 계속 젖은 붕대를 갈아주며, 피타와 팀을 이루고 나니 혼자 있을 때보다 전력이 더 약해졌다는 생각을 하지 않으려 애쓴다. 땅에 묶여서 보초를 서며, 몹시 아픈 사람을 돌봐야 하니 말이다. 하지만 피타가 다쳤다는 사실은 이미 알고 있었다. 그런데도 나는 피타를 찾으러 왔다. 피타를 찾아 나서게 만든 나의 본능이 옳은 본능이었을 거라고 믿는 수밖에 없다.

하늘이 장미빛으로 밝아올 때쯤 피타의 입술이 땀에 젖어 반짝거리는 것이 눈에 들어오고, 열이 내렸음을 알게 된다. 아직 완전히 정상이라곤 할 수 없어도 꽤 많이 내렸다. 어젯밤에 덩굴을 모으다가 루가 가지고 있던 딸기 덤불을 발견했다. 수프가 담겨 있던 냄비에 딸기를 따서 집어넣고 찬물을 부은 다음 으깬다.

동굴로 돌아오자 피타는 일어나려고 애쓰고 있었다.

"눈 떠보니 네가 없어서 걱정했었어."

피타를 다시 눕혀주면서 나는, 웃음이 나는 것을 참을 수 없다.

"네가 날 걱정했다고? 요 근래에 네 모습이 어떤지 본 적 있니?"

"카토랑 클로브가 너를 찾아냈을지도 모른다 싶었지. 걔들은 밤에 사냥하기를 좋아하거든."

피타는 여전히 심각하게 말한다.

"클로브? 그게 누구지?"

"2번 구역 여자애. 걔도 아직 살아 있는 거 맞지?"

"응. 남은 건 걔들이랑 우리랑 스레쉬, 그리고 여우얼굴뿐이야. 5번 구역 여자애한테 내가 붙인 별명이 여우얼굴이야. 기분 좀 어때?"

"어제보다 나아. 진흙에 비해선 엄청난 발전이지. 깨끗한 옷에, 약에, 침낭에…… 그리고 너."

아, 맞다. 로맨스가 있었지. 내가 손을 뻗어 피타의 볼을 만지자 피타는 내 손을 잡아 자기 입술에 대고 누른다. 아빠가 이것과 똑같은 행동을 엄마한테 하시는 것을 본 기억을 떠올리며, 피타는 어디서 배운 걸까 궁금해한다. 피타네 아빠랑 그 마귀할멈이 이러진 않을 텐데.

"다 먹을 때까지 키스 안 해 줄 거야."

피타를 일으켜 벽에 기대 앉히자 피타는 얌전히 내가 떠먹이는 딸기죽을 받아 삼킨다. 그러나 참거위 고기는 또 안 먹겠다고 한다.

"너 하나도 안 잤지."

피타가 말한다.

"괜찮아."

말은 이렇게 하지만 사실은 엄청나게 피곤하다.

"지금 자. 내가 계속 감시할 테니까. 무슨 일 있으면 바로 깨울게."

그 말을 듣고도 망설이자 피타는 이렇게 말한다.

"캣니스, 영원히 깨어 있을 순 없잖아."

그건 그렇다. 언젠가는 자야 한다. 그리고 피타가 비교적 정신이 말짱해 보이고 해가 떠 있는 지금 자두는 편이 나을 것이다.

"알았어. 하지만 몇 시간만이야. 몇 시간 지나면 깨워."

지금은 침낭을 쓰기엔 너무 덥다. 침낭을 동굴 바닥에 잘 펴고, 혹시 당장 활을 쏴야 할 상황이 생길 것에 대비해 한 손을 화살을 메긴 활에 얹고 눕는다. 피타는 내 옆에서 다친 다리를 쭉 펴고 벽에 기대 앉아, 동굴 밖을 주시하고 있다.

"잘 자."

피타가 부드럽게 말한다. 그리고 손으로 내 이마의 머리카락을 빗어 넘겨준다. 이제까지 연기했던 키스와 포옹과는 달리, 이 행동은 자연스럽고 편안하게 느껴진다. 멈추지 않았으면 좋겠다. 피타는 내가 잠들 때까지 계속 내 머리를 쓰다듬어 준다.

너무 오래 잤다. 눈을 뜨는 순간 오후가 된 것을 보고 그 사실을 알게 된다. 피타는 아까와 같은 자세로 내 옆에 앉아 있다. 나는 괜히 방어 태세를 취해야 될 것 같은 기분으로 일어나 앉지만, 최근 며칠간 이렇게 푹 쉬어 본 적이 없었다.

"피타, 몇 시간 있다가 깨우기로 했잖아."

"뭐하러? 아무 일도 없었는걸. 게다가, 난 네가 자는 걸 보고 있는 게 좋아. 잘 땐 얼굴을 안 찡그려서, 훨씬 예뻐 보여."

이 말을 듣자 당연히 내 얼굴은 저절로 찡그려지고, 피타는 그걸 보며 히죽 웃는다. 그 모습을 보자 피타 입술이 바싹 말라있음을 깨닫는다. 뺨에 손을 대보자 난로마냥 뜨겁다. 그는 물을 계속 마셨다고 우기지만, 물통은 가득 차 있는 것 같다. 해열제를 더 주고는, 물 2리터 정도를 전부 마실 때까지 앞을 지키고 서 있는다. 그리고 화상과 벌에 쏘인 곳을 치료한다. 자잘한 상처들은 조금씩 낫고 있다. 마음을 굳게 먹고 다리를 감은 붕대를 풀어본다.

내 심장이 덜컥 내려앉는 게 느껴진다. 훨씬 악화되었다. 고름은 보이지 않지만 더 부어올랐고, 팽팽해지고 빛이 나는 피부에는 염증이 번져있다. 다리 위쪽으로 붉은색 선이 올라가고 있는 것이 보인다. 패혈증이다. 저걸 그냥 두면 피타는 틀림없이 죽는다. 잎사귀 씹은 것이나 화상 약으로는 어림도 없다. 우리에게 필요한 것은 캐피톨에서 만든 강력한 살균약이다. 그런 강력한 약의 가격은 상상조차 하기 힘들었다. 헤이미치가 스폰서 전원의 돈을 모두 합치면 살 수 있을까? 안 될 것 같다. 헝거 게임이 지속될수록 선물의 가격은 올라간다. 첫 날 한 끼 식사를 살 수 있는 돈으로, 12일

째에는 크래커 한 개밖에 못 산다. 피타에게 필요한 약은 처음부터 아주 비쌌을 것이다.

"음, 좀 붓긴 했지만 고름은 없어졌네."

내 목소리는 떨려 나온다.

"패혈증이 뭔지는 나도 알아, 캣니스. 우리 엄마가 아픈 사람을 치료하지는 않지만 말이야."

"남들보다 오래 살아남으면 돼, 피타. 우리가 우승하면 캐피톨에서 치료받을 수 있을 거야."

"그래, 좋은 계획이다."

하지만 그냥 나를 위해서 해주는 말 같다.

"많이 먹어야 돼. 기운을 유지해야지. 수프 만들어 줄게."

"불은 피우지마. 그렇게까지 안 해도 돼."

"어디 보자고."

냄비를 들고 개울로 내려가다가, 날씨가 너무나 더워서 깜짝 놀란다. 게임 운영자들이 점점 낮은 더 더워지게 만들고, 밤에는 온도가 뚝 떨어지게 만들고 있음이 분명하다. 그러나 개울가에서 태양에 달아오른 돌들이 뿜어내는 열기를 느끼자 한 가지 생각이 떠오른다. 어쩌면 불을 피울 필요가 없을지도 몰라.

개울과 동굴 중간쯤에 있는 크고 평평한 바위에 자리를 잡는다. 냄비에 물을 반 정도 채워 정수한 다음, 햇볕을 직선으로 받는 자리에 두고 계란 크기의 뜨거운 돌 몇 개를 냄비에 넣는다. 내 요리 솜씨가 별로라는 것은 스스로도 인정하지만, 수프는 기본적으로 냄비 속에 무조건 다 집어넣고 기다리는 요리기 때문에 그나마 내가 잘하는 편이다. 거의 죽에 가깝게 될 때까지 참거위 고기를 다지고 루가 가지고 있던 덩이뿌리를 조금 꺼내 으깬다. 다행히 둘 다 이미 구운 것이기 때문에 그냥 데우기만 하면 된다. 햇볕과 돌 덕분에 물은 벌써 따뜻해졌다. 고기와 뿌리를 넣고, 돌을 새 것으로 갈고, 맛을 더해 줄 식물을 좀 찾아본다. 곧 한 바위 밑쪽에 골파가 한 무더기 자라 있는 것을 발견한다. 완벽해. 아주 잘게 다져서 냄비에 넣고, 다시 돌을 갈아 넣고는 뚜껑을 덮고 익기를 기다린다.

주변에 사냥감이 있는 흔적은 거의 없지만, 피타를 두고 혼자 사냥가고 싶지 않아서 덫을 대여섯 개 설치한 후 요행을 바라기로 한다. 식량창고가 폭발한 뒤로 다른 조공인들은 어떻게 먹고 살고 있나 궁금하다. 적어도 그 중 셋(카토, 클로브, 여우얼굴)은 거기에 의존하고 있었다. 그러나 스레쉬는 아닐 것이다. 자연에서 음식을 얻는 방법에 대한 루의 지식을 스레쉬도 좀 알고 있을 것이라는 느낌이 든다. 서로 싸우고들 있을까? 우리를 찾고 있을까? 어쩌면 그들 중 하나가 이미 우리를 발견해서, 습격하기 적당한 때를 노리고 있을지도 몰라. 그 생각이 들자 동굴로 돌아간다.

피타는 바위 그늘에서 침낭을 펼쳐놓고 누워있다. 내가 들어오는 것을 보자 얼굴이 좀 밝아지긴 했지만, 상태가 좋지 않은 게 분명하다. 천에 찬물을 적셔 피타 머리에 대 주지만, 피타의 피부에 닿자마자 천은 뜨뜻해진다.

"뭐 필요한 거 있어?"

"아니. 고마워. 참, 있다. 이야기 들려줘."

"이야기? 무슨 이야기?"

나는 이야기 솜씨가 별로 좋지 않다. 노래와 비슷하다. 하지만 가끔씩 프림이 조르면 이야기를 해줄 때가 있다.

"뭔가 행복한 얘기. 네가 기억하는 가장 행복한 날에 대해 이야기해 줘."

한숨과 버럭하는 소리의 중간쯤에 해당하는 소리가 내 입에서 새어나온다. 행복한 이야기? 수프보다도 훨씬 어렵겠는걸. 즐거운 기억을 찾아 뇌 속을 뒤져본다. 대부분 게일과 함께 숲에서 사냥하던 일들인데, 피타도 시청자들도 별로 좋아할 것 같지 않다. 그럼 남는 것은 프림뿐이다.

"내가 프림의 염소를 어떻게 손에 넣었는지 말해 줬던가?"

내가 묻자 피타는 고개를 가로저으며 기대에 찬 눈빛으로 바라본다. 그래서 나는 이야기를 시작하지만, 조심해야 한다. 내가 하는 이야기는 판엠 전체에 방송되고 있으니까. 불법으로 사냥을 했다는 것은 지금쯤 다들 눈치 챘겠지만, 게일이나 그리지 세이 아줌마나 정육점 아줌마, 심지어 내 고객이던 평화유지군들까지도 법을 어기고 있다고 공개적으로 알려서 피해를 주고 싶지는 않다.

내가 프림의 염소인 레이디를 살 돈을 얻은 진짜 사연은 이렇다. 5월 말, 프림의 열 번째 생일을 하루 앞둔 금요일이었다. 학교가 끝나자마자 나는 게일과 함께 숲으로 갔다. 물물교환 할 만큼 잔뜩 사냥을 해서 프림의 선물을 손에 넣기 위해서였다. 빗이나, 드레스를 만들 새 천 같은 것. 덫에 걸린 짐승들이 좀 있었고 채집할 채소도 많았지만, 평소 금요일 밤의 벌이보다 더 쏠쏠하지는 않았다. 게일이 내일은 분명 더 많이 잡을 수 있을 거라고 말해 줬지만 돌아오는 길에 실망감이 드는 것을 어쩔 수 없었다. 개울가에서 잠시 쉬던 중 그 녀석을 보았다. 크기로 보아 만 한 살 정도 되었을 어린 수사슴이었다. 달릴 준비는 되어 있지만 사람이 익숙지 않아 우리에 대해 판단을 내리지 못하고 있었다. 아름다운 모습이었다.

목에 하나, 가슴에 하나 화살을 맞은 후에는 그렇게 아름답지는 않았다. 게일과 나는 동시에 화살을 쏘았다. 수사슴은 달아나려 했지만 넘어졌고, 채 정신을 차리기도 전에 게일이 칼로 목을 땄다. 그렇게 어리고 순수한 생물을 죽이는 것에 순간 죄책감이 들었다. 하지만 다음 순간 어린 사슴의 신선한 고기를 생각하자 위장에서 꾸르륵 소리가 났다.

사슴이다! 게일과 나도 그 때까지 세 마리밖에 잡아보지 못했는데. 처음으로 잡았던, 어디선가 다리를 다치고 온 암사슴은 거의 잡았다 칠 수도 없다. 하지만 그 때의 경험으로, 우리는 이번에 잡은 사슴을 통째로 호브에 들고 가선 안 된다는 것을 배웠다. 이런저런 부위를 요구하는 사람, 자기 손으로 직접 베어가려는 사람들 때문에 엄청난 소란이 있었다. 그리지 세이 아줌마가 끼어들어 우리에게 사슴을 들고 정육점으로 가라고 했지만, 이미 여기저기 잘려 나가고 구멍이 잔뜩 난 상태였다. 다들 제 값을 내고 사갔지만 전체적인 값어치가 떨어졌다.

이번에 우리는 어두워질 때까지 기다렸다가 정육점 근처의 구멍을 통해 울타리 안으로 돌아왔다. 우리가 사냥꾼이라는 것은 다들 알지만, 벌건 대낮에 마치 공직자들 보라는 듯 70킬로그램짜리 사슴을 들고 12번 구역의 거리를 걸어서 좋을 것은 없다.

정육점 뒷문을 두드리자 땅딸막한 정육점 주인 루바 아줌마가 문을 열어줬다. 루바 아줌마와는 가격 흥정을 하면 안 된다. 루바 아줌마가 제시하는 가격을 받아들이거나 말거나 해야 하지만, 제시하는 가격은 늘 합당하다. 아줌마가 주겠다는 금액을 받아들이자 덤으로 스테이크 감도 좀 주겠다고 하셨다. 돈을 반씩 나누고 난 다음에도, 게일과 나 모두 난생 처음으로 만져보는 거액을 손에 쥐게 되었다. 우리는 비밀로 했다가 내일 저녁에 고기와 돈을 보여줘서 가족들을 놀라게 해 주기로 약속했다.

내가 염소 값을 손에 넣은 사연은 그렇지만, 피타에게는 엄마가 예전부터 가지고 계시던 은 목걸이를 팔았다고 이야기한다. 그러면 아무도 다치지 않는다. 그 다음, 프림 생일날 오후 느지막이 있었던 일로 넘어간다.

게일과 나는 옷감을 사려고 광장의 시장으로 갔다. 두꺼운 푸른 면 소재를 손으로 쓸어 보던 내 시선을 끄는 것이 있었다. 경계 다른 쪽에는 염소 떼를 키우는 할아버지가 있다. 진짜 이름은 나도 모르고, 다들 그냥 염소 아저씨라고 부른다. 관절이 붓고 보기만 해도 괴로울 만큼 뒤틀린 할아버지인데, 탄광에서 여러 해 일한 사람답게 기침을 많이 했다. 하지만 운이 좋은 사람이다. 어찌어찌 돈을 모아서 염소들을 사 둔 덕에, 나이가 많은데도 천천히 굶어 죽는 대신 할 수 있는 일이 있는 사람이다. 행색이 아주 지저분하고 참을성이 없는 사람이지만, 염소들은 깨끗하고, 사 마실 돈이 있는 사람에게만 해당되는 얘기겠지만 염소젖은 영양이 풍부하다.

염소 중 검은 얼룩이 있는 흰 염소가 수레 위에 누워있었다. 그 이유는 쉽게 알 수 있었다. 무언가가—아마도 개가—어깨를 심하게 물어서 감염된 상태였다. 상태가 좋지 않아서, 염소 아저씨는 그 염소의 젖을 짜기 위해 염소를 들어 올려야 했다. 하지만 내가 아는 사람이 고칠 수 있을 것 같았다.

"게일, 나 프림한테 저 염소 사 주고 싶어."

내가 속삭였다.

12번 구역에서는 암컷 염소를 가지고 있으면 인생이 바뀐다. 염소들은 무엇이든 잘 먹고, 초원은 염소를 먹이기에 최적의 장소이며, 하루에 젖을 4리터씩 짤 수 있다. 마셔도 되고, 치즈도 만들 수 있고, 팔 수도 있다. 심지어 불법도 아니다.

"꽤 다쳤는데. 잘 살펴보는 게 좋겠어."

게일이 대답했다. 우리는 다가가 염소젖 한 잔을 사서 나눠 마시며, 그냥 심심해서 호기심이 발동한 척하며 염소를 바라보았다.

"건드리지 마."

염소 아저씨가 말했다.

"그냥 보는 거예요."

게일이 대답했다.

"헹, 빨리 보는 게 좋을 거다. 곧 정육점으로 갈 거니까. 저 녀석 젖을 사는 사람은 별로 없고, 사 봤자 반값 내고 가거든."

"정육점에선 얼마 준다는데요?"

내가 물었다.

아저씨는 모르겠다는 듯 어깨를 으쓱해 보인다.

"두고 보렴."

몸을 돌리자 루바 아줌마가 광장을 가로질러 우리 쪽으로 오는 것이 보인다.

"때맞춰 오셨군요. 저 여자애가 아줌마 드릴 염소에 관심이 있어서요."

염소 아저씨가 루바 아줌마에게 말한다.

"루바 아줌마라면 제가 양보해야죠."

나는 별 생각 없이 말했다.

루바 아줌마는 나를 아래위로 훑어보더니 다시 염소를 보고 얼굴을 찌푸린다.

"쟤도 안 사려고 할 걸요. 어깨 좀 봐요. 잡아놓으면 절반 정도는 썩어서 소세지도 못 만들 거예요."

"뭐라고요? 우리 약속했잖아요."

"잇자국 몇 개만 난 염소인 줄 알았지, 저런 상탠 줄은 몰랐죠. 쟤가 저 염소를 살 정도로 바본가? 그러면 쟤한테 파시든가."

그렇게 말하고 걸어가 버리는 루바 아줌마가 내게 윙크하는 것을 나는 놓치지 않았다.

염소 아저씨는 잔뜩 화가 났지만, 염소를 처치해 버리고 싶은 마음은 여전했다. 삼십 분 동안 흥정한 끝에 서로 가격에 합의했다. 그러는 동안 꽤나 많은 사람들이 모여들어 훈수를 두었다. 염소가 살아난다면 아주 헐값인 거고, 죽는다면 너무 비싼 값인 가격이었다. 사람들의 의견은 갈렸지만, 어쨌든 나는 염소를 샀다.

게일이 염소를 날라다 주겠다고 했다. 게일도 나만큼이나 프림이 염소를 받았을 때의 얼굴을 보고 싶었던 것 같다. 나는 완전히 신이 나서 핑크색 리본을 사서 염소 목에 묶었다. 그리고 우리는 서둘러 우리 집으로 갔다.

우리가 그 염소를 들고 들어갔을 때 프림의 반응을 봤다면 좋았을걸! 그 못생긴 늙은 고양이 버터컵을 살려 달라고 울던 여자애라는 걸 기억해 보라. 프림은 너무 흥분해서 울음과 웃음을 동시에 터뜨렸다. 엄마는 상처를 살펴보며 조금 비관적인 표정이 되셨지만, 두 사람은 약초를 갈고, 염소를 얼러 약을 삼키게 하는 등 치료를 시작했다.

"네 가족도 너랑 비슷하구나."

피타가 말한다. 피타가 여기 있다는 사실도 거의 잊고 있었다.

"아, 아니야, 피타. 엄마랑 프림은 마술사 같아. 그 염소는 죽고 싶었더라도 죽지 못했을 거야."

이렇게 대답하고는 내가 한 말이 무능력한 내 손에서 죽어가고 있는 피타에게 어떻게 들렸을까 생각하며 혀를 깨문다.

"걱정 마, 난 죽고 싶진 않으니까. 이야기나 마저 해줘."

피타는 그렇게 농담하고서 날 재촉한다.

"음, 벌써 다 했어. 그 날 밤에 기억나는 게 하나 있는데, 프림이 불가에서 담요를 깔고 레이디랑 같이 자겠다고 우겼거든. 둘이 잠이 들기 직전에, 염소가 프림의 볼을 핥았어. 마치 잘 자라고 키스하거나 뭐 그러는 것처럼 말이야. 벌써 프림에게 푹 빠져 있었던 거지."

"핑크색 리본도 계속 달고 있었어?"

"그랬던 것 같아. 왜?"

"그냥 어떤 모습이었는지 궁금해서. 왜 그날이 네게 행복한 날이었는지 알 것 같다."

피타는 생각에 잠긴 듯한 목소리다.

"음, 그 염소가 노다지가 될 거라는 걸 알았거든."

"그래, 당연히 그런 뜻으로 말한 거지. 네가 너무나 사랑해서 추첨 때 대신 자원했을 정도인 동생에게 두고두고 기쁨을 안겨준 얘기가 아니고."

피타가 건조한 목소리로 말한다.

"그 염소는 자기 값어치를 했어. 벌써 몇 번이나."

나는 우월감을 담은 목소리로 말한다.

"자기 목숨을 구해줬으니 안 그럴 엄두가 안 났나 보지. 나도 그렇게 하려고 해."

"정말? 내가 널 얼마 주고 샀는데?"

"나 때문에 고생 많이 했잖아. 걱정 마, 다 갚을 테니."

"말이 되는 소리를 해."

피타의 이마를 만져 보니, 열이 내릴 줄 모르고 계속 심해지기만 한다.

"그래도 열은 좀 내렸네."

그때 트럼펫 소리가 나서 깜짝 놀란다. 나는 단 한 단어도 놓치고 싶지 않아, 단숨에 일어나 동굴 입구로 달려가 선다. 내가 새로 사귄 최고의 친구, 클라우디스 템플스미스의 목소리가 예상대로 우리를 잔치에 초대한다. 우리는 그렇게 굶주린 상태가 아니기 때문에 그냥 무심하게 손을 내젓는데 그가 이렇게 말한다.

"잠깐 기다리십시오. 벌써 제 초대를 거절하시는 분들이 계실 겁니다. 하지만 이건 그냥 보통의 잔치가 아닙니다. 여러분은 모두 각자 절실하게 원하시는 것이 있습니다."

나는 절실하게 원하는 것이 있다. 피타의 다리를 치료할 수 있는 약.

"오늘 새벽 코뉴코피아로 가시면 지금 원하시는 것이 여러분의 구역 번호가 쓰인 배낭에 들어 있을 겁니다. 초대를 거절하실 건지 잘 생각해보십시오. 여러분 중 어떤 분들께는 이게 마지막 기회가 될 겁니다."

그걸로 끝이지만, 공중에 클라우디스의 말이 아직도 떠도는 듯하다. 뒤에서 피타가 내 어깨를 붙잡아 화들짝 놀란다.

"안 돼. 나 때문에 목숨을 걸면 안 돼."

"내가 그런다고 누가 그래?"

"그러면 안 갈 거야?"

"당연히 안 가지. 내가 바본 줄 아냐? 내가 카토랑 클로브, 스레쉬가 벌이는 난투극 속으로 쪼르르 달려갈 것 같아? 바보 같은 소리 하지 마. 일단 자기들끼리 싸우게 두고, 내일 밤에 하늘을 보고 누가 죽었는지 파악한 다음 그때 다시 계획을 세울 거야."

나는 그렇게 말하며 피타가 다시 눕는 것을 도와준다.

"너 거짓말 진짜 못하는구나, 캣니스. 네가 어떻게 이렇게 오래 살아남았는지 모르겠다. '그 염소가 노다지가 될 거라는 걸 알았거든', '그래도 열은 좀 내렸네', '당연히 안 가지'……."

내 말투를 흉내 낸 피타가 고개를 절레절레 흔들더니 이렇게 덧붙인다.

"너 도박은 절대 하지 마라. 한 푼도 남김없이 털릴 거야."

화가 나서 얼굴이 확 달아오른다.

"그래, 갈 거다. 넌 절대 날 못 막아!"

"널 따라갈 거야. 중간까지라도 갈 거야. 코뉴코피아까지는 못 가더라도, 네 이름을 계속 소리쳐서 부르면 누군가가 나를 찾아내겠지. 그럼 난 확실히 죽을 거고."

"그 다리론 여기서 100미터도 못 갈 걸."

"그럼 기어서 가지. 네가 가면 무조건 나도 가는 거야."

피타는 사실 그럴 만큼 고집이 센 아이고, 정말로 그 정도 할 수 있는 기력은 있을지도 모른다. 숲에서 내 이름을 부르며 따라올지도 몰라. 다른 조공인이 발견하지 못한다 하더라도, 뭔가 짐승이 있을지도 모른다. 피타는 스스로를 지켜낼 힘이 없다. 동굴에 가두고 혼자 가야할지도 모른다. 그렇게 무리를 하면 쟤가 어떻게 될 줄 알고?

"그럼 난 어떡해야 돼? 그냥 여기 앉아서 네가 죽는 걸 보고 있으라는 거야?"

우리가 그럴 수 없다는 것, 시청자들이 나를 미워하리라는 것을 피타도 분명 알 것이다. 그리고 솔직히, 노력조차 하지 않는다면 나도 내 자신을 미워할 것 같다.

"안 죽을게. 네가 안 가겠다고 약속하면, 나도 안 죽겠다고 약속할게."

서로 궁지에 몰린 꼴이다. 말로 설득할 수 없다는 걸 알기 때문에 시도도 하지 않는다. 내키지는 않지만 나는 피타 말에 맞춰주는 척한다.

"그럼 너 내가 하라는 대로 해야 돼. 물도 마시고, 날 깨우라 때 깨우고, 수프가 아무리 맛없어도 한 방울도 남기지 말고 다 먹어!"

나는 그렇게 쏘아붙였다.

"좋아. 수프는 다 됐어?"

"여기서 기다려."

태양이 아직 떠 있는데도 공기는 차갑다. 게임 운영자들이 기온을 가지고 장난치고 있다는 내 생각이 맞았다. 혹시 따뜻한 담요를 간절히 원하고 있는 조공인이 있을까 생각해 본다. 쇠 냄비에 든 수프는 아직 따뜻하고, 의외로 맛이 그리 나쁘지 않다.

피타는 불평 없이 수프를 먹고, 맛있게 먹는 티를 내기 위해 바닥을 긁기까지 한다. 피타는 수프가 얼마나 맛있는지 떠들어 대는데, 열에 들뜬 사람이 어떻게 행동하는지를 내가 몰랐다면 우쭐했을 것이다. 피타의 말을 듣고 있자니 술에 취해 실신하기 전의 헤이미치 같다. 정신이 완전히 나가버리기 전에 해열제를 한 알 더 먹인다.

설거지를 하러 개울로 내려가는 내내 머릿속에는 내가 잔치에 가지 않으면 피타가 죽을 거라는 생각뿐이다. 하루나 이틀쯤은 살려 둘 수 있겠지만, 심장이나 뇌나 폐까지 감염되면 결국 죽게 되리라. 그리고 난 여기 혼자 남을 것이다. 또다시. 다른 아이들을 기다리며.

그 생각에 너무 빠져 있던 탓에 내 바로 옆에 낙하산이 내려앉는 것도 못 볼 뻔 한다. 낙하산을 본 나는 벌떡 일어났다. 그것을 물에서 건져 올려 은빛 천을 뜯어내고 약병을 꺼낸다. 헤이미치가 해냈구나! 약을 구한 거다. 어떻게 했지? 로맨스라면 사족을 못 쓰는 바보들을 꼬드겨 패물이라도 팔게 한 걸까. 이제 피타를 살릴 수 있다! 그런데 약병이 참 작다. 피타만큼 아픈 사람을 낫게 하려면 정말 강력한 약이어야 할 텐데. 의심이 잔물결처럼 번져나간다. 나는 병뚜껑을 열어서 킁킁 냄새를 맡아본다. 불쾌한 단내를 맡자 기운이 쫙 빠졌다. 확실하게 알기 위해 혀끝에 한 방울 떨어뜨려 본다. 의심의 여지가 없다. 이건 수면제 시럽이다. 12번 구역에서 흔한 약이다. 약치고는 싸지만 중독성이 강하다. 거의 누구나 한두 번쯤 먹어 본 경험이 있다. 우리 집에도 한 병 있다. 엄마는 발작을 일으킨 환자에게 먹여 잠재운 다음 상처를 꿰맬 때, 진정시킬 때, 고통을 느끼는 사람을 밤에 재울 때 쓰신다. 조금만 먹어도 효과가 있다. 이 정도 크기의 병이라면 피타를 하루 종일 재울 수 있겠지만, 그게 무슨 소용이람? 너무 화가 나서 헤이미치가 새로 준 선물을 개울에 집어던져 버리려던 찰나 나는 깨닫는다. 하루 종일? 그러면 내가 필요한 것 이상이잖아.

나는 쉽게 맛을 알아챌 수 없도록 딸기를 한 줌 으깨어 넣고, 민트 이파리도 넉넉히 집어넣는다. 그리고 그것을 들고 동굴로 돌아갔다.

"선물이야. 하류 쪽에 딸기 덤불이 또 있더라."

피타는 주저 않고 입을 열고 받아먹는다. 꿀꺽 삼키고는 약간 얼굴을 찌푸린다.

"너무 달아."

"응, 설탕 딸기라고. 우리 엄마가 잼을 만들 때 쓰는 딸기야. 먹어본 적 없어?"

276

두 입째를 피타 입에 밀어 넣으며 말한다.

"아니. 하지만 먹어본 적 있는 맛인데. 설탕 딸기라고?"

피타는 거의 당혹한 표정으로 대답한다.

"음, 시장에서는 거의 볼 수 없고, 야생으로만 자라거든."

또 한 입. 이제 한 입만 더 먹이면 된다.

"시럽만큼 단데. 시럽처럼."

피타는 마지막 한 입을 받아먹으며 말한다. 어찌 된 일인지 깨달은 피타의 눈이 커진다. 나는 피타의 코와 입을 세게 눌러서, 뱉지 못하고 삼키게 한다. 피타는 먹은 것을 토하려 하지만 너무 늦었다. 피타는 이미 의식을 잃고 있다. 잠에 빠져 드는 와중에도 피타의 눈에는 내가 한 일을 용서할 수 없다는 빛이 떠오른다.

발뒤꿈치를 땅에 댄 채 기대앉아 슬픔과 만족감이 섞인 기분으로 피타를 바라본다. 딸기즙이 배어 나와 턱에 묻어 있기에 닦아 주었다.

"누가 거짓말을 못한다고, 피타?"

그는 이미 내 목소리를 듣지 못하지만 이렇게 말한다.

피타는 못 들어도 상관없다. 판엠 전체가 듣고 있으니.

21

해가 지기 전까지 남은 몇 시간 동안 바위를 모아서 최대한 동굴 입구를 감춘다. 더디고 힘든 작업이지만, 땀을 뻘뻘 흘리며 이리저리 돌을 나른 결과 제법 만족스런 결과물이 나왔다. 이제 동굴은 이 근처에 흔한 거대한 돌무더기의 일부로 보인다. 작은 틈새로 피타에게 기어갈 수는 있지만, 밖에서는 눈에 띄지 않는다. 잘된 일이다. 오늘밤은 또 침낭을 같이 써야할 테니. 그리고 내가 잔치에 갔다가 돌아오지 못한다 해도, 피타는 숨어있지만 완전히 갇힌 신세는 아닐 것이다. 어차피 약 없이는 오래 버티지 못할 것 같지만 말이다. 내가 잔치에서 죽는다면 12번 구역 출신 우승자는 나오지 않을 것 같다.

개울 하류에 사는 더 작고 가시가 많은 물고기를 잡아 식사를 하고, 물을 담을 수 있는 만큼 담아 정수하고, 무기를 소제한다. 이제 남은 화살은 9개다. 나 없는 동안 피타가 스스로를 지킬 수 있도록 칼을 두고 갈까 고민해 보지만 별 의미가 없을 것 같다. 위장술이 자기의 마지막 방어라는 그 애의 말은 사실이었다. 하지만 나는 아직 칼을 쓸 일이 있을지도 모른다. 내가 어떤 상황에 닥치게 될지 모르지 않나?

확신이 드는 사실이 몇 개 있다. 카토, 클로브, 스레쉬는 잔치에 올 거라는 점. 여우얼굴의 경우엔 직접 대면이 그 애의 전략도, 장점도 아니기 때문에 올지 안 올지 잘 모르겠다. 그녀는 나보다도 몸집이 작고, 최근에 무기를 손에 넣지 않았다면 무기도 없을 것이다. 근처를 맴돌며 남은 것 중 손에 넣을 게 없나 노릴 가능성이 크다. 하지만 다른 셋은……. 내겐 상대할 사람이 많을 것이다. 내 최고의 자산은 멀리서 죽일 수 있다는 거지만, 클라우디스 템플스미스가 말한 그 배낭, 12라고 쓰여 있는 배낭을 손에 넣으려면 깊숙이 들어가는 수밖에 없으리라.

하늘을 바라보면서 새벽에 마주 대할 경쟁자가 한 명이라도 줄었기를 바라지만, 오늘은 죽은 사람이 없다. 내일 밤하늘엔 사람 얼굴이 뜨겠지. 잔치에서는 언제나 죽는 사람이 나오니까.

동굴로 들어가 안경을 잘 챙기고는 피타 옆에 눕는다. 오늘은 운 좋게 잠을 많이 자 두었다. 깨어있어야 한다. 오늘 밤에 우리 동굴을 공격할 사람은 없겠지만, 이 새벽을 놓칠 수는 없다.

오늘 밤은 너무 추워서 진저리가 쳐진다. 마치 게임 운영자들이 얼어붙을 듯한 바람을 경기장에 불어넣고 있는 것 같다. 아마 실제로 그러고 있을 거다. 피타 옆에 누워 피타 몸에서 나는 열을 모조리 흡수하려고 몸을 바싹 붙인다. 너무나 먼 곳에 있는 것 같은 사람에게 이렇게 물리적으로 가까이 있으려니 기분이 묘하다. 의식을 잃은 피타는 지금 캐피톨이나 12번 구역, 혹은 달 위에 있는 것이나 다를 바 없다. 헝거 게임이 시작된 이래 지금보다 더 외로운 기분은 느껴본 적이 없다.

'오늘 밤은 괴로울 거야, 그냥 받아들여.' 스스로에게 이렇게 말한다. 그러지 않으려고 애쓰지만 엄마와 프림 생각이 나는 것을 어쩔 수 없다. 두 사람은 오늘 밤 한숨이라도 잘 수 있을까. 헝거 게임 막바지에, 잔치라는 중대한 이벤트까지 있으니 아마 학교도 아마 휴교했을 거다. 우리 가족은 집에 있는 낡아빠진 텔레비전으로 시청할 수도 있고, 광장에서 사람들과 함께 크고 선명한 화면으로 볼 수도 있다. 집에서 보면 남의 눈이 없는 게 장점이지만, 광장에 가면 사람들이 응원을 해 줄 것이다. 사람들이 친절한 말을 건네고, 남는 음식이 있으면 나눠줄 것이다. 특히 피타와 내가 한 팀이 된 지금, 빵집 아저씨가 두 사람을 돌봐주고 있는지, 약속대로 내 동생 배를 채워주고 있는지 궁금하다.

12번 구역에서는 열기가 대단할 것이다. 경기 막바지 시점까지 우리 구역 출신이 살아남는 일은 워낙에 드물다. 분명 사람들은 피타와 나를 보며 흥분하고 있을 것이고, 우리가 한 팀이니 더욱 그럴 것이다. 눈을 감으면 사람들이 중계를 보며 우리를 향해 응원하는 소리를 질러대는 걸 상상할 수 있다. 얼굴들이 눈에 선하다. 그리지 세이 아줌마, 매지, 심지어 내가 잡은 짐승을 사는 평화유지군들까지도 우리를 격려하는 모습이 보인다.

그리고 게일. 나는 게일을 안다. 게일은 소리 지르며 응원하지는 않을 거다. 하지만 매 순간, 모든 반전과 전개를 지켜보며 내가 돌아오기를 바라고 있을 것이다. 피타도 함께 살아 돌아가기를 원할지 궁금하다. 게일은 내 남자친구는 아니지만, 내가 만약 가능성을 열어둔다면 나와 사귀게 될까? 같이 도망가자는 얘기도 했잖아. 그냥 우리 구역 밖에서 살아남을 수 있는 가능성에 대해 현실적으로 계산해서 한 말이었을까? 아니면 그 이상이었을까?

피타와 계속 키스하는 것은 어떻게 생각하려나.

달이 뜨는 것을 바위틈으로 지켜본다. 새벽까지 세 시간쯤 남았다 싶을 때, 마지막으로 채비를 다시 한다. 용의주도하게 피타 바로 옆에 물과 약을 놓아 둔다. 내가 돌아오지 않는다면 저것들 외에 피타가 필요로 할 것은 없고, 저것마저도 피타를 오래 지탱해주지는 못할 거다. 좀 고민을 하다가 피타의 재킷을 벗겨 내 옷 위에 입는다. 피타에게는 재킷이 필요 없다. 열이 나는 몸으로 침낭 안에 누워있는 지금은 필요가 없고, 낮에는 내가 와서 벗겨 주지 않으면 더워서 못 견딜 거다. 벌써 추워서 손이 곱아 들기에, 루가 여분으로 가지고 있던 양말에 손가락 구멍을 내서 손에 낀다. 없는 것보다는 낫다. 루의 작은 가방에 음식 조금, 물 한 병, 붕대를 집어넣고, 허리띠에 칼을 찬 후 활과 화살을 챙긴다. 그대로 막 나서려다 비운의 연인 행세가 중요하다는 것을 기억해 내고, 몸을 숙여 피타에게 길고 아쉬운 듯한 키스를 한다. 캐피톨에서 눈물 섞인 한숨이 흘러나오는 것을 상상하며, 나는 흘리지도 않은 눈물을 닦는 시늉을 한다. 그리고는 바위틈으로 빠져 나와 밤길을 나선다.

내 숨결은 작은 하얀 구름처럼 흩어진다. 고향의 11월 밤만큼 춥다. 내가 한 손에 등불을 들고 숲으로 빠져나가, 미리 약속해둔 곳에서 게일을 만나고, 누비 천으로 싼 금속 병으로 허브 차를 홀짝이며 아침이 다가올 때까지 사냥할 짐승이 지나가기를 기다리던 어느 날 밤처럼. '아, 게일, 지금 네가 내 뒤를 봐 주기만 했더라도…….'

용기를 낼 수 있는 한 가장 빠른 속도로 움직인다. 안경의 효과는 대단하지만, 왼쪽 귀가 안 들리는 게 여전히 무척 아쉽다. 폭발이 일어났을 때 어떻게 된 건지는 몰라도, 귀 깊숙한 곳의 무언가가 영영 망가진 모양이다. 상관없어. 집에 돌아가면 돈이 썩어나게 많을 테니까, 남한테 돈 주고 대신 들어 달라고 하지 뭐.

밤이면 숲은 늘 달라 보인다. 안경을 썼는데도 모든 것이 조금씩 낯설어 보이곤 한다. 마치 낮의 나무와 꽃과 돌은 자러 가고, 그 자리에 자기보다 조금 더 험악한 대타들을 보내놓은 것 같다. 새로운 루트를 찾는 따위의 계략은 부리지 않고, 개울을 따라 거슬러 올라가서, 루가 알려 주었던 호수 근처의 은신처로 돌아간다. 가는 길에 다른 조공인의 기척은 숨소리 하나, 나뭇가지 떨리는 소리 하나 들리지 않는다. 내가 제일 먼저 도착하는 것이거나, 다른 아이들이 어젯밤에 자리를 잡은 거겠지. 관목 숲에 숨어들어가 자리를 잡고, 피의 의식을 기다리기 시작한다. 아직 1시간, 어쩌면 2시간 정도 남았다.

속에서 음식을 받아들이지 못할 것 같아 민트 이파리 몇 개를 씹는다. 내 재킷 위에 피타의 재킷도 입고 오길 정말 잘했다. 안 그랬다면 몸을 덥히기 위해 움직일 수밖에 없었을 것이다. 하늘빛이 안개 낀 새벽의 회색으로 밝아오지만 여전히 다른 조공인은 보이지 않는다. 사실 놀랄 일은 아니다. 다들 자신의 걸출한 힘, 살인 능력, 교활함을 보여준 아이들이니까. 딴 애들이 내가 피타를 데리고 있으리라 짐작하고 있을까? 여우얼굴과 스레쉬는 피타가 다친 것도 모르고 있을 것 같다. 내가 배낭을 가지러 갈 때 피타가 나를 엄호하고 있다고 생각한다면 내겐 좋은 일이다.

하지만 어디 있는 거지? 경기장 안은 이제 제법 밝아져 안경도 이미 벗었다. 아침의 새들이 노래하는 소리도 들린다. 이제 시간이 된 것 아닐까? 내가 잘못 찾아왔나 싶어 약 1초간 공포에 빠져 든다. 하지만 아니야, 클라우디스 템플스미스가 분명 코뉴코피아라고 했던 걸 기억하고 있어. 코뉴코피아가 바로 저기 있잖아. 나는 여기 와 있는데, 대체 잔치는 어디 있는 거야?

태양의 빛줄기가 금빛 코뉴코피아를 때리는 순간 평지가 요동친다. 뿔 주둥이 앞의 땅이 반으로 갈라지더니, 눈처럼 흰 천이 덮인 원탁이 솟아오른다. 원탁 위에는 배낭 네 개가 얹혀 있다. 2와 11이라고 쓰인 커다란 검정 배낭이 두 개 있고, 5라고 쓰인 중간 크기의 녹색 배낭, 너무 작아서 내 손목에 메고 다닐 수도 있을 듯한, 분명 12이라고 쓰여 있을 오렌지색 가방이 하나 있다.

테이블이 솟아오르자마자 코뉴코피아 뿔 안에서 누군가가 튀어나와 녹색 배낭을 채어 들고 달려간다. 여우얼굴! 저렇게 현명하고 아슬아슬한 아이디어를 재가 떠올리게 내버려 뒀다니! 나머지 사람들은 아직 평지 주위에 숨은 채 상황을 고려해 보고 있는데, 재는 벌써 자기 것을 챙겨갔다. 자기 몫의 배낭을 테이블 위에 내버려 두고 여우얼굴을 쫓아가고 싶은 사람은 없으니, 우리는 함정에 빠진 거나 다름없다. 다른 배낭들에 손대지 않은 것도 의도적일 것이다. 남의 배낭을 훔치면 추격해 오는 사람이 있을 거라는 것을 알고 한 일일 것이다. 내가 저 전략을 썼어야 하는데! 놀람, 감탄, 분노, 질투, 좌절을 차례로 겪고 날 때쯤 나는 빨간 말갈기 같은 그 머리칼이 내 화살의 사정권을 훨씬 벗어난 곳에서 숲 속으로 사라지는 모습을 바라보고 있다. 이런. 내내 다른 아이들을 무서워했었지만, 진짜 경쟁자는 저 애일지도 모르겠는걸.

나는 저 아이 때문에 시간도 낭비했다. 이제 다음으로 저 원탁에 다가가는 사람은 나여야 한다. 누구든 나보다 먼저 저기 가는 사람은 손쉽게 내 배낭도 함께 들고 가버릴 수 있다. 망설이지 않고 원탁을 향해 달려나간다. 위험이 다가오는 것을 눈으로 보기도 전에 알 수 있다. 다행히 첫 번째 칼은 오른쪽으로 날아와서, 소리를 듣고 활로 쳐낼 수 있다. 나는 몸을 돌리고 시위를 당겨 클로브의 심장을 향해 화살을 날린다. 클로브는 몸을 돌려 치명상은 피하지만, 화살은 왼팔 위 부분에 가 꽂힌다. 그 애가 오른손잡이라는 것이 나에겐 안 된 일이지만, 팔에 박힌 화살을 뽑아내고 상처가 심한지 살펴보는 동안만이라도 클로브를 저지해둘 수는 있다. 나는 계속 움직이며 자동적으로 다음 화살을 활에 메긴다. 이런 일은 수년간 사냥을 해 본 사람만이 할 수 있다.

원탁에 도착해 자그마한 오렌지색 배낭을 움켜쥔다. 손을 끈에 넣어 팔 위에 올려 낀다. 배낭이 워낙 작아서 내 몸 다른 부분엔 지닐 만한 곳이 없다. 다시 화살을 쏘려 몸을 돌리는 순간 두 번째 칼날이 이마로 날아온다. 오른쪽 눈두덩을 베였다. 베인 상처에서 피가 쏟아져 나와 얼굴에 흐르며 앞도 보이지 않고, 입 안에는 내 피의 맛, 날카로운 금속 같은 맛이 가득 찬다. 뒤로 주춤거리면서도 메겨 두었던 화살을 칼이 날아온 방향을 향해 쏜다. 화살이 활을 떠나는 순간 맞지 않으리란 걸 알 수 있다. 다음 순간 클로브가 나를 덮치더니 바닥에 눕히고는, 양 무릎으로 내 어깨를 땅에 내리누른다.

'끝이구나.' 나는 그렇게 생각하고, 프림을 위해 마지막 순간이 길어지지 않기를 바란다. 하지만 클로브는 이 순간을 즐기려는 모양이다. 시간이 넉넉하다고까지 생각하는 것 같다. 분명 가까운 곳에서 카토가 기다리고 있겠지, 클로브를 엄호하며, 스레쉬와…… 어쩌면 피타가 오기를 기다리면서.

"12번 구역, 네 남자친구는 어디 있어? 아직 살아 있나?"

음, 말하는 동안에는 살 수 있지.

"근처에서 카토 사냥하고 있지."

이렇게 내뱉고는 목청껏 소리 지른다.

"피타!"

클로브가 주먹으로 내 목을 후려쳐서, 아주 효과적으로 내 목소리를 끊어놓는다. 하지만 고개를 이리저리 돌리며 살펴보는 것이, 내 말이 사실인지 적어도 의심은 하고 있음을 알 수 있다. 피타가 나를 구해 주러 나타나지 않자, 클로브는 다시 내게 고개를 돌린다.

"거짓말쟁이."

클로브는 히죽 웃으며 그렇게 말하고, 다시 덧붙인다.

"그놈은 죽은 거나 다름없어. 카토가 아주 확실하게 벴다고. 계속 숨통을 붙여 두려고 어디 나무 위에 묶어놓거나 한 모양인데. 그 귀여운 배낭은 어딨어? 순정파 갖다 줄 약인가 봐? 못 받게 됐으니 참 안됐네."

클로브는 재킷을 펼친다. 재킷 안에는 칼들이 좌라락 매달려있다. 주의 깊게 칼을 고르던 클로브는 잔혹해 보이는 휜 칼날이 달린, 거의 섬세하게 만들어졌다고 해도 좋을 칼을 고른다.

"내가 널 처치하게 해 주면, 시청자들에게 좋은 구경거리를 제공하기로 카토한테 약속했지."

클로브를 떨쳐 보려고 몸부림치지만 소용이 없다. 클로브는 체중이 많이 나가는 데다, 나를 너무 단단히 잡고 있다.

"포기해, 12번 구역. 우린 널 죽일 거야. 네가 동맹을 맺었던 그 한심한 꼬맹이를 죽였던 것처럼……. 걔 이름이 뭐였더라? 나무 위에서 폴짝폴짝 뛰어다니던 애. 루였나? 일단은 루, 그 다음은 너, 그리고 순정파는 그냥 죽게 내버려 두면 될 테고. 어떻게 생각해? 자, 이제 어디부터 시작해 줄까?"

클로브는 그렇게 묻고서, 내 상처에서 흐른 피를 재킷 소매로 대충 닦는다. 내 얼굴을 살펴보며 이리저리 옆으로 돌려보는 품이, 마치 내 얼굴이 나무토막쯤 되고 거기에 어떤 무늬를 조각할지 생각해 보는 것 같다. 손을 깨물어보려 하지만 클로브는 내 정수리의 머리채를 잡고 땅에 찍어 누른다.

"내 생각에……."

클로브는 만족스러운 목소리로 말한다.

"네 입부터 시작하면 될 것 같다."

그 애는 놀리듯 칼 끝으로 내 입술 선을 따라 그려 보고, 나는 이를 악문다.

나는 눈을 감지 않을 것이다. 클로브가 루에 대해 한 말이 나를 분노로 가득 채워서, 최소한의 존엄을 가지고 죽을 수 있을 것 같다. 내 마지막 반항으로, 할 수 있는 한 끝까지 클로브를 노려볼 거다. 어차피 별로 긴 시간도 아니겠지만, 노려보고 노려볼 것이다. 비명도 지르지 않고, 내 나름의 작은 방식으로나마 패배하지 않은 채 죽을 것이다.

"그래, 넌 이제 입술 쓸 일도 별로 없겠구나. 순정파한테 마지막으로 키스 한 번 날려 줄래?"

클로브가 묻는다. 나는 피와 침을 입 안 한 가득 모아 클로브 얼굴에 뱉는다. 클로브는 화가 나 얼굴이 달아오른다.

"좋았어, 그럼. 이제 시작이다."

나는 아주 확실하게 찾아올 고통을 견딜 각오를 한다. 하지만 내 입술이 살짝 베이기가 무섭게, 어떤 엄청난 힘이 클로브를 들어 올리고 클로브는 비명을 지른다. 처음에는 너무 놀라서 무슨 일이 벌어지는지 깨닫지 못한다. 피타가 나를 구하러 온 걸까? 게임 운영자들이 재미 요소를 더하기 위해 야생동물을 풀었나? 이유는 모르겠지만 호버크래프트가 클로브를 들어 올렸나?

얼얼한 팔로 몸을 일으켜 보니 내 짐작은 모두 빗나갔다. 클로브는 스레쉬의 팔에 갇힌 채, 발이 땅에서 두 뼘 정도 떨어져 매달려 있었다. 스레쉬가 내 위에 우뚝 서서 클로브를 봉제인형마냥 들고 있는 모습을 보고 나는 숨을 훅 내쉰다. 스레쉬의 몸집이 크다고 기억은 하고 있었지만, 내 기억보다도 더 거대하고 더 강력해 보인다. 경기장에 들어온 뒤로 오히려 체중이 는 것 같다. 스레쉬는 클로브를 뒤집더니 땅에 내팽개친다.

스레쉬가 중얼거리는 정도 이상으로 언성을 높이는 것을 들어본 적이 없어서, 그가 소리를 지르자 나는 화들짝 놀란다.

"그 꼬마 여자애 어떻게 했어? 네가 죽였어?"

정신 나간 벌레처럼 사지로 기어 슬금슬금 물러나는 클로브는 너무 충격을 받은 나머지 카토를 부를 정신도 없어 보인다.

"아냐! 내가 안 그랬어!"

"방금 걔 이름 말했잖아. 들었어. 네가 죽였어?"

스레쉬의 머릿속에 다른 생각이 한 가지 떠올라, 분노가 한층 더해지는 것이 눈에 보인다.

"이 여자애한테 하려고 했던 것처럼 베어 죽였어?"

"아냐! 아냐, 나는……."

클로브는 스레쉬가 손에 든 작은 빵 덩어리 크기의 돌을 보고 이성을 잃고 비명을 질러 댄다.

"카토! 카토!"

"클로브!"

카토가 대답하는 소리가 들리지만 너무 먼 곳에 있다. 클로브를 도와주기엔 너무 멀다는 것을 알 수 있다. 뭘 하고 있었지? 여우얼굴이나 피타를 찾고 있었나? 스레쉬를 기다리고 있었는데 위치 선정에서 실수를 한 건가?

스레쉬는 돌로 클로브의 관자놀이를 세게 갈긴다. 피는 나지 않지만 두개골이 깨진 것이 보이고, 클로브가 곧 죽으리라는 걸 알 수 있다. 그래도 아직은 숨이 붙어 있어서, 가슴이 가쁘 오르내리고 입에서는 낮은 신음 소리가 새어 나온다.

스레쉬가 바위를 치켜들고 내 주위를 빙빙 도는 순간, 도망가도 소용없으리란 걸 느낀다. 메겨 두었던 화살은 아까 클로브 쪽으로 쏘아 버렸다. 나는 스레쉬의 기묘한 황금빛 갈색 눈에 사로잡혔다.

"쟤가 한 말이 무슨 뜻이야? 루와 동맹이라는 게?"

"나……, 나……. 우리는 한 팀이었어. 보급품을 날려 버렸어. 루를 구하려고 노력했어. 하지만 그 애가 먼저 발견했어, 1번 구역 남자애가."

내가 루를 도와줬다는 걸 알면 어쩌면 천천히, 가학적으로 죽이진 않을지도 몰라.

"그리고 넌 걔를 죽였고?"

스레쉬가 묻는다.

"응, 그 앤 내가 죽였어. 그리고 루를 꽃으로 묻어줬어. 그리고 잘 자라고 노래 불러줬어."

눈물이 솟는다. 당시의 팽팽한 긴장과 그 싸움이 기억에서 떠오른다. 루, 내 머리에 난 상처의 아픔, 스레쉬에 대한 공포, 바로 옆에서 죽어가는 여자아이의 신음소리에 나는 완전히 압도당하고 만다.

"자라고?"

스레쉬가 거칠게 묻는다.

"죽어가는 동안. 숨이 끊어질 때까지 노래해 줬어. 너희 구역에서…… 사람들이 나한테 빵을 보내 줬고, 빨리 죽여 줘, 스레쉬, 괜찮지?"

나는 그렇게 말하고 손을 치켜들지만, 손이 닿지도 않을 화살을 찾아서는 아니다. 그냥 코를 닦기 위해서다. 스레쉬의 얼굴에 상반되는 감정이 스친다. 스레쉬는 돌을 내리더니, 거의 비난하듯이 나를 손가락으로 가리킨다.

"이번 한 번만 그냥 보내 준다. 꼬맹이를 위해서다. 너와 나는 이제 비긴 거다. 빚진 게 없다. 이해하냐?"

나는 고개를 끄덕인다. 그가 말하는 빚이 뭔지 정말로 이해하니까. 만약 스레쉬가 이긴다면, 스레쉬는 나에게 감사를 표하기 위해 전례 없는 행동을 한 구역으로 돌아가야 한다. 그리고 스레쉬 역시 지금 나에게 감사를 표하기 위해, 전례가 없는 행동을 하려 한다는 사실을 알고 있다. 지금 이 순간 나는, 스레쉬가 내 두개골을 부수지 않을 거라는 것을 이해한다.

"클로브!"

카토의 목소리는 이제 훨씬 가까워졌다. 목소리에 고통이 섞인 것을 듣고, 카토가 쓰러져 있는 클로브를 보았다는 걸 알 수 있었다.

"이제 뛰는 게 좋을 거야, 불타는 소녀."

스레쉬가 말한다.

그런 말은 두 번 들을 필요도 없다. 나는 황급히 일어나 단단한 땅을 박차고, 스레쉬와 클로브와 카토의 목소리 반대 방향으로 달려간다. 숲에 다 와서야 한 번 뒤돌아본다. 큰 배낭 두 개를 짊어진 스레쉬가 평지에서 벗어나 내가 본 적 없는 쪽으로 사라지는 모습이 보인다. 손에 창을 든 카토는 클로브 옆에 무릎을 꿇고 앉아, 가지 말라고 애원하고 있다. 소용없다는 것, 살려 낼 수 없다는 것을 그도 곧 깨달을 것이다. 나는 눈으로 흘러내리는 피를 연신 닦아 내며 숲 속으로 뛰쳐 들어가, 상처 받은 야생동물처럼 도망친다. 사실 지금 난 상처 받은 야생동물이다. 몇 분 후 대포 소리가 들려 클로브가 죽었고, 카토가 나나 스레쉬를 쫓아올 것임을 알게 된다. 나는 공포에 사로잡힌 데다 머리를 다쳐 몹시 약해진 상태고 몸도 떨린다. 화살을 장전하지만, 카토는 창을 굉장히 멀리까지 던질 수 있다. 내 화살 사정권과 비슷할 것이다.

나를 진정시키는 것은 단 한 가지, 카토가 절박하게 필요로 하는 것이든 배낭을 스레쉬가 가져갔다는 것이다. 만약 내기를 하라면 카토가 내가 아닌 스레쉬를 좇는다는 쪽에 걸겠다. 그러나 개울에 다다를 때까지 속도를 늦추지는 않는다. 개울에 닿자마자 신을 신은 채로 물 속에 뛰어들어 허위허위 하류로 내려간다. 장갑으로 쓰고 있던 루의 양말을 벗어 들고 흐르는 피를 멎게 해 보려 하지만, 양말은 몇 분 만에 피로 흠뻑 젖어버린다.

간신히 동굴까지 돌아왔다. 나는 바위틈으로 기어 들어간다. 새어 들어오는 빛을 받으며, 팔에서 작은 오렌지색 배낭을 벗어 끈을 칼로 자르고 속에 든 것을 땅에 쏟는다. 피하 주사 하나가 든 길쭉한 상자가 나온다. 나는 망설이지 않고 주사 바늘을 피타의 팔에 꽂은 다음 천천히 피스톤을 누른다.

손을 머리로 가져갔다가, 피가 묻어 미끈거리는 손을 힘없이 무릎에 떨어뜨린다.

마지막으로 기억나는 것은, 녹색과 은색이 아름답게 섞인 나방 한 마리가 내 손목에 내려앉았다는 것이었다.

22

우리 집 지붕에 떨어지는 빗소리가 북처럼 울리며 나를 부드럽게 깨운다. 하지만 집에서 안전하게, 번데기가 된 양 담요를 따뜻하게 두른 나는 다시 잠들려 애쓴다. 머리에 통증이 어렴풋이 느껴진다. 감기가 걸려서 침대에 있어도 된다고 허락 받았나 보다. 벌써 꽤 오래 잔 게 확실한데도 말이야. 엄마 손이 내 뺨을 쓰다듬는다. 깨어 있을 때라면 내가 엄마의 부드러운 손길을 얼마나 갈구하는지 절대 모르게 하려고 밀쳐 냈겠지만 그냥 가만히 있는다. 내가 엄마를 아직 믿지 못하는데도, 엄마를 얼마나 그리워하는지 엄마가 모르게 하려고. 그때 목소리가 들려온다. 엄마 목소리가 아닌 다른 목소리다. 덜컥 겁이 난다.

"캣니스, 캣니스! 내 목소리 들려?"

그 목소리가 이렇게 말한다.

눈을 뜨자 안전하다고 느꼈던 기분이 사라진다. 엄마와 집에 있는 게 아니었다. 나는 어둡고 서늘한 동굴에 있고, 침낭을 덮고 있는데도 내 맨발은 싸늘하고, 공기 중에는 피 냄새임이 분명한 냄새가 감돈다. 초췌하고 창백한 남자애 얼굴이 시야에 들어와서 처음엔 경계심으로 움찔하지만, 기분이 좀 나아진다.

"피타."

"안녕. 네가 눈 뜬 모습을 다시 보니까 좋다."

"내가 정신을 잃은 지 얼마나 됐어?"

"정확히 모르겠어. 어제 저녁에 일어나 보니 네가 옆에 누워 있더라. 바닥에 피가 잔뜩 고여서 무시무시했어. 출혈은 멈춘 것 같지만, 나라면 일어나 앉거나 하진 않을 거야."

조심스레 손을 들어 머리를 만져 보자 붕대가 감겨 있다. 이 작은 동작만으로도 어지러움이 느껴진다. 피타가 내 입술에 물병을 대 주어 나는 허겁지겁 마신다.

"좀 나았구나."

내가 피타에게 말한다.

"많이 나았어. 네가 내 팔에 주사를 놔 준 덕분이지. 오늘 아침에는 다리 부은 게 거의 다 사라졌던데."

자기를 속이고 몰래 약을 먹인 다음 잔치에 다녀 온 것 때문에 화가 난 것 같지는 않다. 어쩌면 지금 내 꼴이 말이 아니라서 나중에 얘기하려고 하는 건지도 모른다. 하지만 지금 이 순간 피타는 상냥하기 그지없다.

"뭐 좀 먹었어?"

내가 묻는다.

"미안해. 그 참거위를 세 조각이나 먹고 나서야 좀 아껴 둬야 된다는 생각이 들었어. 이제 다시 다이어트 시작했으니까 걱정 마."

"아냐, 잘했어. 넌 먹어야 돼. 금방 사냥하러 갈 거야."

"너무 금방은 말고, 알았지? 한동안은 내가 널 돌봐 줄게."

그 외에 다른 방법이 있을 것 같지도 않다. 피타는 내게 참거위 조금과 건포도를 먹이고 물을 많이 마시게 한다. 내 발을 문질러 온기를 조금 되찾아 주고, 자기 재킷으로 발을 감싼 다음 내 턱 밑까지 침낭 지퍼를 올려 준다.

"네 장화랑 양말은 아직 축축해. 날씨가 이래서 말이야."

피타가 말한다. 때마침 천둥소리가 들리고, 바위틈으로 하늘에 번개가 번쩍이는 것도 보인다. 천장에 구멍이 몇 개 있어서 빗물이 새지만, 피타가 내 머리와 상체 위로 방수 천을 바위틈에 쑤셔 넣어 차양 같은 것을 만들어 두었다.

"이 폭풍이 왜 온 건지 모르겠네. 내 말은, 누굴 노린 걸까?"

피타가 말한다.

"카토와 스레쉬겠지. 여우얼굴은 어딘가 동굴 같은 곳에 숨어 있을 거고, 클로브는…… 날 칼로 베고는……."

나는 아무 생각 없이 말하다 말끝을 흐린다.

"클로브 죽은 건 알아. 어젯밤에 하늘에서 봤어. 네가 죽인 거야?"

"아니, 스레쉬가 돌로 두개골을 깼어."

"너도 잡히지 않아서 다행이다."

잔치의 기억이 완전히 되살아나 욕지기가 치민다.

"잡았는데 보내줬어."

물론 설명이 뒤따른다. 피타가 너무 아파서 묻지 못했고, 내가 다시 떠올릴 준비가 되어 있지 않아 혼자서만 간직했던 일들에 대한 설명이다. 폭발, 내 귀에 관한 것, 루의 죽음, 1번 구역 남자아이, 내가 받은 빵. 이 모든 이야기는 스레쉬와 있었던 일과, 스레쉬가 나에게 일종의 빚을 갚은 이야기로 귀결된다.

　"너에게 아무 것도 빚지고 싶지 않아서 널 그냥 보내 줬다고?"

　피타는 믿을 수 없다는 듯이 묻는다.

　"응. 네가 이해할 것 같진 않아. 넌 언제나 부족한 게 없었잖아. 하지만 네가 경계 사람이었으면 설명할 필요도 없었을 거야."

　"설명하지도 마. 내가 너무 멍청해서 이해 못할 게 분명하니까."

　"빵 같은 거야. 내가 그것 때문에 너한테 빚진 기분을 벗지 못하는 것과 마찬가지야."

　"빵? 무슨 빵? 우리 어렸을 때 얘기야? 그건 이제 잊을 수 있을 것 같은데. 너는 좀 전까지 죽어가고 있던 나를 살려 냈잖아."

　"하지만 그때 넌 날 몰랐잖아. 말도 한 번 해 본 적 없었잖아. 게다가 언제나 제일 갚기 힘든 건 첫 번째 선물이야. 네가 그때 날 도와주지 않았다면 난 지금 여기 있지도 못했을걸. 대체 왜 그랬던 거야?"

　피타의 말에 나는 고개를 살짝 흔들고서 되물었다. 움직이니 머리가 아팠다.

　"왜냐고? 너도 알잖아. 헤이미치가 그랬지, 넌 좀처럼 안 믿을 거라고."

　"헤이미치? 그 사람이 이거랑 무슨 상관이야?"

　"아무 것도 아냐. 그래서, 카토랑 스레쉬가 살아남았다고? 둘이 동시에 서로 죽여 주길 기대하는 건 좀 무리겠지?"

　하지만 그 생각에 나는 기분이 언짢다.

　"내 생각에 우린 스레쉬를 좋아했을 것 같아. 12번 구역에서 만났다면 친구가 됐을 것 같아."

"그러면 카토가 스레쉬를 죽이길 빌자고, 우리가 안 해도 되도록."

카토가 스레쉬를 죽이는 것도 싫다. 아무도 안 죽었으면 좋겠다. 하지만 그런 말은 우승자가 경기장에서 하고 다닐 소리는 절대 아니다. 최대한 노력해 보지만, 눈가에 눈물이 고이는 것이 느껴진다.

피타가 걱정스러운 듯 나를 바라본다.

"왜 그래? 많이 아파?"

나는 다른 대답을 한다. 진실인 건 마찬가지지만, 내 성품이 나약해서가 아니라 잠깐 약해졌을 뿐인 것으로 받아들여질 만한 대답이다.

"집에 가고 싶어, 피타."

나는 어린아이처럼 칭얼거린다.

"가게 될 거야. 내가 약속할게."

피타는 대답하고는 키스하려 몸을 숙인다.

"지금 가고 싶어."

"잘 들어, 다시 잠들어서 집에 가 있는 꿈을 꿔. 정신을 차려 보면 어느새 집에 가 있을 거야. 알았지?"

"알았어. 내가 망 봐야 되면 깨워."

나는 속삭이듯 말한다.

"몸 상태도 좋고 잘 쉬었어. 너랑 헤이미치 덕분에. 게다가 이게 얼마나 갈지 어떻게 알아?"

무슨 뜻이지? 폭풍 얘긴가? 폭풍 때문에 잠시 소강상태가 된 것? 헝거 게임? 나는 알 수 없었지만, 너무 슬프고 지쳐서 묻지는 않는다.

저녁이 되자 피타가 나를 다시 깨운다. 비가 억수 같이 쏟아져서, 아까는 방울방울 새던 천장의 구멍에서 이제는 비가 줄줄 흘러내린다. 피타는 제일 심한 곳에 수프 냄비를 받쳐 놓고, 나를 최대한 가려 주려고 방수 천의 위치도 바꿔 놓았다. 나는 몸이 좀 나아져서 이제 일어나 앉아도 그리 심하게 어지럽지는 않다. 배가 고파 죽을 지경이다. 피타도 마찬가지다. 내가 일어나면 같이 먹으려고 애타게 기다린 모양이다.

남은 음식이 별로 없다. 참거위 두 조각, 뿌리 조금, 말린 과일 한 줌뿐이다.

"아껴서 먹어야 하려나?"

피타가 묻는다.

"아니, 다 먹어치우자. 참거위는 어차피 좀 오래됐고, 상한 음식 먹고 탈나면 그게 최악이잖아."

나는 음식을 똑같이 절반으로 나누며 이렇게 대답한다. 천천히 먹으려고 노력은 해 보지만 너무 배가 고파 몇 분만에 다 먹어 버렸다. 뱃속은 아직도 허전하다.

"내일은 사냥하는 날이다."

"나는 큰 도움이 안 될 텐데. 한 번도 사냥을 안 해 봤거든."

"내가 잡을 테니 넌 요리를 해. 채집도 할 수 있겠지."

"빵나무 같은 게 있으면 좋을 텐데 말이야."

"11번 구역에서 보내 준 빵은 내가 받았을 때도 아직 따뜻했는데. 자, 이거 씹어."

나는 한숨을 쉬며 그렇게 말하고서, 피타에게 민트 이파리 몇 개를 건네주고 내 입에도 몇 개 넣는다.

하늘에 비치는 화면조차 잘 보이지 않지만, 오늘은 죽은 사람이 없다는 건 확인할 수 있었다. 카토와 스레쉬는 아직 맞붙지 않았군.

"스레쉬가 간 데는 어디야? 그러니까, 그 평지 너머엔 뭐가 있지?"

피타에게 묻는다.

"들판이야. 눈에 보이는 데까지 내 어깨 높이로 풀이 자라 있더라. 잘 모르지만 그중에 곡식이 있을지도 모르지. 들판 색깔은 여기저기 조금씩 다르더라고. 하지만 길은 없어."

"분명 그중에 곡식이 있을 거야. 스레쉬라면 뭘 먹을 수 있는지도 분명 알 테고. 너 들어가 봤어?"

"아니, 스레쉬를 찾으러 그 풀밭에 들어가고 싶어 한 사람은 없었어. 좀 불길한 분위기거든. 그 들판을 볼 때마다 내가 들던 생각은 거기 숨어있는 것들이야. 뱀, 광견병 걸린 짐승, 모래 늪, 뭐 그런 거. 그 안에 뭐가 있을지 어떻게 알아?"

나는 아무 대답도 하지 않았지만, 피타의 이야기를 들으니 12번 구역에서 울타리 너머로 나가지 말라고 할 때 하는 말들이 떠오른다. 어쩔 수 없이 잠시나마 피타를 게일과 비교해 보게 된다. 게일이라면 그 들판을 위험한 곳인 동시에 식량을 얻을 수 있는 곳으로 보았을 것이다. 스레쉬도 분명 그랬을 것이다. 피타가 나약하다는 뜻은 아니다. 사실 피타는 자신이 겁쟁이가 아니라는 것도 증명했다. 하지만 집에서 언제나 빵 굽는 냄새가 나는 사람은 굳이 의문을 가지지 않는 것들이 있는 반면, 게일은 모든 것에 의심을 품는 유형의 사람이 아닌가 싶다. 우리가 매일매일 법을 어기면서 주고받는 불온한 농담들을 피타는 어떻게 생각할까? 들으면 충격을 받을까? 우리가 판엠에 대해 하는 이야기를 들으면? 게일이 캐피톨을 신랄하게 비난하는 것을 들으면 어떻게 반응할까?

"그 들판에 빵나무가 있을지도 모르지. 그래서 스레쉬가 경기 시작 때 보다 지금이 더 영양상태가 좋아 보이는 건지도 모르고."

내가 말한다.

"그렇거나, 아니면 아주 좋은 스폰서가 있거나. 어떻게 하면 헤이미치가 빵을 좀 보내 주려나."

피타가 말한다.

눈썹을 치켜 올렸다가 며칠 전 헤이미치가 우리에게 보낸 메시지를 피타는 모른다는 것을 기억해 낸다. 키스 한 번에 수프 한 냄비. 내가 피타에게 알려 줄 수 있는 것도 아니다. 생각하고 있는 것을 소리 내서 말하면, 이 로맨스는 시청자들의 동정을 사기 위해서 꾸며 낸 것이라는 사실이 알려질 거고, 그러면 음식은 전혀 받지 못할 것이다. 어떻게든 사람들이 믿을 만한 방법으로, 그 쪽 방향으로 유도해야 한다. 간단한 것부터 시작하자. 나는 손을 뻗어 피타의 손을 잡는다.

"음, 널 정신을 잃게 만드는 걸 도와주느라 가진 걸 다 썼는지도 모르지."

난 짓궂게 말한다.

"아 그래, 그랬지. 다시는 그런 짓 하지 마."

피타는 내 손에 깍지를 끼며 말한다.

"하면 어쩔 건데?"

"하면……, 하면……. 1분만 있어봐."

피타는 그럴듯한 대답을 찾지 못한다.

"문제될 게 뭔데?"

내가 씩 웃으며 묻는다.

"지금 문제는 우리가 둘 다 아직 살아있다는 거야. 그래서 너는 옳은 일을 했다는 생각이 더 강하게 드는 거잖아."

"난 옳은 일을 했어."

"아냐! 하지 마, 캣니스! 날 위해 죽지 마. 그건 날 위한 일이 아니야. 알겠지?"

피타가 손에 힘을 줘서 손이 아프다. 피타의 음성에는 진짜 분노가 배어 있다. 그 격렬한 반응에 좀 놀라지만, 음식을 얻을 좋을 기회다 싶어서 좀 더 이어가 보려 한다.

"피타, 내 스스로를 위해서 한 일일 수도 있어. 그런 생각은 안 해 봤어?

296

너 혼자만 그런…… 생각을 하는 게 아닐 수도 있어……. 만약에 우리가……."

결국 말을 더듬는다. 나는 피타처럼 말솜씨가 좋지 않다. 그리고 말하는 동안, 정말로 피타를 잃어버릴 수 있다는 생각이 다시 들고, 피타가 죽지 않기를 내가 얼마나 강하게 원하고 있는지도 깨닫는다. 스폰서 때문이 아니다. 집에 돌아가면 어떻게 될지를 생각해서도 아니다. 내가 외로워지고 싶지 않기 때문만도 아니다. 피타이기 때문이다. 나는 내게 빵을 준 남자아이를 잃고 싶지 않다.

"만약에 뭐, 캣니스?"

피타가 부드럽게 묻는다.

셔터를 내리고, 우리를 엿보는 판엠의 눈들에게서 이 장면을 숨기고 싶다. 음식을 못 얻는 한이 있어도 말이다. 내 감정이 과연 어떤 것이든, 그건 나만의 일인 거잖아.

"헤이미치가 그런 주제는 절대 피하라고 했어."

나는 이렇게 얼버무린다. 헤이미치는 그런 말은 전혀 한 적이 없다. 사실 아마 지금쯤 이렇게 감정이 충만한 때 산통을 깨버린 나에게 욕을 퍼붓고 있을 거다. 하지만 피타가 이 상황을 살려낸다.

"그러면 내가 혼자서 알아내는 수밖에 없겠네."

피타는 그렇게 말하며 내게 다가온다.

우리 둘 다 똑바로 정신을 차리고 하는 키스는 이번이 처음이다. 둘 다 아파서 허덕이지도, 의식이 없지도 않다. 우리의 입술은 열기로 뜨겁지도 얼음처럼 냉랭하지도 않다. 내 가슴이 정말로 설레는 키스는 이번이 처음이다. 따스한 기분과, 호기심이 솟아오른다. 한 번 더 하고 싶어지는 키스는 이번이 처음이다.

하지만 더 이어지진 못한다. 한 번 더 키스를 받긴 하지만, 피타가 다른 데에 신경을 쓰고 있어서 코끝에 살짝 한 번 하고 말았다.

"피가 다시 나는 것 같아. 누워 봐, 어차피 잘 시간이기도 하니까."

피타가 말한다.

다시 신어도 될 만큼 양말이 말랐다. 나는 피타에게 다시 재킷을 입도록 한다. 축축한 냉기가 내 뼛속까지 스며드는 것 같으니 피타는 아마 엄청나게 추울 거다. 둘 다 이런 날씨에 누가 찾아올 거라고 생각하지는 않지만, 내가 먼저 망을 보겠다고도 우긴다. 하지만 피타는 나도 같이 침낭에 들어가야 한다며 고집을 굽히지 않고, 내 몸이 너무 심하게 떨려서 그 말에 반대하는 것 또한 의미가 없다. 피타가 머나먼 곳에 있는 것 같았던 이틀 전 밤과 비교해 보니 지금의 친밀감이 놀랍다. 침낭 속에 자리를 잡으며, 피타는 내 머리를 아래로 당겨 자기 팔을 베게 하고, 다른 팔로는 나를 보호하듯 감싸 안고 잠이 든다. 누가 나를 이렇게 안아 주는 것은 정말 오랜만이다. 아빠가 돌아가시고 엄마를 못 믿게 된 이후, 누구의 팔도 나에게 이런 안전한 기분을 준 적이 없었다.

안경을 끼고 누워 물방울이 동굴 바닥에 떨어져 튀는 것을 바라본다. 일정한 리듬이 마음을 편하게 해 준다. 몇 번이나 깜빡 졸았다가 화들짝 다시 깨어났고 죄책감을 느끼며 스스로에게 화를 낸다. 서너 시간 지나자 도저히 눈을 뜨고 있을 수가 없어서 피타를 깨우고 만다. 피타는 별로 신경 쓰지 않는 것 같다.

"내일 날씨가 개면 나무 위 높은 곳을 찾을 테니 우리 둘 다 편히 자자."

나는 잠들면서 이렇게 약속한다.

하지만 다음 날도 날씨는 나아질 줄 모른다. 게임 운영자들이 우리를 다 쓸어 버리기로 작정이라도 한 듯 폭우는 계속 쏟아진다. 천둥이 하도 강력해서 땅이 흔들리는 것 같다. 피타는 그래도 식량을 구하러 나가 볼까 제안하지만, 이런 폭풍 속에서는 소용없을 거라고 내가 말린다. 1미터 앞조차 안 보일 테고, 흠뻑 젖기만 할 거라고 한다. 내 말이 맞다는 것을 피타도 알지만, 뱃속의 허기가 점점 고통스러워진다.

저녁이 되어도 날씨는 그대로다. 헤이미치가 우리의 유일한 희망이지만, 아무 것도 오지 않는다. 돈이 부족해서이거나(지금은 어떤 선물이든 터무니없이 비쌀 것이다), 우리가 한 연기가 마음에 안 들어서일 거다. 아마 후자겠지. 오늘 우리가 그다지 볼거리를 제공하지 않았다는 것은 나도 인정한다. 굶주리고, 다쳐서 약해져 있고, 상처가 다시 벌어질까 봐 움직이지도 않았다. 우리가 침낭 속에서 끌어안고 앉아 있기는 하지만, 그건 추워서이다. 나나 피타나, 꾸벅꾸벅 조는 것보다 흥미진진한 행동은 하지 않고 있다.

로맨스를 어떻게 꾸며낼지 잘 모르겠다. 어젯밤의 키스는 좋았지만, 다음번에는 미리 생각을 좀 해 둬야 할 것이다. 경계에 사는 어떤 여자애들이나 상점가에 사는 여자애들 중 어떤 애들은 이쪽 방면 일을 굉장히 쉽게 해 내던데. 하지만 나는 그럴 시간도, 그럴 필요도 없었단 말이다. 어쨌거나, 키스만으로는 음식을 받을 수 없는 모양이다. 키스로 충분하다면 어젯밤에 뭔가 받았겠지. 내 본능은 헤이미치가 원하는 게 단순한 스킨십만이 아니라고, 뭔가 좀 더 사적인 것을 원한다고 말하고 있다. 우리가 인터뷰를 준비할 때 내 자신에 대해 말하게 하고 싶었던 그런 종류의 것. 나는 그런 일에 서툴지만 피타는 잘한다. 어쩌면 피타에게 말을 시키는 게 가장 좋은 접근 방법일지도 모르겠군.

"피타, 인터뷰 때 늘 나를 좋아했다고 했잖아. 그 '늘' 이란 게 언제 시작된 거야?"

나는 가벼운 목소리로 그렇게 묻는다.

"음, 어디 보자. 첫 등교일이었던 거 같아. 다섯 살 때. 넌 빨간 격자무늬 드레스를 입었고, 머리는…… 하나가 아니라 두 갈래로 땋고 있었어. 우리가 줄 설 준비를 하는데 아빠가 널 가리켰어."

"너희 아버지가? 왜?"

"아빠가, '저 여자애 보이니? 난 쟤 엄마랑 결혼하고 싶었지만, 쟤 엄마가 광부랑 도망갔단다.' 라고 하셨어."

"뭐? 거짓말이지?"

내가 외친다.

"아냐, 진짜야. 그래서 내가 '광부요? 아빠랑 결혼할 수 있었는데 왜 광부랑 결혼했어요?' 라고 했더니 아빠는 '왜냐하면 그 남자가 노래를 할 때면…… 새들마저 노래를 멈추고 귀를 기울이거든.' 하시더라."

"그건 진짜야. 새들도 귀를 기울여. 아니, 예전에 그랬었다고."

나는 충격을 받은 데다, 빵집 아저씨가 피타에게 그 이야기를 들려 준 생각을 하니 놀랄 정도로 감동을 받았다. 내가 노래하기 싫어하고, 음악을 멀리하는 것이 사실은 음악이 시간 낭비라고 생각해서가 아닐지도 모른다는 생각이 든다. 음악을 들으면 아빠가 너무 생각나기 때문일지도 모르겠다.

"그래서 그 날 음악시간에, 선생님이 계곡 민요 아는 사람 있느냐고 물어 보셨어. 네가 손을 번쩍 들더라. 선생님은 너한테 의자 위에 올라서서 딴 애들한테 노래를 불러 주라고 하셨어. 그리고 내가 맹세하는데, 창 밖에 있는 새들이 죄다 조용해졌어."

"거짓말 마."

나는 웃으며 말한다.

"아니, 진짜야. 네 노래가 끝나는 순간에 너한테 반했다는 걸 깨달았지. 너희 엄마한테 우리 아빠가 그랬던 것처럼. 그 뒤로 11년을 너한테 말 걸 용기를 내려고 노력하며 보냈던 거야."

피타가 말한다.

"그런데 용기를 못 냈구나."

내가 덧붙인다.

"용기를 못 냈지. 그래서, 추첨에서 내 이름이 뽑혔던 건 어떤 의미로는 진정한 행운이었어."

피타가 말한다.

한순간 나는 거의 바보처럼 행복한 기분이 들었다가 혼란에 휩싸인다. 우리는 이 연애질을 연기하고 있다. 실제로 사랑에 빠지는 게 아니라 사랑에 빠진 척 하고 있는 것뿐 아닌가? 하지만 피타의 이야기에는 좀 진짜 같은 구석이 있다. 우리 아빠와 새 이야기. 그리고 무슨 노래였는지는 기억안 나지만 내가 등교 첫날에 노래를 불렀던 것도 사실이다. 또 그 빨간 격자무늬 드레스는…… 프림에게 물려준 다음 아빠가 돌아가신 뒤에 하도 입고 빨고 입고 빨고 해서 걸레처럼 된 그 드레스인 것 같은데.

다른 예로도 설명이 가능하다. 그 끔찍했던 밑 빠진 날에, 피타가 왜 맞아가며 나에게 빵을 주었는지. 그러니, 이런 것들이 정말 사실이라면…… 설마 다 사실이었던 걸까?

"너 정말…… 기억력이 좋구나."

나는 머뭇거리며 그렇게 말한다.

"너에 대한 거라면 다 기억하고 있어. 네가 신경을 안 썼던 거지."

피타가 내 머리칼을 귀 뒤로 넘겨주며 대답한다.

"지금은 쓰고 있어."

"음, 여기엔 내 경쟁자가 별로 없으니까."

나는 다시 숨어버리고 싶다. 셔터를 내리고 싶다. 하지만 그럴 수 없다는 걸 알고 있다. 헤이미치가 내 귀에다 대고 속삭이는 소리가 들리는 것만 같다. '말해! 말해!'

나는 힘겹게 침을 꿀꺽 삼키고 입을 열었다.

"네 경쟁자는 어디에도 없어."

이번에는 내가 먼저 다가간다.

입술이 닿기가 무섭게 밖에서 달그락 소리가 들려 둘 다 벌떡 일어난다. 시위를 당기고 활을 쳐들지만 다른 소리는 나지 않는다. 피타가 바위틈으로 내다보더니 환성을 지른다. 내가 멈추기도 전에 피타는 비가 쏟아지는 밖으로 나가더니 내게 뭔가를 건네준다. 은색 낙하산에는 바구니가 매달려 있다. 당장 열어 보니 안에는 성찬이 들어있었다. 막 구운 롤빵, 염소젖 치즈, 사과. 그리고 그중에서도 최고는 수프 그릇에 든, 익힌 줄을 곁들인 양고기 스튜다. 내가 시저 플리커맨에게 캐피톨에서 가장 인상에 남은 것이라고 했던 바로 그 음식이다.

다시 기어들어온 피타의 얼굴은 햇살처럼 환하다.

"드디어 헤이미치가 우리 굶는 꼴 구경이 재미없어졌나 봐."

"그런가 봐."

내가 대답한다.

하지만 나는 머릿속으로 헤이미치가 잘난 척하는 소리(약간 과장되었을지는 몰라도)를 들을 수 있다. '그래, 내가 찾는 게 바로 그런 거다, 예쁜아.'

23

내 몸의 세포 하나하나가 스튜 그릇을 집어 들고 손으로 집어 입에 마구 퍼 넣기를 원하지만, 피타의 목소리에 몸을 멈춘다.

"저 스튜는 천천히 먹는 게 좋겠다. 조공인 열차 탄 첫날 밤 기억해? 난 그때 굶주리던 상황도 아니었는데 기름진 음식을 먹었더니 속이 안 좋아지더라."

"그 말이 맞아. 실은 단숨에 먹어 치울 수 있을 것 같은데!"

나는 애석해 하며 그렇게 말한다. 그러나 단숨에 먹어 치우지는 않는다. 우리는 제법 현명하다. 우리는 각자 롤빵 한 개와 사과 반쪽씩을 먹고, 스튜는 달걀 한 개 정도만큼만 먹는다. 나는 스튜를 아주 조금씩 떠먹으며 (심지어 접시와 수저까지 보내 주었다) 한 입 한 입 음미한다. 다 먹고 나자 그릇을 애타게 바라본다.

"더 먹고 싶어."

"나도 그래. 이렇게 하자. 한 시간 기다린 다음에 속이 괜찮으면 더 먹자."

피타가 말한다.

"좋아. 긴 한 시간이 되겠네."

"그렇게 길지 않을지도 몰라. 아까 음식 오기 직전에 네가 하던 얘기가 뭐였지? 나에게…… 경쟁자가 없다고…… 너한테 일어났던 최고의 일이……."

"마지막 부분은 기억 안 나."

이 안이 너무 어두워서 내 얼굴이 붉어지는 것이 카메라에 잡히지 않기를 바라며 나는 대답한다.

"아, 그렇겠지. 그러리라고 생각했어. 춥다, 들어가 봐."

침낭에 피타가 들어올 자리를 만든다. 동굴 벽에 기대 앉아 피타의 품에 안긴 채, 머리를 피타 어깨에 기댄다. 헤이미치가 연기를 계속하라고 날 쿡쿡 찌르는 게 느껴진다.

"그래서, 다섯 살 때부터 다른 여자애들은 눈에 들어오지도 않았어?"

내가 피타에게 묻는다.

"그건 아니고, 다른 여자애들도 눈에는 다 들어왔지만 너만큼 기억에 남는 애는 없었지."

"경계 출신 여자애를 좋아하다니, 부모님이 아주 좋아라 하셨겠군."

"절대. 하지만 난 상관 안 했어. 그리고 어차피 우리가 돌아가게 된다면, 넌 경계 출신 여자애가 아니라 우승자 마을 여자애가 될 거잖아."

그 말은 맞다. 우승자는 헝거 게임 우승자들만을 위한 지역에 집을 하나 얻게 된다. 옛날에 헝거 게임이 시작됐을 때, 캐피톨은 각 구역에 좋은 집들을 열 채 정도씩 지어 두었다. 물론 우리 구역에서는 그중 단 한 집에만 사람이 살고 있다. 다른 집들은 사람이 산 적이 한 번도 없는 집이 대부분이다.

문득 불쾌한 생각이 떠오른다.

"하지만 그러면 우리 이웃이라곤 헤이미치밖에 없을 거 아냐!"

"아, 그것 좋겠네. 너랑 나랑 헤이미치라……, 얼마나 오붓해. 소풍도 같이 가고, 생일 파티도 같이 하고, 기나긴 겨울밤이면 불가에 모여 앉아 옛날 헝거 게임의 추억담을 나누고."

피타는 나를 더 꼭 안으며 말한다.

"그 아저씬 나 싫어한다고 그랬잖아!"

하지만 나의 새로운 친구가 된 헤이미치의 모습을 떠올리니 그저 웃을 수밖에 없다.

"가끔만 그래. 술 안 취했을 때는 너에 대해 나쁜 말하는 걸 들어본 적이 한 번도 없어."

"술에 안 취했을 때가 없잖아!"

내가 반박한다.

"그건 그렇지. 내가 누구 생각하고 있었더라? 아, 알겠다. 시나는 널 좋아해. 하지만 그 이유는 너한테 불을 붙여도 도망가려 하지 않았기 때문이 크지. 반면, 헤이미치는……, 음 만약 내가 너라면 헤이미치는 절대 피할 거야. 그 사람은 널 싫어해."

"언제는 내가 수제자라더니."

"왜냐하면 나를 더 싫어하거든. 헤이미치는 사람이라는 것 자체를 별로 안 좋아하는 것 같아."

우리가 헤이미치에 대한 험담을 하는 것을 시청자들은 즐기고 있을 것이다. 헤이미치는 헝거 게임에 등장한 지 하도 오래되어서, 어떤 사람들에 겐 오래된 친구나 다름없다. 그리고 추첨 날 무대에서 떨어진 이후로는 더, 그를 모르는 사람이 없다. 지금쯤이면 아마 헤이미치를 운영실에서 끌어내 우리에 대해 인터뷰를 하고 있을 거다. 어떤 거짓말을 지어낼지는 알수 없다. 멘터들에겐 대부분 파트너를 이뤄 서로 도울 다른 동료 우승자들이 있는 반면, 헤이미치는 혼자뿐이라 언제라도 준비가 되어 있어야 한다는 게 약점이라면 약점이다. 마치 내가 경기장에 혼자 있을 때처럼. 술, 쏟아지는 관심, 우리를 살려 두어야 한다는 스트레스를 그는 어떻게 견디고 있을까.

우스운 일이다. 나와 헤이미치가 서로 잘 지내지는 못하지만, 우리가 비슷하다는 피타의 말은 맞을지도 모르겠다. 헤이미치는 선물을 주는 타이밍을 통해 마치 나와 대화를 할 수 있는 것 같다. 그가 선물을 주지 않고 있을 때 내가 물 근처까지 왔음을 깨달았던 것이나, 수면 시럽이 그저 피타의 고통을 좀 덜어 주라고 보낸 게 아니라는 의도를 내가 눈치 챘던 것, 지금 내가 로맨스를 연기해야 한다는 사실을 알고 있는 것 등이 그렇다. 헤이미치는 피타에게 연락하려는 노력은 별로 하지 않았다. 어쩌면 헤이미치는, 피타에게는 수프 한 냄비가 그냥 수프 한 냄비일 뿐이지만, 나라면 거기에 숨은 의미를 알 거라고 생각하는지도 모른다.

머릿속에 한 가지 생각이 떠오른다. 이제야 이 질문이 떠올랐다니 놀랍다. 내가 아주 최근에야 헤이미치에 대해 호기심을 갖게 되었기 때문일까.

"어떻게 한 거라고 생각해?"

"누가? 뭘 해?"

피타가 되묻는다.

"헤이미치 말이야. 어떻게 우승했을까?"

피타는 대답하기 전에 한동안 생각에 잠긴다. 헤이미치는 체격이 당당하긴 하지만, 카토나 스레쉬처럼 놀랍도록 몸이 큰 것은 아니다. 스폰서들이 선물을 퍼부을 정도로 특별히 잘생긴 것도 아니다. 너무 무뚝뚝해서 다른 사람과 동맹을 맺는 것도 잘 상상이 되지 않는다. 헤이미치가 우승한 방법은 오직 하나뿐일 것이다. 내가 스스로 이 결론에 도달했을 때 피타도 내가 생각한 대답을 한다.

"다른 사람들보다 약아서."

나는 고개를 끄덕이고, 우리의 대화는 거기서 끊긴다. 하지만 나는 비밀스럽게, 헤이미치가 피타와 내가 살아남을 만큼 똑똑하다고 생각하기 때문에 술을 마시지 않고 우리를 도와주는 것일지 궁금해 한다. 어쩌면 언제나 주정뱅이였던 건 아닐지도 몰라. 어쩌면, 처음에는 조공인들을 도와주려고 애썼는지도 몰라. 하지만 참을 수가 없게 된 거겠지. 아이 둘을 훈련시킨 다음에 죽어가는 모습을 지켜보는 건 지옥 같았을 거야. 해마다, 해마다, 또 해마다. 내가 여기서 벗어나게 된다면 그게 내 직업이 될 거라는 것을 깨닫는다. 12번 구역 여자아이의 멘터. 그 생각을 하자 너무 불쾌해져서 애써 머릿속에서 지워버린다.

30분쯤 지나자 좀 더 먹어야겠다는 생각이 든다. 피타 역시 너무 배가 고파 말리지도 않는다. 양고기 스튜와 줄을 두 개의 접시에 조금씩 덜고 있는데 국가가 들린다. 피타는 바위틈에 눈을 대고 하늘을 바라본다.

"오늘은 아무 것도 없을 거야."

하늘보다는 스튜에 정신이 팔린 내가 말한다.

"무슨 일이 있었으면 대포 소리가 들렸겠지."

"캣니스."

피타가 조용히 부른다.

"왜? 빵도 하나 나눠 먹을래?"

"캣니스."

피타가 다시 한 번 나를 부르지만, 왠지 못 들은 체하고 싶다.

"빵 하나 나눈다. 하지만 치즈는 내일 먹자."

피타가 나를 빤히 바라보고 있다.

"왜?"

"스레쉬가 죽었어."

"그럴 리가……."

"천둥이 칠 때 대포를 쏴서 우리가 못 들었나 봐."

"정말이야? 내 말은, 비가 이렇게 쏟아지는데, 보이기나 해?"

피타를 밀어내고, 비가 쏟아지는 어두운 하늘을 바라본다. 약 10초 정도 스레쉬의 얼굴이 흐릿하게 떠 있다가 사라진다. 그렇게 쉽게 가는구나.

나는 하던 일을 잠시 잊고 바위에 몸을 털썩 기댄다. 스레쉬가 죽었다. 좋아해야 되는 게 맞겠지? 상대해야 할 조공인이 한 명 줄었잖아. 게다가 힘센 애였잖아. 하지만 조금도 좋지 않다. 내 머릿속에 떠오르는 것은 스레쉬가 나를 보내 줬던 것, 배에 창을 맞고 죽은 루 때문에 나를 도망치게 해 줬던 그 순간뿐…….

"괜찮아?"

피타가 묻는다.

나는 애매하게 어깨를 으쓱해 보이고는, 양손으로 팔꿈치를 감싼 채 팔을 몸에 꼭 붙인다. 진짜 고통은 숨겨야 한다. 자기 적들이 죽을 때마다 질질 짜는 조공인한테 누가 돈을 걸겠어. 루는 달랐다. 우리는 동맹을 맺었다. 그리고 루는 너무 어렸다. 하지만 스레쉬가 살해당해서 내가 느끼는 슬픔은 아무도 이해하지 못할 것이다. 내가 떠올린 단어에 문득 생각을 멈춘다. 살해라니! 다행히도 입 밖으로 내지는 않았다. 그런 말을 해 봤자 우승에 아무 도움도 안 될 것이다. 대신 내가 입을 열고 하는 말은 이런 것이다.

"그냥…… 만약 우리가 못 이긴다면…… 스레쉬가 이기길 바랐거든. 날 보내 줬으니까. 그리고 루 때문에."

"응, 알아. 하지만 우리는 이로써 12번 구역에 한 걸음 더 다가간 거잖아. 자, 먹어. 아직 따뜻해."

피타는 음식을 담은 접시를 내 손에 얹어준다.

스레쉬의 죽음을 대수롭지 않게 생각한다는 것을 보여 주기 위해 스튜를 한 입 먹지만, 마치 끈끈한 풀처럼 느껴지고 삼키자니 꽤 힘이 든다.

"카토가 다시 우릴 사냥할 거란 뜻이기도 하지."

"게다가 카토는 보급품도 손에 넣었어."

피타가 말한다.

"분명히 다쳤을 거야."

"왜 그렇게 생각해?"

"스레쉬가 속수무책으로 당했을 리는 없어. 힘이 얼마나 센데. 힘이 셌다고. 그리고 스레쉬 구역에서 싸웠을 거고."

"좋아. 카토가 많이 다쳤을수록 좋지. 여우얼굴은 어떻게 지내고 있나 몰라."

"아, 걘 잘 있을 거야. 그 애보단 카토가 잡기 쉬울 걸."

나는 토라져서 이렇게 말한다. 그 애는 코뉴코피아 속에 숨을 생각을 했는데 나는 못한 것 때문에 아직도 화가 나 있었다.

"어쩌면 걔네 둘이 서로 마주쳐서 우린 그냥 집에 가면 될지도 몰라. 하지만 우리 말야, 망볼 땐 정말 조심해야겠어. 난 몇 번 졸았거든."

"나도 졸았어."

나 역시 시인하지만, 곧 단호하게 덧붙인다.

"하지만 오늘 밤은 안 돼."

말없이 식사를 마치고 나자 피타가 먼저 망을 보겠다고 한다. 나는 피타 옆에 붙어서 침낭에 쏙 들어가, 카메라로부터 얼굴을 가리기 위해 후드를 덮어쓴다. 남들 눈에 띄지 않고 얼굴에 감정을 떠올릴 사적인 시간이 잠시 필요해서다. 후드를 덮어쓴 채, 스레쉬에게 작별 인사를 하고 내 목숨을 구해 주어서 고맙다고 인사한다. 스레쉬에게 너를 잊지 않겠다고 약속하고, 내가 우승한다면, 가능하면 스레쉬와 루의 가족들을 도와줄 방법을 찾아보겠다고 약속한다. 든든한 배와 피타의 체온 덕에 나는 편안히 잠으로 도망친다.

잠시 후 피타가 나를 깨웠다. 나는 일어나자마자 염소 치즈 냄새를 맡는다. 피타는 하얀 것을 바르고 사과를 썰어 얹은 롤빵 반쪽을 내민다.

"화내지 마. 다시 배가 고파졌거든. 이건 네 몫이야."

"아, 좋아."

나는 받자마자 크게 한입 베어 물며 말한다. 진하고 기름진 치즈는 프림이 만드는 것과 똑같은 맛이고, 사과는 달고 아삭거린다.

"음."

"우리 빵집에서 염소치즈랑 사과가 들어간 타르트를 만들거든."

"분명히 비싸겠군."

"너무 비싸서 우리 가족은 못 먹어. 곰팡이가 슬면 먹을 수 있지. 물론 우리가 먹는 빵은 전부 다 곰팡이 슨 거지만."

피타가 침낭을 끌어올리며 말한다. 1분도 지나지 않아 코 고는 소리가 들려왔다.

흠. 난 늘 가게가 있는 사람들은 편하게 살겠거니 생각해 왔었는데. 피타가 먹을 것이 부족한 적은 없었다는 건 사실이다. 하지만 아무도 먹기 싫어하는 곰팡이 슨 빵, 말라서 딱딱해진 빵만 먹고 사는 삶에도 조금 우울한 면이 있다. 우리 가족은 내가 매일같이 음식을 구해 오기 때문에, 우리는 살아 도망갈까 봐 조심해야 할 정도로 신선한 음식을 먹고 산다.

내가 망을 보던 중, 비가 어느 순간 갑자기 딱 그쳤다. 폭우가 멈추고 나뭇가지에 맺힌 물이 떨어지는 소리, 물이 불어 넘친 개울이 아래서 흐르는 소리만 들린다. 아름다운 보름달이 떠올라, 안경을 쓰지 않고도 밖이 보인다. 이 달이 진짜 달인지, 아니면 게임 운영자들이 투사한 달인지 모르겠다. 집을 떠나기 얼마 전에 보름달을 본 기억이 있다. 게일과 늦게까지 사냥하다가 달이 뜨는 걸 보았었다.

내가 집을 떠난 지 얼마나 됐지? 경기장에 들어온 지는 이 주쯤 된 것 같고, 캐피톨에서의 훈련기간이 일주일이었다. 다시 달이 찰 만큼 시간이 지났는지도 모른다. 저 달이 나의 달이기를, 내가 12번 구역 주위의 숲에서 보던 그 달이기를 간절히 바란다. 모든 것이 진짜인지 아닌지 의심해야 하는 초현실적인 이 경기장에서 진짜 달을 본다면, 무언가 매달릴 대상이 되어 줄 것 같다.

네 명 남았다.

처음으로 내가 집에 돌아갈 가능성을 진지하게 생각해 본다. 유명해지겠지. 부자가 될 거야. 우승자 마을에 내 집이 생길 거야. 엄마랑 프림이랑 같이 살겠지. 더 이상 배곯을 걱정은 안 해도 돼. 새로운 종류의 자유를 누리겠지. 하지만 그러면…… 무얼 해야 하지? 매일매일 뭘 하며 살까? 나는 대부분의 시간을 식량을 구하는데 썼다. 그걸 내게서 가져가 버리면 나는 내가 누구인지, 내 정체성이 무엇인지 확신할 수 없을 것 같다. 그런 생각을 하니 조금 무섭다. 돈이 많은 헤이미치를 생각해 보았다. 헤이미치의

310

인생은 어떻게 되었나? 처자식도 없이 혼자 살고, 깨어있는 시간 대부분을 취한 채 보낸다. 나는 그런 꼴이 되고 싶지 않아.

"하지만 넌 혼자가 아니야."

그렇게 스스로에게 속삭인다. 나에겐 엄마와 프림이 있다. 음, 적어도 지금은 그렇지. 그러다…… 엄마가 돌아가신 다음, 프림이 다 자란 다음에 대해서는 생각하고 싶지 않다. 나는 절대 이 세상에 아이를 태어나게 하고 싶지 않으니, 결혼은 하지 않겠다는 확신이 있다. 우승자가 된다 해도 절대 보장받을 수 없는 것은 아이의 안전이다. 내 아이들의 이름도 다른 아이들 이름과 함께 그 추첨 공 속에 들어가게 될 것이다. 그런 일이 일어나지 않게 하리라 맹세한다.

차차 해가 떠오르고, 바위틈으로 새어 드는 햇살이 피타의 얼굴을 비춘다. 만약 우리가 집으로 돌아가면 피타는 어떻게 변할까? 이 복잡하고 성격 좋은 남자애, 거짓말을 하도 그럴 듯하게 잘 지어내서 판엠 전체가 그가 나를 맹목적으로 사랑한다고 믿게 만든 남자애, 그리고 스스로 인정하자면 가끔은 나마저도 믿게 되는 이 애는 어떻게 변할까? '적어도 친구로는 지낼 수 있을 거야'라고 생각한다. 우리가 여기서 서로 목숨을 구해 주었다는 것에는 변함이 없을 것이다. 그리고 그걸 넘어서, 피타는 내게 있어 언제나 빵을 준 아이로 남을 것이다. '좋은 친구.' 하지만 그걸 넘어서는 사이는…… 나는 12번 구역에서 피타를 바라보는 나를 보고 있는 게일의 회색 눈을 느낀다.

불편한 마음에 몸을 움직이게 된다. 나는 피타에게 다가가 어깨를 흔들었다. 졸린 듯 눈을 뜨더니, 초점을 맞추고 나를 보자 나를 끌어당겨 길게 키스를 한다.

나는 겨우 몸을 떼고 말한다.

"우린 지금 사냥할 시간을 낭비하고 있어."

"나라면 낭비라고 하진 않을 텐데. 감각을 날카롭게 하기 위해 공복으로 사냥할 거야?"

피타는 일어나 앉아 크게 기지개를 펴며 말한다.

"아니, 지구력을 발휘하기 위해 잔뜩 먹고 사냥할 거야."

내가 대답한다.

"그럼 나도."

피타가 대답한다. 하지만 남은 스튜와 줄을 절반으로 나눠 접시에 수북이 담아 내밀자 피타는 놀란 표정이다.

"이걸 다 먹어?"

"오늘 다시 보충할 거야."

둘 다 열심히 먹는다. 식었는데도, 내가 먹어 본 음식 중 거의 최고다. 포크는 집어치우고 마지막 남은 소스를 손가락으로 찍어 먹는다.

"내가 먹는 모습을 보면서 에피가 진저리치고 있는 게 느껴져."

"에피, 이것도 봐요!"

피타는 그렇게 말하더니 포크를 어깨 뒤로 집어던지고, 아예 혀로 접시를 핥으며 시끄럽게 쩝쩝 만족스러운 듯한 소리를 낸다. 그리고는 키스를 날려 보내며 말한다.

"보고 싶어요, 에피!"

손으로 피타의 입을 막지만 나도 웃고 있다.

"그만! 동굴 바로 밖에 카토가 있을지도 몰라."

피타는 내 손을 꼭 쥐어 치우고 나서, 나를 자기 쪽으로 끌어당기며 말한다.

"뭐 어때? 이제 네가 나를 지켜줄 텐데."

"이러지 마."

화나서 이렇게 말하며 몸을 빼지만, 미처 빼기 전에 피타가 한 번 더 키스한다.

짐을 싸고 동굴 밖으로 나오자 둘 다 심각한 기분이 된다. 바위 속에 숨고, 비가 내리고, 카토가 스레쉬를 죽이는 데 몰두해 있던 최근 며칠간은 마치 우리에겐 휴식 기간, 일종의 휴가 같았다. 지금은 날이 화창하고 따뜻하지만, 우리는 헝거 게임에 정말로 복귀했다는 것을 실감하고 있다. 피타는 모든 무기를 다 잃어버린 지 오래였다. 내 칼을 피타에게 건네주자 피타는 그것을 자기 허리띠에 찬다. 마지막 남은 화살 일곱 개(열두 개 중에서 세 개는 보급품을 폭파시키느라 희생했고, 두 개는 잔치에서 썼다)가 화살 통에서 달그락거리는 것이 허전하게 느껴진다. 더 이상은 잃어버려선 안 돼.

"지금쯤 우릴 사냥하러 나섰을 거야. 카토는 사냥감이 지나가기를 기다리는 놈이 아냐."

피타가 말한다.

"만약 다쳤다면……."

"상관없어. 움직일 수만 있다면, 오고 있을 거야."

피타가 그렇게 내 말을 잘라버린다.

비가 많이 내려서 개울은 양쪽으로 각 1미터 가까이 넓어졌다. 우리는 개울가에서 발걸음을 멈추고 물을 보충한다. 며칠 전에 설치했던 덫을 보니 잡힌 동물은 없다. 날씨가 그랬으니 놀랄 일은 아니다. 게다가 이 근처에서 동물이나 동물의 흔적을 본 적이 없다.

"식량을 구하려면 내가 예전에 사냥하던 곳으로 돌아가는 게 좋겠어."

"네가 정해. 난 네가 시키는 일을 할게."

피타가 대답한다.

"조심해. 가능하면 바위 위로 다녀. 발자국을 남겨서 쫓아오게 할 필요는 없으니까. 그리고 나 대신 무슨 소리가 나나 잘 듣고."

이제는 폭발 때문에 내 왼쪽 귀 청력이 영영 사라졌다는 게 확실했다.

흔적을 전혀 남기지 않도록 물 속에서 걷고 싶지만, 피타의 다리가 물살을 견뎌낼 수 있을지 잘 모르겠다. 약 덕분에 염증은 사라졌지만 아직 상당히 허약한 상태다. 칼에 베인 내 이마는 아직 아프지만, 사흘이 지나니 출혈은 멎었다. 그래도 심하게 움직이다 다시 피가 날 경우에 대비해서 머리에 붕대는 감고 있다.

개울가를 따라 걸어 올라가면서, 내가 위장을 한 채 잡초와 진흙 속에 숨어 있던 피타를 발견한 곳을 지난다. 폭우 때문에 개울이 넘쳐 좋은 점한 가지는, 피타가 숨어있던 흔적이 완전히 씻겼다는 거다. 이는 곧, 필요할 경우 다시 동굴로 돌아갈 수 있다는 뜻이다. 만약 아직 흔적이 남아 있었다면, 카토가 우리를 쫓는 지금 도저히 그럴 엄두가 안 났을 것이다.

집채만 한 바위가 있는 곳을 지나 돌덩이가 있는 곳, 자갈이 깔린 곳을 거친 후 마침내 소나무 잎이 깔린 곳으로 오자 안심이 된다. 숲의 땅은 살짝 경사가 져 있다. 처음으로 우리에게 문제가 있음을 깨닫는다. 다친 다리로 돌이 많은 곳을 걸을 때면 소리가 날 수밖에 없다. 하지만 부드러운 소나무 잎 위를 걸을 때마저 피타는 시끄럽다. 발을 쿵쿵 구르기라도 하는 양 시끄러웠다. 나는 몸을 홱 돌려 피타를 바라본다.

"응?"

"좀 더 조용히 움직여야 돼. 카토는 둘째 치고, 넌 지금 반경 10킬로미터 안에 있는 모든 토끼를 다 쫓고 있어."

"정말? 미안해. 몰랐어."

다시 걸음을 옮기자 피타는 아주 조금 더 조용해졌지만, 여전히 한쪽 귀밖에 안 들리는 나조차 놀랄 정도로 시끄럽다.

"장화를 벗으면 어떨까?"

나는 그렇게 제안해 보았다.

"여기서?"

피타는 믿을 수 없다는 듯 되묻는다. 내가 뭐 맨발로 불타는 석탄 위라도 걸으라고 했나. 피타에게는 아직도 숲이 익숙하지 않다는 것, 숲은 12번 구역 울타리 너머에 있는 무서운 금지 구역이라는 것을 스스로에게 다시 상기시킨다. 벨벳처럼 부드럽게 걷는 게일을 떠올린다. 낙엽이 떨어져 있어서 사냥감을 쫓지 않고 움직이기가 힘들 때조차 게일은 너무 조용히 움직여서 무서울 정도다. 게일은 지금 이 장면을 보며 웃고 있으리라.

"응. 나도 벗을게. 그럼 우리 둘 다 더 조용해질 거야."

꾹 참고 그렇게 말한다. 나는 아무 소리도 안 냈는데. 그래서 우리는 둘 다 장화와 양말을 벗는다. 조금은 나아지지만, 피타는 떨어져 있는 나뭇가지를 죄다 부러뜨리려고 일부러 노력하고 있다고 맹세해도 좋을 정도다.

루와 캠프를 차렸던 곳까지 돌아가는 데는 몇 시간이나 걸렸지만, 말할 필요도 없이 아무 것도 잡지 못했다. 물살이 잔잔하다면 물고기를 잡을 수도 있었겠지만 아직 물살이 너무 세다. 잠시 쉬며 물을 마시는 동안 해결책을 찾아보려 한다. 뿌리 채집하기 같은 단순한 일을 피타에게 맡기고 나 혼자 사냥하러 가는 게 이상적이겠지만, 그러면 피타는 자기보다 힘이 세고 창도 가진 카토에 맞서 달랑 칼 한 자루를 가지고 싸워야 할지도 모른다. 때문에 내가 정말 하고 싶은 일은 피타를 안전한 곳에 숨겨두고 나 혼자 사냥한 다음 피타를 데리러 오는 거다. 하지만 피타의 자존심이 그걸 허락하지 않을 거라는 느낌이 든다.

"캣니스, 우리는 흩어져야 돼. 내가 사냥감을 쫓아버리고 있다는 거 나도 알아."

"다리를 다쳐서 그런 거잖아."

다리 다친 것은 문제의 극히 일부일 뿐이지만 나는 너그럽게 말한다.

"알아. 그러니까 너 혼자 가면 어때? 어떤 식물들을 채집하면 되는지 알려 주면 둘 다 쓸모 있는 일을 할 수 있잖아."

"카토가 와서 널 죽이면 어떡해."

좋게 말해 보려 하지만, 그래도 내가 피타를 나약하다고 생각하고 있는 것처럼 들린다.

놀랍게도 피타는 웃어버린다.

"이봐, 카토는 내가 처리할 수 있어. 전에도 싸운 적 있잖아?"

그래, 그 결과가 끝내 줬지. 개울가 진흙에 파묻혀 죽어가고 있었잖아. 이렇게 말하고 싶지만 그럴 수가 없다. 카토와 맞서 싸워서 내 목숨을 구해 준 아이인걸. 나는 다른 전략을 시도한다.

"내가 사냥하는 동안, 넌 나무 위에서 망을 보면 어때?"

나는 그렇게 말하며, 그게 굉장히 중요한 일인 것처럼 들리게 하려고 노력한다.

"나한테 이 근처에서 먹을 수 있는 게 뭔지 알려 주고, 가서 고기 좀 구해오면 어때? 네가 도움이 필요할지 모르니 너무 멀리만 가지 말고."

피타가 내 말투를 흉내 내어 말했다.

나는 한숨을 쉬고는 채집할 덩이뿌리를 알려 준다. 식량이 필요하다는 데는 의문의 여지가 없다. 사과 하나, 롤빵 두 개, 자두만 한 치즈 한 덩이는 오래 가지 못할 거다. 너무 멀리 가지는 말아야겠다. 카토가 먼 곳에 있기를 바랄 수밖에.

서로 안전하다는 신호로 사용할 휘파람(루의 멜로디보다 더 단순한, 두 개의 음으로 된 멜로디였다) 소리를 가르쳐 준다. 다행히 피타는 휘파람을 잘 불었다. 나는 배낭을 맡겨두고 사냥을 나선다.

다시 열한 살로 돌아간 기분이다. 언제든 울타리 밖으로 도망가기 위해서가 아니라 피타의 안전 때문에 멀리 갈 엄두가 안 나서, 이삼십 미터 이상 떨어진 곳으로는 가지 않는다. 하지만 피타에게서 멀어지니 숲은 동물들의 소리로 살아 숨쉰다. 간간이 들려오는 휘파람 소리에 조금 안심이 되어 좀더 먼 곳까지 가서, 곧 토끼 두 마리와 통통한 다람쥐 한 마리를 잡는다. 이 정도면 충분하다고 결정을 내린다. 덫을 놓고, 물고기도 좀 잡을 수 있을지 몰라. 피타가 뿌리도 모았을 테니 지금은 이 정도면 충분해.

다시 돌아가는 동안, 한동안 신호를 주고받지 않았다는 생각이 든다. 내 휘파람에 대답이 없자 나는 달리기 시작한다. 금세 배낭과, 그 옆에 깔끔하게 쌓아 둔 덩이뿌리를 발견한다. 방수 천을 깔고 그 위에 딸기를 한 겹 깔아놓았다. 하지만 피타는 어디 있지?

덜컥 겁이 난 나는 외치기 시작한다.

"피타! 피타!"

덤불이 바스락거리는 소리가 들린다. 그 쪽으로 몸을 돌려 화살을 날렸다. 피타다. 다행히 마지막 순간에 활을 돌려, 화살은 피타 왼쪽의 나무줄기에 꽂힌다. 피타는 뒤로 펄쩍 뛰며 들고 있던 딸기를 나뭇가지에 확 뿌린다.

내 두려움은 분노가 되어 터져 나온다.

"뭐하는 거야? 넌 여기 있기로 했잖아, 숲 속을 뛰어다니는 게 아니고!"

"개울가에서 딸기를 좀 찾았거든."

내가 폭발하자 당황한 것이 분명한 피타가 말한다.

"휘파람 불었는데 왜 답 안 했어?"

내가 쏘아붙인다.

"못 들었어. 물소리가 너무 시끄러웠나 봐."

피타는 내게 다가와 내 양 어깨에 두 손을 얹는다. 그제야 내가 몸을 떨고 있었다는 걸 알았다.

"카토가 널 죽인 줄 알았단 말이야!"

나는 소리를 지르다시피 한다.

"아냐, 난 괜찮아."

피타는 팔로 나를 감싸지만 나는 대답하지 않는다.

"캣니스?"

나는 감정을 정리하려 애쓰며 피타를 밀쳐 낸다.

"둘이 신호를 주고받기로 약속을 하면, 두 사람은 서로 소리가 들리는 곳에 있어야 돼. 만약 한 사람이 대답을 안 하면, 문제가 생기니까. 알겠어?"

"알겠어!"

"그래. 왜냐하면 내가 루하고 있을 때 바로 그런 일이 있었단 말이야. 난 루가 죽는 걸 지켜봤다고!"

나는 피타에게 등을 돌리고, 아직 내 물병에 물이 남았지만 새 물병을 꺼낸다. 하지만 아직은 피타를 용서할 준비가 되지 않았다. 우리가 가지고 있던 음식이 눈에 띈다. 롤빵과 사과는 그대로지만, 누가 치즈를 조금 떼먹은 게 분명하다.

"나 없을 때 음식도 먹고!"

사실 나는 음식이 문제가 아니라 화낼 거리가 필요했다.

"뭐? 아냐, 안 먹었어."

피타가 대답한다.

"아, 그럼 사과가 치즈를 먹었나 보네?"

"치즈를 먹은 게 뭔지는 모르지만, 나는 아니야. 난 개울가에서 딸기 따고 있었어. 좀 먹을래?"

피타는 화를 억누르려는 듯이 천천히 또박또박 말한다.

먹고 싶긴 하지만, 기분을 너무 빨리 누그러뜨리고 싶지 않다. 다가가서 딸기를 살펴본다. 이런 딸기는 처음 본다. 아니, 본 적이 있긴 해도 이 경기장에서 본 것은 처음이다. 루가 가지고 있던 딸기와 닮긴 했지만 조금 다르다. 내가 트레이닝센터에서 배웠던 것들과도 다르다. 나는 몸을 굽혀

318

몇 개 집어 들고는 손가락 사이에서 굴려 본다.

아빠의 목소리가 되살아난다.

"이것들은 안 돼, 캣니스. 절대 먹으면 안 돼. 이건 자물쇠딸기(가상의 식물: 옮긴이)야. 이걸 먹으면 위까지 내려가기도 전에 죽을 거다."

그 순간 대포가 울린다. 나는 피타가 쓰러질 거라 생각하며 몸을 돌려보지만, 피타는 눈썹을 치켜 올릴 뿐이다. 백 미터쯤 떨어진 곳에 호버크래프트가 나타나 수척한 여우얼굴의 시체를 공중으로 들어 올린다. 빨강머리가 햇빛을 받아 빛나는 것이 보인다.

치즈가 없어진 걸 보고 바로 알았어야 했는데…….

피타는 내 팔을 잡고 나무쪽으로 민다.

"올라가. 카토가 금방 올 거야. 높은 곳에서 싸우는 게 승산이 높아."

나는 갑자기 차분해져서 피타를 말린다.

"아냐, 피타. 여우얼굴은 카토가 아니라 네가 죽인 거야."

"뭐? 난 첫날 이후로 그 앨 본 적도 없어. 그런데 어떻게 죽여?"

대답 대신 나는 딸기를 들어 보인다.

24

피타에게 상황을 이해시키는 데 시간이 좀 걸렸다. 내가 보급품을 폭파하기 전에 여우얼굴이 음식을 훔치던 것, 목숨을 부지할 만큼 훔치면서도 없어진 티가 나지 않도록 조심하던 것, 우리가 먹으려고 모아둔 딸기는 안전할 거라고 생각했으리라는 것.

"우릴 어떻게 찾았나 모르겠네. 내가 네 말처럼 시끄럽다면 아마 내 잘

못이겠지."

우리를 뒤쫓는 건 소 떼를 뒤쫓는 일과 비슷했을 것이다. 하지만 나는 친절하게 대하려 애쓴다.

"그 앤 굉장히 똑똑하거든, 피타. 똑똑했다고 해야겠지. 네 꾀에 속아 넘어가기 전까지는."

"일부러 그런 건 아냐. 좀 불공평한 것 같아. 무슨 말이냐면, 걔가 먼저 먹지 않았다면 우리 둘 다 죽었을 거야."

피타는 이렇게 말했다가 다시 정정한다.

"아니, 안 그랬겠구나. 너는 알아 봤잖아?"

나는 고개를 끄덕인다.

"이건 자물쇠딸기라고 불러."

"이름부터 무시무시하네. 미안해, 캣니스. 나는 정말 네가 채집했던 거랑 같은 건 줄 알았어."

"사과하지 마. 집에 한 발짝 더 가까워진 거잖아?"

"남은 딸기 버릴게."

피타는 그렇게 말하고는 푸른 방수천 위에 올려놓은 딸기들을 조심스레 싸서 숲에 버리러 간다.

"잠깐!"

나는 1번 구역 남자애가 가지고 있던 가죽 주머니를 찾아내 안에 딸기를 채운다.

"여우얼굴이 속았다면 카토도 속일 수 있을지 몰라. 만약 우릴 쫓고 있거나 한다면, 실수로 이걸 떨어뜨리고 간 척하는 거지. 만약 카토가 이걸 먹으면……."

"그러면 '잘 있었니, 12번 구역?'"

피타가 말한다.

"그렇지."

주머니를 허리띠에 매달며 나는 대답한다.

"카토는 우리가 어디 있는지 알 거야. 근처에 있다가 호버크래프트를 봤다면, 우리가 여우얼굴을 죽인 걸 알고 우릴 잡으러 오겠지."

피타의 말이 맞다. 바로 지금이 카토가 기다리던 기회일 수도 있다. 하지만 도망쳐야 한다면, 우리는 어차피 고기를 익혀야 한다. 그리고 나중에 불을 피우면 우리 위치가 다시금 드러날 것이다.

"불 피우자. 지금 당장."

나는 나뭇가지와 덤불을 모으기 시작한다.

"카토랑 맞설 준비는 돼 있어?"

피타가 묻는다.

"먹을 준비는 돼 있어. 기회가 있을 때 익혀 두는 게 나아. 우리가 여기 있다는 걸 알 수도 있지. 하지만 우리가 두 사람이라는 것도 알고, 우리가 여우얼굴을 사냥했다고 생각할 수도 있을 거야. 그 말은 네가 회복되었다는 뜻이지. 그리고 불을 피웠다는 건 우리가 숨어 있지 않고, 카토를 불러들인다는 뜻 아니겠어? 너라면 나타나겠니?"

"안 그럴 수도 있을 것 같은데."

피타는 불 피우는 재주가 놀라워서, 나무가 축축한데도 불이 활활 타오른다. 나는 즉시 토끼와 다람쥐 고기를 굽고, 나뭇잎으로 덩이뿌리를 싸서 숯 속에 묻어 굽는다. 교대로 채소를 채집하고 카토가 오지 않나 살펴보지만, 내 기대대로 카토는 나타나지 않는다. 음식이 다 익자 걸으면서 먹을 토끼다리 하나씩을 빼고 모두 배낭에 넣는다.

나는 더 높은 곳으로 가서 큰 나무에 올라 밤을 보내고 싶지만, 피타가 반대한다.

"난 너처럼 나무를 잘 못 타, 캣니스. 게다가 다리도 다쳤고, 땅 15미터 위에서는 도저히 잠들 수 없을 것 같아."

"밖에 그냥 있으면 위험해, 피타."

"동굴로 돌아가면 안 돼? 물도 가깝고 방어하기도 좋잖아."

나는 한숨을 쉰다. 몇 시간이나 더 시끄럽게 소리를 내며 숲 속을 걸어서, 내일 아침이 되면 사냥하기 위해 다시 떠나야 하는 곳까지 돌아간다니. 하지만 피타는 많은 것을 바라는 게 아니다. 피타는 하루 종일 내가 시키는 대로 했고, 만약 상황이 지금과 반대였다면 피타는 내가 나무 위에서 밤을 보내게 하지는 않았을 것이다. 오늘 내가 피타에게 별로 잘 대해 주지 못했다는 데 생각이 미친다. 시끄럽게 걷는다고 잔소리를 하고, 사라졌다고 소리 지르고. 우리가 동굴 안에서 유지했던 발랄한 로맨스는 해가 비치고 카토의 위협이 드리워진 탁 트인 곳에 나오자 사라져 버렸다. 헤이미치는 지금쯤 나에게 진절머리가 났으리라. 그리고 시청자들은……

나는 발돋움을 하고 피타에게 키스를 해준다.

"당연히 괜찮지. 동굴로 돌아가자."

피타는 한숨 놓은 듯 기분 좋아 보인다.

"하, 금방 들어 주네."

떡갈나무에 박힌 화살을 상하지 않도록 조심스레 뽑아낸다. 이 화살들은 이제 식량이자 안전이며, 생명 그 자체다.

모닥불 속에 나무를 좀더 던져 넣는다. 앞으로 몇 시간 정도는 더 타오르겠지만, 카토가 이제 와서 연기를 보고 어떤 생각을 할 것 같지는 않다. 개울에 다다르자, 물이 상당히 줄어들어 예전처럼 천천히 흐르고 있었다. 나는 물 속에서 걷자고 제안한다. 피타는 기분 좋게 승낙하고, 물 속에서는 피타가 훨씬 조용히 걷기 때문에 일석이조였다. 하지만 내리막길을 가는데도, 힘이 나게 해줄 토끼고기가 있는데도 동굴까지 가는 길은 꽤 멀다. 오늘 돌아다녀서 둘 다 지친 데다 아직 배도 많이 고픈 탓이다. 카토가 나타날 경우와 물고기가 있을 경우를 대비해서 화살을 메긴 활을 들고 가지만, 개울 안에는 이상할 정도로 아무 생물도 보이지 않는다.

지쳐서 발을 끌며 동굴에 도착할 때쯤엔 해가 지평선에 걸려 있었다. 물병을 채우고 우리 동굴로 기어오른다. 대단한 곳은 아니지만, 야생에 내던져진 우리에게 그나마 가장 집 같은 장소다. 서쪽에서 계속 바람이 불어오기 시작했고, 동굴이 그 바람을 막아줄 테니 나무 위보다 따뜻할 거다. 그럴싸한 저녁 식사를 차려놓지만, 피타는 반쯤 먹다 졸기 시작한다. 며칠 동안 움직이지 않다가 사냥을 나간 탓이다. 침낭에서 자라고 시키고는 깨면 먹도록 피타 몫의 음식을 치워둔다. 피타는 바로 곯아떨어진다. 나는 침낭을 턱까지 채워주고 피타의 이마에 입을 맞춘다. 시청자들을 위해서가 아니라 나를 위해서다. 피타가 내가 생각했던 것처럼 개울가에서 죽어버리지 않고 아직 여기 있어준 것이 너무나 고마워서다. 혼자서 카토를 상대하지 않아도 되는 것이 너무나 기쁘기 때문이다.

잔혹하고 피에 굶주린 카토, 팔에 힘만 한 번 줘도 사람 목을 꺾을 수 있는 카토, 스레쉬를 제압할 정도로 힘센 카토, 처음부터 나를 미워했던 카토. 아마 내 훈련 점수가 자기보다 높았을 때부터 나에 대한 특별한 증오를 품었을 것이다. 피타 같은 아이는 어깨만 한 번 으쓱하고 말았을 일이지만 카토는 그 때부터 신경이 쓰였으리라. 상상하기 어렵지 않다. 보급품이 없어진 것을 봤을 때의 카토의 반응을 생각해 본다. 다른 애들도 물론 동요했지만 카토는 완전히 정신이 나간 것 같았다. 지금쯤이면 카토가 제정신이 아닐 수도 있지 않을까 생각해 본다.

하늘에 문장이 밝게 떠오르고, 나는 여우얼굴이 하늘에서 빛나다가 이 세상에서 완전히 사라지는 모습을 지켜본다. 말은 안 해도 피타는, 여우얼굴을 죽인 것을 썩 좋아하는 것 같지는 않다. 꼭 해야만 하는 일이었지만 말이다. 그리워하는 척 할 수는 없지만, 그래도 그 애를 인정하지 않을 수는 없다. 만약 우리가 무슨 시험을 봤다면 조공인 중에서 걔가 제일 똑똑한 애였을 것 같다. 혹여 우리가 덫을 놓았다면 그 앤 눈치를 채고 딸기를 먹지 않았을 거다. 피타도 모르고 한 일이었기 때문에 여우얼굴이 죽은 거다. 내 적들을 과소평가하면 안 된다고 다짐한 시간이 너무 길어서, 적을 과대평가하는 것 역시 위험하다는 사실을 잊고 있었다.

그 생각을 하자 다시 카토가 떠오른다. 하지만 여우얼굴은 어떤 애고 어떻게 행동했는지 좀 감이 오는 반면, 카토는 잘 파악이 안 된다. 힘이 세고 훈련을 많이 받았지만, 똑똑한가? 모르겠다. 여우얼굴처럼 똑똑한 타입은 아니야. 그리고 여우얼굴이 가진 것 같은 철저한 통제력은 전혀 없어. 카토는 화가 치밀면 쉽게 판단력을 잃을 것이다. 그런 점에서는 나도 별로 나은 것 같지 않다. 분통이 터져서 돼지 입에 물린 사과에 화살을 날렸던 생각을 해 본다. 어쩌면 나는 생각보다 카토를 더 잘 이해하는지도 모르겠다.

몸이 피곤한데도 정신이 말똥말똥해서 평소 피타를 깨우던 시간을 훌쩍 넘길 때까지 자도록 내버려 둔다. 피타의 어깨를 흔들 때쯤에는 부드러운 회색빛의 동이 터오고 있다. 피타는 밖을 내다보며 걱정스러운 듯 말한다.

"밤새 자 버렸네. 이건 공평하지 않잖아, 캣니스. 날 깨웠어야지."

나는 몸을 쭉 뻗고는 침낭 속으로 쏙 들어간다.

"지금부터 잘게. 재밌는 일 있으면 깨워."

눈을 떠보니 밝은 오후의 햇살이 비쳐 들어오고 있다. 재미있는 일은 없었나 보다.

"우리 친구는 소식 없고?"

내가 그에게 묻는다. 피타는 고개를 가로저었다.

"아니, 불편할 정도로 조용하신걸."

"게임 운영자들이 우릴 한 곳에 모을 때까지 남은 시간이 얼마나 있을

324

것 같아?"

"음, 여우얼굴이 죽은지도 거의 하루니까, 시청자들도 돈을 걸만큼 걸고, 지루해 할 시간도 충분히 있었겠지. 언제 일이 생겨도 이상할 게 없을 것 같아."

"그러게, 오늘이 날이라는 느낌이 오네. 어떤 방법을 쓰려나."

나는 일어나서 평화로운 바깥 풍경을 내다본다. 피타는 침묵을 지킨다. 하긴 그럴싸한 대답 같은 건 애초에 존재하지 않는다.

"그래도 아직 일이 터지지도 않았는데 사냥할 시간을 낭비하는 건 무의미하지. 하지만 무슨 일이 생길지 모르니 먹을 수 있는 만큼 먹어두는 게 좋겠다."

내가 푸짐하게 상을 차리는 동안 피타는 짐을 챙긴다. 남은 토끼고기, 뿌리, 채소, 롤빵과 마지막 남은 치즈를 늘어놓았다. 내가 남겨 둔 것은 다람쥐와 사과뿐이다.

다 먹어치우고 나니 남은 것은 토끼 뼈 한 무더기뿐이다. 손에 기름이 잔뜩 묻어서 더러운 느낌이 더하다. 경계에서 매일 목욕을 하는 건 아닐지 몰라도, 요즘의 내 꼴보다는 깨끗하게 하고 지낸다. 개울에 담갔던 발을 제외하고는 온몸이 때로 덮여 있다.

동굴을 나서는 것도 마지막이라는 느낌이 든다. 왠지 경기장에서 하룻밤을 더 보내는 일은 없을 거라는 확신이 들었다. 어떻게든 간에, 죽어서든 살아서든, 오늘은 이 경기장을 떠날 것 같다. 나는 작별 인사로 돌들을 톡톡 치고는 몸을 씻으러 개울로 간다. 내 피부가 차가운 물을 원하는 게 느껴진다. 머리도 감고 젖은 채로 다시 땋아야지. 옷을 후딱 빨 시간이 혹시 있을까 생각하며 개울에 내려가 보니, 개울은 사라지고 없다. 바싹 마른 강바닥이 드러나 있을 뿐이다. 손으로 한 번 만져 본다.

"습기조차 없어. 우리가 자는 동안 물을 다 빼 버렸나 봐."

예전에 탈수상태일 때 겪었던 갈라진 혀, 쑤시는 몸, 몽롱한 정신 상태에 대한 두려움이 되살아난다. 우리가 가진 물병에는 아직 물이 제법 차 있지만, 이렇게 뜨거운 태양 아래 두 사람이 마셔 대면 금세 고갈될 것이다.

"호수. 거기로 가라는 건가 봐."

피타의 말이다.

"샘물이 아직 있을지도 몰라."

내가 약간의 기대를 가지고 말한다.

"살펴보자."

피타가 대답하지만, 그냥 달래려는 말일 뿐이다. 내가 화상 입은 다리를 담갔던 웅덩이에 돌아가면 무엇이 있을지는 나도 알고 있으니, 나 역시 스스로를 달래 주려는 거나 마찬가지다. 흙투성이 구멍만 하나 덩그러니 남아있겠지. 하지만 우리는 이미 알고 있는 사실을 재확인하러 웅덩이로 돌아가 본다.

"네 말대로 우리를 호수로 몰고 가는 거네."

내가 말했다. 숨을 곳이 없는 곳. 관객들의 시야를 가로막을 것 하나 없이, 죽음에 이르는 피투성이 결투를 연출할 수 있는 곳. 나는 피타에게 묻는다.

"지금 바로 갈래, 아니면 물이 떨어질 때까지 기다릴래?"

"지금 가자. 배도 안 고프고 피곤하지도 않을 때 가자. 그냥 지금 가서 끝장을 내는 거야."

피타가 대답한다.

나는 고개를 끄덕인다. 기분이 묘하다. 마치 오늘이 헝거 게임의 첫날인 것 같다. 처음 그 자리에 선 것 같다. 스물 한 명의 조공인이 죽었지만, 난 아직 카토를 죽여야 한다. 그리고 사실, 죽여야 할 사람은 늘 그 애였지 않나? 지금은 다른 조공인들이 마치 사소한 장애물이었고, 헝거 게임의 진짜 결투에 집중하는 것을 방해하는 존재였던 것처럼 느껴진다. 카토와 나의 대결을.

하지만 아니야, 내 옆을 지키는 이 남자애가 있잖아. 그의 팔이 나를 감싸 안는 것이 느껴진다.

"2 대 1이야. 쉬울 거야."

피타가 말한다.

"다음 식사는 캐피톨에서 하자."

내가 대답한다.

"당연하지."

잠시 껴안은 채, 서로의 몸과 햇볕, 발밑에서 바스락거리는 나뭇잎을 느끼며 서 있다. 그러곤 말없이 몸을 떼고 호수로 향한다.

이젠 피타의 발소리가 다람쥐를 쫓든 새를 날려 보내든 상관하지 않는다. 우리는 카토와 싸워야 하고, 여기에서 싸우든 평지에서 싸우든 상관없다. 어차피 우리에게 그런 선택의 여지가 있을 것 같지도 않다. 게임 운영자들이 우리가 탁 트인 곳에서 싸우길 원한다면 그렇게 되리라.

프로들이 나를 노렸던 나무 아래 멈춰 서서 잠시 쉰다. 폭우에 두드려 맞은 뒤 뜨거운 태양에 다시 말라서 너덜너덜해진 추적 말벌 둥지가 있는 것을 보니, 그 곳이 확실하다. 장화 신은 발끝으로 툭 건드려 보니 먼지가 되어 바람에 날아간다. 루가 비밀스레 숨어서, 내 생명을 구해 주려고 기다리고 있던 그 나무를 한 번 올려다보지 않을 수 없다. 추적 말벌. 글리머의 불어터진 시체. 그 끔찍한 환각들……

"가자."

이 곳을 둘러싼 어둠을 벗어나고 싶어 그렇게 말한다. 피타도 반대하지 않는다.

늦게 출발한 탓도 있어서, 평지에 도착하니 이미 늦은 저녁시간이 되었다. 카토의 흔적은 없다. 비스듬히 내리쬐는 태양빛을 받아 빛나는 황금 코뉴코피아말고는 아무것도 없다. 카토가 여우얼굴의 꾀를 따라 했을 가능성에 대비해, 코뉴코피아 주위를 한 바퀴 돌며 속이 텅 비었음을 확인한다. 그러고 나서 우리는 마치 누군가의 지시에 따르듯 온순히 호수로 향해 물통을 채운다.

나는 가라앉는 해를 보며 얼굴을 찌푸린다.

"어두워진 다음에 싸우긴 싫은데. 우리는 안경이 하나밖에 없잖아."

피타는 조심스레 물에 아이오딘을 떨어뜨린다.

"어쩌면 카토가 그걸 기다리는 지도 모르지. 어떻게 하고 싶어? 동굴로 돌아갈까?"

"그러거나, 아님 나무를 찾거나. 하지만 한 30분 정도는 더 기다려 본 다음에 몸을 숨기자."

내가 대답한다. 우리는 호숫가의 훤히 보이는 곳에 앉는다. 이제는 숨는 것도 무의미하다. 평지 가장자리의 나무 사이로 모킹제이들이 날아다니는 것이 보인다. 밝은 색깔의 공을 던지며 놀듯 서로 멜로디를 주고받고 있다. 나는 입을 열고 음 네 개로 된 루의 멜로디를 부른다. 내 목소리를 들은 새들이 호기심에 노래를 멈추고 귀를 기울이는 것이 느껴진다. 조용한 가운데 멜로디를 한 번 더 부른다. 한 모킹제이가 노래를 따라 하더니, 또 한 마리가 따라 한다. 곧 온 세상이 그 소리로 가득 찬다.

"꼭 네 아버지처럼."

피타가 말한다.

내 손가락이 셔츠에 단 핀으로 향한다.

"루의 노래야. 새들이 기억하나 봐."

음악이 퍼져나가자 그 아름다움이 느껴진다. 겹쳐 울리는 음들이 서로 보완 작용을 일으키며, 사랑스럽고 이 세상의 것 같지 않은 화음을 만들어

328

낸다. 매일 밤 11번 구역의 과수원에서 일하던 사람들을 집으로 보내 준 것은 루가 만들어 내던 이 소리였다. 이제 루가 죽었으니 다른 사람이 퇴근 시간에 이 소리를 만들어 낼까?

잠시 노래의 아름다움에 매혹되어 눈을 감고 듣는다. 그때 무언가 음악을 방해하기 시작한다. 귀에 거슬리는, 되다 만 노래가 끼어든다. 불협화음이 끼어든다. 모킹제이들의 노래 소리가 겁에 질린 새된 비명으로 변하고 있다.

피타는 칼을 뽑아 들고, 나는 화살을 날릴 채비를 마친 채 일어섰다. 그러자 카토가 숲에서 뛰쳐나와 우리에게 달려든다. 창은 들고 있지 않다. 빈 손인데도 우리를 향해 똑바로 달려온다. 내가 날린 첫 번째 화살이 카토의 가슴을 맞췄는데, 이유는 알 수 없지만 꽂히지 않고 떨어진다.

"갑옷 같은 걸 입었어!"

내가 피타에게 외친다.

바로 그 순간 카토가 우리에게 달려든다. 싸울 준비를 하지만 카토는 속도를 줄이려는 기색도 없이 우리 사이를 스쳐 지나가버린다. 보랏빛이 된 얼굴로 땀을 뻘뻘 흘리며 숨을 헐떡이는 것을 보니 오랫동안 죽어라 뛰었음을 알 수 있다. 우리를 향해 뛴 것이 아니다. 무언가를 피해 달아난 거다. 대체 뭐지?

숲으로 눈을 돌리자 곧 첫 번째 생물이 숲에서 평지로 뛰어나온다. 몸을 돌려 보니 다른 생물들이 대여섯 마리 뒤쫓아 오는 것이 보인다. 다음 순간 우리는 오직 살아야 한다는 생각으로 가득 차 카토를 따라 허위허위 뛰어간다.

25

머테이션이다. 의심의 여지가 없다. 저런 머테이션은 처음 본다. 그래도 어쨌든 자연에서 생겨난 동물은 아니다. 거대한 늑대를 닮았지만, 뒷다리로 서서 쉽게 균형을 잡는 늑대가 어디 있나? 마치 손목이 있는 것처럼, 앞발로 손짓해서 무리에게 신호를 보내는 늑대가 어디 있을까? 이런 특징들이 먼 곳에서도 보인다. 가까이서 보면 더 위협적인 점들도 분명 드러날 거다.

카토는 똑바로 코뉴코피아로 향하고 있고, 나는 다른 생각 않고 카토를 따라간다. 거기가 제일 안전하다고 그가 생각한다면, 내가 반대할 이유가 있을까? 게다가 나무 위로 기어오른다 해도, 피타는 다리를 다쳐서 쟤들보다 더 빨리 뛰지 못할…… 피타! 코뉴코피아의 뾰족한 금속제 꼬리에 손이 닿을 때야 내가 혼자가 아니라는 것이 떠오른다. 피타는 나보다 15미터 정도 뒤처져서 절뚝거리면서 최대한 빨리 뛰고 있지만, 머테이션들이 거리를 빠르게 좁혀온다. 화살을 날려 한 놈을 쓰러뜨렸다. 그래도 다른 놈들이 너무 많다.

피타는 올라가라고 손짓한다.

"가, 캣니스! 가!"

그 말이 맞다. 내가 이대로 땅에 있다면, 피타도 나 자신도 지키지 못한다. 나는 손과 발을 써서 코뉴코피아를 기어오르기 시작한다. 순금으로 된 코뉴코피아의 표면은 우리가 추수할 때 쓰는 나뭇가지를 엮어 만든 뿔 모양으로 만들어져 있어서 잡고 지탱할 만한 곳은 있다. 하지만 경기장에서 하루 종일 뜨거운 햇살을 받고 난 뒤라, 손에 화상을 입을 만큼 뜨겁다.

카토는 6미터 정도 높이의 뿔 꼭대기에 올라가, 가장자리에서 헐떡이며 호흡을 진정시키려 애쓰고 있다. 지금이 내가 카토를 끝장낼 기회다. 뿔 중간쯤에서 멈춰 화살 하나를 새로 메기지만, 화살을 쏘려는 순간 피타의 외침이 들린다. 돌아보니 피타가 뿔의 뿌리에 막 도착해 있었고 머테이션들이 바짝 뒤쫓아 왔다.

"올라와!"

내가 고함친다. 피타는 기어오르기 시작하는데, 다친 다리 뿐 아니라 손에 쥔 칼이 방해가 된다. 나는 뿔에 발을 대는 첫 번째 머테이션의 목에 화살을 쏘아 맞춘다. 머테이션은 죽어가며 사지를 마구 휘둘러, 실수로 자기편 몇 마리를 베어 상처를 낸다. 그 때 처음으로 놈들의 발톱을 본다. 길이가 10센티미터 정도고 면도날처럼 날카롭다.

피타가 내 발치까지 올라와서 나는 팔을 잡고 끌어올렸다. 그리고 나자 꼭대기에 있는 카토가 생각나 몸을 홱 돌려보지만, 카토는 경련하며 몸을 웅크리고 있고, 우리보다는 머테이션에 정신이 팔려 있다. 쿨럭이며 뭔가 알아들을 수 없는 말을 내뱉는다. 무슨 말인지 알기 힘든 건 머테이션들이 킁킁거리고 으르렁거리는 소리가 워낙 시끄러운 탓도 있다.

"뭐?"

카토를 향해 외친다.

"카토는 '머테이션들이 올라올 수 있나?' 라고 했어."

피타의 대답을 듣자 다시 뿔 밑으로 시선이 옮겨진다.

한데 모이기 시작한 머테이션들은 다시 손쉽게 뒷다리로 일어서 있어, 마치 사람 같은 오싹한 느낌이 든다. 다들 털이 두텁게 나 있는데, 어떤 놈들은 곧고 매끈하고 어떤 놈은 곱슬거린다. 털의 빛깔은 칠흑같이 검은색도 있고 금발이라고밖에 설명할 수 없는 색도 있다. 다른 무언가, 내 목 뒤의 머리털이 곤두서게 만드는 무언가가 있는데 그게 뭔지 집어내질 못하겠다.

놈들은 주둥이를 코뉴코피아에 대고 킁킁거리며 금속 표면을 핥아 본다.

그러다 발로 표면을 문질러 보더니 자기들끼리 고음으로 낑낑거리는 소리를 낸다. 마치 공간을 확보하려는 듯 물러서는 것을 보니 그런 식으로 대화하나 보다. 그러다 그 중 한 놈, 비단처럼 물결치는 금빛 털이 난 큼직한 머테이션이 달려오더니 껑충 뛰어오른다. 우리 밑 3미터까지 뛰어오르는 걸 보면 뒷다리 힘이 엄청난 모양이다. 으르렁거리느라 분홍색 입술을 까뒤집은 채 놈은 뛰어올랐다. 공중에 떠 있는 그 순간, 내가 머테이션들의 어떤 것을 보고 동요했는지 깨닫는다. 나를 향해 번득이는 그 녹색 눈은 개도 아니고 늑대도 아니고, 내가 본 어떤 갯과류 동물의 눈도 아니다. 분명히 인간의 눈이다. 그 사실을 깨닫기가 무섭게, 목걸이에 보석으로 1이라는 숫자가 새겨진 것이 눈에 들어온다. 그러자 이 모든 끔찍한 일들이 분명해진다. 금색 털, 녹색 눈, 숫자 1……. 글리머다.

내 입에서 새된 비명이 튀어나오고, 화살을 똑바로 들고 있기가 힘들어진다. 활을 쏠 준비가 되어 있었지만, 화살이 자꾸 줄어드는 것이 몹시 신경 쓰인다. 일단 저들이 이 위로 기어 올라올 수 있는지 보려고 했었다. 하지만, 머테이션들이 금속 표면을 기어 올라올 방법을 찾지 못하고 물러서기 시작했는데도, 그리고 발톱으로 뿔을 긁으며 못으로 칠판을 긁는 듯한 소리를 내기 시작했는데도 그만 나는 머테이션의 목을 향해 화살을 쏘고 만다. 몸이 씰룩하더니 쿵하고 땅에 떨어진다.

"캣니스?"

피타가 내 팔을 잡는 것이 느껴진다.

"그 애야!"

나는 겨우 말을 꺼낸다.

"누구?"

피타가 묻는다.

크기와 색깔이 제각각인 머테이션 무리를 관찰하느라 고개를 이리저리 돌린다. 작은 몸집에 붉은 털, 호박색 눈…… 여우얼굴이다! 그리고 저기, 잿빛 털에 옅은 갈색 눈은 배낭을 놓고 나랑 싸우다 죽은 9번 구역 남자애! 그중에서도 최악은 짙고 반들거리는 털에 커다란 갈색 눈을 한, 목끈에 밀짚으로 11이라는 숫자가 새겨진 몸집이 가장 작은 머테이션이다. 증오심에 이를 드러내고 있는 저 머테이션. 루…….

"뭔데, 캣니스?"

피타가 내 어깨를 흔든다.

"그들이야. 그 애들이 다 모여 있어. 다른 애들. 루하고 여우얼굴……, 다른 조공인들 전부."

나는 간신히 그렇게 말한다. 피타 역시 알아보고 숨을 훅 들이마시는 소리가 들린다.

"그들을 어떻게 한 거지? 네 생각에 설마…… 진짜 그 애들 눈인가?"

눈은 걱정조차 되지 않는다. 뇌는? 저 머테이션들이 실제 조공인의 기억을 가지고 있을까? 자신들은 냉혹하게 살해당했는데 우리는 살아남았으니, 우리의 얼굴을 특별히 증오하도록 프로그램 되어 있나? 그리고 정말로 우리 손에 죽은 애들은…… 자기 죽음에 대해 복수하는 거라고 믿고 있나?

내가 이 생각을 미처 입 밖에 꺼내기 전에, 머테이션들은 새로운 방법으로 우리를 공격하기 시작한다. 머테이션들이 두 무리로 갈라져 뿔 양쪽에 서서는, 강력한 뒷다리를 이용해 우리에게 몸을 날린다. 내 손에서 불과 한 뼘 떨어진 곳에서 이가 맞부딪는 소리가 들리는가 싶더니 피타의 비명이 들리고, 피타가 내 몸을 홱 당기는 것이 느껴진다. 남자아이 하나와 머테이션을 합친 체중이 나를 한쪽으로 끌고 간다. 내 팔을 잡고 있지 않았다면 피타는 떨어졌겠지만, 휘어있는 뿔의 안쪽에서 끌려나가지 않도록 두 사람 몫을 버티고 있자니 내가 가진 모든 힘을 쏟아야 한다. 게다가 다른 조공인들도 다가오고 있다.

"죽여, 피타! 죽여!"

내가 마구 소리 지른다. 일어나는 일을 볼 수는 없지만, 당기는 힘이 약해지는 걸 보니 피타가 칼로 찌른 모양이다. 겨우 내 힘으로 피타를 뿔 안으로 끌어당길 수 있었다. 우리는 두 개의 악(惡) 중 덜한 것이 기다리고 있는 뿔의 꼭대기로 향한다.

카토는 아직 일어서지는 못했지만 호흡은 조금 차분해졌고, 조금만 있으면 기력을 되찾고 우리를 죽이러 올 것이다. 우리를 밀어 떨어뜨려 죽게하겠지. 화살을 메기지만, 그 화살은 스레쉬임이 분명한 머테이션을 죽이는 데 쓰고 만다. 스레쉬가 아니라면 어떻게 저렇게 높이 뛸 수 있겠어? 머테이션이 도저히 올라올 수 없는 높이에 다다르자 짧은 순간 안도감을 느끼며, 카토를 마주하려 몸을 돌렸다. 바로 그 순간 내 옆에 있던 피타가 확 채여 간다. 머테이션들에게 잡혔구나 하는 순간 피타가 내 얼굴에 피를 토한다.

뿔 가장자리에 선 카토가 나를 바라보며, 피타의 목을 팔로 쥔 채 공기를 차단하고 있다. 피타는 카토의 팔을 쥐고 있지만 별로 힘이 없어 보인다. 마치 숨쉬는 것이 더 중요한지, 머테이션이 장딴지에 낸 상처에서 흐르는 피를 지혈하는 게 더 중요한지 판단하지 못하고 있는 듯한 모습이다.

몸이나 팔다리는 맞춰 봤자 소용없을 거라는 걸 아는 나는, 두 개 남은 화살 중 하나를 카토의 머리에 겨눈다. 지금 보니 몸에 딱 달라붙는 피부색깔의 그물갑옷을 입고 있다. 캐피톨에서 만든 고급 갑옷이다. 잔치 때 카토의 가방에 있던 게 그건가? 내 화살로부터 몸을 지켜 줄 갑옷? 흠, 얼굴용 갑옷은 안 보내 줬네.

카토는 그냥 웃어버린다.

"날 쏘면 애도 같이 떨어져."

그 말이 맞다. 내가 카토를 죽여서 머테이션이 있는 곳으로 떨어뜨리면, 피타도 분명 함께 죽을 거다. 우리는 둘 다 외통수에 몰렸다. 내가 카토를 죽이면 피타도 죽는다. 카토는 피타를 죽이면 뇌에 화살이 박힌다. 그렇게 우리는 서로 출구를 찾으며 조각상처럼 서 있다.

근육이 심하게 당겨져서 당장이라도 끊어질 것 같다. 나는 이를 부서져라 악물고 있다. 머테이션들도 조용해지고, 들리는 소리는 내 오른쪽 귀에서 들리는 심장 뛰는 소리뿐이다.

피타의 입술이 파랗게 변한다. 내가 빨리 뭔가를 하지 않으면 피타는 질식해 죽을 거다. 그러면 피타도 잃게 되고, 카토는 피타의 시체를 무기로 사용할 것이다. 실제로 그가 이제 웃고 있지는 않지만, 입술에 자신만만한 미소를 띠고 있는 걸 보니 그게 카토의 계획인 건 확실한 것 같다.

최후의 노력처럼, 피타가 다리에서 나온 피가 묻어 뚝뚝 떨어지는 손가락을 들어 카토의 팔로 들어 올린다. 그러곤 팔을 떨쳐내려고 애쓰는 대신, 검지를 들어 카토의 손등에 선명한 X자를 그린다. 카토는 그 뜻을 나보다 정확히 1초 늦게 이해한다. 입술에서 미소가 사라지는 것을 보니 알 수 있다. 하지만 그 땐 이미 1초 늦었다. 그 순간 내 화살이 카토의 손을 꿰뚫는다. 카토는 비명을 지르며 반사적으로 피타를 풀어 주고, 피타는 카토를 뒤로 밀친다. 그 끔찍한 짧은 순간 동안 나는 둘이 함께 떨어진다고 생각했다. 나는 앞으로 몸을 던져, 카토가 피로 미끌거리는 뿔에서 균형을 잃고 땅으로 떨어지는 순간 피타를 잡는다.

카토가 떨어지는 소리, 그 충격으로 '훅' 하고 신음하는 소리가 들리고, 머테이션들이 카토를 공격한다. 피타와 나는 서로 꼭 붙들고 기다린다. 대포소리가 들려오기를. 경쟁이 끝나기를. 풀려나기를. 그러나 그런 일은 일어나지 않는다. 아직은 아니다. 왜냐하면 지금은 헝거 게임의 클라이맥스고, 시청자들은 쇼를 기대하기 때문이다.

눈으로 보고 있지는 않지만, 카토와 머테이션 떼가 싸우며 사람과 짐승이 함께 으르렁거리는 소리, 짖는 소리, 고통스럽게 외치는 소리가 들린다. 어떻게 아직 살아 있는지 이해가 안 된다고 생각하다. 발목부터 목까지를 뒤덮은 카토의 갑옷을 떠올리고 오늘밤은 기나긴 밤이 되겠구나 생각한다. 간간이 머테이션이 단말마의 비명을 지르는 소리, 날이 황금 뿔에 부딪히는 금속성의 소리가 나는 걸 보니 카토는 칼이나 장검 같은 것도 가지고 있는 모양이다. 싸움은 뿔 주위를 맴돌며 벌어지고, 카토가 자기 목숨을 구할 수 있는 단 하나의 작전(뿔 꼬리로 기어 올라와 우리와 합류하는 것)을 시도하고 있음을 알 수 있다. 그러나 놀라운 힘과 기술에도 불구하고 결국 카토는 문자 그대로 제압당하고 만다.

카토가 떨어지고 나서 머테이션이 카토를 질질 끌어서 코뉴코피아 안으로 옮길 때까지 얼마나 오래 걸렸는지 모르겠다. 아마 한두 시간쯤 걸렸나 보다. '이제 끝장을 내겠구나.' 나는 생각하지만, 여전히 대포소리는 들리지 않는다.

밤이 찾아오고 국가가 흐르고, 하늘에는 카토의 사진이 뜨지 않는다. 우리 밑의 금속을 통해 희미한 신음 소리만 들려올 뿐이다. 평지 저편에서 불어오는 얼음 같은 공기는 아직 헝거 게임이 끝나지 않았음을, 언제 끝날지는 아무도 모르고 내가 우승한다는 보장 역시 없음을 상기시킨다.

피타에게 관심을 돌려 다리를 살펴보니 출혈이 예전만큼 심하다. 배낭에 든 우리 물건은 머테이션들에게서 도망칠 때 호숫가에 모조리 두고 왔다. 붕대도 없고, 피타의 장딴지에서 흐르는 피를 멎게 할 것이 아무 것도 없다. 매서운 바람에 몸이 떨리긴 하지만, 재킷을 벗고 셔츠를 벗은 다음 최대한 빨리 다시 재킷을 입는다. 그렇게 잠깐 몸을 드러낸 것만으로도 주체가 안 될 정도로 이가 떨린다.

어슴푸레한 달빛을 받은 피타의 얼굴은 회색빛이다. 상처를 살펴보기 전에 일단 눕게 한다. 따뜻하고 미끈거리는 피가 내 손가락에 묻어난다. 붕대 가지고는 안 될 것 같다. 엄마가 지혈대를 묶는 것을 몇 번 본 적이 있어서 그걸 그대로 따라 해 보려 한다. 셔츠에서 소매 하나를 뜯어 내, 무릎 바로 위에 두 번 감고는 한 번 묶는다. 막대기가 없어서 마지막 남은 화살을 꺼내 매듭 속에 집어넣고, 괜찮겠다 싶은 정도까지 최대한 세게 돌려 조인다. 위험하지만(피타는 다리를 잃게 될지도 모른다) 죽는 것과 비교해 본다면, 내게 다른 대안이 있나? 셔츠의 남은 부분을 사용해 상처에 붕대 대신 감고는 옆에 눕는다.

"잠들면 안 돼."

내가 피타에게 말한다. 의학적으로 그게 맞는 건진 모르겠지만, 피타가 한 번 잠들면 다시는 일어나지 못할 것 같아 두렵다.

"추워?"

피타가 묻더니 재킷을 벌린다. 피타의 가슴에 몸을 바짝 붙이자 피타가 안아 준다. 재킷 두 겹에 싸여 체온을 공유하니 조금 따뜻하긴 하지만, 아직 밤이 깊지 않았다. 기온은 더 떨어질 것이다. 처음 기어올랐을 때는 타오르듯 뜨겁던 코뉴코피아가 천천히 얼음처럼 차가워지는 것이 벌써부터 느껴진다.

"카토가 이길 가능성도 아직 있어."

내가 피타에게 속삭인다.

"진심은 아니겠지."

피타는 내게 모자를 씌워주며 말하지만, 실은 나보다도 더 심하게 몸을 떨고 있다.

그 다음 몇 시간이 내 인생 최악의 시간이다. 내 인생이 어땠는지 생각해 보면 더 의미가 새로우리라. 추위만으로도 고문처럼 괴로웠을 테지만, 진정한 악몽은 카토의 소리를 듣고 있는 것이다. 카토는 머테이션들에게 공격당하며 신음하다가, 애원하다가, 마침내는 훌쩍거리는 소리만 낸다. 얼마 지나지 않아 나는 카토가 누구건, 어떤 짓을 저질렀건 상관하지 않게 된다. 내가 원하는 것은 그 애의 고통이 끝나는 것뿐이다.

"왜 그냥 죽여 버리지 않는 거야?"

나는 피타에게 묻는다.

"이유는 너도 알잖아."

피타는 그렇게 말하며 나를 더 가까이 끌어안는다.

나도 안다. 지금은 어떤 시청자도 화면에서 눈을 떼지 못하고 있을 것이다. 게임 운영자들의 관점에서 보면 이것은 궁극의 엔터테인먼트다.

카토의 소리가 끝도 없이 계속되어 점차 내 정신을 완전히 가득 채워서, 기억과 내일에 대한 희망을 부수고, 지금 현재를 제외한 모든 것을 지워버린다. 자꾸만 이 순간이 영원히 계속될 거라고 믿게 된다. 추위와 공포와 뿔 안에서 죽어가는 남자애의 고통스런 소리 말고는 영영 아무 것도 없을 거야.

피타가 깜빡깜빡 졸기 시작한다. 잠이 들 때마다 나는 피타의 이름을 크게, 더 크게 외친다. 지금 피타가 죽어버린다면 내가 완전히 미쳐버릴 거라는 걸 알기 때문이다. 피타는, 아마 자기 자신보다도 나를 위해서 싸우고 있지만, 의식을 잃는 것도 하나의 탈출구이기 때문에 저항하기 쉽지 않을 것이다. 하지만 내 몸에서 치솟는 아드레날린 때문에 나는 절대 잠들 수 없다. 그러니 피타를 보낼 수 없다. 그렇게는 못하겠다.

시간이 흐르고 있다는 유일한 증거는 하늘에서 미세하게 움직이는 달이다. 그래서 피타는 달을 가리키며, 위치가 변한 거 모르겠느냐고 가끔씩 우기기 시작한다. 아주 잠깐 희망이 깜빡이는 듯하다가, 다시 이 밤의 고통스러움이 나를 집어삼킨다.

마침내 피타가 해가 뜬다고 속삭인다. 눈을 떠 보자, 새벽의 창백한 빛

338

속으로 별들이 사라지고 있다. 피타의 얼굴에 얼마나 핏기가 없는지도 보인다. 이젠 남은 시간이 얼마 없다. 피타를 캐피톨로 다시 데리고 가야 해.

아직도 대포 소리는 울리지 않았다. 오른쪽 귀를 뿔에 대 보니 간신히 카토의 목소리가 들린다.

"아까보다 가까운 것 같은데. 캣니스, 활 쏠 수 있어?"

피타가 묻는다.

뿔 주둥이 가까이에 있으면 쏠 수 있을 것이다. 지금쯤이면 활로 쏴 주는 게 차라리 자비로운 행동일 것이다.

"마지막 화살이 네 지혈대에 들어 있어."

"꺼내 써."

피타는 재킷을 열고 나를 놔준다.

그래서 나는 지혈대에서 화살을 꺼내고, 얼어붙은 손가락으로 할 수 있는 한 가장 단단히 지혈대를 다시 묶는다. 혈액을 순환시키려고 손을 비비고, 나는 뿔 가장자리로 기어간다. 가장자리에 매달려 있는데 피타가 나를 잡아주는 것이 느껴진다.

희미한 빛만으로 핏속에 누워 있는 카토를 찾느라 잠시 시간이 걸린다. 그때 한때는 나의 적이었던 고깃덩어리가 소리를 내서, 입이 어디 있는지 알게 된다. 카토가 하려고 하는 말은 '부탁해'인 것 같다.

복수심이 아닌 연민으로 화살을 날려 머리를 꿰뚫는다. 피타가 나를 다시 끌어올려 준다. 내 손에는 활이 들려 있고 화살통은 비었다.

"맞췄어?"

피타가 속삭인다. 대답하듯 대포가 울린다.

"그럼 우리가 이겼네, 캣니스."

피타는 공허한 목소리로 말한다.

"만세."

간신히 내뱉지만, 내 목소리에 승리의 기쁨이라곤 없다.

평지가 열리고 구멍이 생기며, 마치 신호라도 받은 듯 남아있던 머테이션들이 그 속으로 뛰어든다. 머테이션들이 안으로 사라지자 다시 땅이 닫혔다.

우리는 호버크래프트가 나타나 카토의 시체를 수거하고, 우승을 알리는 트럼펫 소리가 들려오기를 기다리지만, 아무 일도 일어나지 않는다.

"이봐요! 뭐하고 있어요?"

허공에 외치지만, 대답이라곤 잠에서 깬 새들의 지저귐뿐이다.

"시체 때문인가 봐. 우리가 떨어져 있어야 되나 봐."

게임의 과정을 기억해 보려 애쓴다. 마지막 조공인이 죽고 나서, 시체에서 거리를 둬야 하던가? 머릿속이 혼란스러워서 확신은 들지 않지만, 사실 그것 말고 시간 끄는 다른 이유가 있겠어?

"좋아. 호숫가까지 갈 수 있겠어?"

내가 묻는다.

"시도해 봐야지."

우리는 뿔의 꼬리로 기어가 뛰어내린다. 내 팔다리가 이렇게 뻣뻣한데, 피타는 어떻게 움직이는 걸까? 내가 먼저 일어나서 팔다리를 휘둘러 보고 굽혔다 폈다 한 다음, 피타를 일으켜준다. 간신히 호숫가까지는 돌아올 수 있었다. 찬물을 손으로 떠 피타에게 먹이고 나도 먹는다.

모킹제이 한 마리가 길고 낮은 음을 내고, 호버크래프트가 나타나 카토의 시체를 가져가자 내 눈에는 안도의 눈물이 고인다. 이제 우릴 데려가겠구나. 이제 우린 집에 갈 수 있구나.

그러나 다시 침묵이 흐른다.

"대체 뭘 기다리는 거야?"

약한 목소리로 피타가 말한다. 지혈대 없이 호숫가까지 돌아오느라 상처가 다시 벌어졌다.

"모르겠어."

왜 시간을 끄는지는 몰라도, 나는 피타가 피를 더 잃는 것을 보고 있을 수가 없다. 막대기를 찾으러 일어서는데, 카토 갑옷에 맞아 튕겨나갔던 화살이 바로 눈에 들어온다. 이 화살이면 되겠지. 화살을 주우러 몸을 굽히는 순간 클라우디스 템플스미스의 목소리가 경기장에 울려 퍼진다.

"제 74회 헝거 게임의 마지막 참가자 여러분, 안녕하십니까. 예전의 규칙 변경은 취소되었습니다. 규정집을 상세히 검토한 결과 우승자는 단 한 명이어야 하는 것으로 밝혀졌습니다. 행운을 빌며, 확률의 신이 언제나 당신 편이기를 바랍니다."

지직, 하고 잡음이 나더니 곧 조용해진다. 나는 방금 들은 말의 뜻을 이해하고 믿을 수 없다는 눈으로 피타를 바라본다. 우리 둘 다 살려줄 생각 따위 애초부터 없었던 거야. 역사상 가장 드라마틱한 대결을 연출하기 위해 게임 운영자들이 꾸며냈던 거야. 그리고 나는 바보처럼 거기에 속았던 거야.

"생각해 보면 별로 놀랄 일도 아니지."

피타가 부드럽게 말한다. 나는 그가 힘겹게 일어나는 모습을 바라본다. 피타는 마치 슬로 모션처럼 나를 향해 다가오며, 손으로 허리띠에 찬 칼을 뽑고서…….

내가 무슨 일을 하는지 스스로 깨닫기도 전에 나는, 활에 화살을 메겨 피타의 심장을 겨누고 있었다. 눈썹을 치켜올리는 피타를 보니 이미 칼을 호수에 던지고 난 다음이다. 나는 무기를 떨어뜨리고 한 걸음 물러선다. 내 얼굴을 달아오르게 하는 이 감정은 수치심이 분명하다.

"아냐, 쏴."

피타가 절뚝이며 다가와 내 손에 다시 무기를 쥐어준다.

"난 못해. 안 해."

"쏴. 아까 그 머테이션들을 다시 보내거나 하기 전에 말이야. 나는 카토처럼 죽기는 싫어."

"그럼 네가 날 쏴. 네가 날 쏘고 집에 돌아가서 평생 짊어지고 살아!"

무기를 피타에게 밀어붙이며 나는 성이 나서 외친다. 그 말을 하면서 나는, 지금 여기서 죽는 게 더 쉬운 일이 되리란 것을 깨닫는다.

"내가 그럴 수 없다는 걸 너도 알잖아. 그래, 좋아! 어차피 내가 먼저 죽을 테니까."

그렇게 말한 피타는 무기를 버리고, 몸을 굽혀 자기 피와 땅 사이의 마지막 보호막인 붕대를 풀어버린다.

"안 돼, 자살하면 안 돼."

나는 무릎을 꿇고 필사적으로 상처에 붕대를 다시 감는다.

"캣니스, 내가 원해서 하는 거야."

"날 혼자 두고 가지 마."

나는 애원했다. 피타가 죽으면 나는, 진짜로 집에 돌아갈 길을 영영 잃어버리고 말 테니까. 내 여생 내내 이 경기장에서 빠져나갈 길만을 고민하며 살게 될 테니까.

"잘 들어."

피타가 나를 일으켜 세우며 말한다.

"그들에겐 우승자가 있어야 한다는 거 우리 둘 다 알고 있잖아. 둘 중의 한 명밖에 될 수 없어. 제발, 날 위해서 우승자가 되어 줘."

그리고 피타는 자기가 나를 얼마나 사랑하는지, 나 없는 인생이 어떨지에 대해 계속 이야기하지만, 피타가 아까 한 말이 머릿속에 남아 미친 듯이 튀어다니는 바람에 귀에 들어오지 않는다.

'그들에겐 우승자가 있어야 한다는 거, 우리 둘 다 알잖아.'

그래, 그들에겐 우승자가 있어야 해. 우승자가 없으면, 이 모든 것이 게임 운영자들에게 역으로 작용할 거야. 캐피톨을 실망시키는 꼴이 되겠지. 어쩌면 운영자들이 처형될지도 몰라. 천천히 고통스럽게 죽어가는 모습이 전국에 생중계되겠지.

만약 피타와 내가 둘 다 죽는다면, 우리가 죽는다고 그들이 생각하기만 한다면…….

나는 손가락으로 허리띠에 찬 가죽 주머니를 더듬어 풀어낸다. 그걸 본 피타는 내 손목을 잡는다.

"안 돼, 내가 허락 못해."

"날 믿어."

이렇게 속삭이자 피타는 한참 동안 내 눈을 바라보더니 손을 놓는다. 주머니를 끌러 피타 손바닥에 한 줌 쏟아내고, 내 손에도 한 줌 쏟는다.

"하나, 둘, 셋, 하고?"

피타는 몸을 굽혀 굉장히 부드럽게 입을 맞춘다.

"하나, 둘, 셋, 하고."

등을 맞대고 서서, 딸기를 들지 않은 손을 맞잡는다.

"똑바로 들어. 모두에게 보여주고 싶어."

피타가 말한다.

손을 쫙 펴자 짙은 빛깔의 딸기가 햇빛을 받아 빛난다. 나는 신호 대신 피타의 손을 마지막으로 한 번 꼭 쥐어 작별인사를 한 다음, 함께 세기 시작한다.

"하나."

내 생각이 틀렸는지도 몰라.

"둘."

우리가 둘 다 죽어도 신경조차 안 쓸지도 몰라.

"셋!"

마음을 바꾸기엔 너무 늦었다. 마지막으로 세상을 한 번 더 바라보며 손을 입으로 가져간다. 딸기가 입 안에 들어가자마자 트럼펫 소리가 터져 나온다.

잔뜩 흥분한 클라우디스 템플스미스의 목소리가 트럼펫 소리를 압도한다.

"그만! 그만! 신사숙녀 여러분, 제 74회 헝거 게임의 우승자들을 소개합니다. 캣니스 에버딘과 피타 멜라크! 12번 구역의 조공인들입니다!"

26

딸기를 뱉어 내고, 과즙이 남아 있지 않도록 재킷 소매로 닦는다. 피타가 나를 끌고 호숫가로 가서, 우리는 입을 헹군 다음 서로 껴안은 채 쓰러진다.

"하나도 안 삼켰어?"

피타에게 묻는다. 그가 고개를 가로젓더니 묻는다.

"넌?"

"삼켰으면 벌써 죽었을걸."

대답을 하느라 입술이 움직이는 게 보이지만, 스피커에서 생중계로 틀어 주는 캐피톨 청중의 함성 소리에 묻혀 들리지 않는다.

머리 위로 호버크래프트가 나타나 사다리 두 개를 내려 보낸다. 하지만 나는 피타를 놓아줄 수가 없다. 그가 사다리에 오르는 것을 도와주며 한쪽 팔로 피타를 감싼다. 사다리 제일 밑단에 발 하나씩을 얹자 전류가 흘러 우리를 움직이지 못하게 한다. 피타가 호버크래프트에 올라갈 때까지 매달려서 버티지 못할 것 같아서, 전류가 흐르는 것이 나는 기쁘다. 시선을 아래로 한 상태로 우리는 몸이 굳어버렸다. 비록 근육은 마비되었지만 피타 다리에서는 피가 계속 흐르고 있는 게 보인다. 호버크래프트에 들어가서 문이 닫히고 전류가 끊기자마자, 아니나 다를까 피타는 의식을 잃고 쓰러진다.

내가 손으로 피타의 재킷 뒷부분을 하도 단단히 쥐고 있어서, 사람들이 피타를 데려갈 때 내 손에는 검은 천 조각이 남는다. 벌써 마스크와 장갑을 끼고 수술 준비를 해 둔, 하얀 무균복을 입은 의사들이 피타를 맡는다. 금속제 테이블에 꼼짝 않고 누운 피타는 너무나 창백하고, 호스와 전선이 잔뜩 연결되어 있다. 순간 나는 우리가 헝거 게임 밖으로 나왔다는 사실을 잊고, 의사들도 또다른 위협, 피타를 죽이려는 머테이션의 무리라고 생각한다. 착각에 빠진 나는 피타를 구하러 달려들지만 사람들이 나를 잡아 다른 방으로 데려가고, 유리로 된 문이 나와 피타를 갈라놓는다. 나는 유리를 두드리며 미친 듯이 소리를 지른다. 뒤에서 나타나 음료수를 권하는 캐피톨 직원 한 명을 제외하면 모두 그런 나를 무시해 버린다.

바닥에 털썩 주저앉아 얼굴을 문에 댄 채, 내 손에 들린 크리스털 잔이 뭔지 잘 이해되지 않아 빤히 바라본다. 얼음처럼 차고, 오렌지 주스가 들어있고, 구부러지는 부분에 주름이 잡힌 흰 빨대가 꽂힌 컵. 손톱에는 때가 낀 데다 잔뜩 상처가 난 피 묻고 더러운 내 손에 이 컵을 들고 있으니 정말 안 어울린다. 냄새를 맡아보자 입에 침이 고이지만, 이렇게 깨끗하고 예쁜 것은 믿음이 가지 않아서 조심스레 바닥에 내려놓는다.

유리를 통해서, 의사들이 집중하느라 눈썹을 찌푸린 채 열심히 피타를 치료하는 것이 보인다. 호스를 타고 어떤 액체가 흐르는 것도 보이고, 벽에 나로선 알 수 없는 온갖 다이얼과 불빛이 잔뜩 달려 있는 것도 보인다.

확실치는 않지만 피타의 심장이 두 번 정도 멈추는 것 같다.

집에서도 이랬다. 탄광에서 폭발 사고가 나서 가망이 없을 정도로 다친 사람, 사흘째 산통을 겪는 여자, 아니면 폐렴으로 죽어가는 굶주린 아이를 데리고 오면, 엄마와 프림은 바로 저런 표정을 지었다. 지금은 내가 숲으로 도망갈 타이밍이다. 환자가 죽고 경계 다른 편에서 관을 만들 때까지 숲에 숨어 있을 타이밍이다. 하지만 나는 호버크래프트의 벽과, 그 죽어가는 사람을 사랑하는 사람들을 묶어두는 힘 둘 다에 갇혀 있다. 내가 몇 번이나 그런 사람들을 보았던가. 우리 집 식탁에 빙 둘러선 사람들을 보며 나는 '왜 안 가지? 왜 서서 보고 있는 거지?'라고 생각했었다.

이젠 알겠다. 다른 선택의 여지가 없기 때문이다.

불과 한 뼘 거리에서 누가 나를 바라보는 것을 보고 깜짝 놀랐다가, 유리에 비친 내 얼굴임을 깨닫는다. 거친 눈, 움푹 팬 뺨, 헝클어진 거적 같은 머리카락. 미친 사람 같고 야생동물 같다. 다들 나와 안전거리를 유지하고 있는 것이 놀랍지 않다.

다음 순간 우리는 트레이닝센터 지붕에 도착하고, 사람들은 피타를 데리고 나가지만 나는 문 뒤에 버려둔다. 몸에 문을 내던지며 소리를 질러대는데, 핑크색 머리가 언뜻 눈에 띈다. '에피야, 에피가 나를 구해주러 온 거야.'라고 생각하는데 뒤에서 누가 주사기로 찌른다.

눈을 뜬다. 처음엔 움직이기가 겁이 났다. 천장 전체에서 부드러운 노란색 빛이 나고 있어, 침대만 덩그러니 있는 방에 누워있다는 걸 알았다. 문이나 창문은 보이지 않는다. 약간 날카로운, 소독된 듯한 냄새가 난다. 오른팔에는 호스가 몇 개 연결되어 있고, 호스는 벽에 연결되어 있다. 나는 알몸이지만 침대보는 보드랍다. 시험 삼아 왼팔을 이불 밖으로 빼 본다. 깨끗이 닦여 있을 뿐 아니라 손톱도 완벽한 타원형으로 다듬어져 있고, 화상 자국은 옅어졌다. 뺨과 입술을 만져 보고 눈썹 위의 주름진 상처도 만져 본다. 비단결 같은 머리에 손가락을 넣고 쓸어 보다 동작을 멈췄다. 걱정스레 왼쪽 귀 근처의 머리칼을 흔들어 본다. 아니야, 착각이 아니야. 다시 소리가 들려.

일어나 앉아 보려 하지만 허리에 넓은 폭의 끈이 묶여 있어 한 뼘 이상은 몸을 일으킬 수가 없다. 물리적으로 구속을 당했다는 사실에 공포를 느끼며 몸을 끌어올리고 엉덩이를 빼려는데, 벽의 일부가 열리고 그 빨강머리 무성인 소녀가 접시를 들고 나타난다. 그 아이를 보자 마음이 안정되고, 빠져 나오려던 노력을 그만둔다. 물어 보고 싶은 것이 산더미지만, 조금이라도 친한 척했다가 그 아이에게 해가 될까 두렵다. 분명히 나를 철저히 감시하고 있을 거다. 그 아이는 내 허벅지에 접시를 놓고 무언가를 조작해 침대를 움직인 후 나를 앉은 자세로 만든다. 그녀가 내 베개를 매만져주는 동안, 위험을 무릅쓰고 딱 한 가지만 물어 본다. 비밀스럽게 느껴지지 않도록, 내 쉰 목소리로 할 수 있는 한 크고 또박또박하게 물어 본다.

"피타는 살았어요?"

그녀는 고개를 끄덕이며, 내 손에 숟가락을 쥐어주었다. 힘 있게 내 손을 꼭 잡아 주는 손에서 우정이 느껴진다.

내가 죽기를 바랐던 건 아니었나 보다. 그리고 피타도 살았다. 물론, 살았겠지. 여기에 비싼 장비가 얼마나 많은데. 그래도 방금 전까지는 확신이 없었다.

무성인 소녀가 나가자 문은 소리 없이 닫히고, 나는 허기를 느끼며 접시에 고개를 돌린다. 맑은 수프 한 그릇, 사과 소스 조금, 물 한 잔. '이게 다야?' 속으로 볼멘소리를 한다. 환영 식사가 이보다는 좀 더 요란해야 되는 거 아닌가? 하지만 막상 먹어보니 이 간단한 식사조차 다 먹기가 쉽지 않다. 위가 호두 만해진 것 같다. 경기장에 있던 마지막 날 아침에 상당한 양의 아침식사를 아무렇지도 않게 먹었으니, 내가 얼마나 오랫동안 정신을 잃고 있었는지 궁금해진다. 경기가 종료되면 보통 며칠 정도 시간을 두었다가 우승자를 소개한다. 굶주리고 다친 우승자를 다시 사람 꼴로 만드는 데 필요한 시간이다. 어디선가 시나와 포샤는 우리가 공개석상에서 입을 옷을 만들고 있겠지. 헤이미치와 에피는 우리 스폰서들을 위한 연회를 준비하며, 최종 인터뷰 질문을 검토하고 있을 테고. 우리의 집이 있는 12번 구역에서는 피타와 나를 맞을 귀가 환영 축하 행사를 준비하느라 지금쯤 대혼란이 벌어졌을 것이다. 지난번에 우승자가 나온 것은 30년쯤 전의 일이었으니까.

집! 프림과 엄마! 게일! 프림의 못생긴 늙은 고양이 생각마저도 나를 미소 짓게 만든다. 난 곧 집에 갈 거야!

이 침대에서 벗어나고 싶다. 피타와 시나를 만나고 그 동안 무슨 일이 있었는지 더 많이 알고 싶다. 왜 못하게 하는 거야? 하지만 날 묶은 끈에서 벗어나려 하자 팔에 연결된 호스를 통해 차가운 액체가 흘러 들어오는 것이 느껴지고, 그 즉시 의식을 잃는다.

이런 일이 얼마 동안인지 모르는 시간 동안 반복된다. 일어나고, 먹고, 침대에서 벗어나고 싶은 충동을 애써 참다가 다시 의식을 잃는다. 기묘한, 끝없이 계속되는 어스름한 안개 속에 있는 기분이다. 겨우 몇 가지만 파악했다. 빨강머리 무성인 여자아이는 그 뒤로 돌아온 적이 없고, 상처는 조금씩 사라지고 있다. 그리고 내가 환청을 듣는 건가? 아니면 소리 지르는 남자 목소리가 실제로 들리는 건가? 캐피톨 억양이 아니라 내 고향의 거친 억양이다. 누가 나를 돌봐주고 있는 듯, 위안이 되는 느낌이 막연히 드는 것을 어쩔 수 없다.

마침내 눈을 떠 보니, 오른팔에 아무 것도 꽂혀 있지 않은 순간이 왔다. 몸 중간을 묶고 있던 끈도 사라져서 맘대로 움직일 수 있다. 일어나 앉기 시작하지만 내 손을 보자마자 정신을 빼앗긴다. 피부는 완벽하다. 매끄럽

348

고 빛이 난다. 경기 중에 생긴 상처가 사라졌을 뿐 아니라, 여러 해에 걸쳐 사냥하며 생긴 상처들도 온데간데없다. 이마는 마치 벨벳 같고, 장딴지의 화상 자국을 찾아보려 해도 찾을 수 없었다.

체중을 견딜 수 있을까 걱정하며 다리를 침대 아래로 내려보니 다리 역시 튼튼하고 휘청이지 않는다. 침대 발치에 놓인 옷을 보고 움찔한다. 조공인들이 경기장에서 입었던 옷이다. 옷이 날 잡아먹기라도 할 것처럼 한참 쳐다보다가 '아, 이 옷을 입고 우리 팀을 만나야겠구나.' 하고 깨닫는다.

1분도 지나지 않아 옷을 입고, 문의 흔적이 보이지는 않지만 문이 있다고 알고 있는 곳 앞에 서서 안절부절 못하고 있으려니 갑자기 문이 미끄러지듯 열린다. 넓고 아무도 없는 복도로 들어섰다. 여기에도 보이지는 않지만 분명 다른 문들이 있을 거다. 그리고 그중 하나를 열면 피타가 있을 것이다. 의식을 차리고 움직이고 있으려니, 점점 더 피타가 걱정된다. 괜찮지 않았다면 무성인 소녀가 그렇게 말하지 않았겠지만, 내 눈으로 직접 봐야겠다.

"피타!"

물어 볼 사람이 없어서 그냥 크게 외친다. 내 이름을 부르는 소리가 들리지만, 피타의 목소리는 아니다. 처음엔 짜증이 나지만 곧 목소리의 주인이 보고 싶어지는 목소리다. 에피다.

몸을 돌리자 복도 끝 큰 방에 모두 모여 있는 것이 보인다. 에피, 헤이미치, 시나. 주저 않고 뛰어간다. 어쩌면 우승자는(이 모든 것이 촬영되는 중이라는 것을 안다면 더더욱) 좀 더 자제력을 발휘하고, 좀더 우월한 듯 행동해야 될지도 모른다. 난 그들을 향해 달려간 다음, 헤이미치의 품에 제일 먼저 안긴다. 나 자신을 포함해 모두가 놀란다. 헤이미치가 내 귀에 "잘 했다, 예쁜이." 하고 속삭이는 목소리에 빈정거리는 느낌은 없다. 에피는 약간 눈물을 머금고 계속 내 머리를 쓰다듬으며 우리가 진주라고 자기가 어딜 가나 말하고 다녔다는 얘길 한다. 시나는 그냥 꼭 안아 주고는 아무 말도 하지 않는다. 포샤가 없음을 눈치 채고 불길한 기분이 든다.

"포샤는 어디 있어요? 피타와 함께 있나요? 피타…… 괜찮죠? 살아 있는 거죠?"

엉겁결에 나는 이렇게 묻는다.

"피타는 잘 있어. 너희들이 다시 만나는 것을 축하식 때 생중계하고 싶다고 해서."

헤이미치가 대답한다.

"아, 그래요. 나라도 그건 보고 싶을 것 같네요."

피타가 죽어버리는 상상을 했던 끔찍한 순간이 다시 스쳐 지나간다.

"시나랑 같이 가. 준비해 놨다."

시나와 단 둘이 있으니 마음이 편해진다. 시나는 든든한 팔을 내 어깨에 두르고, 카메라가 없는 아래층으로 내려가 엘리베이터를 타고 트레이닝센터 로비로 간다. 그러면 병원은 지하 깊은 곳, 조공인들이 매듭 묶기와 창 던지기를 배우던 체육관보다도 더 아래층이었나 보다. 로비의 창밖은 어둡고, 경비원 몇 명이 지키고 서 있다. 조공인 엘리베이터로 가는 우리를 보는 사람은 그밖에는 아무도 없다. 빈 공간에 우리의 발소리가 울린다. 엘리베이터를 타고 12층으로 올라가는 동안 다시는 돌아오지 못할 다른 모든 조공인들의 얼굴이 내 마음속을 스쳐 지나가고, 가슴 속 한구석이 묵직하게 조여 온다.

엘리베이터 문이 열리자 베니아, 플라비우스, 옥타비아가 나를 에워싼다. 흥분해서 어찌나 말을 빨리 하는지 한마디도 알아들을 수가 없지만, 그들이 어떤 기분인지는 똑똑히 알겠다. 나를 다시 보게 되어 진심으로 감격하고 있구나. 나도 그들을 다시 만나 기쁘지만, 시나를 만난 것만큼 기쁘진 않다. 유달리 힘든 하루를 보내고 나서 애정이 넘치는 애완동물 세 마리를 만났을 때의 기분과 비슷한 것 같다.

　나를 식당으로 데려가 진짜 식사(로스트비프와 콩과 부드러운 롤빵)를 대접하지만 양은 얼마 되지 않는다. 더 달라고 해도 주지 않는 걸 보니 아직도 양을 엄격하게 통제하나 보다.

　"안 돼, 안 돼, 무대에서 살쪄 보이면 안 되잖아."

　옥타비아는 이렇게 말하면서도, 자기는 내 편임을 알려 주려고 식탁 밑으로 롤빵 하나를 몰래 건네준다.

　내 방으로 간 다음, 준비 팀이 나를 준비시키는 동안 시나는 어디론가 사라진다.

　"오, 전신에 특수처리를 했구나. 피부에 잡티 하나 없네."

　플라비우스가 부럽다는 듯이 말한다.

　하지만 거울에 비친 알몸을 보는 내 눈엔 내가 얼마나 말랐는지만 보인다. 경기가 끝난 직후는 물론 지금보다 더했겠지만, 지금도 갈비뼈를 쉽게 셀 수 있을 정도다.

　준비 팀은 샤워 세팅을 도와준 뒤, 머리와 손발톱을 매만지고 메이크업을 해 준다. 하도 쉴 새 없이 떠들어대서 나는 대답을 할 필요가 거의 없을 정도다. 수다를 떨고 싶은 기분이 아니니 다행이다 싶다. 헝거 게임에 대해 떠들어대고 있으면서도, 어떤 사건이 일어났을 때 자기가 어디 있었는지, 자기가 뭘 하고 있었는지, 자기 기분이 어땠는지에 대해서만 이야기하는 것이 좀 우습다. "그 때 난 아직 자고 있었어!", "내가 눈썹 염색하자마자 그 일이 있었어!", "나 진짜 기절할 뻔 했다니까!"

　모든 이야기는 경기장에서 죽어가던 소년 소녀들이 아니라 자기들에 대한 화제뿐이다.

　12번 구역에서는 이런 식으로 헝거 게임에 빠져 들지 않는다. 우리는 게임을 보는 게 의무이기 때문에 이를 갈며 시청하고, 끝나자마자 되도록 일상생활에 전념하려고 애쓴다. 준비 팀을 싫어하고 싶지 않아서, 나는 그들의 말을 듣지 않아버린다.

시나가 평범한 노란 드레스로 보이는 것을 팔에 걸치고 들어온다.

"'불타는 소녀' 컨셉은 버리신 건가요?"

"네가 직접 보고 판단하렴."

시나는 그렇게 말하며 내 머리 위부터 옷을 씌운다. 그간 굶어서 밋밋해진 내 몸을 굴곡져 보이게 하려고 가슴에 패드를 댔음을 즉각 눈치 챈다. 가슴을 만져 보며 나는 얼굴을 찌푸린다.

"나도 알아,"

내가 반대하기 전에 시나가 먼저 말을 꺼낸다.

"하지만 게임 운영자들은 너에게 수술을 시키고 싶어 했어. 헤이미치가 반대하느라 대판 싸웠지. 절충안이 이거야."

거울에 비친 모습을 보려고 하는데 시나가 말린다.

"잠깐, 구두도 신어야지."

베니아의 도움을 받아 굽 없는 가죽 샌들을 신고는 거울 앞에 선다.

나는 여전히 '불타는 소녀'다. 얇은 천은 부드럽게 빛난다. 아주 조금만 바람이 불어도 내 몸 전체에 물결이 친다. 이 옷에 비하면 마차에서 입었던 의상은 지나치게 화려했고, 인터뷰 때의 의상은 지나치게 머리를 쓴 것 같다. 이 옷을 입고 있으니 마치 촛불을 입은 듯하다.

"어떠니?"

시나가 묻는다.

"이제까지 의상들 중 최고인 것 같아요."

반짝이는 천에서 겨우 눈을 떼고 나서 나는 곧 충격을 받는다. 머리를 뒤로 풀어 헤친 채 심플한 머리띠로 넘기고 있다. 메이크업은 내 얼굴의 날카로운 각들을 부드럽게 보이게 하며 약간 통통해 보이는 효과를 준다.

352

손톱에는 투명 매니큐어를 발랐다. 소매 없는 드레스는 허리가 아니라 갈비뼈 부분이 들어가 있어서, 가슴 패드의 효과를 상당 부분 감추고 있다. 옷은 내 무릎까지 오는 길이다. 굽이 없어서 내 실제 키를 가늠할 수 있다. 지금 나는 딱 그냥 여자아이 같은 모습이다. 어린아이. 많아 봤자 열네 살 정도로 보인다. 순진하고 무해한 아이로 보인다. 내가 방금 헝거 게임에서 우승했다는 사실을 생각하면 시나가 이런 모습을 끌어냈다는 것은 충격적이다.

철저히 계산된 모습이다. 시나는 자기 내키는 대로 디자인하는 사람이 아니다. 입술을 깨물며 시나의 의도를 파악해 보려 애쓴다.

"나는 좀더…… 기교를 부린 의상일 거라고 생각했어요."

내가 말한다.

"피타는 이런 모습을 더 좋아할 것 같았어."

시나는 조심스럽게 대답한다.

피타? 아냐, 피타 때문이 아니야. 캐피톨과 게임 운영자와 시청자들을 의식한 거야. 시나의 디자인을 아직 이해하지 못하고 있지만, 이 의상은 헝거 게임이 아직 끝나지 않았다는 사실을 상기시켜 준다. 시나의 상냥한 대답 밑에 경고가 깔려 있는 것이 느껴진다. 자기 팀 앞에서조차 하지 못하는 말이 있는 거다.

우리는 엘리베이터를 타고 훈련을 받던 층으로 간다. 우승자와 그 팀은 무대 밑에서 솟아오르는 게 관습이다. 먼저 준비 팀이 입장하고, 동행인, 스타일리스트, 멘터, 마지막으로 우승자 순으로 무대에 등장한다. 하지만 올해에는 동행인과 멘터가 같은 우승자 두 명이 나왔기 때문에, 행사 구성을 새로 짜야 했다. 나는 무대 아래의 조명이 어두운 곳으로 인도되었다. 나를 무대로 태우고 갈, 새 것 같은 금속판이 설치되어 있다. 아직 톱밥이 조금 쌓여 있는 게 보이고, 새로 페인트를 칠한 냄새가 난다. 시나와 준비 팀은 자신들의 의상을 입고 입장할 위치로 가 있기 위해 나를 혼자 두고 간다. 어두침침한 가운데, 10미터쯤 떨어진 곳에 임시로 설치해 둔 벽이 있는 것을 보고 그 뒤에 피타가 있으려니 짐작해 본다.

관객들의 소리가 시끄러워서 헤이미치가 다가오는 것을 모르고 있다가 어깨에 손이 닿는 순간 깜짝 놀라 뛰어오른다. 나는 아직도 절반 정도는 경기장에 있는 상태인가 보다.

"괜찮아, 혼자 왔다. 네 모습 좀 한 번 보자."

나는 팔을 벌리고 한 번 돌아 보인다.

"그 정도면 됐다."

별로 칭찬 같지는 않다.

"근데 왜요?"

헤이미치는 내가 있는 곰팡내 나는 장소를 한 번 훑어보더니, 뭔가 결심을 한 듯한 표정을 짓는다.

"아무 것도 아니다. 행운을 위해 포옹 한 번 할까?"

헤이미치가 하는 부탁치곤 좀 괴상하지만, 어쨌거나 우린 우승자들이니까 행운을 위한 포옹이 적절할 수도 있겠다. 그러나 헤이미치 목둘레에 팔을 두르자 그는 나를 품 안에 가두듯 안는다. 헤이미치는 내 머리카락으로 입술을 가린 채 아주 빨리, 아주 조용하게 말을 시작한다.

"잘 들어둬. 너 지금 위험해. 네가 경기 중에 캐피톨에 망신을 줘서 캐피톨에서 아주 화가 났다는 소문이 있다. 그들이 절대 참지 못하는 일이 놀림거리가 되는 건데, 지금 캐피톨은 판엠의 웃음거리가 되어 있거든."

공포가 몸 구석구석까지 퍼져가는 것이 느껴지지만, 내 입을 가려 주는 게 아무것도 없기 때문에 헤이미치가 아주 즐거운 이야기라도 한 듯이 웃는다.

"그래서요?"

"유일한 방어 수단은 네가 미친 듯이 사랑에 빠져 있었기 때문에 네 행동에 책임을 물으면 안 된다는 논리다."

헤이미치는 몸을 떼더니 머리띠를 매만져 준다.

"알겠니, 예쁜이?"

이 말은 누가 들어도 괜찮은 말이다.

"알겠어요. 피타한테도 이 얘기하셨나요?"

"그럴 필요가 없었다. 피타는 이미 준비가 되어 있거든."

"하지만 나는 안 된 것 같다고 생각하셨어요?"

시나가 억지로 매게 했을 그의 붉은 보우타이를 펴 주며 말한다.

"언제부터 내 생각이 그렇게 중요해졌냐? 이제 자리를 잡자."

헤이미치가 그렇게 말하고 날 금속 원판 위로 데려간다.

"오늘 밤은 너의 밤이다. 예쁜아. 즐겨라."

내 이마에 입을 맞춘 그가 어둠 속으로 사라진다.

치마 자락을 끌어내리며 치마가 좀더 길었으면 좋겠다고, 무릎을 가렸으면 좋겠다고 생각한다. 그리고 곧, 당겨 봤자 소용없다는 것을 깨닫는다. 전신이 나뭇잎처럼 파들파들 떨리고 있다. 들떠서 그런 것으로 생각해 줬으면 좋겠다. 어쨌거나 오늘은 나의 밤이니까.

무대 밑의 눅눅한 곰팡내가 숨 막힐 듯 위협적이다. 차고 끈적끈적한 땀이 배어 나온다. 내 머리 위의 나무판들이 무너져 내려서 파편 속에 산 채로 묻힐 것 같은 느낌을 떨칠 수가 없다. 경기장을 떠날 때, 트럼펫 소리가 울려 퍼졌을 때, 나는 안전을 보장 받았어야 했다. 그 순간 이후로는. 내 남은 생 내내. 하지만 헤이미치가 한 말이 사실이라면(사실 거짓말할 이유가 없지 않은가?), 내 평생 지금 여기보다 위험한 곳에 있어 본 적이 없는 셈이다.

경기장에서 사냥당하는 것보다도 훨씬 더 나쁘다. 거기서 일어날 수 있는 최악의 일은 그냥 죽는 거였다. 그걸로 끝이었다. 하지만 여기서는 헤이미치가 제안한 '사랑에 빠져 미쳐버린 소녀' 연기를 제대로 하지 못하면 프림, 엄마, 게일, 12번 구역의 사람들, 내가 좋아하는 고향 사람 모두가 처벌을 받을지도 모른다.

그래도 아직은 기회가 있다. 경기장에서 딸기를 꺼냈을 때는 게임 운영자들을 꾀로 이길 생각만 했지, 내 행동이 캐피톨의 눈에 어떻게 비칠 지는 생각도 안 했었는데…… 우스운 일이다. 하지만 헝거 게임은 그들의 무기고, 그 무기를 이길 수는 없는 것으로 되어 있다. 그러니 이제 캐피톨에서는 자기들이 이 모든 것을 조작한 양 행세할 것이다. 마치 동반 자살까지도 다 자신들이 연출해 낸 척하리라. 하지만 그게 먹혀들기 위해서는 내가 협조해야 한다.

그리고 피타……. 이 일이 잘못 된다면 피타도 고초를 겪을 것이다. 하지만 피타에게 이 상황을 이야기했느냐고, 사랑에 눈이 먼 척해야 한다고 말해 줬느냐고 물었을 때 헤이미치가 한 말이 뭐였더라?

"그럴 필요가 없었다. 피타는 이미 준비가 되어 있거든."

이번에도 그가 헝거 게임에 대해 나보다 먼저 내다보고 생각해서, 우리가 위험에 처해 있다는 것을 알았다는 뜻일까? 아니면…… 이미 사랑에 눈이 멀었다고? 모르겠다. 피타에 대한 내 감정을 아직 스스로 명확하게 정리하지도 못했는데. 너무 복잡해. 내가 헝거 게임의 일부로서 했던 일들. 캐피톨에 대한 분노 때문에 한 일과는 반대되는 것들. 아니면 12번 구역에서 보는 사람들을 의식해서 한 일들. 혹은 그저 그 상황에서는 내가 할 수 있는 떳떳한 행동이 그것밖에 없어서 한 일. 그리고 내가 피타를 좋아하기 때문에 했던 일.

집에 돌아가면, 보는 사람이 아무도 없는 평화롭고 조용한 숲에서 풀어야 할 질문들이 많다. 모든 사람이 나를 지켜보는 여기서는 안 된다. 그리고 바로 지금, 헝거 게임의 가장 위험한 순간이 시작되려 하고 있다.

27

국가가 울려 퍼지는 소리가 들리더니 시저 플리커맨이 관객들에게 인사를 건넨다. 지금부터 한마디 한마디를 잘 골라 이야기하는 것이 얼마나 중요한지 그도 알고 있을까? 분명 그럴 것이다. 우리를 도와주고 싶을 거야. 그가 준비 팀을 소개하자 관중들이 환호한다. 플라비우스와 베니아와 옥타비아가 이리저리 뛰어다니며 꾸벅꾸벅 바보같이 고개를 숙여대는 모습을 떠올려 본다. 그들은 아무 것도 모르고 있으리라. 다음엔 에피를 소개한다. 에피가 이 순간을 얼마나 오랫동안 기다려왔을까. 그녀가 오늘 밤을 즐길 수 있으면 좋겠다. 일을 꼬이게 하는 데 특별한 재주가 있긴 해도, 어떤 방면으로는 본능이 아주 날카로운 사람이라 최소한 우리가 곤경에 처했을지도 모른다고 의심은 하고 있을 것이다. 훌륭한 결과를 냈던 포샤와 시나는 물론 큰 환호를 받는다. 두 사람은 눈부신 데뷔를 한 셈이다. 시나가 오늘 밤에 이 드레스를 고른 이유를 이제 알겠다. 나는 최대한 소녀답고 순진하게 보일 필요가 있을 것이다. 헤이미치가 등장하자 최소 5분 정도 다들 발을 구르며 환호한다. 뭐, 전례가 없는 일을 만들어 낸 사람이니까. 조공인 한 명이 아니라 두 명을 살려 낸 것 말이다. 그가 제때 경고해주지 않았다면 어떻게 되었을까? 나는 다르게 행동했을까? 딸기를 먹으려 했던 순간을 이야기하며 캐피톨을 향해 대놓고 으스댔을까? 아니, 그랬을 것 같진 않아. 하지만 지금 내게 필요한 만큼의 설득력은 없었겠지. 바로 지금 말이야. 원판이 무대를 향해 올라가는 게 느껴진다.

조명에 눈이 멀 것만 같다. 귀가 멀 것 같은 함성에 내 발 밑의 금속판이 떨리는 것이 느껴진다. 몇 미터 떨어진 곳에 피타가 있다. 너무 깨끗하고 건강해 보여서 알아보기가 힘들 정도다. 하지만 진흙 속에서나 캐피톨에서나 피타의 미소는 여전하고, 그 미소를 보자마자 나는 세 발짝 뛰어가 피타의 품에 와락 안긴다. 피타는 거의 균형을 잃을 뻔하며 뒤로 휘청하는데, 그제야 피타가 손에 든 가느다란 금속 막대기가 지팡이라는 사실을 알게 된다. 피타가 균형을 잡자 우리는 서로 매달려 떨어질 줄을 모르고, 관중들은 거의 미쳐간다. 피타는 내게 키스를 한다. 나는 내내 '너도 알아? 우리가 얼마나 큰 위험에 처해 있는지 너도 알아?'라는 생각뿐이다. 10분 정도 키스만 하고 있으려니 시저 플리커맨이 쇼를 계속하려고 피타의 어깨를 툭툭 친다. 피타는 쳐다보지도 않고 시저를 밀어버린다. 관중들은 광분한다. 피타가 아는지 모르는지는 몰라도, 언제나 그랬듯 관객들을 완벽하게 다루고 있다.

마침내 헤이미치가 우리 둘을 떼어놓고, 악의 없는 태도로 우리를 우승자 의자 쪽으로 밀어 보낸다. 보통은 화려하게 장식된 1인용 의자지만, 이번에는 우승자가 두 명이라 게임 운영자들은 푹신한 붉은 벨벳 소파를 준비해 두었다. 우리는 이 소파에 앉아서 이번 헝거 게임의 하이라이트를 시청하게 될 것이다. 소파는 그리 크지 않고, 우리 엄마가 보셨다면 연인석이라고 부르셨을 것이라는 생각이 든다. 피타에게 너무 가까이 붙어 앉아서 거의 무릎에 올라앉은 꼴이 되지만, 헤이미치를 한 번 흘끗 보니 그것으로도 부족하다는 표정이다. 나는 샌들을 벗어 차 던지고, 소파의 한쪽 끝에 발을 밀어 넣은 후 피타의 어깨에 머리를 기댄다. 피타의 팔이 자동적으로 올라와 나를 감쌌다. 동굴에서 체온을 유지하기 위해 피타에게 안겨있던 때로 돌아간 듯한 기분이다. 피타의 셔츠는 내 드레스와 똑같은 노란 천으로 되어 있지만, 포샤는 피타에게는 검은색 긴 바지를 입혔다. 신발 역시 구두가 아니라 검고 튼튼해 보이는 장화를 신고 무대에 단단히 발을 얹고 있다. 시나도 나에게 비슷한 옷을 입혀줬으면 좋았을 것 같다. 이 얇은 드레스를 입은 나는 너무나 무방비 상태인 느낌이다. 하지만 아마 그걸 노린 거였겠지.

시저 플리커맨이 농담을 몇 마디 더 던지고 나자, 하이라이트를 감상할 차례가 된다. 정확히 3시간 동안 계속될 거고, 판엠의 모든 국민은 의무적으로 시청해야 한다. 조명이 어두워지고 문장이 화면에 나타날 때쯤 내가 이걸 볼 준비가 되어 있지 않다는 것을 실감한다. 내 동료 조공인 스물 두 명이 죽는 모습을 지켜보고 싶지 않다. 그들이 실제로 죽어가는 모습을 나는 이미 볼 만큼 봤다. 심장 박동이 빨라지고 도망가고 싶다는 강렬한 충동이 든다. 다른 우승자들은 어떻게 혼자서 이걸 견뎠을까? 하이라이트 방영 중에는 주기적으로 화면 한 구석에 우승자의 반응을 비춰준다. 예전에 내가 봤던 우승자들을 생각해 보면…… 의기양양해 하며 주먹을 허공에 휘두르거나 자기 가슴을 두드리는 애들도 있었다. 대부분은 그냥 아연한 모습이었다. 내가 이 '연인석'에 계속 앉아 있을 수 있는 단 한 가지의 이유는 피타가 있기 때문이라는 것 말고는 아무 것도 모르겠다. 피타는 내 어깨에 팔을 두르고 있다. 그의 다른 손은 내가 양손으로 감싸 쥐고 있다. 물론 예전의 우승자들은 자기를 없애 버릴 방법을 궁리하고 있는 캐피톨을 걱정할 필요는 없었겠지.

몇 주일을 3시간에 압축하는 것은 보통 일이 아니다. 동시에 돌아가는 카메라가 얼마나 많았는지를 생각해 보면 더욱 그렇다. 하이라이트를 편집하는 사람은 어떤 종류의 이야기를 만들 것인지 선택을 해야 한다. 올해는 최초로 하이라이트가 러브스토리가 되었다. 피타와 내가 우승한 것은 사실이지만, 우리가 화면에 등장하는 비율이 맨 처음부터 지나칠 정도로 많다. 하지만 내가 캐피톨에 도전한 데 대한 변명인 '사랑에 미쳤다'는 설정을 뒷받침하는 내용이라 기쁘다. 게다가 죽는 모습을 그만큼 덜 봐도 되니까.

처음 30분 정도는 경기장에 들어가기 전까지의 행사들에 초점을 맞춰서 추첨, 캐피톨에서의 마차 행진, 훈련 점수, 인터뷰를 보여 준다. 신나는 배경음악이 깔려 있어 두 배는 더 끔찍한데, 그 이유는 물론 등장인물 대부분이 이미 죽었기 때문이다.

경기장에 들어간 다음에는 시작 직후의 피 튀기는 싸움을 자세히 보여주고, 그 다음에는 기본적으로 다른 조공인이 죽는 장면과 우리 모습을 교차 편집한 내용이다. 주로 피타가 나오는데, 이 로맨스 설정을 짊어지고 간 사람이 피타라는 데는 의심의 여지가 없기 때문이다. 나는 이제야 시청자들이 봤던 내용들을 보게 된다. 피타가 프로들에게 나에 대한 거짓 정보를 흘리는 것, 추적 말벌 둥지가 있던 나무 밑에서 밤을 새우는 것, 나를 도망치게 해 주려고 카토와 싸우는 것. 심지어 진흙 속에 혼자 숨어있을 때도 그는 잠꼬대로 내 이름을 부른다. 그에 비하면 불덩어리를 피하고, 벌집을 떨어뜨리고, 보급품을 날려버리는 나는 루를 찾으러 가기 전까지는 냉혹해 보인다. 영상은 루가 죽는 모습을 처음부터 끝까지 보여 준다. 창에 맞는 것, 내가 그 앨 구하려다 실패하는 것, 내 화살이 1번 구역 남자애 목을 꿰뚫는 것, 루가 내 품에서 마지막 숨을 몰아쉬는 것. 그리고 노래. 내가 노래 부르는 것을 처음부터 끝까지 집어넣었다. 내 안에서 어떤 문이 닫혀버린 듯, 나는 그저 멍해서 아무 것도 느끼지 못한다. 다른 헝거게임에 나왔던 전혀 모르는 사람을 보는 기분이다. 하지만 루를 꽃으로 덮어준 부분을 편집에서 뺐다는 건 알아볼 수 있었다.

그렇겠지. 심지어 그것마저도 반란의 냄새가 나니까.

한 구역에서 온 조공인 두 명은 살 수 있다는 공지를 듣고 내가 피타의 이름을 외친 다음 입을 막는 장면 이후로는 나에게 유리한 모습들이 나온다. 전반부에서 나는 피타에게 무관심해 보였지만, 후반에서 피타를 찾아 내고, 간호해서 몸이 낫게 해 주고, 약을 구하러 잔치에 가고, 키스를 아주 많이 해 주는 것으로 상쇄된다. 객관적으로 봤을 때 머테이션과 카토의 죽음은 무시무시하지만, 그것 역시 내가 만나 본 적도 없는 사람에게 일어난 일처럼 느껴진다.

그 다음으로 딸기 먹는 장면이 나온다. 관객들이 서로 숨을 죽여가며 단 하나도 놓치지 않으려 하는 게 들린다. 하이라이트가 우리의 승리를 공지 하는 데서 끝나는 것이 아니라, 호버크래프트에서 의사들이 피타를 살리 려고 수술을 하는 동안 내가 유리문을 두들기며 피타의 이름을 부르는 데 서 끝나는 것을 보고 영상 편집자에 대한 감사의 감정이 몰려온다.

내 생존 가능성을 놓고 봤을 때, 이것이 오늘 밤 최고의 순간이었다.

다시 국가가 흘러나오고 스노우 대통령이 무대에 오르자 우리는 다시 일어선다. 어린 여자아이가 왕관이 놓인 쿠션을 들고 대통령 뒤를 따른다. 하지만 왕관이 한 개뿐이라서 관객들이 누구 머리에 얹을까 궁금해 하는 소리가 들린다. 스노우 대통령이 왕관을 집어 들고 한 번 돌리자 절반으로 갈라진다. 대통령은 첫 번째 것을 피타의 눈썹 위에 얹어 주며 미소를 짓 는다. 두 번째 것을 내 머리에 얹을 때도 미소 짓는 표정이긴 하지만, 내 눈 불과 한 뼘 앞에 보이는 그의 눈은 뱀처럼 앙심을 품고 있다.

비록 딸기는 우리 둘이 같이 먹었지만, 그 생각을 해낸 것은 나였기 때 문에 내게 책임이 있음을 그 순간 알게 된다. 내가 주동자다. 벌 받을 사람 은 나다.

왕관을 받은 다음엔 연거푸 고개 숙여 인사하고 환호를 받는다. 시저 플 리커맨이 마침내 시청자에게 작별 인사를 할 때쯤엔 팔을 하도 흔들어서 아주 떨어져 나갈 지경이다. 플리커맨은 다음 날 최종 인터뷰도 꼭 시청해 달라는 말을 남긴다. 선택의 여지가 있기라도 한 것처럼.

피타와 나는 대통령 관저에서 열리는 우승 축하연으로 끌려간다. 캐피톨의 공직자들과 유난히 지원을 많이 했던 스폰서들이 서로 밀어 제쳐가며 우리와 사진을 찍으러 몰려들어서, 음식을 먹을 시간은 거의 없다. 간간이 헤이미치가 눈에 띨 때면 안심이 되고, 스노우 대통령이 눈에 띨 때면 오싹 겁이 난다. 하지만 나는 계속 웃으며 사람들에게 감사를 표하고, 사진 찍을 때는 미소를 짓는다. 피타의 손은 절대 놓지 않는다.

트레이닝센터 12층으로 터덜터덜 돌아올 때는 태양이 지평선에 걸려 있다. 드디어 피타와 조용히 얘기를 나눠 보겠구나 하는 찰나, 헤이미치가 인터뷰 의상을 준비하라며 피타를 포샤와 함께 보내버리고, 나를 직접 내 방까지 데려다 준다.

"피타랑 말하면 왜 안 되는데요?"

내가 묻는다.

"집에 가면 말할 시간은 많다. 내일 2시가 생방송이니 자라."

헤이미치는 계속 방해하지만, 피타를 따로 만나겠다는 결심은 확고하다. 몇 시간 정도 뒤척인 다음 복도로 빠져 나온다. 제일 먼저 드는 생각은 옥상을 살펴보자는 거지만, 옥상은 텅 비어 있다. 심지어 저 아래의 거리도 밤의 축하 행사가 끝나고 다들 가버려서 텅 비어 있다. 침대로 돌아가 잠시 누워 있다가 피타 방으로 바로 가기로 하고 문손잡이를 잡고 돌려보니 밖에서 잠겨 있다. 처음에는 헤이미치를 의심하지만, 캐피톨이 교활하게 나를 감시하고 감금하고 있을지도 모른다는 더 큰 두려움이 찾아온다. 헝거 게임이 시작된 이래 탈출은 언제나 불가능했지만, 지금의 두려움은 느낌이 다르다. 나 개인에 대한 위협으로 느껴진다. 범죄를 저질러서 감옥에 갇혀 구형을 기다리는 기분이다. 나는 재빨리 침대로 돌아가 아침에 에피 트링켓이 데리러 올 때까지 자는 척한다. 에피는 변함없이 "오늘도 정말, 정말 대단한 날이 될 거야!"라고 외치며 찾아온다.

362

뜨거운 곡물과 스튜를 한 대접 받아 들고 먹기 시작한 지 불과 5분 정도밖에 안 되었는데, 준비 팀이 몰려온다.

"관객들한테 인기 좋으시던데요!"

그렇게 말하고 나자 나는 그 뒤로 몇 시간 정도 한마디도 할 필요가 없다. 시나가 와서 준비 팀을 내보내고는 하늘하늘한 흰색 드레스를 입고 핑크색 구두를 신게 한다. 다음으로는 시나가 직접 내 메이크업을 손보며 내 얼굴에서 부드러운 장밋빛이 비쳐 나오게 한다. 한가로이 잡담을 주고받지만, 문이 잠긴 것을 안 이후로는 언제나 감시당한다는 느낌을 떨쳐 버릴 수가 없어서 진짜 중요한 것은 하나도 물어 보지 못한다.

인터뷰는 바로 이 층의 거실에서 진행된다. 실내를 깨끗이 비우고 연인용 소파를 가져다 놓았다. 그 주위에는 빨간색과 핑크색 장미를 꽂아둔 꽃병을 늘어놓았다. 촬영용 카메라는 몇 대뿐이다. 적어도 관객은 없다.

내가 들어가자 시저 플리커맨이 따뜻하게 안아준다.

"축하해요, 캣니스. 어떻게 지내고 있나요?"

"잘 있어요. 인터뷰 때문에 긴장돼요."

"긴장하지 말아요. 아주 재밌을 거예요."

시저는 안심하라는 듯 내 볼을 톡톡 두들긴다.

"전 제 얘기를 잘 못해요."

"어떤 말을 하든 괜찮을 거예요."

이런 생각이 든다. '아아, 시저, 그 말이 사실이었다면 얼마나 좋을까요. 하지만, 스노우 대통령이 지금 이 순간에도 모종의 '사고'를 계획하고 있을지 모른다고요.'

그 때 붉은색과 흰색으로 된 옷을 입은 피타가 들어온다. 잘생겨 보인다. 나를 한쪽으로 당기며 말한다.

"너 만나기 너무 어렵다. 헤이미치가 우릴 떼 놓으려고 안달이야."

헤이미치는 우리를 살려 놓으려고 안달하는 거지만, 주위에 듣는 귀가 너무 많아서 나는 그냥 이렇게 대답한다.

"응, 요즘 들어 갑자기 책임감 있는 척하더라."

"음, 이것만 하고 나면 집에 갈 거니까. 돌아가면 내내 감시할 수는 없을 테니까 뭐."

내 몸이 부르르 떨리는 것이 느껴지는데, 촬영 준비가 다 되어서 그 이유를 분석해 볼 시간이 없다. 연인석에 조금은 딱딱하게 앉지만, 시저가 "아아, 신경 쓰지 말고 기대앉고 싶으면 기대앉아요. 보기에 아주 사랑스럽던데." 라고 말해서 발을 올리고 앉는다. 피타는 나를 자기 쪽으로 당겨 안는다.

누군가 숫자를 거꾸로 세는 소리가 들린다. 그리고 곧바로 우리는 전국에 생중계 되는 인터뷰를 시작한다. 놀렸다가, 농담했다가, 그래야 할 상황에서는 목멘 소리를 내는 시저 플리커맨은 화술이 대단하다. 시저와 피타는 첫 인터뷰 하던 날 밤에 이미 장단을 맞춰둔 터라 농담을 술술 주고받고, 나는 그냥 미소를 많이 지으며 최대한 말을 적게 하려고 노력한다. 물론 나도 말을 조금은 하지만, 가능한 한 빨리 대화를 다시 피타에게 넘긴다.

그러나 결국, 시저는 좀더 긴 대답이 필요한 질문들을 던지기 시작한다.

"음, 피타, 우리는 동굴 속에 있던 날들을 보면서 피타가 첫눈에 캣니스에게 반했다는 걸 알게 됐죠. 다섯 살 때부터였던가요?"

"처음 봤을 때부터요."

"하지만 캣니스, 대단한 반전이었죠. 시청자들은 캣니스가 피타에게 마음을 여는 걸 보면서 진심으로 흥분한 게 아닐까 생각하는데요. 피타를 사랑하고 있다고 스스로 깨달은 게 언제였죠?"

시저가 묻는다.

"아, 어렵네요······."

나는 희미한, 숨소리가 섞인 웃음소리를 한 번 내고서 손을 내려다본다. 도와줘.

"음, 내가 그걸 느꼈던 순간이 언제였냐면, 캣니스가 나무 위에서 피타 이름을 불렀던 때였어요."

시저가 말한다. 나는 속으로 '고마워요 시저!'를 외치며, 그 말을 시인 했다.

"네, 아마 그 때였던 것 같아요. 그러니까, 그 전까지는, 솔직히 말해서 그냥 제 감정에 대해 생각을 안 하려고 노력했었어요. 너무 혼란스러웠고, 제가 정말 피타를 좋아한다면 상황은 더 안 좋아지는 거였잖아요. 하지만 그 때······ 나무 위에 있을 때, 모든 것이 변했죠."

"왜 그랬다고 생각하나요?"

시저가 부추긴다.

"아마······, 아마 처음으로······ 피타를 계속 제 곁에 둘 수 있는 가능성 이 생겼으니까요."

내가 대답한다.

촬영기사 뒤에 서 있던 헤이미치가 안도한 듯 훅 숨을 내쉬는 것을 보고 제대로 답했다는 것을 알게 된다. 시저는 너무 감동을 받아서 손수건을 꺼 내 들고 잠시 말을 멈춘다. 피타가 내 뺨에 이마를 대고 누르는 것이 느껴 진다.

"그럼 이제 나를 가졌으니, 날 가지고 뭐할 거야?"

피타가 묻는다. 나는 피타 품에 깊이 안기며 답한다.

"네가 다칠 수 없는 곳으로 데려갈 거야."

피타가 내게 키스하자, 방 안에 있던 사람들이 실제로 하아, 하고 숨을 내쉬는 소리가 들린다.

시저는 자연스레 대화를 우리가 경기 중에 입었던 상처 얘기로 돌렸다. 그가 화상, 벌에 쏘인 것, 베인 상처 등에 대해 이야기한다. 머테이션 이야기를 하다가 방송 중이라는 사실을 깜빡 잊게 만드는 이야기가 튀어나온다. 시저가 피타에게 '새 다리'는 어떠냐는 질문을 할 때다.

"새 다리?"

나는 이렇게 말하며, 참지 못하고 팔을 뻗어 피타 바지 밑단을 들춰본다. 다리 대신 금속과 플라스틱으로 된 장치가 있는 것을 보고 "아, 안 돼!" 하고 속삭였다.

"아무도 말 안 해 줬나요?"

시저가 부드럽게 묻는다. 나는 고개를 가로젓는다.

"저는 말할 기회가 없었어요."

피타가 난처한 듯 약간 어깨를 으쓱해 보이며 대답한다.

"내 잘못이야. 내가 그 지혈대를 묶어서 그래."

"응, 내가 살아있는 게 바로 네 잘못이지."

피타가 대답한다.

"그 말이 맞아요. 캣니스가 지혈대를 안 묶었으면 피타는 과다출혈로 죽었을 게 확실해요."

시저가 말한다.

그 말이 아마 맞겠지만, 기분이 너무 언짢아서 울음이 나올까 봐 걱정이 된다. 그러다 온 국민이 보고 있음을 기억하고 그냥 피타의 셔츠에 얼굴을 묻어버린다. 그렇게 하니 아무도 내 표정을 볼 수 없어서 좀 낫다. 그래서 몇 분이나 그러고 있다가 시저와 피타가 달래서 겨우 고개를 든다. 그 후로는 시저가 내가 회복할 수 있도록 질문을 하지 않고 딸기 얘기가 나올 때까지는 그냥 내버려두다시피 했다.

"캣니스, 지금 충격을 받은 건 알지만, 안 물을 수가 없네요. 그 딸기를 꺼냈던 순간 있잖아요. 그 당시에 무슨 생각을 하고 있었나요……. 네?"

말하기 전에 생각을 정리하려고 한참 뜸을 들인다. 내가 캐피톨에게 싸움을 건 것인지, 아니면 피타를 잃는다는 생각에 정신이 나가 있었기 때문에 내 행동에 책임을 물어선 안 되는 것인지 판가름 날 중요한 순간이다. 길고 극적인 연설을 해야 할 것 같지만, 내가 겨우 할 수 있는 말은 들릴 듯 말 듯한 문장 하나뿐이다.

"모르겠어요, 그냥…… 생각만 해도 참을 수가 없었어요……. 피타 없이 지낸다는 걸요."

"피타? 더 할 말 있나요?"

시저가 묻는다.

"아뇨, 둘 다 같은 생각이었던 것 같아요."

시저는 끝내자는 신호를 보내고 촬영이 마무리된다. 다들 웃고 울며 껴안고 있지만, 나는 헤이미치에게 가 보기 전까지는 확신이 들지 않는다.

"괜찮았어요?"

내가 속삭여 묻는다. 헤이미치는 대답한다.

"완벽했다."

내 물건을 챙기러 방으로 가지만 챙길 거라곤 매지가 줬던 모킹제이 핀뿐이다. 누군가 경기가 끝난 후 내 방에 가져다 놓았다. 우리는 창문이 검게 칠해진 차에 타고서 거리를 달려, 우리를 기다리고 있는 기차로 간다. 시나와 포샤에게 제대로 작별 인사할 시간도 없다. 하지만 우린 몇 달 후에 우승자들이 모든 구역을 돌며 우승 축하행사를 할 때 다시 만날 것이다. 헝거 게임은 절대 사라지지 않는다는 것을 사람들에게 상기시키는 캐피톨의 방식이다. 우리는 아무짝에도 쓸모없는 훈장을 많이 받을 것이고, 모두들 우리를 사랑하는 척할 것이다.

기차가 움직이기 시작하고, 터널에 들어가자 밤 속으로 뛰어든 듯하다.

나는 추첨 이후 처음으로 자유롭게 호흡한다. 에피가 우리 귀향길에 동행하고 있고, 헤이미치도 물론 함께 간다. 저녁 식사를 푸짐하게 먹고는 조용히 텔레비전 앞에 앉아 인터뷰 재방송을 본다. 매초마다 캐피톨에서 점점 멀어지는 가운데, 나는 집 생각을 하기 시작한다. 프림과 엄마 생각. 게일 생각. 옷을 갈아입겠다고 양해를 구한 후 방으로 와서 드레스를 벗고 평범한 셔츠와 바지를 입는다. 천천히 꼼꼼하게 얼굴의 화장을 지우고 머리를 원래대로 땋으며, 나는 내 자신으로 돌아오는 변신을 시작한다. 캣니스 에버딘. 경계에 사는 여자애. 숲에서 사냥하고 호브에서 거래하는 아이. 나는 내가 어떤 사람인지, 내가 어떤 사람이 아닌지를 기억하려 애쓰며 거울을 노려본다. 다른 사람들과 합류하니, 내 어깨에 두른 피타 팔의 무게가 낯설게 느껴진다.

기차가 연료를 보충하러 잠깐 멈췄을 때, 우리는 바람을 쐬러 나가도 좋다는 허락을 받는다. 이제는 우리를 경호할 필요가 없다. 피타와 나는 손을 잡고 철로를 따라 걷는다. 막상 둘만 있고 보니 아무 할 말이 없다. 피타는 걸음을 멈추고 야생화를 한 다발 꺾어준다. 피타가 꽃다발을 내밀었을 때 나는 기쁜 척하려고 애를 써 본다. 저 핑크색과 흰색 꽃들은 야생 양파의 꽃이고, 게일과 함께 야생 양파를 채집하던 시간을 떠올리게 할 뿐이란 걸 피타는 알 수가 없으니까.

게일. 몇 시간만 있으면 게일을 본다고 생각하니 뱃속에서 뭔가가 막 흔들리는 것 같다. 하지만 왜 그러는 걸까? 머릿속에서 생각을 명확히 할 수가 없다. 나를 믿어 주는 누군가에게 그 동안 거짓말을 하고 있었다는 기분이라는 것만 알 뿐이다. 더 정확히 말하면, 나를 믿어 주는 두 사람에게. 이제까지는 헝거 게임의 탓으로 돌리며 핑계를 댈 수 있었다. 하지만 집에 돌아가고 나면 더는 헝거 게임 뒤에 숨을 수 없다.

"뭐 잘못됐어?"

피타가 묻는다.

"아무 것도 아냐."

우린 기차를 지나서 계속 걷는다. 철로 변의 덤불 속에 카메라가 숨겨져 있지 않다는 확신이 드는 곳까지. 그런데도 아무 말도 할 수가 없다.

내 등에 헤이미치가 손을 얹어 깜짝 놀란다. 지금마저도, 아무 것도 없는 곳인데도 헤이미치는 목소리를 낮추고 얘기한다.

"너희 둘, 아주 잘 해냈다. 12번 구역에 돌아가서도 카메라가 사라지기 전까지는 계속해라. 그러면 안전할 거다."

나는 헤이미치가 피타의 시선을 피하며 다시 기차로 돌아가는 모습을 바라본다.

"그게 무슨 뜻이지?"

피타가 묻는다.

"캐피톨. 우리가 딸기를 가지고 했던 모험이 캐피톨 마음에 안 들었대."

그간 하고 싶던 말을 나는 불쑥 해 버린다.

"뭐? 그게 무슨 말이야?"

"너무 반항적이었다는 거야. 그래서, 헤이미치가 최근 며칠간 나한테 지도해 줬거든. 내가 일을 더 악화시키지 않도록."

"너한테 지도를? 하지만 나한텐 안 해 줬는데."

"네가 똑똑해서 알아서 잘 할 거라고 생각했겠지."

"난 잘해야 하는 뭔가가 있다는 것도 몰랐어. 그러니까 네 말은, 최근 며칠간하고 또, 아마…… 경기장에서도…… 모든 게 너랑 헤이미치가 꾸며낸 전략이었다는 거구나."

"아냐, 경기장에서는 헤이미치와 의논할 수도 없었잖아, 안 그래?"

나는 힘겹게 그렇게 말해 본다.

"하지만 헤이미치가 어떻게 행동하길 바랄까 생각은 했겠지, 그런 거 아냐?"

피타의 말에 나는 입술을 깨문다.

"캣니스?"

피타는 잡고 있던 내 손을 놓고, 나는 마치 균형을 잡으려는 듯 한 발짝 움직인다. 피타가 덧붙인다.

"다 헝거 게임 때문이었어. 네 행동들은."

"다는 아니야."

나는 꽃다발을 꼭 쥔 채 대답한다.

"그러면 얼마만큼? 아니, 그건 됐어. 진짜 질문은 '우리가 집에 돌아가고 나면 그 중에 남는 게 얼마나 될까?'라는 거겠군."

"모르겠어. 12번 구역이 가까워질수록 점점 더 혼란스러워."

피타는 뭔가 더 설명해 주리라 생각하고 기다리지만, 내 입에선 더 이상 한마디도 나오지 않는다.

"음, 그럼 알게 되면 말해 줘."

피타의 음성에 밴 고통이 생생하다.

기차 엔진이 돌아가고 있는데도 기차로 돌아가는 피타의 발소리 하나하나가 다 들리는 걸 보니 내 귀가 낫긴 나았나 보다. 내가 기차에 올라가니 피타는 이미 자기 방으로 자러 들어가 버렸다. 다음 날 아침에도 피타는 눈에 띄지 않는다. 그 이후 처음으로 피타를 본 것은 기차가 12번 구역에 진입하고 난 다음이었다. 피타는 무표정한 얼굴로 고개만 한 번 끄덕여 보인다.

피타에게 지금 그가 하는 행동은 공평하지 않다고 말하고 싶다. 우리는 남남이었잖아. 나는 살아남기 위해서, 우리 둘의 생명을 지키기 위해서 그랬던 거야. 게일과의 관계가 어떤 건지는 나 스스로도 모르기 때문에 말할 수가 없어. 나는 어차피 절대로 결혼하지 않을 거고, 결국엔 나를 지금 미위하느냐 나중에 미워하느냐의 차이밖에 없을 거야. 그러니 날 사랑해 봤자 소용없단 뜻이야. 나는 가정, 아이까지 이어지는 종류의 사랑은 어차피 할 수 없을 테니까, 내가 만약 피타에게 좋은 감정이 있다 해도 무의미할 뿐이다. 그리고…… 피타는 그럴 수 있을까? 우리가 이제까지 겪은 일을 겪고도 아이를 낳고 싶을까?

내가 벌써부터 얼마나 피타를 그리워하고 있는지도 말하고 싶다. 하지만 그런 말을 하는 건 정당하지 못한 일이다.

그래서 우린 그냥 침묵을 지키고 서서, 우리 동네의 우중충한 기차역이 다가오는 것을 바라본다. 창문을 통해 플랫폼을 가득 메운 카메라가 보인다. 모두들 우리의 귀향을 애타게 기다렸을 것이다.

곁눈질해 보니 피타가 손을 내민 것이 보인다. 나는 무슨 뜻인지 확신이 들지 않아 피타를 바라본다.

"한 번 더? 시청자들을 위해서."

피타는 화난 목소리가 아닌, 공허한 목소리로 그렇게 말했다. 더 나쁘다. 빵을 준 소년은 벌써 나에게서 멀어지고 있다.

피타의 손을 잡고 꼭 쥐며, 카메라 앞에 설 마음의 준비를 한다. 이 손을 결국 놓아야 할 순간이 벌써부터 두렵다.

1권 끝. 『캣칭 파이어』에서 계속

옮긴이의 말

　스물네 명의 10대 청소년들을 한 곳에 몰아넣고 서로 죽고 죽이며, 한 사람만 남을 때까지 서로 싸우게 한다. 영화 〈배틀 로얄〉을 접한 일이 있거나 적어도 이야기라도 들어본 독자라면 이런 설정에는 이미 익숙할 것이다. 먼 미래, 현재 미국이 있는 땅에 새로 생긴 판엠이라는 나라에서 매년 이런 일이 벌어지고, 그 싸움의 과정을 TV에서 실시간으로 생중계하며 스포츠 경기 다루듯 한다는 발상이 수잔 콜린스의 『헝거 게임』의 기본 설정이다. 그 게임에 참여해서 살아남으려고 노력하면서도 한편 그 과정에서 최소한의 인간성이나마 지키려고 노력하는 두 주인공들의 모습과, 사랑이라는 감정에 익숙하지 않은 10대의 혼란스런 감정을 생생히 잡아낸 소설이 『헝거 게임』이다.

　콜린스는 이 소설에서 끔찍하고 암울한 미래상을 제시한다. 아무도 독재 권력에 드러내 놓고 저항할 엄두조차 내지 못한다는 점에서는 조지 오웰의 『1984』와도 비슷하고, 경기 참가자를 무작위 추첨으로 선정하기는 하지만, 부유한 가정의 청소년들보다는 가난한 청소년들이 뽑힐 가능성이 훨씬 높다는 점에서는 〈배틀 로얄〉이 그려내는 세상보다도 더욱 불공평하다. 조지 W. 부시 대통령 임기 말기에 미국 작가가 발표한 이 디스토피아 작품이 현재 한국의 독자들에게 어떤 의미를 가질 수 있을까. 우석훈·박권일은 2007년에 출간한 『88만원 세대』에서 〈배틀 로얄〉을 언급하며, 자신들이 '88만원 세대'라고 이름 붙인 현재 우리나라의 20대들이 '자기들끼리의 무한경쟁으로 내몰린 첫 번째 세대'이며 이들을 규정하는 명칭으로 '배틀 로얄 세대'라는 이름을 고려한 적이 있다고 밝힌 바 있다. 현재 우리나라에서 치열한 경쟁으로 신음하는 세대는 20대만이 아니다. 최근 도입된 학력평가에 반발하는 교사와 학생·학부모들이 많은 데도 한편에서는 '경쟁력 강화'를 이유로 강행하려 하기도 한다. 10대 중후반 청소년들을 예상 독자로 염두에 두고 쓴 이 소설은 요즘과 같은 시기에 한국의 우리에게도 많은 시사점을 던져 준다.

먼 미래를 배경으로 삼은 콜린스는 등장인물들에게 흔한 현대식 미국 이름과는 다른 이름들을 부여했다. 등장인물들의 이름이 품은 의미를 생각해보면 독서의 즐거움이 더해지리라 생각한다. 주인공과 가족들, 친구들 중에는 식물에 관련된 이름을 가진 인물들이 많다. 주인공인 캣니스(Katniss)는 식용 식물인 개박하(catnip)에서 따서 지은 이름이고, 빵집 아들의 이름 피타(Peeta)는 지중해 인근과 중동에서 즐겨 먹는 납작한 빵인 피타 빵(pita bread)을 떠올리게 한다. 캣니스의 동생인 프림(Primrose, 앵초), 프림의 고양이 버터컵(Buttercup, 미나리아재비) 역시 식물에서 따온 이름이다. 농업을 주 산업으로 하는 구역에서 온, 비극적 운명을 맞는 루(Rue)의 이름은 후회, 비탄 등의 뜻을 지닌 단어 rue와 루타라는 식물을 동시에 암시한다. 루와 같은 구역 출신인 거구의 남자아이 스레쉬(Thresh)는 '곡식을 도리깨질하다'는 의미의 동사 thresh에서 따온, 농업과 육체적 힘을 모두 반영하는 이름이다. 반면 캣니스와 피타의 가장 위협적인 경쟁자인 카토(Cato)는 고양이, 즉 호랑이 등의 고양잇과 육식동물을 연상시킨다. 한편 다른 구역을 압제적으로 다스리는 첨단 과학기술이 발달한 캐피톨 출신 인물들의 이름은 자연과 거리가 멀다. 그 외 다른 등장인물들의 이름에 숨은 의미도 찾아보면 더욱 흥미로운 독서가 될 것이다.

콜린스는 최근 타계한 존 업다이크나 브렛 이스턴 엘리스(『아메리칸 사이코』 등을 쓴 현대 미국 작가) 등의 작가들이 적극적으로 활용한 바 있는 현재형 시제 문장을 이용해, 리얼리티 TV 쇼를 소재로 한 이 작품에 생생한 현장감을 더하고 있다. 시제 구분이 영어에 비해 엄격하지 않은 한국어로 옮긴 이 소설을 읽었을 때 현재형 문장이 처음엔 조금 생경할 수 있겠으나 어렵지 않게 적응해서 즐길 수 있으리라 생각한다. 『헝거 게임』의 영화화가 진행중인 것으로 안다. 남들보다 먼저 책으로 이 작품을 접하게 된 독자들은 각별한 즐거움을 두 번 느낄 수 있는 행운을 마음껏 즐기길 빈다.

이원열

이봐, 살아 있어?
기다려,
곧 달려갈 테니.
한 손에 죽음을 쥐고.

이봐, 거기 있어?
기다려.
이제 곧 네 앞이야.
알고 있잖아?

오직, 하나만 남아야 해.